DONGSUH MYSTERY BOOKS 122

THE NEW ADVENTURES OF ELLERY QUEEN

신의 등불

엘러리 퀸/장백일 옮김

동서문화사

옮긴이 장백일(張伯逸)

전남대 철학과·건국대 대학원을 수료. 1958년 조선일보 신춘문예에 평론 〈현대문학론〉이 당선된 뒤《문학의 초점》《시대의 작가와 작품》《전위의 식의 문학운동》등 많은 평론을 발표했다. 우석대·상명여사대·홍익대·국민대 교수 역임. 한국평론가협회 회장.

⚶

DONGSUH MYSTERY BOOKS 122

신의 등불

엘러리 퀸 지음/장백일 옮김
1판 1쇄 발행/1977년 12월 1일
1판 1쇄 발행/2003년 9월 1일
2판 2쇄 발행/2010년 10월 1일
발행인 고정일/발행처 동서문화사
창업 1956. 12. 12. 등록 16-345(윤)
서울강남구신사동540-22 ☎ 546-0331~6 (FAX) 545-0331
www.epascal.co.kr

편찬·필름·제작 일체 「동판」 자본으로 이루어짐에 따라
출판권 소유권자 「동판」에서 제조출판판매 세무일체를 전담합니다.
사업자등록번호 211-90-02201
ISBN 978-89-497-0218-6 04840
ISBN 978-89-497-0081-6 (세트)

신의 등불

차례

.

신의 등불

1

만약 이야기의 첫머리가 '옛날 옛날 어느 황무지에 외딴집이 하나 있었는데, 그 집에는 메이휴라고 하는 할아버지가 은둔자처럼 조용히 살고 있었다. 정신이 이상한 그 노인은 두 아내를 먼저 떠나보낸 뒤 홀로 시체처럼 조용히 살고 있어서, 사람들은 그 집을 '검은 집'이라고 불렀다'로 시작된다면 아무도 놀라거나 하지는 않을 것이다. 그런 집에서 그렇게 사는 인간이란 종종 있는 법이고, 정신이 좀 이상한 듯 보이는 그런 사람 주변에 수상쩍은 비밀의 냄새가 흘러나오는 것도 결코 드문 일은 아니니까.

그러나 엘러리 퀸은 비록 습관에서는 즉흥적인 면이 있었는지 모르지만 정신적으로는 논리적이고 이성적인 인물이다. 넥타이나 구두는 침실에 난잡하게 내던져져 있을지언정 두개골 속은 기름칠이 잘 된 기계처럼 경쾌한 소리를 내면서 마치 행성들처럼 정연하고 냉엄하게 궤도를 움직인다. 그러므로 지금은 고인이 된 실베스터 메이휴라는 노인과 땅속에 묻혀 있는 부인들, 그들의 음험한 생활에 설령 어떤 비밀이 있었다 하면 우리의 퀸이 반드시 그 냄새를 맡고 하나하나 차근차근 풀어내어 보기 좋게 정리해 놓을 것이다. 이성──그렇다! 퀸의 두뇌야말로 더없이 이성적이고 합리적이니까 아무리 비밀스런 우상도 이 남자를 우롱할 수는 없다. 아아, 절대로 불가능한 일이다! 퀸의 두 발은 신의 축복 받은 대지에 단단히 뿌리내리고 있고, 1더하기 1은 틀림없이 2가 되듯 그 땅에 존재하는 것도 그것이 전부였다.

아시다시피 맥베스(^{셰익스피어의 4대}_{비극 중 하나})는 비석이 움직이고 나무가 예언한다고 했다(^막_{4장}). 말도 안 되는 소리다! 그것은 오로지 문학적 공상일 뿐이다. 지금은 코민포름이 있고 냉전이 있고 파시스트가 있고 로켓 실험이라는 말까지 나오는 세상이다. 때문에 상식 밖으로 취급당한다. 좀더 솔직히 말하면, 우리가 살고 있는 이 어지럽고 냉혹한 세상에 더 이상 기적은 없다는 말을 퀸은 하고 싶은 것이리라. 행여 기적이 있다면, 이제 그 기적은 어리석은 국가적 탐욕만 드러낼 뿐이지 절대 일어날 수 없다고, 그리고 이 사실은 지성이 있는 사람이라면 공공연한 상식에 해당한다.

퀸은 이렇게 말하고 싶으리라.

"아무렴, 그렇고말고, 세상에는 요가가 있고 부두교가 있고 수행자에 무당, 그리고 문명에 뒤떨어진 동양이나 원시 아프리카 등지에서 온 사이비 점쟁이들이 있지. 하지만 그런 가엾은 사기에 관심을 가질 사람은 아무도 없어. 우린 이성이 지배하는 세상에 살고 있으니까. 그러므로 이 세상에서 일어나는 모든 일은 당연히 이성으로 설명이 되어야 마땅한 법이지."

가령 정신이 멀쩡한 사람이라면 과연 육체와 피로 이루어진 살아 있는 사람이 3차원 세계에서 갑자기 몸을 구부리더니 신발 끈을 움켜쥐고 하늘로 날아갔다는 이야기 따위를 믿을까? 또는 물소가 여러분의 눈앞에서 금발 소년으로 변한다거나, 137년 동안 죽어 있던 사내가 느닷없이 비석을 밀어붙이며 무덤에서 기어 나와 하품을 하면서 '아르멩티에르에서 온 아가씨'라는 노래를 3절까지 부를 수 있을까? 거기에 한술 더 떠서 비석이 움직이고 나무가 예언한다는 것을 도대체 누가 믿을 수 있으랴! 설령 아틀란티스나 뮤 대륙의 언어로 적혀 있는 이야기라 할지라도 말이다.

그런데도 과연 여러분은 믿을 수 있겠는가?

실베스터 메이휴의 집에 얽힌 이야기는 매우 기묘하다. 그 집에서 일어난 사건은 건전한 정신의 철석같은 신념을 산산조각내면서 근본적인 사고의 뿌리를 잡고 뒤흔들었다. 만약 그토록 환상적이며 기괴한 일이 실제로 일어나려면 신의 존재가 우선되어야 할 것이다. 그렇다, 실베스터 메이휴의 집 사건은 신이 주도하신 것이다. 그렇기 때문에 바로 인간이 한 짓을 어째서 인간이 이해하지 못할 까닭이 있겠느냐고 강력하게 주장하던 깡마른 퀸이 지금까지 다룬 사건 가운데 가장 기이하고 신비로운 사건이 되는 것이다.

메이휴 사건의 발단은 시시하기 짝이 없었다. 단지 두어 가지 중요한 사실이 누락되는 바람에 자세한 내용은 알 수 없다는 정도였다. 다소 흥미를 자극하는 점도 있지만 초자연적인 분위기는 그 어디에도 없었다.

쌀쌀한 1월 어느 날 아침, 엘러리는 활활 소리를 내며 타고 있는 난로 앞 깔개 위에서 큰대 자로 엎드려 미끄러운 도로와 살을 에는 바람을 무릅쓰고라도 재미있는 일을 찾아 경찰본부로 갈 것인지 그냥 편안하게 게으름을 부리고 있을 것인지 망설이고 있을 때, 전화벨이 울렸다.

전화를 건 사람은 손이었다. 손을 생각하면 엘러리는 곧 사람 모양을 한 모놀리스(돌 하나로 만든 기둥 모양의 조각이나 석상 따위)가 떠오른다. 길쭉길쭉한 팔다리, 매끄러운 뺨, 반짝이는 두 눈, 숱이 많은 회색 머리, 그리고 전신을 검은 색으로 치장한 남자의 모습을 조각한 모놀리스.

엘러리는 깜짝 놀랐다. 손은 무척 흥분해 있었다. 갈라지는 목소리며 분명치 않은 발음이 그의 감정 상태를 잘 나타내주고 있었는데, 손이 이토록 감정을 드러내는 것은 엘러리가 알기로는 처음이었다.

"왜 그래? 설마 앤에게 무슨 일이 있는 건 아니겠지?"

앤은 손의 아내이다.

"아니야, 그게 아니야."

금방 달려온 사람처럼 손은 숨을 헐떡이며 대답했다.

"대체 어디 있었나? 어제 자네 부인을 만났는데 자네한테 한 주가 다 가도록 전혀 소식이 없다더군. 물론 자네 부인이야 변호사란 직업이 얼마나 정신 없는 것인지 익숙해졌겠지만 그래도 일주일 가까이 집을 비우다니……."

"내 말 좀 듣게, 퀸. 딴 소린 말고, 자네 도움이 필요해. 30분 내로 54번 부두로 나와줄 수 있겠지? 노스리버 쪽일세."

"물론 가야지."

"하느님, 감사합니다!" 손은 이렇게 중얼거리는 것 같았다. 도대체 무슨 영문인지. 그가 다급하게 말을 이었다.

"여행 준비를 해 가지고 오게. 한 이틀쯤 걸릴 거야. 권총도 부디 잊지 말고."

"알겠네."

대답은 했지만 엘러리는 도무지 짐작할 수 없었다.

"큐너드의 코로니아 호를 맞으러 부두로 갈 생각이야. 이제 곧 도착하겠지. 라이나프라는 남자도 함께. 그는 의사야. 그러니까 자네와 내가 동료가 되는 거지, 알겠나? 건강하고 빈틈없는 사람인 것처럼 행동해 주게나. 절대 친구처럼 보여서는 안 돼. 그 사람에게도 그렇지만 내게도 아무 질문을 해선 안 되네. 혹시 그 사람의 유도 심문에 넘어가서도 안 되고, 알겠나?"

"알겠네. 하지만 확실히 잘 알겠다는 말은 아닐세. 달리 할 말은 이제 없나?"

"우리 집사람한테 전화해서 내가 사랑한다고 전해 주게. 집에 돌아가려면 한 며칠 더 걸릴 것 같다고도 전해 줘. 자네와 함께 있으니까 아무 걱정 말라는 말도 덧붙이고, 그리고 집사람더러 사무실에 전화해서 크로포드에게 지금 내 형편이 어떤지도 설명해 주라고 부탁하게."

"그럼 자네 동업자는 자네가 지금 뭘 하고 있는지도 모른다는 말인가?"

손의 전화는 이미 끊어져 있었다.

엘러리는 얼굴을 찡그리며 수화기를 내려놓았다. 아무래도 예삿일 같지가 않았다. 지금껏 손은 건실한 시민이었고, 성공한 변호사로서 나무랄 데 없는 삶을 영위해 왔다. 특별히 흥분할 만큼 놀라운 일을 변호한 적도 없었다. 그러므로 나의 오랜 친구 손이 갑자기 어떤 이상한 일에 휘말려든다는 것은…… !

엘러리는 한숨을 내쉬었다. 손의 아내에게 전화를 걸어 짐짓 유쾌한 목소리로 안심을 시킨 뒤, 큰소리로 주나를 불렀다. 가방에 옷가지를 던져 넣은 뒤 잔뜩 우거지상을 지으며 경찰용 38구경 연발 권총에 실탄을 장전했다. 퀸 경감 앞으로 짤막한 편지 한 장을 휘갈겨 써두고 잽싸게 아래층으로 내려가 주나가 불러온 택시에 몸을 던졌다. 54번 부두에 내렸을 때는 30초 정도 여유가 있었다.

손에게 어떤 끔찍한 걱정거리가 생긴 게 틀림없었다. 엘러리는 친구 옆에 서 있던 몸집이 크고 뚱뚱한 남자를 알아보기 전부터 그러한 분위기를 감지했다. 손은 스코틀랜드풍의 체크무늬 망토를 걸치고 있었는데 성질이 급해 죽어 버린 고치 속 누에처럼 바짝 오그라들어 있었다. 마지막으로 본 게 1주일도 채 안 되지만 그새 마치 몇 년은 더 늙어버린 듯했다. 언제나 매끈하게 손질되어 푸르스름하게 보이던 볼은 더부룩한 수염으로 뒤덮여 있었고 옷차림도 전혀 돌보지 않은 듯 꾀죄죄했다.

손은 벌겋게 충혈된 두 눈으로 안도감을 나타내며 엘러리의 손을 힘주어 잡았다. 평소의 여유만만한 태도와 침착한 성격을 익히 알고 있는 터라 엘러리는 가슴이 쓰라렸다.

그러나 손은 이렇게만 인사했다.

"어서 오게, 퀸. 생각보다 오래 걸렸군. 허버트 라이나퍼 박사와 인사하게. 박사, 여긴 엘러리 퀸이오."

"안녕하슈."

엘러리는 장갑 낀 사내의 두툼한 손을 잡으며 퉁명스럽게 말했다. 힘깨나 쓰는 사람처럼 보이려면 조금 거칠게 말하는 편이 좋을 것이다.

"정말 뜻밖이군요, 손 선생?"

엘러리가 지금까지 한번도 들어보지 못한 굵은 목소리로 라이나퍼 박사가 손에게 말했다. 낮고 굵은, 마치 폐부 깊숙한 곳에서 메아리치며 울려나오는 듯한 목소리였다. 보라색이 도는 박사의 조그만 두 눈은 아주 더없이 차가워 보였다.

"뜻밖이라는 말씀이 유쾌하다는 뜻이라면 좋겠군요."

손은 말했다.

엘러리는 두 손을 모아 쥐고 담뱃불을 붙이면서 친구의 얼굴을 흘깃 쳐다보았다. 만족해하는 표정이었다. 자신이 분위기를 제대로 파악했는지 알아야만 앞으로 어떻게 행동할지도 아는 법이다. 엘러리는 성냥을 던지며 와락 손에게 몸을 돌렸다. 라이나퍼 박사는 놀라움과 흥미로운 표정으로 엘러리를 관찰하고 있었다.

"코로니아 호는 어디 있나?" 엘러리가 물었다.

"검역소에 묶여 있어. 승객들 가운데 누군가 전염병에 옮아서 위급한 모양이야. 승객들을 일일이 소독한다는 것도 그리 쉬운 일은 아닐 테고, 시간도 꽤 걸리겠지. 잠시라도 대합실로 들어가 앉아서 기다리는 것이 좋겠군."

북적대는 대합실에도 그들이 앉을 자리는 남아 있었다. 엘러리는 가방을 다리 사이에 놓고 두 사람의 표정을 낱낱이 읽을 수 있는 적당한 곳에 자리를 잡았다. 흥분을 억제하고 있는 손도 손이지만 은근히 화난 듯한 뚱보의 표정에는 엘러리의 호기심을 격렬하게 충동질해대는 그 무엇인가가 있었다.

"엘리스 씨는 아마 지금쯤 발을 동동 굴러대고 있겠지요."

손이 평상시 같은 목소리로 말했다. 마치 엘러리가 엘리스를 잘 알고 있다는 투였다.

"실베스터 노인을 조금 겪어보니 그게 메이휴 집안 사람들의 특성이라는 것을 알겠더군요. 그렇지 않소, 박사? 멀리 영국에서 힘들게 오셨는데 바로 코앞에서 발이 묶여 있다니 정말 못할 노릇 아닙니까?"

그렇다면 이들은 영국에서 코로니아 호로 도착하기로 된 엘리스 메이휴를 기다리고 있는 게 분명했다. 제법인걸, 손! 엘러리는 슬며시 웃음이 흘렀다. '실베스터'는 엘리스와 친척 관계에 있는 집안의 연장자인 모양이다.

라이나퍼 박사가 작은 눈으로 엘러리의 다리 사이에 놓인 가방을 빤히 내려다보더니 은근한 목소리로 물었다.

"어딜 가시나 보지요, 퀸 선생?"

그렇다면 이 자는 누구와 동행하게 될지도 몰랐다는 말이군. 행선지까지는 접어두더라도.

두꺼운 외투에 몸을 깊이 묻고 있던 손이 깜짝 놀라, 자루 속에 넣어둔 뼈다귀 마냥 관절 부딪히는 소리를 내며 몸을 틀었다.

"퀸 씨는 우리와 같이 갈 겁니다, 라이나퍼 박사."

어딘지 불안하고 적의에 찬 목소리였다.

뚱보는 반달 모양으로 늘어진 눈꺼풀 아래서 보이지도 않는 눈을 껌벅거렸다.

"아, 그랬군요."

뜻밖에도 목소리가 부드러웠다.

"진작 설명할 걸 그랬나보군요. 퀸 씨는 내 동료요, 박사. 이 사건에 관심이 많지요." 손이 퉁명스레 말했다.

"사건?" 뚱보가 되물었다.

"법률적으로 말하면 그렇다는 말이지요. 사실 기꺼이 도와주겠다는 사람을 마다할 수가 없는데, 특히 엘리스 메이휴 양의 권익을 지키는 일이어서 한층 거절하기가 곤란하더군요. 당신도 크게 이의는 없을 줄 압니다만?"

'뭔가 큰 건수로군!' 엘러리는 확신했다. 잘은 모르지만 어떤 중대한 일이 지금 위험에 처해 있는 것이다. 손은 늘 그렇듯 있는 힘을 다해, 설령 모략을 써서라도 그것을 막아내고자 결심하고 있는 게 틀림없었다.

라이나퍼 박사의 두툼한 눈꺼풀이 아래로 처졌다. 그가 아랫배에 두 손을 대고 깍지를 끼면서 말했다.

"물론입니다, 당연히 괜찮고말고요."

박사는 진심이란 듯이 덧붙였다.

"같이 가신다니 나야 그저 기쁠 따름입니다, 퀸 선생. 사실 조금 뜻밖이긴 하지만 우리 삶에 시(詩)가 필요하듯 예상치 못한 즐거움 또한 필요한 법이지요, 안 그렇습니까?"

말을 마치고 박사는 혼자서 껄껄댔다.

엘러리는 박사가 사무엘 존슨(영국의 시인, 사전 편찬인)의 말을 인용하고 있다는 것을 알았다. 문득 그와 유사한 동족이 하나 떠올랐다. 몇 겹으로 된 저 지방질 밑에는 철이 들어 있고, 길쭉한 저 두개골 안에는 교활한 두뇌를 감추고 있겠지. 박사는 대합실 벤치 위에서 게으르고 굼뜬, 마치 주위 환경에 무관심한 문어처럼 앉아 있었다.

그렇다! 박사는 텅 빈 수평선 위에 떠 있는 거무칙칙한 비구름처럼, 아득한 곳에 존재하는 어둡고 거대한 존재였던 것이다.

손은 지친 듯이 말했다.

"우리 점심이나 먹읍시다. 시장기가 돌고 하니."

오후도 어느덧 3시가 가까워지자 엘러리는 완전히 지쳐버렸다. 몇 시간 동안 신중한 침묵을 유지하며 언제 부닥칠지 모르는 암초 사이를 미소 띤 얼굴로 요리조리 빠져나간다는 것이 보통 경계심으로 될 일이 아니었다. 어렴풋이 위기감이 들거나 자신도 짐작할 수 없는 어느 방향에선가 위험이 들이닥칠 것 같은 때면 곧잘 이런 긴장감을 느끼곤 했다. 뭔가 심상찮은 일이 일어나고 있는 게 틀림없었다.

그들은 옆으로 실려 나오는 코로니아 호의 화물을 지켜보면서 잔교에 서 있었다. 엘러리는 그 지겹고 긴 시간 동안 가까스로 주워 모은 자투리를 늘어놓고 곰곰이 생각해 보았다. 이제 분명한 사실은 실베스터 메이휴란 노인은 죽은 사람이고 생전에 편집증 환자였다는 것, 그리고 그의 집은 사람들의 발길이라고는 없는 롱아일랜드 황야에 버려져 있다는 것이었다. 엘리스 메이휴는 지금쯤 코로니아 호 갑판 어단가에서 부두를 내려다보며 시신경을 잔뜩 긴장하고 있을 게 틀림없었다. 그녀는 어릴 적에 헤어진 죽은 메이휴 노인의 딸인 것이다.

엘러리는 이 수수께끼 놀음에 라이나퍼 박사라는 괴상한 인물을 배치해 보았다. 이 뚱보는 실베스터 메이휴의 이복형제인 동시에 메이휴 노인의 마지막 투병생활 중의 주치의이기도 했다. 노인이 앓다 죽은 건 아주 최근의 일인 듯했다. 왜냐하면 그들이 주고받는 '장례식'이라는 말 속에는 세상을 떠난 이에 대한 슬픔이 아직 고스란히 묻어나왔기 때문이다. 그리고 그 이면에는 실체를 알 수 없는 라이나프 부인과 정신이 이상하다는 메이휴 노인의 여동생이 있다는 사실도 어렴풋이 떠올랐다. 그러나 무엇이 기이하고, 손은 또 왜 저렇게 불안해하는지 엘러리는 아직 그 점이 알 수 없었다.

마침내 코로니아 호가 닻을 내렸다. 선원들이 바삐 오가며 휘파람을 불어댔고, 배와 부두를 연결하는 건널판이 내려졌다. 승객들이 떼지어 아래로 내려오면서 어느 부두에서나 있게 마련인 고함 소리와 포옹이 이어졌다.

라이나퍼 박사의 조그만 두 눈이 빛을 발했다. 그때 손이 손을 흔들면서 쉰 목소리로 고함을 질렀다.

"저 여자야! 사진을 봐서 알아. 저기 갈색 터번을 쓴 날씬한 아가씨 말이야."

손은 서둘러 달려갔다. 엘러리는 아가씨를 유심히 관찰했다. 여자는 걱정스런 얼굴로 사람들을 훑어보고 있었다. 큰 키에 매력적인 외모를 지닌 여성이었다. 경쾌한 몸놀림은 활동적이라기보다는 여성적이라는 말이 더 어울릴 듯했고, 이목구비도 섬세한 조화를 이루고 있어서 미인이라는 말이 부끄럽지 않았다. 그렇지만 눈이 찌푸려질 정도로 값싸고 수수한 옷을 입고 있었다.

손은 여자의 장갑 긴 손을 붙잡고 도란도란 이야기를 나누며 돌아왔다. 여자는 얼굴이 발그레한 것이 생기 있게 보였는데 천성적으로 명랑한 성격 같았다. 엘러리는 그런 여자의 얼굴을 보고, 그녀가 아직 자신의 앞길에 놓인 불가사의한 비극을 모르고 있다는 것을 짐작했다. 그러나 여자의 눈과 입 언저리에는——그게 피곤 때문인지 긴장 때문인지는 엘러리도 정확히 분간할 수 없었지만——어쩐지 묘하게 눈길을 끄는 독특한 표정이 엿보여 기이하게 여겨졌다.

"나와주셔서 감사합니다."

여자는 영국식 영어를 우아한 목소리에 실어 속삭이듯 인사했다. 이윽고 표정이 점점 진지해지더니 엘러리와 라이나퍼 박사를 번갈아 보았다.

손이 얼른 입을 열었다.

"이분이 삼촌 되십니다, 메이휴 양. 라이나퍼 박사이지요. 유감이지만 이 신사분은 아가씨 친척이 아니라 제 동료입니다. 엘러리 퀸이라고 하지요."

"그렇군요."

여자가 뚱보에게 고개를 돌리며 말을 이었다.

"허버트 삼촌, 지금 제 마음이 얼마나 묘한지 모르실 거예요. 제 말은…… 제가 그동안 너무 외롭게 지냈다는 거죠. 삼촌뿐 아니라 사라 고모, 그리고 다른 친척들이 있다는 말을 듣기는 했지만 막상 이렇게 뵙게 되니……."

목이 메어 잠시 말을 잇지 못하던 여자는 두 팔로 뚱보를 껴안고 그의 늘어진 볼에 입을 맞추었다.

"얘야……."

라이나퍼 박사가 침통하게 말했다. 엘러리는 뚱보가 억지로 감정을 만들고 있다는 것을 눈치챘다.

"삼촌은 제게 모든 걸 말씀해 주셔야 해요. 아버지, 아버지는 어떤 사람이었어요? 제겐 너무…… 이상한 소문만 들리더군요. ”

“그보다 메이휴 양, ” 손이 재빨리 끼어 들었다.

“세관에서 통관 절차부터 밟는 게 어떻겠소? 벌써 해가 기우는데 우리는 갈 길이 멀지요. 아가씨도 알다시피 롱아일랜드까지 가야 하니까 말이오. ”

“아일랜드라고요? 섬이라니, 정말 근사하겠군요! ”

“글쎄, 아가씨 말대로 과연 그럴지……. ” 손이 말했다.

“용서하세요. 제가 너무 어린애처럼 굴었어요. 모든 건 변호사님께 맡기겠어요. 그리고 제게 편지를 보내주셔서 정말 감사드립니다. ”

그들은 세관으로 걸어갔다. 엘러리는 발걸음을 늦추고 뒤로 처져 라이나퍼 박사의 모습을 주의 깊게 살폈다. 푸르스름한 빛을 띤 커다란 얼굴은 마치 용마루에 붙여놓은 괴물처럼 무슨 생각을 하는지 읽을 수가 없었다.

운전대는 라이나퍼 박사가 잡았다. 손의 차가 아니었다. 손의 차는 위엄 있는 신형 링컨 리무진인데 이 차는 실용성 위주의 낡아빠진 뷰익 세단이 아닌가.

차 뒤와 옆에는 엘리스의 짐이 묶여 있었다. 옷가방 세 개와 조그만 여행용 가방이 전부인, 여자의 짐이 너무 단출해서 엘러리는 잠시 당황했다. 이 보잘것없는 네 개의 가방 속에 그녀의 전 재산이 들어 있단 말인가?

뚱보 옆자리에 앉은 엘러리는 귀에다 온 신경을 다 쏟고 있었다. 뚱보가 차를 몰고 어디로 가는지는 전혀 신경도 쓰지 않았다.

뒷자리에 앉은 두 사람도 전혀 말이 없었다. 잠시 뒤 손이 무슨 중대한 결단이라도 내린 것처럼 헛기침을 했다. 엘러리는 그가 무슨 말을 하려는지 짐작이 갔다. 법정에서 판사들이 유죄판결을 내릴 때면 그들은 지금처럼 목구멍을 가다듬고는 했다.

손이 입을 열었다.

"좋지 않은 소식을 전해야 할 것 같군요, 메이휴 양. 아무래도 지금 알아두는 게 좋을 듯해서요."

"좋지 않다뇨? 어떤 소식인데요? 설마……!"

여자가 낮은 소리로 되물었다.

"아가씨 부친은 돌아가셨습니다."

손이 모기만한 소리로 대답했다.

엘리스는 와락 울음을 터뜨렸다. 이윽고 절망적인 그 울음소리는 서서히 잦아들었다. 손이 침묵을 깼다.

"이런 소식을 전하게 되어 정말 유감스럽습니다. 예상은 했지만…… 당신이 얼마나 당혹스러워할지 그 기분 충분히 이해합니다. 하지만 당신은 아버지를 모르는 것이나 다를 바 없을뿐더러, 부모에 대한 애정은 자식과 함께 보낸 시간과 정비례한다고 보는데 전혀 그럴 만한 시간도 없었을 터이고……."

엘리스는 손으로 입을 틀어막으며 말했다.

"물론 그렇지만 역시 제게는 충격일 수밖에 없습니다. 지금 변호사님이 말씀하시듯 제게 아버지는 이방인이나 마찬가지였어요. 이름뿐인 아버지였지요. 편지에서도 말씀드렸듯이 제가 걸음마를 시작할 무렵에 부모님은 이혼하셨지요. 어머닌 절 데리고 영국으로 건너 가셨고요. 전 아버지에 대한 기억이 전혀 없어요. 소식도 전혀 듣지 못했지요."

"그렇게 말했죠." 손이 중얼거리듯 말했다.

"제가 여섯 살쯤에 어머니가 돌아가셨는데, 조금만 더 컸더라도 아버지에 대해 좀더 많은 것을 알 수 있었을 거예요. 하지만 어머닌 돌아가셨고, 영국에 있는 유일한 친척인 외삼촌도 작년 가을에 세상을 떠나셨어요. 저는 외톨이, 철저한 외톨이였어요. 그러다 변호사 님의 편지를 받고, 저는 너무나 기뻤어요. 더 이상 외롭지 않다고 생각했지요. 정말이지 몇 년 만에 느껴보는 행복감인지 몰라요. 그런데 지금 다시…….”

엘리스는 말을 끊고 차창 밖으로 눈길을 돌렸다.

라이나퍼 박사가 커다란 머리를 뒤로 돌려 자상한 미소를 지었다.

“하지만 혼자가 아니란다. 애야, 쓸모 없는 삼촌이지만 나를 비롯해 사라 고모, 밀리 숙모가 계시단다. 밀리는 삼촌의 아내지만 넌 아직 아무것도 모르겠구나. 그리고 집에는 허드렛일을 해주는 키스라는 건장한 청년도 한 사람 있단다. 얼마 전에 시내에서 데려왔는데 아주 똑똑한 녀석이지.”

박사는 빙글빙글 웃으며 말을 이었다.

“너한테 정을 줄 사람은 모자라지 않을 테니 어디 두고 보렴.”

엘리스는 조그맣게 대답했다.

“고맙습니다, 허버트 삼촌. 다들 제게 친절히 대해 주시리라 믿어요. 그런데 손 선생님, 아버진 어쩌다…… 편지엔 그냥 편찮다고만 하시더니?”

“9일 전에 갑자기 의식을 잃으셨어요. 그때만 해도 아가씨가 영국을 출발하기 전이라 아가씨가 운영하는 골동품 가게로 전보를 쳤지요. 그 전보를 받지 못한 모양이군요.”

“그땐 이미 가게를 처분하고 난 뒤였어요. 짐을 꾸리고 이곳으로 건너 올 준비를 하고 있었으니까요. 아버진, 언제쯤 돌아가셨어요?”

“목요일이니까 일주일 전입니다. 장례식은…… 어차피 기다릴 성질이 못 되는 것이라서. 코로니아 호로 전보를 치거나 전화를 할 수도 있었겠지만 여행길에 괜히 아가씨 마음만 상하게 할 것 같아서 그러지 않았습니다.”

"저를 위해 애써 주신 데 대해 뭐라 감사해야할지 모르겠군요."

엘러리는 뒤돌아보지 않고도 여자가 눈물을 글썽이고 있다는 것을 느꼈다. 엘리스는 울먹이며 덧붙였다.

"그래도 누군가 있다고 생각할 때가……."

라이나퍼 박사가 다정하게 위로했다.

"우리도 견디기 힘들었단다, 애야."

"물론 그랬겠죠. 허버트 삼촌, 죄송합니다."

잠시 고요가 찾아왔다. 엘리스가 갑자기 말문이 트인 사람처럼 격하게 말을 토해냈다.

"존 삼촌이 돌아가시면서 저는 아버지와 연락할 길이 없어졌어요. 제게 있던 미국 주소라고는 손 선생님 주소 하나뿐이었죠. 그것도 예전에 어떤 후견인인가 뭔가 하던 분이 주신 거죠. 오로지 그 주소만이 기억나더군요. 그분이라면 틀림없이 제 아버지를 찾아줄 수 있을 거라 생각했죠. 그래서 손 선생님께 제 사진과 함께 자세한 사연을 적어 편지를 보냈던 거예요."

손은 더듬거리며 말을 받았다.

"물론 나도 최선을 다했어요. 아가씨 아버지의 주소를 알아낸 뒤 직접 찾아가서 아가씨 사진과 함께 편지를 보여 드렸어요. 그 양반 께서 아마 이런 말을 들었다면 분명 기뻐했을 겁니다. 아가씨를 무척 보고 싶어했으니까요. 틀림없이 힘든 노년을 보내셨을 겁니다. 정신적으로나 감정적으로 말입니다. 난 부친의 부탁대로 아가씨에게 편지를 보냈고, 지난번에 여길 두 번째로 찾아왔어요. 그때만 해도 아버진 살아 계셨고, 마침 재산 이야기도 나왔는데……."

엘러리의 예상대로 운전대를 잡은 라이나퍼 박사의 두 손에 바짝 힘이 들어갔다. 그런데도 뚱보는 여전히 상냥한 얼굴로 가느다란 미소를 만들고 있었다.

엘리스가 지친 목소리로 말했다.

"죄송하지만 손 선생님, 저는 지금 그런 문제는 아직 얘기할 기분이 아니에요."

차는 마치 사나운 날씨를 피해 달아나기라도 하듯 황량한 도로를 따라 정신 없이 달려갔다. 하늘은 잿빛이었다. 울적하니 찌푸린 하늘, 그 밑에는 시골 풍경들이 몸을 웅크리고 있었다. 그늘진 차 뒷좌석으로 바람이 스며들면서 차 틈새와 외투 사이로 냉기가 감돌았다.

엘러리는 다리를 뻗는 척하며 몸을 비틀어 엘리스 메이휴를 슬쩍 쳐다보았다. 여자의 갸름한 얼굴이 어둠 속에서 희미하게 보였다. 그녀는 꼿꼿한 자세로, 단단히 주먹을 쥔 두 손을 무릎 위에 올려놓고 있었다. 옆자리에 앉은 손은 처량하게 맥빠진 얼굴로 창 밖을 내다보고 있었다.

라이나퍼 박사가 볼을 부풀리며 자신 있게 말했다.

"정말 눈이 올 모양이군!"

아무도 대꾸하는 사람이 없었다.

여행은 끝도 없이 이어졌다. 풍경은 찌푸린 날씨와 걸맞게 음울하기만 했다. 차는 도로를 벗어나 이상한 샛길——벌거숭이 나무들이 양쪽으로 줄지어 늘어선 가운데 동쪽을 향해 불규칙하게 굽은 길——로 들어섰고, 한참을 덜컹대며 달렸다. 길은 울퉁불퉁 패인데다 잔뜩 얼어붙어 있었다. 숲에는 죽은 나무와 덤불이 빽빽하니 혼란스럽게 들어차 있었지만 몇 번이나 산불의 피해를 입었던 듯 시꺼멓게 그을려 있었다. 그 모든 것들이 어우러지면서 숨막힐 듯 황폐한 분위기를 만들어냈다.

박사와 나란히 폭신한 좌석에 앉아 있던 엘러리가 마침내 입을 열었다.

"버림받은 땅! 영락없이 그런 느낌이군."

박사는 신이 나서 고래 같은 등짝을 들썩였다.

"사실 이곳 사람들도 꼭 그렇게 부르고 있지요. '신이 잊어버린 대지'라고 말이오. 하지만 실베스터 형은 항상 그리스의 '삼단일(三單一)의 법칙'(장소, 시간, 사람)을 갖춘 곳이라고 역설했지요."

뚱보는 마치 어둡고 고요한 동굴에 숨어살다 일정한 간격을 두고 뛰쳐나와 분위기를 망쳐놓고 들어가는 심술궂은 사내 같았다.

엘리스가 낮은 소리로 비평했다.

"그다지 사람을 끌 만한 장소는 아니라고 생각되네요."

이 거친 땅에 살고 있던 기묘한 노인과, 먼 옛날 이곳을 도망 나온 어머니를 떠올리고 있음이 분명했다.

라이나퍼 박사가 식용 개구리처럼 볼을 부풀리며 말했다.

"예전에는 여기도 이렇지 않았단다. 한땐 아주 괜찮은 곳이었지. 어릴 적 생각이 나는군. 그때만 해도 이곳이 가장 중심지가 될 것 같았는데 문명을 받아들이지 못하면서 퇴락하기 시작하더니, 걷잡을 수 없는 산불이 두어 번 나면서 완전히 변해 버린 거야."

"끔찍하군요, 정말 끔찍해요."

엘리스가 중얼거렸다.

"애야, 엘리스. 그건 네가 잘 몰라서 하는 말이란다. 우리네 인생이란 지저분한 현실에 장밋빛 판자를 덧입히려는 아귀다툼에 지나지 않는 거야. 너도 한번 생각해 보렴. 이 세상 모든 것들이 악취를 풍기며, 아니 그보다 더 심하게 썩어가고 있지 않니? 아무리 좋게 생각하더라도 살 만한 가치를 찾기란 정말 어려운 일이지. 그런데도 굳이 살아야 한다면 어떤 환경이든, 심지어는 송두리째 썩어 가는 모진 환경일지라도 사람은 충분히 살아갈 수 있는 법이지."

코트 속에 파묻혀 있던 손이 몸을 꼼지락대면서 빈정거렸다.

"굉장한 철학이로군요, 박사!"

"난 솔직히 말했을 뿐이오."

"박사, 제발 짜증나는 소리는 이제 그만 하시지요."

엘러리는 자신의 처지도 잊고 투덜댔다.

뚱보가 엘러리를 힐끗 쳐다보았다.

"손 선생, 당신도 이 알 수 없는 친구분과 같은 생각입니까?"

손은 내뱉듯이 쏘아붙였다.

"난 말보다 실천이 더 많은 말을 해준다는 평범한 속담이 아직 남아 있다고 생각하오. 나는 엿새 동안 면도도 못했고, 당신 집 밖으로 나온 것도 메이휴 노인의 장례식을 치르고는 오늘이 처음이란 말이오."

엘리스가 소스라치듯 소리쳤다.

"손 선생님, 왜 못 나오셨어요?"

변호사는 입속말을 했다.

"미안합니다, 아가씨. 아무것도 아닙니다. 부디 괘념치 마십시오."

라이나퍼 박사는 소리 없이 웃었다.

"선생께선 우리 식구들을 모두 오해하고 계시군요?"

박사는 움푹 팬 도랑을 솜씨 좋게 피하면서 말을 이었다.

"유감스럽게도 선생께서는 지금 내 조카가 친척들에게 아주 좋지 못한 인상을 가지게끔 말씀하시는군요. 우리 가족들이 좀 이상하다는 것은 나도 인정합니다. 아마도 몇 대에 걸쳐 냉장고 속에 들어 있다 보니 피가 좀 시큼해진 모양입니다. 그러나 월등하게 뛰어난 포도주는 아주 깊은 저장고에서 꺼낸 술이 아닙니까? 내 말이 틀리지 않다는 증거는 바로 엘리스를 보시면 이해하실 겁니다. 저토록 생기발랄하고 사랑스러운 아이는 오래된 가문이 아니면 절대 나올 수 없는 거지요."

엘리스가 조금 꺼림칙한 표정으로 그에게 대꾸했다.

"그런 얘기라면 저는 어머니를 닮은 거예요, 허버트 삼촌."

다시 뚱보가 말을 받았다.

"애야, 네 엄마는 그저 널 낳아줬을 뿐이다. 네겐 우리 메이휴 집안의 전형적인 특징이 있단다."

엘리스는 대꾸하지 않았다. 오늘 생전 처음 만난 삼촌이란 사람은 초파리 떼처럼 귀찮기만 하고 도무지 알 수 없는 인물이었다. 그리고 지금 자기가 가는 곳에서 기다리고 있을 다른 사람들 역시도 전혀 만난 적도 없지만 삼촌보다 크게 나을 것은 없을 것 같았다. 친가 쪽 혈통에는 광기가 흐르고 있는 것이다. 아버지는 피해망상에 시달리던 편집증 환자였다. 저 어둠 속 어딘가에 숨어 있을 사라 고모에게도 틀림없이 그런 증상이 있을 것이다. 삼촌의 부인이라는 밀리 숙모 또한 과거야 어떻든지 현재는 이들과 비슷하게 변해 있을 것이다.

엘러리는 뒷덜미가 근질근질했다. 황무지에 들어가면 갈수록 이번 모험은 더더욱 내키지 않았다. 어떤 기괴한 손이 엄청난 비극의 제1막을 무대에 장치하고 있는 듯한, 연극적인 느낌이 들었던 것이다. 그는 외투 깊숙이 몸을 묻으면서 그런 터무니없는 생각을 지워버렸다. 그러나 역시 이상했다. 아무리 외진 벽지라 할지라도 기본적인 생명선마저 결여되어 있었던 것이다. 전봇대도 보이지 않고 전깃줄도 없었다. 그것은 곧 촛불을 사용한다는 의미이기도 했다. 엘러리는 촛불이 질색이었다.

등 뒤에서 해가 지고 있었다. 이제 태양은 위력을 잃은 채 창백한 추위 속에서 떨고 있었다. 엘러리는 저 태양이라도 그대로 멈추어 주었으면 하는 턱없는 바람을 가졌다.

덜컹대는 차 속에서 장난감 인형처럼 흔들리며 그들은 끝없이 달려갔다. 도로는 구불구불 끝없이 몸을 비틀며 마냥 동으로만 향했다.

하늘은 점점 더 음침하게 흐려졌고 추위는 한층 더 뼛속 깊이 파고들었다.

마침내 라이나퍼 박사의 굵직한 목소리가 들렸다.

"다 왔습니다. "

그는 덜컹대는 차를 도로에서 좌회전시키더니 자갈이 잔뜩 깔린 좁은 길로 몰고 들어갔다. 엘러리는 놀랍기도 했지만 한편으로는 다행이다 싶었다. 지겨운 여행이 드디어 끝난 것이다. 뒤에서 손과 엘리스가 부스럭대는 소리가 들렸다. 그들도 틀림없이 자기처럼 같은 생각을 하고 있으리라.

엘러리는 몸을 세우고 얼어붙은 발을 구르며 주위를 둘러보았다. 좁은 길 양편에는 여전히 정신 사납게 우거진 황폐한 숲만 눈에 들어왔다. 그제야 생각나는 게 있었다. 간선도로를 벗어나 이곳까지 오는 동안, 그들은 단 한번도 길을 벗어나지 않았고, 다른 도로도 마주치지 않았다. 엘러리는 등골이 오싹해졌다. 황천길이 될지도 모를 길이 오직 하나뿐이라니!

라이나퍼 박사가 투실투실하니 살찐 목을 뒤로 돌리며 말했다.

"엘리스, 집으로 돌아온 걸 환영한다. "

엘리스가 뭐라 중얼거리며 대답했지만 잘 알아듣기가 힘들었다. 엘리스는 라이나프가 던져 준 낡은 무릎덮개로 얼굴을 눈 바로 밑까지 가리고 있었다. 엘러리는 날카로운 눈길로 뚱보를 쳐다보았다. 귀에 거슬리는 굵직한 목소리에 비웃음과 조소가 섞여 있었기 때문이다. 그러나 얼굴에는 예나 다름없이 상냥하고 부드러운 표정만 떠 있었다.

라이나퍼 박사는 차를 몰고 가더니 두 채의 집 조금 앞, 딱 한가운데 차를 세웠다. 두 건물은 마침 차 하나가 들어갈 공간만큼 떨어져 있었다. 길은 그곳에서 똑바로 안쪽으로 들어가 허름한 차고와 이어겼다. 금방이라도 쓰러질 듯한 차고 벽 틈으로 손의 링컨 승용차가 번쩍이고 있는 게 얼핏 보였다.

빽빽한 숲으로 둘러싸인 손질 안 된 개간지, 거기에 집이 세 채 머리를 맞대고 서 있었다. 마치 망망대해에 떠 있는 황량한 외로운 섬들처럼.

라이나퍼 박사가 진지한 목소리로 말했다.

"저게 네 조상들이 살던 집이다, 엘리스. 왼편에 있는 집 말이다."

왼쪽 집은 석조 건물이었다. 원래는 회색이었을 성싶지만 비바람에 시달려 심하게 퇴색된데다 끔찍한 화재까지 한몫 거들어 거의 검은색처럼 보였다. 외벽은 얼룩과 줄무늬로 마치 문둥병에라도 걸린 것 같았다. 건물은 3층으로, 꽃을 새긴 돌 조각과 나무 장식들이 정교하여 빅토리아 시대 건축 양식임이 분명해 보였다. 외관은 그다지 신경쓰지 않은 듯 표면이 우툴두툴했고, 선조 대의 그림이 새겨져 있을 뿐이었다. 아예 처음부터 황량한 주위 풍경에 맞추어 지은 집이라고 보는 게 맞을 것 같았다.

엘러리는 엘리스 메이휴가 말로는 형용할 수 없는 공포감에 휩싸인 채 건물을 쳐다보고 있다는 것을 알았다. 그럴 수밖에 없는 것이, 이 건물에는 영국의 오래된 저택에서 풍겨 나오는 그윽한 정취 따위는 전혀 없었기 때문이다. 단지 저주받은 황폐한 시골에서 끔찍하게 오랜 세월을 보낸 늙고 낡은 건물에 지나지 않았다. 엘러리는 이렇게 어린 아가씨를 이 충격적인 광경 앞으로 몰고 온 손을 속으로 욕했다.

라이나퍼 박사가 시동을 끄며 명랑한 목소리로 말했다.

"실베스터 형은 이 집을 검은 집으로 불렀지. 예쁜 집이 아니란 건 나도 인정하지만 75년 전에 지은 집 치고는 이만큼 튼튼한 집도 달리 없을 거야."

손은 투덜댔다.

"검은 집, 말 같잖은 소릴!"

엘리스가 조용히 물었다.

"삼촌 말씀은 제 아버지와 어머니가 이곳에서 사셨다는 거예요?"

박사가 대답했다.

"그렇단다. 집 이름이 희한하지요, 손 선생? 이것도 다 실베스터 형의 수많은 편집증 가운데 하나랍니다. 엘리스, 이 집은 네 할아버지가 직접 지으셨단다. 나중에 너도 알게 되겠지만 살기에는 아주 편리한 집이지. 그런데 대체 다들 어디로 간 거지?"

박사는 힘겹게 땅으로 내려서더니 조카가 내릴 수 있게 뒷문을 열어주었다. 엘러리는 차도 반대쪽으로 내려서서 마치 들짐승처럼 후각을 곤두세운 채 주위를 날카롭게 둘러보았다. 검은 집과 이웃하고 있는 집은 이층집이었다. 지금은 회색이지만 원래는 하얀색 돌로 지은 듯했고, 규모도 검은 집보다 훨씬 더 작은 게 위엄이 떨어졌다. 정문은 잠겨 있었고, 아래층 창문에는 커튼이 드리워져 있었다. 그러나 어렴풋이 불빛이 흔들리는 것으로 보아 집안 어딘가에 장작불을 피워둔 듯했다. 창문에 사람의 머리 그림자가 잠시 비치더니 늙은 여자의 얼굴이 나타났다. 여자는 창유리에 잠시 얼굴을 갖다 댔다가는 금방 안으로 들어가 버렸다. 그러나 현관문은 여전히 열릴 낌새가 없었다.

박사가 엘러리를 돌아보며 상냥하게 물었다.

"물론 여기 함께 묵으시겠죠?"

엘러리는 그의 말은 들은 척도 하지 않고 차를 한바퀴 돌아보았다. 세 사람은 차도에 서 있었다. 엘리스는 손이 무슨 보호자라도 되는 양 그의 곁에 바짝 붙어서 떨어질 줄 몰랐다.

라이나퍼 박사가 말했다.

"설마 검은 집에서 자고 싶은 건 아니겠지, 엘리스? 저긴 지금 아

무도 살지 않는데다가 몹시 지저분하단다. 죽음의 집인 셈이지. 너
도 알겠지만……."
손이 거칠게 말을 잘랐다.
"그만해요! 지금 이 연약한 아가씨가 얼마나 겁을 집어먹고 있는
지 보이지 않습니까? 겁이라도 줘서 쫓아버리겠다는 속셈입니
까?"
엘리스가 멍청한 얼굴로 되물었다.
"쫓아버리다뇨?"
뚱보가 혀를 차더니 씨익 웃었다.
"손 선생, 무슨 멜로드라마의 주인공이라도 된 것처럼 왜 그러시
오? 내가 좀 퉁명하고 괴팍스런 늙은이긴 하지만 절대 그런 뜻이
아니란다, 엘리스. 네가 하얀 집에서 머무는 게 훨씬 편안할 거라
는 말이지."
뚱보 박사는 갑자기 껄껄 웃더니 슬쩍 덧붙였다.
"하얀 집이란 말은 저 집과 균형을 맞추기 위해 내가 붙인 이름이
야."
엘리스가 단호한 목소리로 말했다.
"아무래도 뭔가 단단히 잘못된 것 같군요. 대체 왜 그러시죠, 손
선생님? 두 분께선 부두에서부터 지금까지 줄곧 서로를 빈정대면
서 은근한 적대감을 보이고 계시는데 전 이유를 모르겠군요. 그리
고 선생님께선 장례식이 끝나고도 엿새씩이나 아버지 집에 계셨다
는데 도대체 무슨 까닭입니까? 저도 알 권리가 있다고 생각해요."
손이 입맛을 다셨다.
"그건……."
뚱보가 말을 가로챘다.
"됐다. 그만하렴, 애야. 추운 데서 언제까지 이러고 있을 거냐?"

엘리스가 엷은 외투자락을 바짝 여미며 말했다.

"두 분 다 정말 너무 하시는군요, 허버트 삼촌, 괜찮으시다면 안을 구경하고 싶어요. 엄마와 아버지가 사셨다는 집을……."

손이 황급히 말을 받았다. "그건 안 됩니다, 메이휴 양."

라이나퍼 박사가 정중하게 나섰다. "왜 안 된다는 거요?"

박사는 조금 전 자신이 하얀 집이라 부른 건물을 어깨 너머로 쳐다보며 말을 이었다.

"조카도 지금 봐두는 게 더 좋을 거요, 그리고 잊어 버려야죠. 아직 그렇게 어둡지 않으니 안을 둘러볼 수 있을 거요. 어서 끝내고 집으로 들어가 손이라도 씻고 따끈한 저녁을 먹도록 합시다. 그러면 한결 기분도 좋아질 터이니."

박사는 엘리스의 팔을 잡고 죽은 나뭇가지가 널린 마당을 가로질러 컴컴한 건물로 들어갔다.

"열쇠는 손 선생께서 가지신 걸로 아는데?" 돌로 된 현관 층계를 오르다 말고 박사가 부드러운 목소리로 말했다.

엘리스는 세 남자의 얼굴을 둘러보며 말없이 서서 기다렸다. 손 변호사는 창백한 얼굴로 입을 굳게 다물고 말이 없었다. 주머니에서 녹슨 커다란 열쇠다발을 꺼내더니 그 가운데 하나를 골라 정문 열쇠구멍에 집어넣었다. 끼리릭 하는 무딘 쇳소리와 함께 열쇠가 돌아갔다.

손이 문을 열었고 그들은 검은 집으로 들어갔다.

그곳은 무덤 속 같았다. 습한 곰팡이 냄새가 났다. 예전엔 분명 고급품에 속했을 낡고 육중한 가구들이 하나같이 두꺼운 먼지를 뒤집어쓰고 있었다. 벽은 군데군데 벗겨져 속에 들어 있던 판자 색깔이 그대로 드러났다. 어디를 보아도 먼지와 쓰레기뿐이었다. 이런 돼지우리 같은 곳에서 한때 사람이 살았다는 게 도저히 믿어지지 않을 지경

이었다.

라이나퍼 박사는 두 눈 가득 공포를 담고 비틀대는 엘리스를 조용히 지켜보고 있었다. 엘러리는 이 지루한 탐색전이 언제까지 이어질지 몸서리가 쳐졌다. 이방인인 자신마저 이토록 음침한 분위기에 어쩔 줄 몰라하다니! 어떤 강력한 힘에 이끌려 그들은 방에서 방으로 쓰레기를 밟으며 묵묵히 돌아다녔다.

마침내 엘리스가 질식할 것 같은 목소리로 말했다.

"허버트 삼촌, 아무도…… 아무도 아버지를 돌봐주지 않았나요? 이렇게 난장판인데 여길 아무도 치워주지 않았나요?"

뚱보가 어깨를 으쓱했다.

"네 아버진 늘그막에 변덕이 심했단다. 사람들이 도대체 견뎌낼 재간이 있어야지. 그 얘긴 더 이상 꺼내지 않는 게 좋겠구나."

시큼한 냄새가 코를 찔렀다. 그들은 계속 여기저기 돌아보았다. 손은 경계심 많은 늙은 코브라처럼 맨 뒤에 붙어서 라이나퍼 박사의 얼굴에서 잠시도 눈을 떼지 않았다.

가운데층으로 올라가자 침실이 나왔다. 뚱보 말에 따르면 실베스터 메이휴는 이 방에서 죽었다고 했다. 침대는 정돈되어 있지 않았다. 매트리스와 흐트러진 시트 위에 누워 있는 죽은 노인의 모습이 실제로 보이는 듯했다.

다른 방들처럼 더럽지는 않지만 초라하기 그지없는, 한없이 음침한 느낌을 주는 방이었다. 엘리스가 기침을 하기 시작했다.

가엾게도 엘리스는 방 한가운데 꼼짝 않고 서서 자기가 태어난 더러운 침대를 노려보면서 기침을 계속했다.

엘리스는 갑자기 기침을 멈추더니 한쪽 받침대가 없어서 옆으로 기울어진 장롱 쪽으로 달려갔다. 장롱 위에는 색이 바랜 커다란 사진이 들어 있는 액자 하나가 누런 벽에 기대어져 있었다. 그녀는 꼼짝 않고 서서 한참 동안 사진을 물끄러미 들여다보았다.

"엄마예요."

그녀는 사진틀을 들어올리며 또박또박 말을 이었다.

"진짜 우리 엄마예요. 여기 오길 잘했다는 생각이 들어요. 역시 아버지께선 엄마를 사랑하셨던 거예요. 그렇지 않고서는 이 사진이 여태 여기 있을 리가 없잖아요."

손이 대답했다.

"맞습니다, 메이휴 양. 원한다면 가져가세요."

"제겐 엄마 사진이 하나밖에 없어요. 그것도 무척 낡았지요. 그런데 이건…… 어때요, 우리 엄마 참 예쁘죠? 안 그래요?"

엘리스는 약간 실성한 사람처럼 소리내어 웃으며 자랑스럽게 사진틀을 들어올렸다. 오래되어 색이 바랜 그 사진에는 올림머리를 한 젊은 부인의 당당한 얼굴이 담겨 있었다. 부인은 이목구비가 뚜렷하고 단정했다. 엘리스와는 별로 닮은 데가 없는 것 같았다.

"네 아버지는……."

라이나퍼 박사가 한숨을 내쉬며 말을 이었다.

"돌아가실 때까지 네 엄마 이야기를 했단다. 정말 아름다운 분이셨다고."

"아버지가 제게 남겨주신 게 이것뿐이라 해도 저는 영국에서 이곳까지 온 보람이 있었다고 생각해요."

엘리스는 부르르 몸을 떨더니 사진을 가슴에 꼭 껴안고 황급히 그들에게로 달려왔다.

"그만 여기서 나가요! 여기가 싫어요. 어쩐지 기분 나쁜 생각이 들고, 소름끼쳐요."

마치 누군가에게 쫓기기라도 하듯 그들은 반 달음박질로 검은 집을 나왔다. 손은 정문 자물쇠를 잠그면서도 라이나퍼 박사의 등에서 눈을 떼지 않았다. 그러나 뚱보는 아무렇지도 않은 척 조카의 팔을 잡고 건너편으로 걸어갔다. 어느새 하얀 집 창문에 환하게 불이 들어와 있었고, 정문도 활짝 열려 있었다.

두 사람의 뒤를 따라가다 말고 엘러리는 손을 보며 날카롭게 말했다.

"무슨 단서를 줘야지, 손, 힌트 말이야. 나는 지금 아무것도 모른 다구."

엘러리는 황혼녘에 드러난 손의 까칠한 얼굴이 무척 가엾게 느껴졌다. 손은 조그만 목소리로 말했다.

"지금은 말할 수 없네. 모든 게, 모두가 의심스러워. 이따 밤에 방으로 찾아가겠네. 아니면, 어디든 자네 혼자 있을 때 가든지. 퀸, 아무쪼록 조심하게!"

"조심?" 엘러리가 얼굴을 찌푸리며 되물었다.

"자네 목숨이 걸린 문제야!"

손은 딱딱한 표정으로 입술을 굳게 다물며 덧붙였다.

"내 판단으로는 맞을 걸세, 틀림없어!!"

두 사람은 하얀 집으로 들어갔다.

추운 바깥에서 몇 시간이나 굳어 있던 몸이 갑자기 숨막힐 듯한 열기를 받은 탓인지, 너무 급작스레 몸이 녹으면서 더운 기운이 머릿속으로 흘러들어갔는지 엘러리는 정신이 몽롱했다.

잠시 동안 그는 벽난로에서 이글대는 장작불에서 뿜어져 나오는 열기를 쬐며 정신나간 사람마냥 멍하니 서 있었다. 벽난로는 오래되어 시커멓게 그을려 있었다. 희미하게나마 윤곽을 알아볼 수 있는 거라고는 자신들을 맞이한 두 사람과 실내 장식뿐이었다. 실내는 여태까지 보아온 다른 곳이나 마찬가지로 낡았고 가구들은 마치 골동품 가게에서 가져다 놓은 듯했다. 그들은 매우 안락한, 널따란 거실에 서 있었다. 실내 장식들이 기괴할 정도로 시대에 뒤떨어져 있었다. 속을 두툼하게 채운 등받이에 장식덮개까지 붙은 의자마저 있었다. 한 구석에는 넓은 나선형 계단이 이층 침실까지 이어져 있었는데, 발 닿은 부분에는 낡은 놋쇠 장식이 붙어 있었다.

그들을 기다리던 두 사람 가운데 한 명이 박사의 아내 라이나프 부인이었다. 엘러리는 그 여자를 보자마자, 또는 그 여자가 엘리스를 포옹하는 걸 보자마자 과연 뚱보가 배우자로 선택할 만한 여자임을 알았다. 창백한 얼굴의 여자는 쪼글쪼글하니 줄어든 작은 벌레처럼 뼈와 가죽만 남아 두려움에 떨고 있는 게 분명했다. 건조하고 푸르스름한 얼굴이 무언가에 쫓기듯 불안한 표정이었다. 부인은 엘리스의 어깨 너머로 자기 남편을 머뭇대며 쳐다보았다. 마치 매로 길들여진 암캐가 주인 앞에서 꼼짝 못하고 복종하는 그런 눈길이었다.

"밀리 숙모님이시군요."

엘리스가 포옹을 풀며 말을 이었다.

"이해해 주시리라 믿어요. 저는 모든 게 너무 낯설기만 해서 아직……."

"어지간히 지쳤겠구나, 가엾게스리."

라이나프 부인이 말했다. 새가 찍찍대는 소리 같았다. 엘리스가 힘없이 웃으면서 고맙다는 표정을 지었다. 부인이 다시 말했다.

"아무렴, 이해하고말고. 우리가 얼마나 낯선 사람처럼 느껴지겠니? 그런데…… 어머나!"

여자의 힘없는 눈길이 엘리스의 손에 들린 사진으로 향하고 있었다.

"그랬구나. 벌써 저 집에 들어갔다 온 모양이지?"

뚱보가 말을 받았다.

"물론 다녀왔지."

박사의 굵직한 목소리에 부인의 얼굴이 더욱더 창백해지는 듯했다.

"엘리스, 밀리 숙모에게 위층으로 안내해 달라고 하렴. 이제 좀 쉬어야 하지 않겠니?"

"사실 몹시 지쳤어요."

엘리스는 솔직하게 대답했다. 그녀는 어머니 사진을 쳐다보고는 밝게 웃으며 말을 계속했다.

"제가 너무 명랑하다고 이상하게 생각지는……."

엘리스는 말을 채 끝맺지 않고 벽난로 쪽으로 걸어갔다. 불길을 받아 거무스름하게 변한 커다란 난로 선반 위에는 지나간 시절의 싸구려 장식물들이 가득 얹혀 있었다. 엘리스는 빅토리아풍의 의상을 입은 자기의 어머니 사진을 그 장식물들과 나란히 진열하더니 명랑하게 말을 이었다.

"됐어요! 이젠 한결 기분이 나아졌어요."

"두 분도 너무 그렇게 빳빳하게 굳어 계실 것 없어요, 닉! 뭐하고 있어? 조카딸 가방이 아직 차에 묶여 있어." 박사가 말했다.

벽에 기대선 채 엘리스 메이휴의 얼굴을 음흉하니 살피고 있던 건장한 청년이 무뚝뚝하게 고개를 끄덕이더니 밖으로 나갔다.

"누구죠?"

엘리스가 얼굴을 붉히고 나지막히 물었다.

"닉 키스야."

뚱보가 대답했다. 그는 코트를 벗으며 두툼하니 살찐 손을 녹이려고 벽난로 쪽으로 걸어갔다.

"항상 시큰둥해 있지. 저 녀석이 걸치고 있는 두꺼운 갑옷만 꿰뚫을 수 있다면, 엘리스 너와도 좋은 친구가 될 거야. 집에서 허드렛

일을 돕고 있지. 그렇다고 멀리할 것까진 없다. 우린 민주주의 국가에서 살고 있으니까."

"좋은 사람 같아요, 저는 이만 실례해도 되겠죠? 밀리 숙모님, 그럼 귀찮으시겠지만……?"

청년이 등에 짐을 잔뜩 짊어지고 다시 들어왔다. 그는 쿵쾅거리며 거실을 가로질러 층계 위에 짐을 털썩 내려놓았다. 그게 무슨 신호라도 되는 듯 갑자기 라이나프 부인은 참새처럼 짹짹대며 엘리스의 팔을 잡아끌더니 층계로 데려갔다. 그들은 키스를 따라 사라졌다.

뚱보가 껄껄 웃으며 두 사람의 외투를 받아 옷장에 집어넣었다.

"의사로서, 선생님들께 멋진 처방을 하나 해 드리리다."

박사는 거실 찬장에서 브랜디 한 병을 꺼내들고 왔다.

"몸이 얼었을 땐 뭐니뭐니해도 이게 최고지요."

뚱보는 멋진 솜씨로 자기 잔을 단숨에 비웠다. 그의 둥그런 코에 동판화처럼 새겨진 실낱같이 미세한 빨간 혈관들이 난롯불을 통해 똑똑히 보였다.

"아! 이런 맛으로 세상을 사는 거지요, 좀 낫지 않소? 이제 그만 씻고 싶으실 테니 날 따라오시오, 내가 방으로 안내하리다."

엘러리는 분명히 짚고 넘어가야겠다는 듯 고집스럽게 고개를 저었다.

"이 집엔 사람을 나른하게 만드는 어떤 이상한 기운이 있는 듯하군요, 박사? 샤워나 좀 했으면 좋겠소."

"아마 곧 정신이 맑아지실 겁니다."

뚱보가 조용히 웃으며 대답했다.

"알다시피 여긴 원시림 한가운데요, 전깃불이나 가스는 물론이고 전화나 수돗물도 없지요, 물은 집 뒤에 있는 우물에서 길어다 쓴답니다. 단조로운 생활이지요, 하지만 현대 문명이 넘쳐흐르는 것보다는 훨씬 낫답니다. 이곳에 살던 우리 조상들이 결국 질병으로 돌아가셨는지는 모르겠지만, 감기나 뭐나 그런 질병들에 대해선 아마 여러분보다 면역력이 훨씬 강했을 겁니다. 이런, 실없는 소리를 많이 늘어놓았군요. 올라가십시다."

위층 복도는 싸늘했다. 몸은 떨렸지만 정신은 오히려 말짱해졌다. 엘러리는 금세 기분이 좋아졌다. 라이나퍼 박사가 촛불과 성냥을 들고 손을 현관이 보이는 방으로 안내한 뒤 엘러리는 그 옆방으로 데려갔다. 방 한쪽 구석의 커다란 벽난로에는 불이 활짝 지펴져 있었고, 구닥다리 세면대 위에는 얼음처럼 차가워 보이는 물이 담긴 대야가 놓여 있었다.

"편안하실 겁니다."

뚱보가 문간에서 어슬렁거리며 느릿느릿 말을 이었다.

"우린 손 선생과 제 조카만 올 줄 알았지요. 하지만 방 한 칸쯤이야 항상 손님들을 맞을 준비가 되어 있답니다. 아, 손 선생의 동료라고…… 그렇게 말씀하셨던가?"

"그렇게 두 번 말했지요. 그럼 저는 이만……."

"네, 물론입니다. 저는 신경 쓰지 마십시오."

라이나퍼 박사는 좀처럼 내려가지 않고 웃음 띤 얼굴로 엘러리를 쳐다보며 꾸물대고 있었다. 엘러리는 어깨를 으쓱해 보인 뒤 코트를 벗고 얼굴을 씻었다. 물은 지독히 차가웠다. 얼마나 차가운지 작은 물고기들이 숨어 있다가 손가락을 무는 듯했다. 엘러리는 열심히 얼굴을 문질렀다.

"훨씬 낫군."

엘러리는 세수를 끝내고 얼굴을 닦았다.

"아주 좋아! 아래층에서는 왜 그렇게 나른했는지 모르겠단 말씀이야."

"추운 곳에 있다가 갑자기 따뜻한 곳으로 들어가서 그랬을 겁니다."

박사는 여전히 내려갈 뜻이 없어 보였다. 엘러리는 다시 어깨를 으쓱해 보이고, 보거나말거나 상관없다는 듯이 가방을 열었다. 잡다한 신사용 물품 위에 38구경 연발권총이 한눈에 드러났다. 그는 권총을 꺼내 한옆으로 던져놓았다.

"항상 총을 가지고 다니십니까, 퀸 선생?"

라이나퍼 박사가 낮은 소리로 물었다.

"그렇소."

엘러리는 권총을 집어서 바지 뒷주머니에 꽂았다.

"멋지군요!"

뚱보는 세 겹으로 주름진 턱을 손가락으로 툭툭 건드리며 말을 이었다.

"멋져요, 그럼, 퀸 선생. 이젠 변호사 선생께선 무얼하고 계신지 잠시 가보겠습니다. 손 씨 고집도 대단하더군요, 그게 지난 주죠, 아마. 차린 건 없지만 함께 식사를 하자고 했는데도 굳이 저 지저분한 방에서 혼자 있겠다고 우기지 뭡니까?"

"글쎄, 왜 그랬을까요?"

엘러리는 혼잣말로 중얼거렸다.

박사가 그를 똑바로 쳐다보았다.

"준비되는 대로 내려오십시오. 집사람이 저녁 식사를 근사하게 차려놓았을 겁니다. 몰라서 그렇지, 선생도 저만큼만 배가 고프면 아주 맛있는 저녁이 될 겁니다."

뚱보는 싱글벙글 웃으며 사라졌다.

엘러리는 잠시 멈추어 서서 귀를 기울였다. 뚱보의 발소리가 복도 끝에서 멈추었다. 다음 순간 묵직한 발소리가 다시 이어지더니 층계를 내려가는 소리가 났다.

엘러리는 발끝을 세우고 재빨리 방문 쪽으로 다가갔다. 벌써부터 눈치채고 있던 사실을 확인해야 했다.

문에는 자물쇠가 없었다. 자물쇠가 있던 자리는 나뭇결이 갈라진 채 움푹 패어 있었고, 그 패인 자국도 주위와 비교해 보면 바로 얼마 전에 생긴 듯했다. 그는 얼굴을 찌푸리고, 흔들의자를 문손잡이에 기대 놓았다. 그리고 방안을 뒤지기 시작했다.

무거운 나무 침대 위에 깔린 매트리스를 들어올리고 막연한 그 무엇인가를 찾아 손을 넣어보았다. 옷장과 서랍도 열어보았다. 혹시 전화선 같은 것은 없나 싶어 낡은 카펫도 들춰보았다.

십 분 뒤 그는 스스로에게 화가 났고, 결국 뒤지기를 포기하고 창가로 걸어갔다. 바깥 풍경이 얼마나 음침한지 얼굴이 저절로 찌푸려졌다. 앙상한 갈색 나무와 잿빛 하늘밖에 보이지 않았다. 검은 집이라 부르는 낡은 집이 반대편에 있어서 그가 서 있는 창가에서는 보이지 않았다.

태양이 구름에 가린 채 지고 있었다. 한순간 시커먼 구름이 옆으로 밀려나면서 찬란한 태양의 금빛 테두리가 드러나더니 한줄기 햇살이 그의 눈으로 뛰어들었다. 무지갯빛들이 공처럼 눈앞에서 어지럽게 아른거렸다. 금방이라도 눈을 뿌릴 것 같은 두터운 구름이 다시 몰려들었다. 태양은 구름에 가려진 채 지평선 아래로 사라져갔다. 방은 급속도로 어두워졌다.

자물쇠를 뜯어놓았다? 그것도 누군가 서둘러 뜯어놓았다. 당연히 그들은 자신이 오는 걸 모르고 있었을 것이다. 그렇다면 그들이 차에서 내렸을 때 누군가 창문으로 낯선 자기를 보았음에 틀림없었다. 스쳐가듯 창 밖을 내다보던 그 늙은 여자의 짓인가? 엘러리는 그 여자가 어디 있는지 궁금했다. 아무튼 그 짧은 시간에 자물쇠를 이리도 능숙하게 뜯어놓다니! 한 가지 더 궁금한 게 있었다. 손의 방 자물 쇠도 뜯겨나가고 없을까? 그리고 엘리스 메이휴 양의 방은 과연 또?

손과 라이나퍼 박사는 벌써 벽난로 앞에 자리를 잡고 있었다. 엘러 리가 내려가자 뚱보의 말소리가 들려왔다.

"조금 기다려봅시다. 엘리스한테도 정신을 차릴 시간을 줘야지요. 아마 오늘 받은 충격이 상당히 컸을 겁니다. 집사람한테도 사라 누 이에게 엘리스 얘기를 조심해서 하라고…… 아! 퀸 씨, 이리 와서 앉으십시오. 조금 있다 엘리스가 내려오면 저녁을 먹도록 하지요."

"박사께서 설명중이시네." 손이 시큰둥하게 말했다. "메이휴 양의 고모인 사라, 즉 실베스터 메이휴 노인의 여동생인 펠 부인에 대해서 말이네. 조카가 왔다는 걸 너무 갑작스럽게 알리면 좋지 않을 거라는 군."

"그래?" 엘러리가 대답했다. 그는 의자에 앉아 발을 최대한 벽난 로 가까이 가져갔다.

라이나퍼 박사가 말했다.

"사실 제 이복누이는 가엾게도 정신이 좀 이상하답니다. 집안에 내 려오는 유전병이지요. 정신이 오락가락하는데 난폭하다거나 그렇 지는 않습니다. 하지만 비위를 맞춰주는 게 좋지요. 그래서 정상이 아닌 사람을 엘리스와 만나게 한다는 게 좀……."

엘러리가 말을 받았다.

"정신병이라! 불행한 집안이군요. 당신 이복형인 실베스터 노인도 허황된 생각을 한다거나 우울해하는 증상이 있었던 모양인데 펠 부 인의 증상은 또 어떤 거요?"

"지극히 평범합니다. 자기 딸이 아직 살아 있는 줄 알고 있지요. 사실 불쌍한 올리비아는 3년 전에 교통 사고로 죽었답니다. 그 아이의 죽음이 누이의 모성본능을 비뚤게 자극한 거지요. 누이는 오빠의 딸인 엘리스를 무척이나 보고 싶어했는데 그런 마음이 정반대의 결과를 가져올지도 모른답니다. 병든 마음이 갑작스런 상황에 어떤 반응을 보일지는 아무도 예측할 수 없으니까요."

엘러리는 천천히 대꾸했다.

"그런 문제라면 병든 사람이나 건강한 사람이나 다 마찬가지 아닙니까?"

박사는 희미하게 웃었다. 벽난로 쪽에 바짝 붙어 앉아 있던 손이 입을 열었다. "키스라는 청년 말이오."

뚱보가 들고 있던 술잔을 천천히 내려놓았다. "마시겠소, 퀸 선생?"

"아니오, 그만하겠소."

"키스라는 청년 말이오." 손이 같은 말을 되풀이했다.

"으응? 아, 닉 말이군요. 손 선생, 그런데 그 친구가 왜요?"

손이 어깨를 으쓱했다. 라이나퍼 박사가 도로 술잔을 들며 말했다. "제가 괜한 생각을 하는 건지도 모르겠지만, 혹시 우리 사이에 막연한 적대감이라도 있는 게 아닌지요?"

"박사!" 손이 거칠게 항의했다.

"키스에 대해선 걱정하지 마세요, 손 선생. 너무 오랫동안 외롭게 자란 녀석이라 세상을 보는 눈이 비뚤어져 그럴 겁니다. 그만큼 놈의 심성이 착하다는 증거이지요. 유감스럽게도 녀석은 나하고는 성격이 달라요. 자기 이성을 젖히고 감정적인 쾌활함을 드러내놓지 못하지요. 조금 반사회적인 성격이라고도 할 수 있는데…… 아, 마침 오는구나! 이런 정말 예쁘구나, 정말 예뻐."

엘리스는 주름장식이 없는 간편한 드레스로 옷을 바꿔 입고 있었다. 이제야 원기를 되찾은 듯이 보였다. 양쪽 뺨에는 홍조가 돌았고 두 눈에는 여태껏 보지 못한 밝은 빛이 반짝였다.

엘러리는 모자와 코트를 벗어버린 엘리스의 모습을 처음 보고 전혀 다른 사람처럼 보인다고 생각했다. 하긴 외출복을 벗고 탈의실로 들어가 문을 닫은 뒤, 어떤 신비스런 행위로 새 단장을 했다 하면 나올 때는 어김없이 달라지는 게 여자이긴 하지만. 엘리스는 눈 밑에 여전히 그늘이 있었으나 누군가가 마음을 다독여준 듯 웃음만은 아까보다 훨씬 더 밝아 보였다.

"고맙습니다, 허버트 삼촌. 아무래도 지독한 감기에 걸렸나 봐요."

엘리스의 목소리가 조금 쉰 듯했다.

뚱보가 금방 말을 받았다.

"그럴 땐 위스키와 뜨거운 레모네이드가 좋지. 식사는 조금만 하고 일찍 자려무나."

"하지만 전 솔직히 배가 너무 고픈걸요."

"그렇다면 실컷 먹어야지. 이제 다들 분명히 알고 있겠지만, 그래도 이 삼촌이 명색이 의사 아니냐. 그럼 식사를 시작할까?"

"그러세요. 사라 고모와 닉은 기다리지 않을 건가요?"

라이나프 부인이 겁먹은 목소리로 물었다.

엘리스의 눈이 약간 흐려졌다. 그녀는 한숨을 쉬더니 재촉하듯 뚱보의 팔을 잡아끌었다. 그들은 식당으로 들어갔다.

형편없는 식사였다. 라이나퍼 박사는 먹고 마시는 데 자기의 온힘을 다 쏟아붓는 듯했다. 박사의 부인은 앞치마를 두른 채 식사 시중을 들었다. 음식을 날라 오고 접시를 닦아내느라 바쁘게 설쳐대면서 가까스로 자기 몫을 입에 넣고 있었다. 주방 일을 맡아보는 하녀가 없는 게 분명했다.

엘리스는 조금씩 안색을 잃어가더니 다시 아까처럼 피곤한 표정이 되었고 이따금 헛기침을 해댔다. 그 바람에 식탁 위의 석유램프가 심하게 흔들렸다. 입안으로 들어가는 음식 치고 기름지지 않은 게 하나도 없었다. 카레소스를 곁들인 양고기 요리가 메인요리였는데, 공교롭게도 엘러리가 지독히도 싫어하는 요리가 바로 양고기였고, 가장 피하고 싶은 방법이 바로 카레를 넣는 조리법이었다. 그런데도 손은 접시에서 눈도 떼지 않고 꾸역꾸역 먹어대고 있었다.

식사가 끝나고 그들은 거실로 들어갔다. 손이 슬쩍 뒤로 처지면서 엘리스를 보며 낮은 소리로 물었다.

"별일 없소?"

"제가 조금 놀랐던가 봐요." 그녀는 조용히 대답했다. "손 선생님, 제발 절 너무 어린애 취급은 마세요. 하지만 뭔가, 아니 모든 게 다…… 너무 이상해요. 오지 말 걸 그랬나봐요."

"알아요. 하지만 올 필요가 있었어요. 아무렴요. 혼자서 처리할 수 있었다면 내가 왜 아가씨를 불렀겠어요? 그렇지만 저 끔찍한 검은 집에 아가씨를 묵게 한다는 건 역시……."

"아아, 절대로 할 수 없어요."

엘리스는 생각만 해도 끔찍하다는 듯 몸을 떨었다.

"호텔은 여기서 수십 킬로미터 더 가야 합니다. 여기서 묵는 수밖에 없어요. 그보다 메이휴 양, 혹시 이 사람들 가운데 누군가…… ?"

"아뇨, 아니에요. 그냥 사람들이 너무 낯설어서 그래요. 그런 선입관도 없는 건 아니지만 날씨가 너무 추워서 그럴 거예요. 저는 그만 가서 쉬겠어요. 내일은 얘기할 시간이 많을 거예요."

손이 엘리스의 등을 토닥여 주었다. 그녀는 미소를 지으며 고맙다는 인사를 하고, 박사의 뺨에 입맞춤을 했다. 그리고 부인을 따라 이층으로 올라갔다.

다시 벽난로 앞에 자리잡은 그들이 막 담뱃불을 붙여 물었을 때 집 뒤편에서 쿵쾅대는 발소리가 들려왔다.

"닉인가 보군. 대체 어딜 갔다온 게지?"

라이나퍼 박사가 숨찬 소리로 말했다.

우람한 체구의 청년이 잔뜩 불만스런 얼굴로 거실 입구에 나타났다. 신발이 물에 흠뻑 젖어 있었다.

"괜찮소?"

청년은 엘러리 일행에게 시큰둥하니 인사하더니 추위로 벌겋게 된 커다란 손을 녹이려는 듯 난롯가로 다가왔다.

라이나퍼 박사가 말했다.

"어딜 갔다왔어, 닉? 들어가서 저녁 먹어야지."

"벌써 먹었어요."

"여태 뭘 했어?"

"장작을 날랐죠. 당신은 손끝 하나 까딱하지 않으니."

비꼬는 말투였다. 그러나 엘러리는 청년의 손이 떨리고 있음을 보았다. 이렇게 이상한 일이 있나! 전혀 하인답지 못한 태도가 아닌가? 분명 하인들처럼 천한 일을 하고 있건만.

"눈이 오는군요."

누군가가 말했다.

"눈이 온다고?"

그들은 앞쪽 창가로 몰려들었다. 달이 없는 밤이라 밖은 한치 앞도 보이지 않았다. 그때 굵은 눈송이가 창유리에 부딪쳐 떨어졌다.

"아, 눈이 오는군!" 박사가 한숨처럼 말했다. 그러나 그 말속에는 무언가 엘러리의 목덜미를 건드리는 것이 있었다. "하얗게 채색된 언덕과 숲을, 강과 하늘을 덮는구나. 정원 끝머리에 있는 농부의 오두막까지 하얀 면사포로 덮어주는구나."

"꽤 낭만적이군요, 박사." 엘러리가 말했다.

"저는 자연의 평범한 모습보다는 거친 면을 더 좋아하는 편이지요. 봄은 겁쟁이들에게나 어울리는 계절이고, 겨울은 깊은 고뇌를 갖게 하지요."

라이나퍼 박사는 키스의 떡 벌어진 어깨에 슬그머니 팔을 둘렀다.

"웃으라고, 닉. 하늘엔 하느님이 계시지 않는가?"

키스는 말없이 그의 팔을 걷어냈다.

뚱보가 다시 말했다.

"가만있자, 넌 퀸 씨를 모르겠구나. 퀸 선생, 여긴 닉 키스요. 닉, 손 변호사는 전번에 봐서 알고 있겠지?"

키스가 짧게 고개를 까닥였다.

"이봐, 기운을 내라고, 닉. 넌 너무 감정적이야. 그게 문제라고. 우리 다 같이 한잔합시다. 아무래도 신경과민이란 질병은 전염성이 있는 것 같아."

신경과민이라! 엘러리는 불길한 느낌이 들었다. 그는 후각을 동원해 공기 중에 섞인 불가사의한 냄새를 맡아보려 했다. 그러나 그 냄새는 날 듯 말 듯 그를 감질나게 할 뿐이었다. 손은 마치 복통이라도 난 것처럼 어쩔 줄 몰라하고 있었다. 관자놀이에는 푸르스름한 정맥이 돋아나 있었고, 이마에는 땀방울까지 맺혀 있었다.

그들 머리 위 이층에서는 아무 소리도 들리지 않았다. 라이나퍼 박사가 찬장으로 가더니 여러 종류의 술——진, 맥주, 위스키, 백포도주 등——을 꺼내 나르기 시작했다. 그는 끊임없이 뭐라고 중얼거리며 분주하게 술을 섞었다. 쉰 듯한 그의 낮은 목소리에는 가눌 길 없는 흥분에서 오는 가느다란 진동이 섞여 있었다. 엘러리는 마음 속으로 고민에 빠졌다. 제기랄, 도대체 여기서 무슨 일이 벌어지고 있는 거야!

키스가 칵테일을 돌렸다. 엘러리가 눈짓을 하자 손이 살짝 고개를 끄덕였다. 그들은 한잔씩 마시고 더 이상 마시지 않았다. 키스는 뭔가를 애써 잊어버리려는 사람처럼 줄기차게 마셔댔다. 라이나퍼 박사는 커다란 몸집을 안락의자에 올려놓으며 말했다.

"이제 좀 낫군. 여자들도 자리를 비켜주고, 따뜻한 난롯불과 술이 있으니 정말 살 것 같네."

손이 말했다. "유감이지만 난 별로 유쾌하지 못한 이야기를 해야겠소, 박사. 이젠 더 참을 수가 없어서 말이요."

라이나퍼 박사가 눈을 깜박였다.

"말씀하시지요, 얼마든지."

박사는 팔에 브랜디 병이 걸리지 않도록 조심스레 옆으로 밀어두고는 작고 두툼한 두 손을 깍지 껴 배 위에 올려놓았다. 가느다란 그의 자줏빛 두 눈이 반짝 빛을 발했다.

손은 몸을 일으켜 벽난로로 걸어가더니 타오르는 불꽃을 물끄러미 내려다보면서 말을 꺼냈다.

"나는 메이휴 양의 권익을 보호하기 위해서 이곳으로 왔습니다."

손은 돌아보지 않았다.

"오직 그녀의 권익을 위해서 말이요. 그리고 실베스터 메이휴 씨는 지난 주 너무 갑자기 돌아가셨소. 그것도 부인과 이혼한 뒤 20년 동안 보지 못한 딸을 기다리다 말입니다."

"분명한 사실이오."

박사는 아무렇지도 않은 목소리로 대꾸했다.

손이 몸을 돌렸다.

"박사, 당신은 노인이 죽기 거의 1년 전부터 그분의 주치의 노릇을 해왔소. 그 분은 어떻게 돌아가셨지요?"

"여러 가지로 생각할 수 있겠지요. 하지만 특별히 이상한 증세는 없었어요. 사망 원인은 뇌일혈이고요."

"사망진단서에도 그렇게 기록되어 있더군요."

손은 몸을 숙이면서 천천히 말을 이었다.

"하지만 나는 당신이 작성한 사망진단서를 완전히 신용하지 않습니다."

박사가 잠시 손을 노려보았다. 다음 순간 박사는 두툼한 손으로 자신의 살찐 넓적다리를 세게 내려쳤다. 철썩!

"멋지군요!"

쩌렁쩌렁 울리는 목소리였다.

"아주 멋져요! 마음에 쏙 들었소, 손 선생. 당신은 깡마른 체격인데도 재미있는 상상을 곧잘 하시는구려?"

박사는 싱글벙글 웃으며 엘러리를 돌아보았다.

"들었소, 퀸 선생? 당신 친구분은 공개적으로 나를 살인자라 비난하고 있소. 이거 점점 재미있어지는군요. 그렇다면 이 늙은 라이나프가 내 친형을 죽였다는 말씀입니까? 닉, 자넨 어떻게 생각하나? 자네의 후견인께서 잔혹한 살인혐의를 받고 있는데 말이야. 세상에 나 원!"

"말도 안돼요. 손 씨, 당신도 그렇게 확신하는 건 아니잖소?"

닉 키스가 불퉁스레 말했다.

손의 비쩍 마른 볼이 움푹 들어갔다.

"내가 그렇게 믿고 안 믿고가 중요한 게 아니오. 그럴 가능성이 있다는 얘기지. 하지만 지금 내가 가장 관심을 가지고 있는 것은 살인의 가능성이 아니라 엘리스 메이휴 양의 권익 문제요. 실베스터 메이휴 씨는 어떤 힘에 의해서든지——신이든 인간이든——이미 돌아가셨어요. 하지만 그의 딸인 엘리스 메이휴 양은 멀쩡히 살아 있소."

"그래서요?"

박사가 부드럽게 되물었다.

"내가 말하고 싶은 건, 실베스터 메이휴 씨가 왜 하필이면 그때 죽었느냐는 거요."

오랜 침묵이 흘렀다. 키스는 무릎에 팔꿈치를 댄 채 난롯불만 바라보고 있었다. 덥수룩하니 손질하지 않은 머리카락이 그의 눈을 덮고 있었다. 라이나퍼 박사는 재미있다는 듯이 브랜디 잔을 홀짝거렸다.

박사가 잔을 내려놓으며 한숨 섞인 목소리로 말했다.

"그렇지 않아도 짧은 인생인데 이렇게 사소한 일에 시간을 낭비할 필요가 있을까요? 신사분들, 쓸데없는 얘기는 그만 집어치우고 바로 본론으로 들어갑시다. 닉 키스는 내가 신임하는 사람이니까 안심하고 얘기해도 될 거요."

청년은 꿈쩍도 하지 않았다.

"퀸 씨, 당신은 무슨 얘긴지 잘 모를 겁니다, 그렇지요?"

"그걸 어떻게 알았소?"

박사는 웃으면서 대답했다.

"후후, 손 변호사는 실베스터 형의 장례식을 끝낸 뒤로 단 한번도 검은 집을 떠난 적이 없소. 게다가 누가 강요한 것도 아닌데 스스로 밤샘을 자청하던 지난 한 주 동안 누군가에게 편지를 보낸 적도 없소. 그런데 오늘 아침 부두에 나가서 비로소 누구에겐가 전화를 한다며 잠시 내 곁을 떠났단 말이오. 그리고 금방 당신이 나타났고. 하지만 손 선생이 돌아오기까지는 불과 1, 2분밖에 걸리지 않았으니까 당신에게 자세한 사정을 설명할 시간은 없었을 것이오. 허락하신다면 퀸 선생, 오늘 당신이 보여준 행동에 대해서는 칭찬을 해드리고 싶군요. 아주 훌륭했어요. 아무것도 모르면서 마치 모든 것을 다 알고 있는 듯한 그 연기가 말이오."

엘러리는 코안경을 벗어 안경알을 닦기 시작했다.

"선생께서는 정신과 의사까지 겸하시는 모양이군요?"

갑자기 손이 끼어들었다.

"그건 중요한 문제가 아니오."

"천만에. 아주 중요한 문제요, 이건."

뚱보가 처량한 목소리로 나지막이 말을 이었다.

"지금 친구분께서는 입이 근질근질하신가 봅니다. 퀸 선생, 계속 당신 애간장을 태우는 게 마음에 걸려서 하는 말인데 대충 이런 일입니다. 내 이복형 실베스터는 지금 하늘나라에서 쉬고 있지만 구두쇠였어요. 자기의 금화를 무덤까지 가져갈 수만 있다면 절대 영원히 안전하다고 믿는 그런 인물 말입니다."

"금화라고요?"

엘러리의 눈썹이 위로 올라갔다.

"웃어도 괜찮습니다, 퀸 씨. 실베스터 형님 주변에는 중세적인 것이 많았으니까요. 검은색 기다란 벨벳 가운을 입고 라틴 어로 주문을 외며 돌아다니는 사람을 생각하면 거의 맞아떨어질 거요. 어쨌든 형님은 금화를 무덤까지는 가져가지 못했고 대신 차선책을 찾았지요. 어딘가 숨겨버린 겁니다."

"맙소사! 죽어 귀신이 된 이를 모욕하려는 거요?"

엘러리가 말했다.

"그 부정한 이득을 검은 집에 숨겨놓은 것이지요."

라이나퍼 박사가 환하게 웃으면서 말했다.

"그럼 엘리스 메이휴 양은?"

"가엾게도 그 아이는 희생양이오. 실베스터 형은 최근까지도 그 아이에 대해선 생각도 않고 있었소. 그때 엘리스가 런던의 단 하나 남은 외삼촌마저 죽었다고 친절한 손 변호사——마른 체구에 굶주린 눈을 가졌지요——에게 편지를 보낸 거요. 예전에 어떤 친구로부터 믿을 만한 변호사라고 소개받았겠지요. 아무렴, 믿을 만하고말고요! 알다시피 엘리스는 자기 아버지가 살아 있는지, 어디서얼마나 외롭게 지내고 있는지도 몰랐소. 착한 사마리아인인 손 씨께서 결국 우리를 찾아냈고, 실베스터 형에게 기나긴 사연이 담긴편지와 엘리스의 사진을 전해줬지요. 그리고 그때부터 줄곧 형의개인 연락병 노릇을 해왔던 거요. 그것도 철저하게 신중을 기해서말이오, 젠장!"

"그렇게 장황하게 설명할 필요는 없소, 퀸 씨는……." 손이 딱딱한 어조로 말했다.

"아무것도 모르지요." 뚱보가 웃으면서 말을 가로챘다. "방금 내가 한 짧은 이야기만 가지고 상황을 판단하려면 아직은 일러요. 우리서로 현명해집시다, 손 선생."

박사는 상냥한 얼굴로 고개를 끄덕이더니 다시 엘러리를 보면서 말했다.

"자, 퀸 선생. 실베스터 형은 물에 빠진 사람이 지푸라기라도 잡는격으로 새로 찾은 딸에게 매달렸소. 나는 내 이복형이 노망이 들어가족들이 재산을 노리고 자기를 죽이려 한다는, 말도 안 되는 생각을 했다는 걸 굳이 감출 생각은 없소이다."

"물론 중상모략이겠지요?" 엘러리가 물었다.

"그렇게 말할 수도 있겠지요. 하지만 실베스터 형은 내 앞에서 손선생에게 말했소. 이미 오래 전에 자기는 전 재산을 금으로 바꾸어옆에 있는 검은 집 어딘가에 숨겨두었다고 말이오. 그리고 금을 숨겨둔 장소는 자신의 유일한 상속자가 될 엘리스 외에는 절대 아무한테도 말하지 않겠다고. 아시겠소?"

"알 만하군요." 엘러리가 대답했다.

"하지만 불행하게도 형은 엘리스가 도착하기 전에 죽고 말았소. 퀸 선생, 이 정도면 손 씨가 왜 우리를 이상하게 생각하는지 짐작이 되겠지요?"

"대단하군요." 손이 대답을 가로챘다. 그의 얼굴이 시뻘겋게 변해 있었다. "변호사인 나로서는 의뢰인의 권익을 보호해야만 하고, 어딘가에 숨겨져 관리가 불가능한 재산을 그냥 내버려둘 수가 없었던 거요."

"물론 그러시겠지요."

뚱보가 고개를 끄덕였다.

이때 엘러리가 참견했다.

"제 작은 목소리가 방해가 되지 않는다면 살짝 일러드리고 싶군요. 생쥐 한 마리를 놓고 거인들이 싸움을 벌이는 듯해서 말이지요. 이 나라에서는 금을 소유하지 못하도록 법으로 명백히 정해두고 있습니다. 그런 법이 시행된 지는 벌써 몇 해가 지났지요. 그러니 설령 금을 찾는다 할지라도 정부가 압수하지 않을까요?"

손이 나섰다.

"퀸, 법적인 문제가 얽혀 있긴 하지만 금을 찾기 전까지는 아무도 여기 끼어들 수 없네. 그렇기 때문에 난 백방으로……."

"노력이 아주 대단했지요." 박사가 씩 웃으며 말을 대신했다. "퀸 선생, 혹시 당신 친구분이 방문 빗장을 걸어 잠근 채 한 손에는 단검까지 들고 잠을 잤다는 걸 아십니까? 그 단검으로 말씀드리자면 실베스터 형이 아끼고 아끼던, 해군에서 복무하신 할아버지가 남기신 유품이었지요. 정말 웃기지도 않는 일 아닙니까?"

그러자 손이 단호하게 대꾸했다.

"나는 조금도 웃기지 않소. 계속 나를 그렇게 가지고 놀 생각이라면……."

"아니오, 하지만 선생이 조그만 의심을 품기 시작한 그때로 한번 돌아가서 당신은 그 문제를 한번 철저하게 분석해 보았습니까? 대체 누구를 의심하는 것입니까, 알량하신 변호사 나리? 장담하거니와 나는 정신적인 금욕주의자이며…….."

"세상에 둘도 없는 욕심쟁이지!" 손은 으르렁대며 말을 받았다.

"따라서 그 돈은 애초부터 내겐 아무런 의미가 없었던 거요."

박사는 조금도 동요하지 않고 말을 이어나갔다.

"그럼 내 이복누이 사라? 망상의 세계에 살고 있는 노망든 불쌍한 사람입니다. 게다가 실베스터 형만큼이나 늙어서 이제 살 날도 얼마 남지 않았습니다. 사실 실베스터 형과 사라는 쌍둥이지요. 그렇다면 충실한 제 집사람 밀리와 우직한 이 젊은 친구 닉이 남았군요. 밀리? 말도 안 됩니다. 그 사람은 나와 20년을 살았지만 좋든 나쁘든 생각이란 걸 하지 않는 사람이오. 그렇다면 닉이? 아, 그러고 보니 닉은 우리 집안 사람이 아니로군요. 그 점을 생각했어야 하는 건데. 그럼 당신이 의심하는 사람이 닉이라는 겁니까, 손 선생?"

박사는 껄껄 웃으며 능청을 떨었다.

닉 키스가 일어서더니 능글맞을 정도로 침착한 뚱보의 푸르스름한 얼굴을 내려다보았다. 그는 꽤 취해 있는 듯했다.

"돼지 같은 놈!" 청년이 갈라지는 목소리로 소리쳤다.

박사는 여전히 웃고 있었다. 그러나 두꺼운 살 속에 파묻힌 가느다란 두 눈만은 경계심으로 번뜩였다.

"진정해, 닉!"

박사가 목소리를 낮춰 부드럽게 달랬다.

일은 한순간에 벌어졌다. 키스가 앞으로 몸을 숙이면서 묵직한 브랜디 병을 낚아채 박사의 머리를 향해 휘두른 것이다. 손이 비명을 내지르며 반사적으로 몸을 틀겼지만, 엘러리가 보기에는 전력을 다한 것 같지는 않았다. 라이나퍼 박사가 살이 오른 뱀처럼 재빨리 머리를 돌렸고, 다음 순간 병은 빗나갔다. 격렬한 몸놀림 탓에 키스의 몸은 완전히 돌아갔다. 병 조각이 벽난로 앞까지 튀어나가면서 병에 남아 있던 술이 불길을 덮었고 새파란 불꽃이 일어났다.

"맙소사! 150년이나 된 술병을!!"

박사는 화난 목소리로 말했다.

엘러리는 어안이 벙벙해서 한숨이 나왔다. 실내는 마치 꿈속처럼 희뿌옇게 보였고, 방금 있었던 일은 연극의 한 장면처럼 실감이 들지 않았다. 두 사람이 연기를 한 걸까? 미리 정교하게 짜여진 연출은 아니었을까? 그러나 만약 그렇다면 왜 말다툼에서 주먹다짐까지 가야 했단 말인가, 무얼 얻으려고? 어쨌든 멋진 골동품 술병 하나가 아깝지만 박살이 났다는 사실만큼은 분명한 사실이지만, 도무지 이해가 가지 않는 일이었다.

엘러리는 비틀비틀 자리에서 일어나며 말했다.

"아무래도 악마가 굴뚝을 타고 내려오기 전에 잠자리에 들어야겠습니다. 이런 특별한 저녁을 보내게 해준 데 대해 감사드립니다. 손, 그만 올라가지 않겠나?"

엘러리의 뒤를 손이 따랐다. 손 역시도 엘러리만큼 지쳐 있는 듯했다. 두 사람은 싸늘한 복도에서 말없이 헤어졌고 각자의 방으로 비틀대며 들어갔다. 아래층에서 무거운 침묵이 올라왔다.

엘러리는 바지를 벗어 침대 발치에 던져 놓았다. 그때서야 어렴풋이 생각나는 게 있었다. 몇 시간 전 손이 이 사건에 얽힌 전체적인 이야기를 해주겠다며 귓속말로 자기 방으로 오라고 하지 않았던가. 그는 가운을 걸치고 슬리퍼를 질질 끌며 손의 방으로 갔다. 그러나 손은 이미 코고는 소리도 요란하게 잠들어 있었다.

엘러리는 다시 자기 방으로 돌아와 가운을 벗었다. 내일 아침이면 틀림없이 숙취에 시달릴 것이다. 그는 술이 약하기로 유명했다. 지금도 머리가 빙빙 도는 듯했다. 그는 담요 사이로 들어갔고 이내 곯아 떨어졌다.

뭔가 잘못되었다는 찜찜한 생각 때문에 그는 밤새 깊은 잠을 이루지 못하고 뒤척이다가 눈을 떴다. 잠시 동안 머리가 띵한 게 혀가 얼얼하다는 느낌밖에 없었다. 자기가 지금 어디 있는지도 정확히 기억나지 않았다. 빛바랜 벽지와 낡아빠진 푸른색 카펫에 번져 있는 한 줌의 창백한 햇살, 그리고 어젯밤 침대 발치에 벗어둔 자신의 바지가 차례로 눈에 들어오면서 모든 게 생각났다.

엘러리는 부르르 몸을 떨며 손목시계를 들여다보았다. 잠자리에 들 때 깜박 잊고 그대로 차고 잤던 것이다. 7시 5분 전이었다. 그는 베개에서 머리를 일으켰다. 실내공기가 얼마나 차가운지 코끝이 반은 얼어 있는 듯했다. 그러나 뭔가 잘못되었다는 느낌은 없었다. 눈이 부셔서 그렇지 햇살은 화사하기만 했고, 조용한 방안은 어젯밤 들어올 때와 하나도 달라진 게 없었다. 방문은 잠가둔 그대로 있었다. 그는 다시 담요를 바짝 끌어당겼다.

그때 무슨 소리가 들렸다. 손의 목소리였다. 거의 울음에 가까운 손의 비명 소리가 집 바깥 어딘가에서 희미하고 가냘프게 들려왔다.

엘러리는 침대에서 뛰쳐나와 신발도 신지 않고 단숨에 창가로 달려갔다. 그러나 창문이 옆에 붙어 있는데다 시들고 말라빠진 나무들이 시야를 가리고 있어서 손의 모습이 보이지 않았다. 그는 신발을 꿰신고 잠옷 위에 가운을 걸친 다음, 침대 발치의 바지 뒷주머니에서 권총을 빼들고 복도로 달려나가 층계를 향해 냅다 뛰어갔다.

"무슨 일이야?"

누군가 투덜대는 소리에 엘러리는 그쪽을 돌아보았다. 방금 그가 뛰쳐나온 방 바로 옆방에서 라이너퍼 박사가 거대한 머리통을 내밀었다.

"나도 모르겠소, 손의 비명 소리가 들렸어요."

말이 끝나기 무섭게 엘러리는 쿵쾅대며 층계를 뛰어내려 현관문을 밀어젖혔다.

엘러리는 입을 쩍 벌리고 문간에 멈춰 섰다.

외출복 차림의 손이 현관에서 10미터쯤 되는 거리에 서서 한 눈으로는 엘러리를 바라보고, 또 다른 한 눈으로는 보이지 않는 그 무엇인가를 응시하고 있었다. 그토록 겁에 질린 인간의 얼굴을 엘러리는 지금까지 한번도 본적이 없었다. 손 옆에는 잠옷 바람의 닉 키스가 몸을 잔뜩 웅크리고 있었다. 청년은 입을 쩍 벌린 채 눈을 왕방울만 하게 뜨고 있었다.

박사가 엘러리를 밀치고 뛰쳐나왔다.

"무슨 일이야? 어떻게 된 거냐고?"

박사는 맨발에 실내용 슬리퍼를 신고 있었다. 잠옷 위에 모피코트를 걸친 그의 모습은 영락없이 살찐 곰이었다.

손의 목울대가 신경질적으로 파르르 떨렸다. 대지와 나무 그리고 온 세상이 비현실적인 특수 질감인 눈이라는 담요로 덮여 있었고, 대기는 부드럽게 떨어지는 따뜻한 양모로 채워져 있었다.

엘러리와 뚱보가 움직이려는 순간 손이 쉰 목소리로 말했다.

"움직이지 마, 제발 거기 그대로 가만히 있어."

엘러리는 권총을 움켜쥔 채 박사를 밀치고 나가려 했다. 그러나 뚱보는 돌로 쌓은 벽처럼 꿈쩍도 하지 않았다. 손이 눈을 헤치고 비틀대며 현관으로 걸어왔다. 그의 뒤편에 깊숙한 발자국이 두 줄로 남아 있었다.

"날 봐, 날 보라고! 내가 정상인가, 아니면 미쳤는가?"

손이 소리쳤다.

"정신 차려, 손. 무슨 일인가? 뭐가 잘못됐다고 그러나?"

엘러리가 날카롭게 말했다.

"닉, 너도 미친 거냐?"

박사도 고함을 질렀다.

갑자기 키스가 두 손으로 햇볕에 그을린 자기 얼굴을 가리더니 도로 손을 내리고 앞에 놓인 무언가를 바라보았다.

"우리가 전부 미쳤나봐요, 세상에 이건…… 어디 직접 보란 말이에요!"

청년이 질식할 것 같은 목소리로 말했다.

라이나퍼 박사가 몸을 움직였다. 순간 엘러리는 잽싸게 앞으로 뛰어나가 부드러운 눈 위에 내려섰다. 그 옆에 손이 격렬하게 몸을 떨며 서 있었다. 라이나퍼 박사가 어기적대며 그를 따라왔다. 그들은 긴장된 눈길로 주위를 둘러보며 눈을 헤치고 키스가 서 있는 곳으로 나아갔다.

긴장할 필요는 없었다. 눈을 가진 사람이라면 누가 보아도 명백한 사실이니까. 엘러리는 그 광경을 보면서 머리털이 곤두서는 듯했다. 이 일은 이렇게 될 수밖에 없으며, 어제의 그 광란은 사건의 정점이었음에 틀림없다는 생각이 날카롭게 머리를 스쳤다. 세상은 돌아버린 것이다. 거기 아무것도 없다는 것은, 정상적이고 온전한 것은 아무것도 없다는 뜻이나 마찬가지였다.

박사는 숨막히는 소리를 내더니 거대한 올빼미처럼 눈만 껌뻑이며 서 있었다. 하얀 집 이층 창문에서 달가닥거리는 소리가 났다. 올려다보는 사람은 아무도 없었다. 실내복 차림의 엘리스 메이휴가 차도로 난 자기 방 창문에서 눈을 동그랗게 뜨고 있었다. 엘리스는 짧게 비명을 지르더니 이내 조용해졌다.

방금 그들이 뛰쳐나온 곳에는 집이 있었다. 박사가 하얀 집이라 이름 붙인 그 집이. 그리고 그 집에는 조용히 흔들리고 있는 현관문이 있었고, 이층 창문에는 엘리스가 있었다. 그것은 실체가 있고 견고한, 돌과 나무와 회반죽과 유리로 지어진 오래된 건축물이었다. 그 건축물은 집이 갖춰야 할 모든 것을 갖추고 있었고, 그것들은 모두 손으로 만져 느낄 수 있는 현실적인 것들이었다.

그러나 그 건너편, 차도와 차고 건너편에는 아무것도 없었다. 검은 집이 깨끗이 사라진 것이다. 어제 오후까지만 해도 엘러리가 직접 들어갔던 더럽고 역겨운 집——돌벽, 나무 울타리, 유리창, 굴뚝, 현관이 있던 집, 검댕을 칠해 놓은 것처럼 보이던 집, 실베스터 메이휴가 임종을 맞이한 집, 남북전쟁 당시에 지어졌다는 빅토리아풍의 집, 손이 자신을 보호하기 위해 일주일이나 단검을 쥐고 잤다는 그 집, 그들이 모두 직접 보고, 만지고, 냄새맡은 집. 그런데…… 지금 그 자리엔 아무것도 보이지 않았다. 벽도, 굴뚝도, 지붕도, 흔적도, 잔해도 없었다. 집은 없었다. 아무것도 없는 빈 공간에는 그저 부드럽고 따뜻한 눈만 덮여 있을 뿐이었다.

밤새 집이 사라져버린 것이다.

2

엘러리가 바보처럼 중얼거렸다.

"저긴 분명히 엘리스가 있는데?"

그는 다시 빈터를 바라보았다. 그러면서 눈을 비비지 않은 건 단지 자신이 바보처럼 느껴질 것 같다는 생각에서였다. 게다가 시력을 비롯한 온몸의 감각들이 지금처럼 예민해져 본 적도 달리 없었다.

그는 눈 위에 우두커니 서서 어젯밤까지만 해도 75년 된 3층 짜리

석조 건물이 서 있던 집터를 보고, 보고, 또 보았다.

이층 창문에서 엘리스가 가냘픈 소리로 말했다.

"없어졌어요! 집이 없, 없어졌어…… 요."

손이 뒤따라 말했다.

"그렇다면 내가 미친 건 아니군."

손은 비틀대며 다가왔다. 엘러리는 손이 눈 속에 발을 푹푹 빠뜨리며 걸어오는 모습을 지켜보았다. 그 뒤로 기다란 흔적이 남았다. 그렇다면 아직 이 우주에는 사람으로 하여금 몸무게가 나가게 하는 그 무엇인가가 남아 있다는 얘기였다. 맞아, 그러고 보니 내 그림자도 보이지 않는가! 그렇다면 물체에는 아직 그림자도 남아 있다는 말이기도 했다. 터무니없게도 이런 생각을 하자 그는 어느 정도 안심이 되었다.

"사라졌어!"

손이 갈라지는 목소리로 말했다.

"그런 것 같군."

엘러리는 자기 역시 쉰 목소리로 천천히 말하고 있다는 것을 알았다. 마치 자기 입에서 나온 말들이 공중에서 맴돌다 사라지는 광경을 지켜보고 있는 기분이었다.

"그런 모양이야."

그가 할 수 있는 말은 이게 고작이었다.

라이나퍼 박사가 칠면조처럼 늘어진 목살을 출렁이며 고개를 돌렸다.

"믿을 수가 없군! 도저히 믿어지지 않아."

손이 나지막이 말을 받았다.

"믿을 수가 없어! 비과학적이야. 이럴 수가 없어. 나는 생각할 줄 아는 인간이야. 그리고 정신도 말짱해. 따라서 이런 일은 절대 일어날 수가 없어."

"기린을 처음 본 사람도 그런 말을 했다지?"

엘러리는 한숨을 내쉬었다. "하지만, 저긴 분명히 집이 있었어."

손은 절망적으로 주위를 맴돌기 시작했다. 엘리스는 이층 창문에서 요술에 걸려 돌로 변한 사람처럼 꼼짝 않고 빈터를 지켜볼 뿐이었다. 키스가 욕설을 내뱉더니 맹인처럼 두 손을 앞으로 뻗치고 눈으로 덮인 차도를 가로질러 사라진 집을 향해 달려가기 시작했다.

"기다려, 거기 그대로 서 있어."

엘러리가 말했다.

청년이 멈춰 서며 못마땅한 얼굴을 했다.

"왜 그래요?"

엘러리는 권총을 도로 주머니에 집어넣은 뒤, 눈을 헤치며 청년이 서 있는 차도 옆으로 걸어갔다.

"나도 정확히는 몰라. 하지만 뭔가 잘못됐어. 우리가 잘못되지 않았다면 세상이 잘못된 거겠지. 이건 우리가 알고 있는 세계가 아니야. 이건 마치 차원이동에 관한 문제라고나 할까, 태양계 그 자체가 궤도를 이탈해 도표에도 없는 깊은 시공 속으로 빠졌다거나……내가 지금 도대체 무슨 헛소리를 하고 있는 거지?"

청년이 큰소리로 말했다.

"당신 말이 맞아요! 내가 있는 이상 이렇게 터무니없는 일이 일어날 수는 없어. 어젯밤까지도 저기엔 튼튼한 집이 서 있었어. 맹세코 지금 나한테 저기 집이 없었다고 말할 수 있는 사람은 아무도 없어. 난 내 눈까지도 의심스러워. 우린…… 최면술에 걸린 거야! 최면술이 아니고는 어떻게 이렇게 되지? 저 사람은 무슨 짓이라도 할 수 있어. 우린 최면술에 걸린 거라고. 당신이 우리에게 최면술을 걸었지, 라이나프?"

"뭐라고?"

박사가 빈 집터로 눈길을 준 채 되물었다.

"저긴 분명히 집이 있단 말이야!"

키스가 화난 목소리로 고함을 질렀다.

엘러리는 한숨을 쉬며 눈 위로 무릎을 꿇었다. 그리고 뻣뻣하게 편 손바닥으로 하얗고 부드러운 담요 같은 눈을 쓸어내기 시작했다. 곧 맨땅이 드러나면서 젖은 자갈과 바퀴 자국이 보였다.

"여기가 차도던가?"

엘러리는 고개도 들지 않고 물었다.

"그렇소, 아니면 지옥으로 가는 길이거나."

키스가 으르렁대며 말을 이었다.

"당신도 우리만큼이나 정신이 없는 모양이군. 여긴 분명히 차도요! 저기 차고도 보이지 않소? 그러니까 당연히 차도인 거지."

"모르겠어."

엘러리는 얼굴을 찡그리며 일어섰다.

"하나도 모르겠어. 모든 걸 처음부터 다시 배워야겠어. 어쩌면, 어쩌면 이건 중력에 관한 문제인지도 몰라. 우리 모두 언제 우주로 날아가 버릴지 모르지."

"맙소사!" 손이 앓는 소리를 냈다.

"지금 내가 확실히 알 수 있는 건 어젯밤 뭔가 이상한 일이 일어났다는 것뿐이야." 엘러리의 말이었다.

"이건 분명히 착시현상이야!" 키스가 고함을 질렀다.

뚱보가 휘적휘적 걸어오며 말했다.

"정말 이상하군 그래. 분명한 사실이야. 세상에 이런 일이 있나! 집이 사라지다니 희한한 일이군."

그는 전혀 즐겁지 않은 표정으로 숨막힌 사람처럼 킬킬대기 시작했다.

엘러리가 성마른 투로 말했다.

"아, 그거야 분명하지요. 분명하다고요, 박사. 이건 분명한 사실입니다. 자네 말이야, 키스, 설마 집단으로 최면에 걸린다거나 하는 그런 헛소릴 믿는 건 아니겠지? 집은 사라졌어. 틀림없이…… 하지만 내가 지금 이렇게 정신이 혼란스러운 건 집이 사라졌다고 해서가 아니야. 어떤 작용으로, 도대체 어떻게 해서 사라졌냐는 거지. 내 생각엔……."

그는 고개를 흔들며 말을 이었다.

"아냐, 난 이런 일들을…… 믿을 수 없어. 절대로…… 제기랄!"

라이나퍼 박사가 그 넓은 어깨를 뒤로 젖히며 눈으로 뒤덮인 빈터를 노려보았다. 그의 눈이 벌겋게 충혈되어 있었다. "이건 속임수야!" 박사는 울부짖었다. "더러운 속임수라고! 집은 바로 우리 눈앞에 있어. 그게 아니라면…… 날 속일 수는 없어!"

엘러리가 그를 쳐다보며 말했다.

"혹시 키스가 집을 주머니에 집어넣은 건 아닐까요?"

엘리스가 맨발에 하이힐을 신고 요란스런 발소리와 함께 현관으로 나왔다. 엘리스는 머리를 늘어뜨린 채 잠옷 위에 외투를 걸치고 있었다. 자그마한 라이나프 부인이 그 뒤를 따르고 있었다. 두 여자의 눈이 갑자기 갈피를 못 잡는 듯이 보였다.

엘러리가 손에게 나지막이 말했다.

"가서 무슨 말이든지 좀 해주게. 정신을 잃으면 곤란하지 않은가. 우리라도 정신이 있는 척해야 마음이 가라앉을 것 아닌가? 키스, 빗자루 좀 가져다 주겠나?"

엘러리는 빈터에 눈을 고정시킨 채 보이지도 않는 집을 매우 조심스럽게 피해 차도 위로 올라갔다. 뚱보는 잠시 망설이더니 어기적대며 엘러리를 뒤따랐다. 손은 비틀대며 현관으로 들어갔고, 키스는 성큼성큼 걸어서 하얀 집 뒤로 사라졌다.

해는 보이지 않았다. 차가운 구름 속에서 기분 나쁜 느낌을 주는 창백한 광선이 새어 나왔다. 부드러운 함박눈송이들은 하염없이 떨어졌다. 인간들의 모습은 하얀 도화지 위의 검은 점처럼 작고 무기력해 보였다.

엘러리는 차고 문을 열고 안을 들여다보았다. 가솔린과 고무 냄새가 코를 찔렀다. 크롬 도금을 입혀 반짝이는 괴물같은 손의 검은 자가용이 어제 오후 엘러리가 본 그대로 주차되어 있었다. 그 옆에는, 그들이 도착한 뒤 키스가 주차시킨 게 분명한 낡아빠진 뷰익이 서 있었다. 라이나퍼 박사가 시내에서 그들을 태우고 들어온 바로 그 차였다. 두 차 모두 물 한 방울 묻어 있지 않았다.

엘러리는 차고 문을 닫고 다시 차도로 돌아갔다. 하얀 눈으로 뒤덮인 차도는 조금 전 그들이 밟아 만든 사슬 모양의 발자국만 없다면 처녀지나 다름없었다.

"빗자루 여기 있어요." 키스였다. "이걸로 뭘 할 겁니까, 타고 날아가기라도 하게요?"

"닥치고 있어, 닉." 박사가 윽박질렀다.

엘러리가 소리내어 웃으며 말했다.

"내버려둬요, 박사. 화내는 것도 전염인가 봅니다. 두 분 모두 같이 가 보실까요? 어쩌면 오늘이 최후의 심판일일지도 모르는데 심판받는 시늉이라도 해야지요."

"그 빗자루로 뭘 어쩔 심산이오, 퀸 선생?"

"이 눈이 우연히 내린 건지 계획적으로 내린 건지 결론짓기가 어려워서 말입니다. 오늘 같은 날이라면 어떤 일이라도 현실로 일어날 수 있지 않을까요, 말 그대로 무슨 일이라도 말입니다."

"실없는 소리!"

뚱보가 코방귀를 뀌며 말을 이었다.

"아브라카다브라, 옴 마니 밤메 훔, 이런 주문들로 사람이 의도적으로 폭설이 내리게 할 수 있다는 말이오? 나로서는 이해가 가지 않는군요."

"난 사람이 의도적으로 그랬다고는 하지 않았소, 박사."

"말도 안 돼. 정말 말도 안 돼. 말도 안 된다고!"

"당신은 잠자코 있는 게 좋겠소. 어둠 속에서 호각을 불어대는 겁 많은 소년도 아니니 덩치 값을 해요, 박사."

빗자루를 단단히 쥐고 엘러리는 눈 위에 발자국을 남기면서 차도를 건너갔다. 눈으로 덮여 하얀 직사각형처럼 보이는 빈터에 발을 올려놓으려는 순간, 그는 다리가 오그라드는 느낌이 들었다. 분명히 있는데도 손으로는 만져지지 않는 엄청난 크기의 집이 불쑥 나타날 것 같은 생각에 온몸의 근육이 긴장을 한 것이다. 그러나 그는 차가운 공기밖에 느낄 수 없었고, 그제야 조금은 의식적인 웃음을 흘리며 이상한 방식으로 빗자루를 놀리기 시작했다. 마치 표면이 얼어붙은 결정체를 쓸어내듯 더없이 정교한 손놀림으로 한 켜 한 켜 눈의 높이를 줄여나갔고, 쓸어낸 눈을 껍질이라도 벗기듯 꼼꼼히 들여다보았다. 이윽고 맨땅이 드러났지만 사람의 발자국 같은 것은 찾아볼 수가 없었다.

"요정들이었나 보군!"

엘러리가 투덜대며 말을 이었다.

"요정들이 아니고서야 솔직히 내 상식으로는 이해가 가지 않아."

"설마 주춧돌마저?" 라이나퍼 박사가 침통하게 말을 걸었다.

엘러리는 빗자루 끝으로 땅을 찔러보았다. 땅은 쇳덩어리처럼 단단했다.

현관문 닫히는 소리가 나더니 손과 두 여자는 하얀 집으로 들어가고 없었다. 바깥의 세 남자는 하는 일 없이 가만히 서 있었다.

이윽고 엘러리가 입을 열었다.

"어쩌면 이건 악몽이거나 말세가 됐다는 뜻일 거야."

그는 지쳐버린 청소부처럼 빗자루를 뒤로 질질 끌면서 빈터를 대각선으로 가로질러 차도로 나아갔다. 거기서 다시 눈 속에 묻혀 보이지도 않는 도로로 터덜터덜 걸어가더니, 눈 녹은 물이 뚝뚝 떨어지고 있는 벌거숭이 나무 아래로 난 작은 오솔길을 돌아 사라져버렸다.

도로까지는 그다지 멀지 않았다. 엘러리는 잘 기억하고 있었다. 그들은 간선도로를 벗어나면서부터는 계속 커다란 원을 그리며 달려왔고, 그 험한 여행길에 단 한번도 다른 길과 교차한 적이 없었던 것이다.

엘러리는 길 한복판으로 나갔다. 도로는 비록 지금 눈으로 덮여 있지만, 하얀 분말을 뿌려놓은 듯한 숲과 숲 사이에서 번들거리는 띠처럼 명확하게 구분이 갔다. 그가 기억하는 것과 똑같은 기다랗게 굽은 길이 있었다. 기계적으로 다시 빗자루를 놀리자 바닥이 일부분 드러나면서 낡아빠진 뷰익 승용차의 울퉁불퉁한 바퀴 자국이 나타났다.

"지금 뭘 찾고 있는 겁니까, 혹시 금화라도?

닉 키스가 조용히 물었다.

엘러리는 조금씩 허리를 펴고 똑바로 몸을 일으켜 세우더니 천천히 고개를 돌렸다. 청년이 그의 얼굴과 거의 맞닿을 만큼 가까이 있었다.

"그러니까 자넨 나를 따라와 볼 필요가 있었다 이 말이군? 그게 아니라면…… 아닐세, 미안하게 됐네. 이건 분명 라이나퍼 박사의 생각일 테니."

햇볕에 그을린 청년의 얼굴에는 표정의 변화가 없었다.

"어떻게 된 모양이군요, 퀸 씨. 당신을 따라와요? 나는 그냥 궁금해서 와 보았을 뿐입니다."

"물론 그렇겠지. 하지만 난 자네가 나한테 금화라도 찾느냐고 물은 걸로 알고 있는데, 젊은 프로메테우스?"

"정말 희한한 사람이군."

키스가 말했다. 두 사람은 사라진 집 쪽으로 걸어갔다.

"금화라!"

엘러리가 진지하게 말을 이었다.

"흠, 저 집에 금화가 있었지. 그런데 그 집은 지금 사라져버렸어. 집이 새처럼 날아가 버렸다는 충격 때문에 나는 잠시 그 조그만 사실은 잊고 있었군. 고맙네, 키스, 자네가 일깨워줬어."

"퀸 선생님,"

엘리스가 불렀다. 그녀는 입술까지 하얗게 질린 채 난롯가 의자에 쪼그리고 앉아 있었다.

"대체 어떻게 된 거죠? 우린 어떻게 해야 하죠? 우린…… 어제 꿈을 꾼 건가요? 어제 우린 그 집에 들어가 여기저기 둘러보면서 물건까지 만져보았는데. 저는 너무 무서워요."

엘러리가 웃으며 말을 받았다.

"어제가 꿈이었다면 내일은 환상을 보게 될지니, 위대한 산스크리트 어에 있는 말이지요. 기적을 믿느니 우화를 믿는 게 더 나을 겁니다."

엘러리는 자리에 앉으며 성마르게 손을 비볐다.

"불이 시원찮군, 키스, 여긴 완전히 북극인데 그래!"

"죄송하게 됐군요."

키스가 놀랄 만큼 상냥한 태도로 대답하더니 몸을 일으키고 밖으로 나갔다.

"어쩌면 환상을 보게 될지도 모르지."

손이 몸을 덜덜 떨면서 말을 이었다.

"내 뇌가 병들었나봐. 이건 절대 불가능한 일이야. 끔찍해."

손은 양손으로 자기 옆구리를 가볍게 쳤다. 주머니에서 무언가 쩔그럭거리는 소리가 났다.

"열쇠로군! 그런데도 집은 없고, 정말 기가 찬 상황이야!"

엘러리가 한탄했다.

키스가 땔감을 잔뜩 짊어지고 다시 들어왔다. 그는 어지러운 난롯가를 보고 얼굴을 찌푸리더니 땔감을 내려놓고 유리 조각을 쓸어모으기 시작했다. 어젯밤 그가 던져 깨뜨린 브랜디 병 조각들이었다. 엘리스는 그의 널따란 등을 흘낏 보더니 벽난로 선반 위의 어머니 사진으로 눈길을 돌렸다. 라이나프 부인은 제물로 바쳐진 새처럼 조용하기만 했다. 가느다란 갈색 머리를 뒤로 늘어뜨린 채 쪼그라든 작은 요정처럼 모퉁이에 서서 힘없는 눈길을 자기 남편에게 고정시키고 있었다.

"밀리!" 뚱보가 말했다.

"알겠어요, 허버트. 전 나가 있죠."

부인은 대답하기 무섭게 층계를 올라가 모습을 감추어 버렸다.

"퀸 선생, 해답이 뭘까요? 선생에게는 너무 신비로운 수수께끼입니까?"

"수수께끼는 신비로운 게 아닙니다." 엘러리가 낮은 목소리로 대답했다. "신이 만들어낸 수수께끼가 아닌 이상은. 그리고 이건 수수께끼가 아닙니다. 거대한 암흑일 뿐이지. 박사, 어떻게 도움을 청할 방법은 달리 없겠습니까?"

"하늘을 날아갈 수만 있다면."

"전화도 없고요."

키스가 뒤도 돌아보지 않고 말했다.

"도로 상태마저 저 모양이니 이 눈보라에 차를 타고 갈 수도 없지요."

"차나 있다면 또 모르지."

박사의 말이었다. 그는 낄낄대며 웃다가 사라진 집을 떠올렸는지 서서히 웃음소리를 죽였다.

"그게 무슨 소립니까?" 엘러리가 다그치듯 물었다. "지금 차고에는 엄연히……."

"쓸모 없는 기계가 두 대 있지요, 둘 다 연료가 없으니까."

"내 차는……." 갑자기 손이 끼어들었다. 뭔가 짚이는 게 있는 듯한 눈치였다. "내 차는 연료만 없는 게 아니라 고장이야. 게다가 운전 기사마저 마을에 두고 왔고, 저번에 여기올 때 말이야, 퀸. 지금 연료탱크에 남아 있는 가솔린으로는 시동도 걸기 어려울 거야."

엘러리가 손가락으로 의자의 팔걸이를 두드리며 말했다.

"제길! 사람들을 불러서 우리가 마법에 걸렸는지 알아보려고 했더니 그것도 다 틀렸군. 그건 그렇고 박사, 여기서 가장 가까운 마을은 얼마나 떨어져 있는 거요? 들어올 때 눈여겨봐 두지 않아서 말이오."

"길을 따라가도 25킬로미터는 족히 될 거요. 만약 걸어서 갈 생각이라면…… 퀸 선생, 그건 당신 상상에 맡기겠소."

"눈 때문에 못 간다니까요."

키스가 투덜댔다. 눈 때문에 골치 아프게 됐다는 눈치였다.

엘러리가 말했다.

"결국 우린 눈에 갇힌 셈이로군, 4차원의 한복판에서. 아니, 어쩌면 5차원일지도. 이거 야단났군! 키스, 어떻게 생각하나? 난 차라리 마음이 편해졌는데?"

라이나퍼 박사가 신기하다는 눈빛으로 그를 쳐다보았다.

"당신은 오늘 일어난 일이 조금도 놀랍지 않은 모양이군요, 퀸 선생? 솔직히 나는 엄청난 충격을 받았는데 말이오."

엘러리는 잠시 침묵을 지키더니 밝은 목소리로 말했다. "놀라본들 아무 도움이 안 되니까요."

"난 사라진 집 위로 용이라도 날아오를 줄 알았네." 손이 툴툴댔다. 그는 조금 멋쩍은 얼굴로 엘러리를 쳐다보았다. "퀸, 아무튼……우리는 여길 빠져나갈 궁리를 하는 게 좋겠어."

"키스가 한 말을 못 들었어, 손?"

엘러리의 말에 손은 입술을 깨물었다.

엘리스가 난롯가로 바짝 다가앉으며 입을 열었다. "몸이 얼었나 봐요. 땔감을 갖다줘서 고마워요, 키스 씨. 이렇게 난롯불을 쬐고 있으려니까 집 생각이 나는군요."

청년이 일어서서 뒤돌아보았다. 두 사람의 눈이 잠깐 마주쳤다.

"아닙니다, 아무것도 아닙니다." 키스가 짧게 말했다.

"그러고 보니 당신만 유일하게…… 어머나!"

엄청나게 늙은 노파 하나가 어깨에 검은 숄을 두르고 층계를 내려오고 있었다. 노파는 얼굴색이 샛노랗다. 얼마나 마르고 쇠약해 보이는지 마치 몇 년은 죽어 있다 나온 사람처럼 보였다. 그러나 표정만은 자기 나이도 잊고 영원한 삶을 살고 있는 듯 활기에 넘쳐 있었다. 새카만 두 눈은 초롱초롱하니 영리함과 교활함으로 반짝였고, 얼굴은 금방이라도 또 다른 표정으로 바뀔 것처럼 이상했다. 노파는 한 발로 자기 앞을 가늠하며 비쩍 마른 두 손으로는 난간을 붙들고 미끄러지지 않으려고 애쓰며 층계를 내려왔다. 그러면서도 생기 있는 눈만은 엘리스의 얼굴에서 떨어지지 않았다. 노파의 얼굴에는 오랫동안 죽어 있던 희망이 갑자기 활활 불타오르는 듯한, 논리를 초월한 기이한 열망으로 넘쳐 있었다.

"누, 누구······."

엘리스가 말하다 말고 몸을 움츠리며 뒤로 물러섰다.

박사가 잽싸게 나섰다.

"놀랄 것 없다. 운 좋게 밀리에게서 빠져 나왔나 본데······ 사라!"

눈 깜짝할 새에 그는 층계 밑으로 달려가 노파를 가로막고 섰다.

"이 시간에 여긴 왜 내려왔어? 자기 몸은 자기 스스로 돌봐야지, 사라."

노파는 들은 척도 않고 하마처럼 육중한 라이나퍼 박사의 몸에 자기 몸이 부딪칠 때까지 계속 굼벵이처럼 층계를 내려왔다.

"올리비아!" 노파의 얼굴은 생기가 넘쳐흘렀다.

"올리비아가 돌아왔구나, 오! 내 아기······."

"그만해, 사라."

뚱보는 노파의 손을 부드럽게 잡았다.

"흥분하지 마. 저 아이는 올리비아가 아니야. 사라, 엘리스라고. 엘리스 메이휴, 영국에서 온 실베스터 형님의 딸 말이야. 엘리스를 기억 못하겠어? 그 조그맣던 엘리스 말이야? 올리비아가 아니야."

"올리비아가 아냐? 올리비아가 아니라고?"

노파는 주름진 입술을 달싹대며 난간 건너편을 쳐다보았다. 엘리스가 벌떡 몸을 일으켰다.

"전 엘리스예요, 사라 고모. 엘리스······."

갑자기 사라 펠이 뚱보를 헤치고 쏜살같이 거실을 가로질러 다가와 엘리스의 손을 잡고 뚫어져라 얼굴을 쳐다보았다. 엘리스의 겁에 질린 얼굴을 찬찬히 들여다보던 노파의 얼굴에 실망하는 표정이 떠올랐다.

"올리비아가 아니야. 올리비아는 검고 아름다운 머리에…… 올리비아의 목소리가 아니야. 엘리스? 엘리스라고?"

노파는 엘리스가 앉았던 빈 의자에 털썩 주저앉았더니 넓고 가녀린 어깨를 들먹이며 흐느껴 울기 시작했다. 노파의 듬성듬성한 하얀 머리카락 사이로 누런 머릿속이 다 드러나 보였다.

박사가 소리질렀다.

"밀리!"

화난 목소리였다. 라이나프 부인이 상자 속의 스프링인형처럼 갑자기 어딘가에서 튀어나왔다.

"누이를 이렇게 돌아다니게 해도 되는 거요?"

"하지만 전 고모가……." 부인이 더듬대며 변명하려 했다.

"당장 데리고 올라가요!"

"네, 알겠어요."

부인이 참새처럼 대답했다. 그녀는 황급히 층계를 내려와 노파의 손을 잡아끌며 이층으로 올라갔다. 노파는 반항하지 않고 순순히 끌려 올라갔는데 계속 같은 말만 되풀이했다.

"왜 올리비아는 돌아오지 않는 거지? 왜 나한테서 그 애를 빼앗아 갔어?"

이윽고 노파가 사라졌다.

"미안합니다."

뚱보가 천천히 걸어오며 숨찬 소리로 말을 이었다.

"누이가 입버릇처럼 지껄여대는 말입니다. 엘리스가 온다는 얘길 듣고 나서 비상한 관심을 보이더니…… 저러리라 예상은 했지요. 사실 두 사람이 닮기도 했거든요. 누이를 나무랄 일도 아닙니다."

"고모는…… 고모는 무서워요." 엘리스가 조그만 소리로 말했다.

"퀸 선생님, 손 선생님, 우린 꼭 여기 있어야만 하는 건가요? 전 시내로 갔으면 좋겠어요. 감기도 들었고, 방도 너무 추운 게……."

손이 버럭 소리를 질렀다.

"맹세코 나 또한 걸어서라도 여길 나가고 싶소!"

"그럼 실베스터 형님의 금화는 우리에게 맡기시는 겁니까?"

라이나퍼 박사가 빙그레 웃으며 말했다. 그러나 금방 얼굴을 찌푸렸다.

못 기다리겠다는 듯이 엘리스가 지친 목소리로 말했다.

"전 아버지 유산 같은 건 필요 없어요. 지금 이 순간 제가 바라는 것은 단지 여기서 나가고 싶다는 것뿐이에요. 저는, 저는 그럭저럭 살아갈 수 있을 거예요. 일거리를 찾겠어요. 저는 할 줄 아는 게 많아요. 여기서 나가고 싶어요. 키스 씨, 당신이라면……."

"난 마술사가 아니오!"

키스가 거칠게 말했다. 그는 위에 걸치고 있던 체크무늬 반코트의 단추를 채우더니 성큼성큼 밖으로 나가 버렸다.

엘리스는 빨갛게 물든 얼굴을 난로 쪽으로 돌렸다.

엘러리가 입을 열었다.

"우리 가운데 어느 누구도 마술사일 수는 없습니다. 여길 빠져나갈 방법을 찾을 때까지는 마음을 단단히 먹고 기다려야 합니다, 메이휴 양."

엘리스는 부르르 몸을 떨었다.

"알겠어요."

목소리가 들릴락말락했다. 엘리스는 벽난로의 불길을 응시했다.

다시 엘러리가 말했다.

"그 동안에 말이야, 손. 이 사건에 대해, 특히 실베스터 메이휴 노인의 집에 관해서 자네가 아는 대로 말 좀 해주게. 메이휴 양, 아가씨 아버지의 과거를 듣다보면 어떤 단서가 잡힐지도 모릅니다. 만약 검은 집이 사라졌다면 그 집에 있는 금도 같이 사라진 겁니다. 그리고 원하든 원하지 않든 그 금은 아가씨의 것이고요. 그렇기 때문에 우리는 그 금을 찾도록 노력해야 합니다."

박사는 털이 잔뜩 난 팔을 휘저으며 큰소리로 말했다. "집을 먼저 찾아야지, 집을!" 박사는 찬장 쪽으로 가버렸다.

엘리스는 만사가 귀찮다는 얼굴로 고개만 끄덕였다.

손이 작은 소리로 말했다.

"퀸, 아무래도 자네와 단둘이서 얘기하는 게 좋겠어.'

"우리는 이미 어젯밤에도 모두 털어놓고 얘기했네. 똑같은 얘기인데 여기서 못할 게 뭐가 있나? 라이나퍼 박사 앞이라고 꺼려 할 것 없네. 우리가 머무는 이 집 주인은 아주 솜씨가 뛰어난 게 분명해 보이니까. 아무렴! 엄청난 수완가지."

박사는 대꾸하지 않았다. 그의 둥근 얼굴은 침울해 보였다. 그는 술잔 가득 진을 따르더니 단숨에 비워버렸다.

긴장된 분위기 속에서 손이 딱딱한 목소리로 이야기를 해나갔다. 그런 동안에도 라이나퍼 박사에게서 잠시도 눈길을 떼지 않았다.

손이 뭔가 잘못되었다는 생각을 처음 하게 된 것은 실베스터 메이휴 노인 때문이라고 했다.

엘리스의 편지를 받자마자 그는 조사에 들어갔고, 메이휴 노인의 소재를 알아냈다. 그는 병약한 노인에게 그의 딸이 아버지를 간절히 찾고 있다고 전해주었다. 노인은 이상할 정도로 흥분하며 그의 제안을 받아들였고, 자신의 딸과 다시 함께 살기를 간절히 바란다고 했다. 여기서 손은 도전적인 태도로, 그때 노인은 옆집에 사는 친척들을 모두 두려워했다고 털어놓았다.

"무서워했다고요, 손 선생?"

자리에 앉은 채 뚱보가 눈썹을 치켜올리고 반문했다.

"형이 무서워한 것은 우리가 아니라 가난이었소. 지독한 구두쇠였으니까."

손은 그의 말을 무시해버렸다.

노인은 손에게 엘리스한테 편지를 써서 당장 미국으로 돌아오게 해달라고 부탁했다. 그는 딸에게 자기의 전 재산을 물려주고 싶고, 그것도 죽기 전에 꼭 그러고 싶다고 했다. 그러나 노인은 손에게도 금화를 감춘 장소는 말하지 않았다. 단지 '집안'에 있다고만 했을 뿐, 엘리스 이외의 그 누구에게도 그 장소를 발설하지 않았다. 노인은 또 '다른 녀석'들이 '여기 온 뒤'로 늘 그것만 찾고 있다고 진저리를 쳤다고 했다.

엘러리가 입을 열었다.

"그런데 이 집에 사신 지는 얼마나 됐습니까, 라이나퍼 박사?"

"1년 정도 되었소. 설마 죽어 가는 사람의 미치광이 잠꼬대를 그대로 믿는 건 아니겠지요? 우리가 여기 살고 있는데 대해서는 이상하게 생각할 것 없어요. 원래 우리 형제는 오랫동안 떨어져 살았소. 난 실베스터 형을 거의 1년 전부터 찾았는데 여전히 고향에 살고 있다는 걸 알게 되었소. 텅 빈 이 집을 판자로 막아두고 말이오. 덧붙여 말하자면 하얀 집, 그러니까 이 집은 내 계부, 즉 실베스터 형의 아버지가 형과 엘리스의 엄마가 결혼했을 때 지어준 집이오. 실베스터 형은 원래 여기 살았는데 아버지가 돌아가시고 난 뒤 검은 집으로 이사했던 거요. 난 형을 다시 만나자마자 형이 옛날처럼 상태가 나빠졌다는 걸 알 수 있었소. 형은 빵으로 끼니를 때우며 철저히 외롭게 살고 있었는데, 절대적으로 의사의 도움이 필요했었소."

"혼자서 이런 황무지에 살고 있었단 말이오?"

엘러리는 믿어지지 않는다는 듯이 물었다.

"그렇소. 사실 내가 형의 허락을 얻어——이 집이 형의 소유이니까——이 집으로 들어올 수 있었던 유일한 방법은 바로 옆집에 살면서 형에게 무료로 치료를 해주겠다고 미끼를 던지는 수밖에 없었소. 미안하구나, 엘리스. 그때 네 아버지는 워낙 제정신이 아니어서…… 그래서 나와 아내, 그리고 누이가 이 집으로 들어올 수 있었던 거요. 사라 누이는 올리비아가 죽은 뒤 우리와 살고 있었소."

"착하기도 하시지. 그럼 진료 활동은 포기해야 했겠군요, 박사?"

엘러리가 비꼬는 투로 말했다.

라이나퍼 박사는 얼굴을 찌푸렸다.

"포기한다 할 만큼 이렇다 할 진료를 하고 있었던 것도 아니었소, 퀸 씨."

"그렇지만 순전히 형제간의 정 때문에 그런 결심을 하신 것 아니겠습니까?"

"물론 실베스터 형의 재산을 물려받을지도 모른다는 생각을 하지 않았던 건 아니오. 우린 엘리스가 있다는 사실도 몰랐으니 얼마가 되든 형의 재산은 우리 차지가 된다고 생각했소. 그런데 결과는……"

박사는 뒤룩뒤룩 살찐 어깨를 으쓱 들었다놓았다.

"나도 생각할 줄 아는 사람이오." 손이 고함을 질렀다. "거짓말 말아요! 내가 두 번째 여길 찾아왔을 때 메이휴 씨는 치명적인 혼수상태에 빠져 있었소! 그리고 당신들은 스파이 집단처럼 나를 감시했고, 내가 당신들의 방해가 되었던 거지?"

"손 선생님!" 엘리스가 창백한 얼굴로 불렀다.

"미안합니다, 메이휴 양. 하지만 당신도 진실을 알아야 해요. 그래, 나를 속이지 않았다고? 라이나프, 당신은 조카인 엘리스가 있건 없건 금화를 차지할 생각이었소! 내가 그 집에 꼼짝 않고 처박혀 있었던 건 당신들이 그 금화에 손을 못 대게 하려고 그랬던 거야."

박사는 고무처럼 탄력 있는 입술을 굳게 다문 채 다시 어깨를 으쓱했다.

손이 갈라지는 목소리로 말했다.

"당신은 정직하길 원한다고 했어. 좋아, 정직하게 말하지! 이보게, 퀸. 나는 노인의 장례식을 끝내고 메이휴 양이 도착할 때까지 그 집에서 엿새나 있었네. 금화를 찾으려고! 나는 그 집을 온통 다 뒤졌어. 그런데도 금화라곤 그림자도 안 보였네. 분명히 말하지만 금화는 없었어."

손은 뚱보를 노려보았다.

"분명히 그 금화는 메이휴 노인이 죽기 전에 이미 없어진 거야!"

"가만, 가만!"

엘러리가 한숨을 내쉬더니 말을 막았다.

"그건 좀 잘못된 추측 같군. 그렇다면 누군가 요술을 부려 그 집을 사라지게 할 필요가 없지 않나?"

"그거야 나도 모르지."

손이 격하게 말을 이었다.

"내가 알고 있는 건 이곳에서 가장 비열한 일이 일어났고, 모든 게 이상하다는 것, 그리고 저 사기꾼 같은 인간의 미소 뒤에 그 모든 비밀이 숨겨져 있으리란 추측뿐일세. 메이휴 양, 아가씨 가족에게 이런 식으로 얘기해서 정말 죄송합니다. 하지만 나는 당신이 인간의 탈을 쓴 늑대의 소굴에 있다는 것을 알려줄 의무가 있다고 생각합니다. 그렇습니다, 늑대들이죠!"

박사는 입맛이 쓰다는 투로 말했다.

"참고삼아 말한 건데 너무 심하군요, 손 선생. 차라리 안 하느니만 못했어."

엘리스가 모기만한 소리로 말했다.

"이럴 땐 제가 차라리 죽어버리고 싶을 뿐이에요."

그러나 손은 이미 이성을 잃고 있었다. "그리고 키스란 친구!" 아예 고함이었다.

"그 친구는 뭐야? 여기서 뭘 하고 있는 거지? 생긴 건 또 얼마나 험악하게 생겼고! 나는 그 친구가 의심스러워, 퀸……."

"그렇겠지!" 엘러리는 빙그레 웃으며 대답했다. "자네한테는 누구나 다 의심스럽겠지."

"키스 씨 말인가요?" 엘리스가 낮게 부르짖었다. "오, 그럴 리 없어요! 저는, 저는 그런 사람이라고 도저히 생각할 수 없어요. 그 사람은 험난한 인생을 살아온 것 같아요. 마치 무언가 호되게 시달린 사람처럼 말이에요."

손은 할말이 없다는 듯 두 손을 들어 보이며 난로 쪽으로 돌아섰다.

엘러리가 상냥하게 말했다.

"자, 우리 다시 본론으로 돌아갑시다. 내 생각엔 우리가 사리진 집 얘기를 했던 것 같은데, 혹시 그 검은 집의 설계도 같은 건 없을까요?"

박사가 대답했다.

"맙소사! 없어요."

"그렇다면 당신의 계부가 죽은 뒤 그 집에는 누가 살았습니까? 실베스터 메이휴 노인과 그의 아내는 제외하고 말이오."

"아내가 아니라 아내들이오."

라이나퍼 박사가 엘러리의 말을 바로잡았다. 그는 진을 또 한 잔 따르며 덧붙였다.

"실베스터 형은 두 번이나 결혼했으니까. 너는 아마 몰랐을 거다, 엘리스."

난롯가에 앉은 엘리스의 몸이 부르르 떨렸다.

"옛날 얘기는 들추고 싶지 않지만 지금은 솔직히 고백해야 하는 입장이니…… 실베스터 형은 엘리스의 엄마에게 지독하게 대했지요."

"그랬으리라 예상했어요." 엘리스가 나직이 말했다.

"형수는 용기 있는 여성이라 참지를 않았어요. 형에게 최후의 통첩을 남기고 영국으로 돌아가 버렸어요. 그러고 나서 바로 얼마 뒤에 죽은 걸로 알고 있습니다. 형수가 죽었다는 기사가 뉴욕의 신문에 실렸더군요."

"제가 어렸을 적 얘기군요." 엘리스가 다시 대답했다.

"실베스터 형은 그때만 해도 그토록 심한 편은 아니지만 이미 제정신은 아니었어요. 그러다 어떤 돈 많은 과부와 눈이 맞았고, 그 여자를 이곳으로 데려와 함께 살았어요. 그 과부에게는 남자 아이가 하나 있었는데 전 남편에게서 얻은 자식이었소. 그때 내 계부가 돌아가셨고, 실베스터 형과 그 과부는 검은 집으로 이사를 했던 거요. 형이 그 과부와 결혼했던 게 돈 때문이라는 사실은 금방 드러났소. 형은 그 여자를 설득해 재산을 자기에게 양도하게 했고——그 당시로는 상당한 재산이었소——목적을 달성하자마자 그 여자를 괴롭혀대기 시작했소. 그런 어느 날 여자는 자기애를 데리고 홀쩍 떠나고 말았지요."

엘러리가 엘리스의 얼굴을 보면서 말했다.

"그런 얘기는 그만해도 될 것 같군요, 박사!"

"사실 우린 그 내막을 알 수가 없었소. 형이 그 여자를 쫓아낸 건지 그 여자가 형의 잔인한 학대를 못 견뎌 스스로 집을 나갔는지 말이오. 어쨌든 나는 몇 년 뒤에 그 내막을 알게 됐소. 우연히 신문 부고란을 보다가 그녀가 가난에 허덕이다가 마침내 죽었다고 나와 있더군요."

엘리스가 콧등에 주름을 잡은 채 역겨운 얼굴로 그를 쳐다보며 말했다.

"아버지가 그런 짓을!"

손이 성질을 냈다.

"집어쳐요! 이 가엾은 아가씨에게 또 무슨 엉뚱한 생각을 하고 있는 거요? 그 얘기가 이 집과 무슨 상관이 있소?"

뚱보가 온순하게 대답했다.

"퀸 씨가 물어서 대답한 것뿐이오."

엘러리는 불꽃에 매료된 사람처럼 난로만 들여다보고 있었다. 손이 날카롭게 말했다.

"중요한 건 내가 이곳에 발을 들여놓던 그 순간부터 당신이 날 감시했다는 거요, 라이나퍼 박사. 당신은 날 잠시도 혼자 내버려두지 않았어요. 심지어는 내가 여기 들어올 때도 당신은 두 번 다 키스를 내보냈소. 나를 안내한다는 명목으로! 그리고 난 메이휴 노인과 단둘이 5분도 채 있어보지 못했소. 그건 당신도 잘 알 거요. 그러고 나서 그 양반은 혼수 상태에 빠졌고, 결국은 말 한마디 못하고 돌아가셨소. 왜, 왜 그렇게 엄중히 감시해야만 했소? 내가 선량한 사람이란 건 하느님도 알고 있소. 그런데도 당신은 내게 의심스런 행동밖에 보여주지 않았소."

"보아하니……."

박사가 낄낄대며 덧붙였다.

"당신은 시저와는 의견이 맞지 않겠구려."

"뭐라고?"

"'그가,'"라고 뚱보는 인용했다. "'조금만 더 살이 쪘더라면^(셰익스피어 〈줄리어스 시저〉1막 2절, 시저의 대사)' 아무튼 여러분, 지구의 종말이 오더라도 아침은 먹어야하는 것 아니겠소?"

"밀리!"

박사는 아내를 소리쳐 불렀다.

어렴풋이 위험을 느끼고도 졸음을 쫓지 못하는 늙은 사냥개처럼 손은 굼뜨게 정신을 차렸다. 창백한 아침 햇살이 써늘한 침실 창문을 뚫으려 안간힘을 써대고 있었다. 그는 베개 밑을 더듬었다.

"꼼짝 마!" 손이 거친 목소리로 말했다.

"이런, 자네도 권총을 가지고 있었군!" 엘러리가 낮은 소리로 말했다. 그는 벌써 옷을 입고 있었고, 잠을 제대로 못 잔 듯 얼굴이 푸석푸석했다. "그냥 시험삼아 슬쩍 들어와 봤네, 손. 그렇게 어렵진 않군."

"무슨 소리야?"

손이 투덜댔다. 그는 구식 연발권총을 도로 베개 밑에 쑤셔 넣으며 일어나 앉았다.

엘러리가 말했다.

"나는 자네 방도 내 방처럼 자물쇠가 없다는 걸 알았네. 엘리스 방에도, 검은 집 방에도, 방문 자물쇠들이 실베스터 메이휴의 찾을 길 없는 금화처럼 감쪽같이 사라져 버렸더군."

손은 파리한 입술로 누더기 같은 이불을 끌어당겼다.

"그래서, 퀸?"

엘러리는 담뱃불을 붙여 물고 잠시 창 밖을 내다보았다. 솜털 같은 눈이 하늘에서 길게 꼬리를 끌며 떨어졌다. 어제부터 눈은 잠시도 쉬지 않고 줄기차게 쏟아졌다.

"이번 사건은 정말 이상해, 손. 영혼과 물질이 희한하게 뒤섞여 있거든. 그리고 방금 알아낸 사실인데 자네도 흥미로울 거야. 우리의 젊은 친구 닉 키스가 어디론가 사라져버렸단 말씀이야."

"키스가?"

"침실에서 잠을 잔 흔적도 없어. 내가 조사해봤지."

"그러고 보니 어제도 거의 보이지 않았어!"

"잘 봤네. 염세적 감상주의라는 날카로운 이상 증세의 소유자인 듯한 그 시큰둥한 모험가 나리께서 정기적으로 어디론가 사라진단 말씀이야. 어디로 가는 걸까? 그 질문에 대한 해답을 찾는 게 가장 현명한 방법이 아닐까?"

"이렇게 눈이 퍼부어 대는데 어디 멀리야 갔겠나?" 손이 작은 소리로 말했다.

"일리 있는 말이야. 그런데 라이나프 동지께서도 사라졌단 말씀이야."

손의 몸이 굳어졌다. 엘러리가 계속 말했다.

"그 양반은 자긴 잤는데 아주 잠깐만 잤던 모양이야. 그렇다면 두 사람이 같이 간 건가, 아니면 따로 따로? 손, 어떻게 생각해?"

엘러리는 신중하게 덧붙였다.

"갈수록 더 이상하게 꼬인단 말씀이야."

"난 모르겠네."

손이 부르르 몸을 떨더니 다시 말했다.

"나는 그냥 포기하고 싶은 마음뿐이야. 우리는 여기 와서 지금까지 한 일이 없어. 계속 이상하고 짜증스런 일만 일어나는 게…… 게다가 집마저 사라져버렸고."

엘러리는 한숨을 쉬면서 손목시계를 들여다보았다. 7시 1분이었다.

손은 이불을 밀어젖히고 침대 밑을 더듬어 슬리퍼를 찾았다.

"내려가자고!"

손이 큰소리로 말했다.

"베이컨이 아주 맛있군요, 부인. 여기서는 식료품을 운반하기도 보통 힘든 게 아니겠어요?"

엘러리가 말했다.

"우린 개척자 집안이라서요."

아내가 대답하기 전에 라이나퍼 박사가 명랑하게 가로챘다. 그는 입안 가득 계란과 베이컨을 집어넣으며 말을 이었다.

"다행히도 창고에는 꽤 오랜 기간을 버틸 만큼 식량은 충분합니다. 이곳 겨울은 얼마나 대단한지······ 우리도 작년에야 그걸 알게 되었지요."

키스는 아침 식탁에도 나타나지 않았다. 대신 펠 부인이 나타났다. 노파는 인생의 남은 낙이라고는 배를 채우는 일밖에 없다고 생각하는 여느 노인들처럼 왕성한 식욕을 드러내며 게걸스럽게 음식을 탐했다. 그러면서도 비록 말은 하지 않았지만 엘리스에게서 잠시도 멍한 시선을 떼지 못했다.

엘리스가 커피 잔을 만지작거리며 말했다.

"어젯밤엔 거의 잠을 자지 못했어요." 엘리스는 목소리가 더 쉰 듯했다. "지긋지긋한 눈! 오늘도 나갈 수 없지 않을까요, 퀸 선생님?"

"글쎄요, 눈이 그치지 않는 한은요." 엘러리가 조용히 말을 받았다 "어때요, 박사? 당신도 어제 잠을 제대로 자지 못했소? 아니면 바로 눈앞에서 집이 통째로 없어졌는데도 전혀 신경이 쓰이지 않던가요"

뚱보는 눈이 충혈되고 눈꺼풀이 축 처져 있었다. 그런데도 그는 킬킬대며 이렇게 말했다.

"나 말이오? 나야 언제나 잘 자지요. 잘 때는 누가 업어가도 몰라요. 그런데 그건 왜요?"

"아니 별다른 이유는 없습니다. 그보다 키스는 아침부터 어디 갔나요? 어디 틀어박혀 있기를 좋아하는 친구군요?"

라이나프 부인이 머핀을 통째로 삼켰다. 남편이 흘낏 쳐다보자 부인은 벌떡 일어나 부엌으로 달려갔다.

뚱보가 말했다.

"그거야 모르지요. 벵쿼(셰익스피어 《맥베스》에서 유령이 되어 맥베스를 괴롭히는 인물)처럼 예측할 수 없는 녀석이어서요. 그렇지만 남에게 해를 끼칠 인물은 못 됩니다."

엘러리는 한숨을 쉬며 식탁에서 물러났다.

"스물네 시간이란 시간이 지났는데도 어제 일어났던 일에 대한 궁금증은 사라지지 않는군요. 먼저 실례해도 되겠지요? 다시 봐도 마찬가지지만 집이 사라진 터를 다시 한 번 봐야겠군요."

손이 같이 일어서려 했다.

"아냐, 손. 나 혼자 가겠네."

엘러리는 두툼하니 옷을 걸쳐 입고 밖으로 나갔다. 이제 눈은 아래층 창문까지 쌓여서 나무조차 잘 보이지 않았다. 누군가 현관에서 몇 걸음 엉성하니 좁은 길을 만들어놓긴 했지만 그나마 벌써 반 정도가 다시 눈으로 뒤덮여버렸다.

엘러리는 가만히 서서 신선한 공기를 흠뻑 들이마시며 오른쪽의 검은 집이 서 있던 자리를 뚫어져라 노려보았다. 간신히 알 수 있는 게 보였다. 빈터를 가로질러 숲 언저리로 들어간 사람의 발자취였다. 그는 코트 깃을 올려 세우고 살을 에는 듯한 바람을 맞으며 허리 높이까지 오는 눈 속으로 뛰어들었다.

나아가기가 쉽지는 않았지만 그럭저럭 해 볼 만했다. 조금 뒤에는 몸이 제법 따뜻해지기 시작했다. 세상은 하얗고 고요했다. 새롭고 이상한 세계였다.

빈터를 뒤로 하고 힘겹게 숲으로 들어섰을 때는 미지의 세계로 들어선다는 그런 느낌이 훨씬 더했다. 이토록 조용하고 하얗고 아름다운 세계는 일찍이 본 적이 없었다. 마치 이 세상에 존재하지 않는 절대적인 아름다움이 바로 이런 것이 아닐까 싶었다. 나무 위에 뭉쳐 있는 눈송이들은 지금까지 보아 온 그 어떤 것보다 훨씬 신비로웠고, 나무들도 처음 보는 아주 색다른 모습을 하고 있었다.

가끔씩 낮은 가지 위에 쌓인 눈들이 그의 머리 위로 우수수 떨어져 내렸다.

그 근처는 하늘과 땅 사이에 나무라는 지붕이 있었으므로 기이한 발자취도 그리 간단히 눈에 덮여버리지는 않았던 것이다. 발자국은 정확한 목표를 가지고 있었다. 멀리 있는 그 목표를 향하여 한눈 한 번 팔지 않고 곧바로 나아간 듯 점선으로 이어지고 있었다. 엘러리는 곧 뭔가 찾을 듯한 기대로 몸을 떨며 걸음을 재촉했다.

갑자기 세상이 새카매졌다.

이상한 일이었다. 눈 색깔이 회색에서 점점 더 진한 회색으로 변하더니 마지막 순간에는 마치 밑에서부터 잉크가 번져오듯 새카맣게 변했다. 그러더니 놀랍게도 축축하고 차가운 눈이 자신의 뺨에 와 닿았다!

엘러리는 눈을 뜨고서야 알았다. 자신이 지금 눈 위에 벌렁 드러누워 있고, 위에서 코트 차림의 손이 몸을 굽히고 내려다보고 있었다. 푸르뎅뎅하니 언, 손의 얼굴에서 튀어나온 코가 겨울나무처럼 보였다.

손이 그의 몸을 흔들며 고함을 질렀다.

"퀸, 괜찮은가?"

엘러리는 입맛을 다시며 일어나 앉았다.

"역시 예상했던 대로야."

그는 끙끙 앓는 소리를 내며 말을 이었다.

"내가 뭘로 얻어맞은 거지? 마치 신이 분노하시는 것처럼 벼락같은 느낌이 들었는데?"

그는 뒤통수를 만지며 일어섰다. 몸이 휘청거렸다.

"여하튼 손, 우린 마법의 땅 경계선까지 온 것 같네."

"자네 지금 제정신인가?"

손이 걱정스레 물었다.

엘러리는 당연히 있어야 할 발자취를 찾아 주위를 둘러보았다. 그러나 손이 만들어놓은 두 줄기 발자국을 제외하고는 아무것도 없었다. 의식을 잃은 채 한참을 누워 있었던 게 분명했다. 그가 우거지상을 지으며 말했다.

"여기서 더 이상 나아가지 않는 게 좋겠어. 그만 손 떼자고. 간섭도 말고 참견도 말고 말일세. 이 보이지 않는 경계선 너머에는 황천이, 저승이, 지옥이 있을 거야. Lasciate ogni speranza voihchéntrate (단테 《신곡》 지옥편, 이탈리아 어. 여기 들어오는 자여, 모든 희망을 버릴지니). 용서하게, 손. 그런데 자네가 내 목숨을 구했나?"

손이 몸을 돌리고 조용한 숲을 둘러보며 대답했다.

"글쎄, 그건 아닌 것 같아. 난 단지 여기 누워 있는 자네를 발견한 것뿐이니까. 얼마나 놀랐는지…… 자네가 죽은 줄 알았지 뭔가."

"어쩌면……." 엘러리는 부르르 몸을 떨며 덧붙였다. "죽었을지도 모르지."

"자네가 밖으로 나가자 엘리스도 이층으로 올라가 버리더군. 라이나프가 선잠이 어쩌고 하면서 떠들어대기에 나도 밖으로 나와버렸지. 잠시 눈을 헤치고 도로로 걸어갔는데 문득 자네 생각이 나서 다시 돌아왔지. 자네 발자국은 거의 지워진 상태였어. 하지만 어떻게 간신히 여기까지 따라왔고, 그랬더니 자네가 여기 누워 있지 않겠나. 아마 지금쯤은 자네 발자국도 다 지워졌을 거야."

"나도 이런 일은 정말 싫네. 하지만 어떻게 보면 이런 일을 더 좋아한다고도 할 수 있겠지."

"무슨 말이야?"

"신의 사자가 이렇게 비열한 공격을 한다고는 생각할 수 없으니까."

"맞아. 드디어 전쟁이 시작된 거야. 그게 누구든, 무슨 수를 써서라도 우리를 막으려 할 거야."

손의 불평 섞인 대꾸였다.

"그런데 전쟁치곤 상당히 봐주는 전쟁 같단 말이야. 아까 같은 상황이라면 날 얼마든지 죽일 수도 있었을 텐데……."

그는 말을 끊었다. 소나무 옹이가 불에 타거나 딱딱한 나뭇가지가 꺾어질 때 나는 소리 같은, 그러나 그보다 훨씬 더 날카로운 폭음이 들려왔다. 그리고 메아리가 이어졌다. 의심의 여지가 없었다. 그것은 총소리였다.

"집이야! 가자고!"

엘러리가 소리쳤다.

두 사람은 허겁지겁 눈을 헤치고 나아갔다. 갑자기 손이 하얗게 질린 얼굴로 말했다.

"총! 깜박했어. 총을 베개 밑에 그냥 두고 나와버렸어. 자네 총은?"

엘러리가 자기 주머니를 뒤졌다.

"내 총은 여기 있는데…… 아냐, 맙소사! 나는 참 기절해 있었지!"

엘러리는 추위에 곱은 손가락으로 권총 탄창을 확인했다.

"총알이 없어. 여분으로 가져온 것도 없어졌는데?"

그의 목소리가 잦아들었다. 입술이 빳빳해졌다.

여자들과 박사가 놀란 짐승처럼 우왕좌왕 무언가를 찾고 있는 모습이 두 사람의 눈에 들어왔다.

"당신들도 들었소? 누군가 총을 쐈어요!"

뚱보가 집으로 뛰어들어오는 두 사람을 보면서 소리쳤다. 그는 유난히 흥분해 있는 듯했다.

"어느 쪽이오? 키스는?"

엘러리가 물었다. 그의 눈이 미친 듯이 돌아갔다.

"나도 어디 있는지 몰라요. 집사람은 총소리가 집 뒤에서 났다고 하는데, 난 자다가 뛰쳐나와서 영문을 모르겠소. 총이라! 이제 서서히 모습을 드러낼 모양이군."

"뭐가 말이오?"

엘러리가 물었다.

뚱보는 어깨를 으쓱했다. 엘러리는 주방 안으로 들어가 뒷문을 열고 밖을 내다보았다. 눈은 매끈했다. 밟힌 흔적이 없었다. 다시 거실로 돌아오자 엘리스가 떨리는 손으로 목에 스카프를 두르고 있었다.

그녀는 흥분한 목소리로 말했다.

"두 분 선생님께선 이 끔찍한 장소에 얼마나 더 계실지 모르겠지만 전 충분히 있었다고 생각해요. 고마웠어요, 손 선생님. 당장 저를 데리고 여기서 나가주세요. 당장요! 전 이제 단 일초도 더 있을 수가 없어요."

"진정해요, 메이휴 양."

손은 난처하게 됐다는 듯이 여자의 손을 잡으며 말을 이었다.

"나 역시 마찬가지요, 하지만 당신도 알다시피……."

엘러리는 더 이상 듣지 않았다. 층계를 한 번에 세 개씩 딛고 위로 올라갔다. 손의 방으로 가서 방문을 발로 차 열고 코를 킁킁대며 냄새를 맡았다. 순간 그의 얼굴에 싸늘한 미소가 번졌다. 그는 헝클어진 침대로 걸어가 베개를 걷어치웠다. 거기, 총신이 긴 구형 연발권총이 있었다. 그는 탄창을 확인했다. 비어 있었다.

"어때?"

문간에서 손이 말했다. 엘리스가 그 옆에 착 달라붙어 있었다.

"글쎄……."

엘러리가 한옆에다 권총을 내던졌다.

"우린 지금 환상을 보고 있는 게 아니야. 이건 현실이야, 손. 자네 말처럼 전쟁이라고, 조금 전의 그 총소리는 자네 권총에서 난 거야. 총신이 아직 뜨거워. 총구에서는 연기까지 나고, 게다가 이 차가운 공기 속에 지금도 화약 냄새가 진동을 하고 있어. 총알은 없어지고 말이야."

"그게 어떻다는 거예요?"

엘리스는 울상이 되어 물었다.

"누군지는 몰라도 아주 영리하다는 뜻이지요, 이건 손과 나를 다시 집으로 불러들이려는 단순한 속임수였어요, 미끼인 동시에 경고로 받아들여야 할 거요."

엘러리의 설명이었다.

엘리스가 손의 침대에 풀썩 주저앉으며 말했다.

"그럼 우린……."

엘러리가 말을 가로챘다.

"그렇소, 우린 이제 갇힌 거요, 메이휴 양. 감옥이라는 제한된 구역 안에서만 맴돌아야 하는 죄수들처럼 말이오, 그런데 이상한 건……." 그는 얼굴을 찌푸렸다. "그 이유를 모르겠단 말씀이야."

오전은 그렇게 영원한 의문만 남긴 채 지나갔다. 바깥 세상은 쌓이고 쌓이는 눈 때문에 점점 더 숨통이 막혀갔다. 대기는 빳빳한 하얀 종이 같았다. 마치 하늘문이 활짝 열려 천상의 눈이란 눈은 모조리 쏟아져내리는 듯했다.

정오에는 키스가 불쑥 나타났다. 그는 졸린 눈을 한 채 뜨거운 음식을 허겁지겁 먹어치운 뒤 쓰다 달다는 말 한 마디 없이 자기 방으로 들어가 버렸다.

라이나퍼 박사는 비틀대며 조용히 실내를 오락가락하더니 어디론가 사라졌다가 저녁 식사 전에야 흠뻑 젖은 더러운 차림새로 나타났다. 모두들 시간이 지날수록 말수는 점점 줄어들었다. 손은 절망적으로 위스키를 찾았다. 여덟 시에는 키스가 내려오더니, 직접 커피를 만들어 세 잔이나 마신 뒤 다시 이층으로 올라갔다. 박사는 조금씩 성질을 잃어가듯 침울하니 시무룩한 얼굴로 괜히 자기 아내에게 트집을 잡으며 고함을 질러댔다.

눈은 좀처럼 그칠 기미가 보이지 않았다.

그들은 아무 대화도 나누지 않고 일찌감치 자리에 들었다.

자정이 되자 강철 같은 신경의 소유자인 엘러리조차 그 긴장감을 견뎌낼 수가 없었다. 그는 벽난로 안에서 활활 타오르는 불을 쑤석거려가며 몇 시간이나 침실을 서성거렸다. 도저히 있을 수 없다는 생각에서부터 환상이라는 생각까지 별별 생각을 다 해보았지만 머리만 지끈거릴 뿐이었다. 도대체 잠을 이룰 수 없었다.

그는 자신도 알 수 없는 그 어떤 충동적인 힘에 이끌려 코트를 꿰고 싸늘한 기운이 감도는 복도로 나갔다.

손의 방문은 닫혀 있었다. 침대가 삐걱대는 소리와 손의 신음 소리가 들려왔다. 복도는 손으로 더듬으며 지나야 할 만큼 깜깜했다. 갑자기 발이 카펫의 찢어진 틈새에 걸리면서 그의 몸이 비틀거렸다. 그는 중심을 잡으려고 했고, 그 순간 몸이 벽에 부딪히면서 쿵하는 소리가 났다. 뒤이어 발뒤꿈치가 벽 아래쪽 가장자리의 널빤지를 때리는 가벼운 소리를 냈다.

엘러리가 몸을 채 바로 세우기도 전에 여자의 숨넘어가는 소리가 들려왔다. 복도 건너편이었다. 추측이 맞다면 엘리스 메이휴의 방에서 난 소리였다. 그는 한 손을 주머니에 넣어 성냥을 찾으면서 복도 건너편으로 달려갔다. 그는 성냥불을 켜고 문을 연 뒤 가만히 서 있었다. 그의 앞에서 조그만 성냥불이 타올랐다.

엘리스는 이불을 어깨까지 끌어당겨 덮고 자기 침대에 일어나 앉아 있었다. 성냥불 빛에 여자의 두 눈이 번뜩였다. 방 맞은편의, 다리가 달린 높은 장롱 앞에 한 손을 서랍 속에 넣고 내용물을 뒤지고 있는 시커먼 그림자가 보였다. 라이너퍼 박사였다. 그는 평상복 차림에 젖은 신발을 신고 있었다.

"움직이지 말아요, 박사."

성냥불이 푸시식 소리를 내며 꺼지자 엘러리가 부드럽게 말을 이었다.

"지금 내가 들고 있는 권총이 발포용으로 쓸모가 없다지만 타박상을 입힐 정도의 무기는 됩니다."

엘러리는 옆의 탁자로 몸을 옮겼다. 성냥불이 꺼지기 전에 보아둔 석유램프가 거기 있었다. 그는 새로 성냥불을 켜서 램프에 불을 붙인 뒤, 다시 제자리로 돌아가 문에 등을 기대고 섰다.

"고마워요." 엘리스가 조그맣게 인사했다.

"어떻게 된 겁니까, 메이휴 양?" 엘러리가 물었다.

"저도 잘 모르겠어요. 그렇잖아도 잠을 못 이루고 있었는데, 조금 전에 복도에서 삐걱거리는 소리가 나서 일어났어요. 그리고 선생님이 뛰어들어오셨구요."

"소릴 질렀잖소?"

"제가요?"

여자는 피곤한 아이처럼 한숨을 내쉬더니 다시 말했다.

"전…… 허버트 삼촌!"

갑자기 엘리스의 목소리가 높아졌다.

"어떻게 된 거예요? 지금 제 방에서 무얼 하시는 거죠?"

뚱보는 눈이 커졌다. 그는 결백하다는 듯이 환하게 웃어 보였다. 언제 손을 뺐는지 서랍은 이미 닫혀 있었다. 그가 코끼리처럼 거대한 몸을 바로 세우며 부드럽게 말했다.

"뭘 하냐고? 얘야, 나는 네가 잘 자나 보려고 들어왔지."

뚱보 박사는 이불 위로 드러난 엘리스의 하얀 어깨를 바라보며 말을 이었다.

"오늘은 네가 몹시 놀란 것 같아서 걱정이 되어 들어와 보았단다. 나 때문에 놀랐다면 정말 미안하게 됐구나."

엘러리가 한숨을 쉬며 말했다.

"제가 선생을 잘못 알고 있었나 보군요. 선생답잖게 현명하지 못하시네요. 물론 순간적으로 당황해서 그러리라 짐작은 가지만 어째 변명이 너무 서투른 것 아닙니까? 평소에도 메이휴 양은 장롱 맨 윗서랍에는 절대 들어가 있지 않거든요. 서랍이 얼마나 큰지는 모르겠지만."

엘러리는 엘리스를 바라보며 날카롭게 물었다.

"이 사람이 당신한테 손대지는 않았소?"

"손을 대요?"

여자는 생각만 해도 끔찍하다는 듯 어깨를 움찔했다.

"아녜요. 만약 그랬다면 전 죽었을 거예요."

"저런 훌륭한 대답이 있나!"

라이나퍼 박사가 슬픈 목소리로 말했다.

"그럼 당신은 뭘 찾고 있었던 거요, 라이나퍼 박사?"

엘러리가 물었다.

뚱보는 엘러리를 향해 오른쪽으로 몸을 돌렸다.

"제가 가는귀 먹었다는 건 잘 알려진 사실이지요."

그가 낄낄대며 덧붙였다.

"오른쪽 귀가 말입니다. 잘 자거라, 엘리스, 좋은 꿈 꾸려무나. 지나가도 되겠소, 랜슬롯 경(아서왕의 기사)?"

엘러리는 문이 닫힐 때까지 뚱보의 상냥한 얼굴에서 눈을 떼지 않았다. 두 사람은 말이 없었다. 잠시 동안 뚱보의 낄낄대는 웃음소리가 메아리치더니 이윽고 잠잠해졌다.

엘리스는 침대 속으로 들어가며 이불을 움켜쥐고 사정했다.

"부디 퀸 선생님, 내일은 절 좀 데리고 나가 주세요. 부탁이에요. 정말이지 진심이에요. 저는…… 이 모든 게 너무너무 무서워서 견딜 수가 없어요. 그 생각을 할 때마다…… 그…… 그런 일이 도대체 어떻게 일어날 수 있는 거죠? 우린 지금 정상이 아닌 곳에 있는 거예요. 퀸 선생님, 여기서 조금만 더 오래 있다가는 우리 모두 미쳐버리고 말 거예요. 저를 데리고 가실 거죠?"

엘러리는 침대 한쪽 모서리에 걸터앉았다.

"정말 그렇게 무서워요, 메이휴 양?"

그가 부드럽게 물었다.

"너무 무서워요."

기어드는 목소리로 엘리스가 대답했다.

"그렇다면 손과 내가 내일은 어떻게 조치를 취해보도록 하지요."

엘러리는 이불 속으로 손을 넣어 여자의 팔을 토닥거렸다.

"손의 자동차가 어디가 고장인지 알아봅시다. 그 사람 말로는 차에 연료가 조금은 남아 있다니까, 가는 데까지 가도록 합시다. 만약 연료가 떨어지면 걸어서라도 가야지요."

"하지만 연료가 너무 모자라면…… 아니에요, 상관없어요!"

갑자기 그녀가 눈을 동그랗게 뜨고 그를 올려다보았다.

"그런데 과연 그 사람이 우리를 가게 내버려둘까요?"

"그 사람?"

"누구든 말이에요."

엘러리가 빙그레 웃으며 일어섰다.

"공연한 걱정 말고 잠이나 자 둬요. 내일은 피곤한 하루가 될 테니."

"선생님은 그 사람이……."

"램프는 끄지 말고 내가 나간 뒤에 의자를 문손잡이에 기대놓아요."

엘러리는 잽싸게 주위를 둘러보더니 말을 이었다.

"그건 그렇고 메이휴 양, 당신이 가진 물건 가운데 뭔가 라이나퍼 박사가 탐낼 만한 거라도 있소?"

"저도 그 점이 이상해요. 제게 뭐가 있다고 그러는지 모르겠어요. 저는 가난해요, 퀸 선생님. 신데렐라나 다름없다고요. 가진 거라고는 옷가지와 개인 소지품뿐인걸요."

"옛 편지나 기록물, 아니면 유품 같은 것도 없소?"

"아주 오래된 어머니의 사진뿐이에요."

"흠! 라이나퍼 박사가 그리 감상적인 사람일 리는 없을 테고…… 아무튼 잘 자요. 문에다 의자 기대놓는 것 잊지 말고, 이젠 괜찮으니 안심해요."

엘러리는 춥고 깜깜한 복도에서 엘리스가 침대에서 빠져나와 문에 다 의자를 기대놓는 소리가 날 때까지 기다렸다가 방으로 돌아왔다.

뜻밖에도 손이 와 있었다. 그는 꾀죄죄한 가운 차림으로 머리를 헝클어뜨리고 있어서 마치 어둠의 망령처럼 보였다.

엘러리가 말했다.

"이런! 난 또 유령인가 했지. 자네도 잠을 못 자겠나?"

"잠?"

손이 진저리를 치며 말했다.

"나처럼 착한 사람이 신에게 버림받은 이런 곳에서 어떻게 잠을 잘 수 있겠나? 그런데 자넨 오히려 기분이 더 좋아 보이는군?"

"좋은 게 아니야, 살아 있을 뿐이지."

엘러리는 자리에 앉아 담뱃불을 붙이며 말을 계속했다.

"몇 분 전에 자네 침대에서 몸을 뒤척이는 소리를 들었는데 이 추운 데 무슨 일로 나왔나?"

"아냐, 그냥 초조해서."

손은 벌떡 일어서더니 방안을 거닐기 시작했다.

"그보다 자넨 어딜 다녀왔나?"

엘러리는 엉뚱한 소리를 했다.

"역시 라이나프는 대단해. 하지만 그 양반의 압도적인 힘에 우리가 경의를 표할 수는 없지. 아무래도 지금 상황으로는 우리가 손을 떼는 게 좋겠네, 손. 내 생각은 그게 아니지만, 뭐 도리 없지! 그 가엾은 아가씨에게 내일은 꼭 떠나겠다고 약속을 해버렸으니."

손이 처량한 목소리로 말했다.

"그러다 내년 3월경에 구조대에게 뻣뻣하게 얼은 시체로 발견되겠지. 하지만 긍정적으로 생각하자고. 그래도 이 끔찍한 집에서 얼어

죽는 것보다는 나으니까."

손은 묘한 눈길로 엘러리를 쳐다보았다.

"솔직히 난 자네한테 조금 실망했네, 퀸. 소문에는 자네가 상당히 뛰어난 머리를 가졌다고 들었는데……."

"난 내가 요술쟁이라고 말한 적 없네."

엘러리는 어깨를 으쓱해 보이며 말을 이었다.

"신학자라 말한 적은 더더욱 없고, 여기서 일어난 일은 철저한 요술이거나 분명한 기적, 그 둘 중에 하나일세."

손이 불평조로 말했다.

"그건 맞는 말이야. 하지만 아무리 생각해도 우리 이성으로는 이해가 가질 않으니…… 제기랄!"

엘러리가 싸늘하게 말했다.

"그래도 수사 계통에 있는 몸이라 그런지 난 처음 충격은 거의 가라앉혔네. 어떻게 보면 지금 같은 상황에서 여길 떠난다는 건 창피한 노릇이지. 포기한다는 것은 생각만 해도 끔찍해. 더욱이 지금 같은 때엔."

"지금? 그게 무슨 소린가?"

"손, 자넨 아직도 그 충격에서 완전히 벗어나지 못하고 있네. 그렇기 때문에 자질구레한 문제들을 제대로 분석해보지 못했을 걸세. 하지만 난 오늘 무척이나 많은 생각을 했네. 그렇다고 완전히 밝혀낸 건 아니지만 거의 비슷하게는 알아낸 것 같아."

엘러리는 부드러운 목소리로 덧붙였다.

"거의 비슷하게 말이야."

손이 숨을 헐떡였다. "자네, 자네 정말?"

"정말 놀라운 사건이야. 아주 특별하다고나 할까. 영어가 아니라 그 어떤 세상 언어라도 이런 느낌을 정확히 표현할 말은 찾기 어려울 거야. 만약 내가 종교적인 입장에서 생각했더라면⋯⋯. ”

엘러리는 찬찬히 담배 연기를 내뿜으며 말을 이었다.

“사실 엄청나 보이는 사건들이 모두 그렇듯 이번 경우도 아주 단순한 요인들로 구성되어 있네. 금은 실제로 있어. 집안 어딘가에 감춰져 있는 거지. 그런데 집이 사라졌어. 금을 찾으려면 집을 먼저 찾아야 할 거고, 그렇다면⋯⋯. ”

“횡설수설하지 말게. 그런 말은 지난번에 키스한테도 하지 않았나? ” 손이 큰 소리로 참견했다. “난 자네가 집을 찾으려 애쓰는 걸 본 기억이 없어. 집을 찾아야 한다면 자네가 한 게 뭐가 있나? 빈둥대며 기다린 것밖에 더 있나? ”

“잘 봤네. ” 엘러리가 말했다.

“뭐라고? ”

“기다려야지. 그게 바로 대응책이야. 이 비쩍 마르고 화만 잘 내는 친구야, 그게 바로 ‘검은 집’의 망령을 쫓아버릴 봉인이라고! ”

“봉인? 망령? ” 손은 의아한 얼굴로 그를 쳐다보았다.

“그래, 기다리는 거지. 신이여, 저는 이렇게 기다리고 있나이다! ”

손은 아닌 밤중에 엘러리가 자기에게 엉뚱한 우스갯소리를 하는 게 아닌가 싶어 혼란과 의심이 뒤섞인 눈길로 그를 유심히 쳐다보았다. 그러나 엘러리는 여전히 앉은 채 담배만 열심히 빨아댔다.

손이 목소리를 높였다. “기다리라니! 뭘 기다려? 자넨 오히려 저 괴물 같은 뚱보 녀석보다 더하군! 뭘 기다리란 말이야? ”

엘러리는 그를 힐끗 쳐다보더니 자리에서 일어나 꺼져가는 난롯불에 담배 꽁초를 던졌다. 그리고는 한 손으로 손의 팔을 잡았다.

“가서 자게나, 손. 내가 말해줘도 자넨 믿지 않을 거야. ”

“퀸, 말하게. 지금 당장 햇빛을 볼 수 없다면 나는 정말 미쳐버릴 거야! ”

엘러리는 깜짝 놀랐다. 그러나 손은 그가 왜 그렇게 놀라는지 이해할 수 없었다. 더욱더 기이한 것은 엘러리가 자신의 어깨를 두드리며 웃어대기까지 한 것이었다.

"가서 자게나."

엘러리는 여전히 낄낄낄 웃으며 말했다.

"난 얘길 들어야겠네!"

엘러리는 한숨을 내쉬었다. 그의 얼굴에서 웃음이 가셨다.

"말 못해. 자네가 웃을 거야."

"난 지금 웃을 기분이 아니야."

"사실 웃을 일도 아니지, 손. 난 조금 전에 이렇게 말하려 했네. 만약 내가 종교적 감정에 휩싸였다면, 나 역시 불쌍한 죄인이긴 하지만 지난 사흘 동안에 이미 독실한 신자가 되었을 거라고 말이네. 하지만 난 종교 문제에서는 역시 구제불능인 것 같네. 이번 사건에서 나는 이 지구상에 존재하지 않는 어떤 힘까지 보았으니 말이야."

손이 불평을 늘어놓았다.

"무슨 연극 대사 같군, 마치 신의 손길을 보고 있는 연극 배우처럼. 자네, 그건 신성 모독일세. 이 사람아, 우리라고 신앙심이 전혀 없는 건 아니라네."

엘러리는 달도 없는 캄캄한 창 밖을 내다보았다. 눈으로 뒤덮인 세상이 은빛으로 빛나고 있었다.

엘러리가 낮은 소리로 말했다.

"신의 손길? 손이 아니야, 손. 만약 이 사건이 해결된다면 그건 아마 등불 때문일 걸세."

"등불? 등불이라고?" 손이 신음하듯 되물었다.

"그래, 이를테면 신의 등불인 셈이지."

3

그 어느 때보다 더 절망적인 회색빛으로 침울한 아침이 밝아왔다. 마치 하늘 전체가 조금씩 바스러져 내리듯 눈은 믿을 수 없을 정도로 계속 두껍게 내렸다.

엘러리는 거의 온종일을 차고에서 손의 검은색 중형 승용차의 엔진을 만지작거리며 시간을 보냈다. 그는 자신이 무슨 일을 하고 있는지 보란 듯 차고 문을 활짝 열어두었다. 차의 내연기관에 대해 아는 게 거의 없는 그로서는 공연한 시간만 버리고 있는 셈이었다.

그러나 쓸데없는 실험으로 몇 시간을 보내고 난 오후 늦게, 그는 문득 가느다란 전선에 눈길이 머물렀다. 아무래도 주변 기계로부터 빠져나온 듯 싶었다. 그저 늘어뜨려져 있을 뿐으로 아무 하는 일이 없어 보였다. 논리적으로 살펴보아도 어딘가에 연결되어 있어야만 마땅했다. 그는 실험했고, 마침내 알아냈다.

그가 시동기를 밟고 차가운 모터가 풋풋거리며 돌아가는 소리를 듣고 있을 때 사람 그림자 하나가 차고 문을 가렸다. 그는 재빨리 시동을 끄고 위를 올려다보았다.

키스였다. 바깥의 하얀 눈 때문에 모습이 시커멓게 보인 것이다. 그는 양손에 커다란 깡통을 하나씩 들고 다리를 쩍 벌리고 서 있었다.

엘러리가 말했다.

"어서 오게. 이젠 다시 사람 모습으로 돌아온 것 같군. 가끔씩 종적을 감추더니. 다시 인간 세상으로 돌아온 건가?"

키스가 조용히 입을 열었다. "어디 가시게요, 퀸 씨?"

"물론! 왜 날 막기라도 할 참인가?"

"어디로 가시느냐에 달렸죠."

"아, 인사를 할 모양이군. 자, 내가 어디로 갈 건지 자네에게 얘기하면 어떻게 되는데?"

"무슨 말이든지 하세요. 그러나 어디로 가시는지 내가 알기 전까진 이곳에서 내보낼 수가 없소이다."

엘러리가 씩 웃으며 말을 받았다.

"자넨 제법 순진한 구석이 있군, 키스. 그게 마음에 들었어. 좋아, 자네가 안심할 수 있게 해주지. 손과 나는 메이휴 양을 데리고 이제 시내로 나갈 거야."

"그렇다면 괜찮습니다."

엘러리는 그의 얼굴을 자세히 들여다보았다. 피로와 같은 걱정이 뒤섞인 얼굴이었다. 그가 양손에 들고 있던 깡통을 차고의 시멘트 바닥에 내려놓으며 말했다.

"그럼 이걸 쓰십시오. 휘발유입니다."

"휘발유! 이걸 대체 어디서 구했나?"

키스가 사나운 목소리로 대답했다.

"오래된 인디언 무덤에서 파냈다고 해두죠."

"알겠네."

"손 씨의 차를 고치신 모양인데, 저에게 부탁만 했으면 됐을 것을 ……."

"자네가 진작 고쳐주지 그랬나?"

"아무도 부탁하지 않았으니까요."

청년은 몸을 홱 돌리고 차고 밖으로 나가버렸다.

엘러리는 얼굴을 찌푸린 채 멍하니 잠시 앉아 있다가 차에서 내려 키스가 두고 간 깡통을 연료 탱크에 쏟아 부었다. 그리고는 다시 차에 올라가 시동을 켜둔 채 집으로 돌아갔다. 그의 등 뒤에서 커다란 고양이가 목구멍을 가르랑거리는 소리를 냈다.

엘리스는 방문을 열어둔 채 창 밖을 내다보고 있었다. 노크 소리에 그녀는 와락 몸을 돌렸다.

"퀸 선생님, 손 선생님의 차를 고치셨군요!"

엘러리가 씩 웃으며 대답했다.

"마침내 해냈지요. 떠날 준비는 됐소?"

"그럼요! 정말로 여길 떠난다고 생각하니 기분이 훨씬 좋아졌어요. 눈길이니 단단히 각오를 해야 되겠죠? 여기서 보니 키스 씨가 깡통을 들고 가던데 그게 연료였나 보죠? 고마운 사람이에요. 그렇게 착한 마음씨를 가진 사람일 줄이야……."

엘리스의 얼굴이 붉어졌다. 양쪽 뺨이 붉게 물들면서 두 눈이 어느 때보다 밝게 빛났다. 목소리도 많이 나아진 듯했다.

엘러리가 말했다.

"눈을 헤치고 나가기가 쉽지는 않겠지만 체인을 준비했으니 괜찮을 거요. 운을 믿고 해봅시다. 손의 차는 힘이 좋아……."

엘러리는 갑자기 말을 끊었다. 놀라 굳어 있는 게 분명했다. 그의 눈길이 발 밑의 낡은 카펫에 못 박혀 있었다.

"왜 그러세요, 퀸 선생님?"

엘리스가 놀라 물었다.

"왜냐구요?" 엘러리는 눈을 들더니 길고도 깊은 한숨을 내쉬었다. "아무것도 아닙니다. 역시 하늘엔 신이 존재하고 세상은 평온하군요(브라우닝의 시)."

엘리스도 덩달아 카펫을 내려다보았다.

"어머! 해가 떴어요."

엘리스는 환호성을 지르며 창문으로 몸을 돌렸다.

"퀸 선생님, 눈이 그쳤어요. 저기, 해가 났어요! 마침내……."

엘러리가 재빨리 말을 받았다.

"바로 지금이오. 짐을 실어야겠소. 메이휴 양, 당장 떠납시다."

그는 엘리스의 가방을 들고 나왔다. 얼마나 신나게 걸었으면 오래된 복도가 다 흔들렸다. 엘러리는 복도 건너편, 엘리스의 방과는 반대편에 있는 자기 방으로 들어가 휘파람까지 불어대며 짐을 챙겼다.

거실은 작별 인사로 시끌벅적했다. 만일 누가 이 장면을 보았더라면 평범한 가정, 평범한 사람들처럼 보였을 것이다. 엘리스는 무척 명랑했다. 도무지 자기 재산인 금화를 두고 떠나는 사람처럼 보이지 않았다.

엘리스는 벽난로 선반 위의 자기 엄마 사진틀 옆에 지갑을 놓고 모자를 바로 썼다. 양팔을 벌려 라이나퍼 부인과 포옹을 하고 사라 펠 부인의 시든 뺨에 모이를 쪼는 새처럼 잽싸게 입을 갖다댔다. 박사는 관대하게 웃어 보이기까지 했다. 엘리스는 다시 벽난로로 달려가 선반 위 자기 지갑을 낚아채더니 키스의 찡그린 얼굴을 잠시 묘한 눈길로 쳐다보다가 귀신에게 쫓기는 사람처럼 황급히 밖으로 나갔다.

손은 벌써 차에 타고 있었다. 그의 얼굴은 마치 사형 집행실 문을 열고 막 발을 들여놓으려는 찰나에 무죄 방면된 듯한, 놀라운 행복으로 빛나고 있었다.

엘러리는 천천히 엘리스의 뒤를 따라갔다. 짐은 손이 이미 차에 실어놓았다. 더 이상 할 일이 없었다. 엘러리는 차로 올라가 시동을 걸고 핸드브레이크를 풀었다.

뚱보가 문간을 가득 메우고 소리쳤다.

"나가는 길은 알고 있겠지요? 길이 끝나는 데서 우회전해요, 그렇게 곧바로 가면 틀림없어요, 간선 도로가 나올 거고……."

뚱보의 마지막 말은 엔진 소리에 묻혀버렸다. 엘러리는 손을 흔들었다. 뒷좌석의 손 옆에 앉은 엘리스는 몸을 돌리며 약간 신경질적인 웃음을 터뜨렸다. 손은 엘러리의 뒤통수만 쳐다보고 있었다.

차는 엘러리가 운전하는 대로 덜컹대며 나아가더니 우회전해서 찻길로 들어섰다.

날이 금세 어두워졌다. 그들은 천천히 전진했다. 커다란 승용차는 체인을 감았는데도 미끄러지고 비틀대며 눈이 쌓인 길을 감질나게 나아갔다. 밤이 되자 엘러리는 전조등을 최대한 밝게 한 뒤, 운전에 온 신경을 집중했다.

말하는 사람은 아무도 없었다.

간선 도로에 닿기까지 몇 시간은 걸린 듯했다. 그러나 막상 간선 도로로 들어서자 눈은 어느 정도 치워져 있었고 그들은 금방 가까운 마을로 들어섰다.

친근한 전깃불과 포장도로, 반듯하게 모인 집들을 보고 엘러리는 너무 기뻐 환성을 질렀다. 그는 주유소에 차를 세우고 연료를 가득 채웠다.

그제야 손도 안심이 되는 듯 엘리스를 돌아보았다.

"이제 다 왔어요, 메이휴 양. 금방 시내로 들어설 거요. 트리폴로 다리만 건너면."

"오, 이젠 살았어요!"

"오늘은 우리 집에서 묵도록 해요. 집사람도 아가씨를 보면 반가워할 거요. 그리고 나서……."

"정말 고마워요, 손 선생님. 이럴 땐 뭐라 감사의 말씀을 드려야 할지 모르겠군요."

여자가 멈칫하며 깜짝 놀랐다.

"무슨 일이에요, 퀸 선생님?"

엘러리가 이상한 짓을 하고 있었다. 차를 교차로에 세우고 근무중인 경찰관에게 낮은 소리로 뭐라 물었다. 경찰관은 그에게 뭐라고 대답하며 손짓했다. 엘러리는 다른 방향으로 차를 돌리더니 천천히 운전을 했다.

엘리스가 몸을 앞으로 빼며 물었다.

"왜 그러세요?"

손이 이마에 주름을 잡으며 말했다.

"설마 자네, 길을 잃은 건 아니겠지? 저기 분명히 표지판에……."

"아냐, 그게 아니야."

엘러리는 뭔가 생각하는 듯하더니 말을 이었다.

"방금 무슨 생각이 떠올랐어."

엘리스와 손은 이해가 가지 않는다는 표정으로 서로를 마주 보았다.

엘러리는 파란 불이 켜진 커다란 석조 건물 앞에 차를 세우더니 안으로 들어가 15분쯤 있다가 휘파람을 불며 밖으로 나왔다.

손이 석조 건물의 파란 불을 쳐다보며 물었다.

"퀸, 무슨 일인가?"

"끝맺음을 해야 할 게 있어서."

엘러리는 차를 돌리고 조금 전에 지나친 그 교차로로 나아가 다시 좌회전을 했다.

엘리스가 신경질적으로 말했다.

"길을 잘못 들었어요, 여긴 방금 우리가 지나온 길이에요, 분명해요!"

"잘 봤어요, 메이휴 양. 맞습니다."

돌아간다는 생각만 해도 끔찍한 듯 엘리스는 하얗게 질린 얼굴로 풀썩 뒤로 나앉았다.

"보다시피 우린 돌아가고 있습니다."

엘러리가 말했다.

"돌아가?"

손이 꼿꼿하게 허리를 세우고 소리를 질렀다.

"오, 제발 그 끔찍한 사람들은 잊어버릴 수 없겠어요?"

엘리스가 앓는 소리를 냈다.

"난 기억력이 너무 좋아서 그런지 좀처럼 잊어버리지를 못하겠군요, 게다가 우리에게는 응원군까지 있습니다. 뒤를 봐요, 우릴 따라오는 차가 보일 겁니다. 경찰차지요, 이 지역 경찰서장과 정예 요원들이 타고 있어요."

"대체 왜 그러시는 거예요?"

엘리스가 고함을 질렀다. 손은 아무 말도 하지 않았다. 행복감이 싹 가신 얼굴로 울적하니 엘러리의 뒤통수만 쳐다보며 앉아 있었다.

엘러리가 근엄한 목소리로 말했다.

"나는 내 직업에 대해 자부심을 가지고 있는 사람입니다. 그런데도 그토록 가증스럽고 교활한 속임수에 내가 넘어갔으니!"

"속임수요?"

엘리스가 멍청한 얼굴로 물었다.

"이번엔 내가 마술사가 될 차례입니다. 메이휴 양도 집이 사라진 걸 똑똑히 보았겠지요?"

엘러리는 부드럽게 웃으며 다시 말했다.

"내가 그 집을 다시 나타나게 하겠소."

두 사람은 그를 쳐다보기만 할 뿐 기가 막힌 지 아무 말도 못했다.

엘러리가 목에 힘을 주며 말했다.

"집이 사라진다거나 하는 그런 사소한 일은 무시해도 되겠지만, 결코 그냥 넘어갈 수 없는 일은 바로 살인입니다!"

4

정말 '검은 집'이 다시 있었다. 망령이 아니었다. 세월의 때가 찌든

굳고 튼튼한 그 집은 날개를 달고 하늘로 날아갈 생각 따위는 조금도 없어 보였다.

집은 차도 맞은편, 예의 그 자리에 언제나 그랬던 것처럼 그대로 서 있었다. 찻길에서 접어들자마자 찬란한 달을 배경으로 시커멓게 서 있는 그 집은, 온전한 사물의 세계에서 볼 수 있는 진짜 집의 본질을 유감없이 보여주고 있었다.

손과 엘리스는 말이 나오지 않았다. 지난번 그 장소에서 집이 사라졌을 때보다 더 큰 기적을 목격한 벙어리들처럼 입만 쩍 벌리고 있었다.

엘러리는 차를 세우고 훌쩍 땅으로 내려서서 뒤따라오는 경찰차를 향해 신호를 보낸 뒤, 눈으로 덮인 개간지를 가로질러 '하얀 집'으로 쏜살같이 달려갔다. '하얀 집' 창문이 램프와 난롯불로 환하게 밝혀져 있었다. 경찰차에서 우르르 사내들이 내리더니 사냥개처럼 엘러리를 따라갔다. 손과 엘리스는 멍청하게 그 뒤를 따라갈 뿐이었다.

엘러리는 '하얀 집' 문을 발로 차 열었다. 그의 손에는 권총이 들려 있었고, 들고 있는 모양새로 보아 탄창이 다시 채워졌다는 것은 의심할 여지가 없었다.

그가 활기차게 거실로 걸어가며 말했다.

"다시 인사드립니다. 유령은 절대 아닙니다. 퀸 경감의 아들은 너무도 탄탄한 육체를 지니고 있어서 죽지도 않는답니다. 어쩌면 네메시스(복수의 여신)인지도 모르지요, 이런! 난 인사를 하는데도 전혀 반갑다고 웃어주지도 않는군요, 라이나퍼 박사?"

뚱보는 스카치 잔을 막 입으로 가져가려다가 멈춘 상태였다. 늘어진 볼에서 핏기가 싹 가시는 게 놀랄 정도였다. 부인은 한쪽 구석에서 흐느껴 울고 있었고, 펠 부인은 멍청하게 그들을 바라보았다. 닉 키스만 그다지 놀라는 기색이 아니었다. 그는 귀마개를 한 채 창가에서 있었다. 그의 얼굴에는 비통과 감탄, 그리고 이상한 안도감 같은 게 섞여 있었다.

"문 닫아요."

엘러리가 말했다.

뒤에 서 있던 경찰들이 말없이 사방으로 흩어졌다. 엘리스는 비틀대며 의자로 걸어가더니 감정이 잔뜩 담긴 얼굴로 라이나퍼 박사를 주시했다. 짧고 나지막한 한숨 소리가 나더니 형사들 가운데 하나가 키스가 서 있던 창문으로 달려갔다. 그러나 키스는 이미 그곳에 없었다. 그는 커다란 사슴처럼 눈을 헤치고 숲을 향해 껑충껑충 뛰어가고 있었다.

엘러리가 소리쳤다.

"놓치면 안 돼!"

경찰 하나가 총을 꺼내 키스가 빠져나간 창문으로 뛰쳐나갔다. 총소리가 들려왔다. 오렌지색 불빛이 바깥 어둠 속에서 줄무늬를 그리며 날아갔다.

엘러리는 난로로 걸어가 손을 녹였다. 라이나퍼 박사는 굼벵이처럼 느릿느릿 안락의자로 가서 앉았다. 손도 양손으로 머리를 감싸안으며 의자에 주저앉았다.

엘러리가 몸을 돌리며 말했다.

"경감님, 우리가 여기 도착한 뒤에 일어난 일만 가지고도 이제부터 제가 무슨 말을 하려는지 충분히 짐작하시리라 믿습니다."

제복을 입은 땅딸막한 경찰이 무뚝뚝하게 고개를 끄덕였다.

엘러리는 밝은 목소리로 이야기를 시작했다.

"손, 나는 어제 이런 일을 시작하면서 처음으로 지원이 필요하다는 걸 느꼈네. 정말이지 자넨 아주 이상한 범죄에 휘말려 들었네. 만약 우리 머리 위에 신이 없었다면, 자넨 아마 엘리스 메이휴 양의 상속권을 엉뚱한 사람에게 물려주게 되었을 거야."

라이나퍼 박사가 의자 깊숙이 몸을 묻은 채 참견했다.

"선생한텐 실망했습니다."

"그것 참 황송하군요." 엘러리는 박사를 바라보며 미소를 지었다. "의심 많은 당신에게 한 가지 설명해 드리지요. 며칠 전 손 씨와 메이휴 양, 그리고 내가 도착한 것은 늦은 오후였소. 당신이 그토록 머리를 굴려 내 준 이층 방 창으로 내가 내다보았더니 해가 지더라는 말이오. 아무 이상할 것 없는 평범한 현상이지. 일몰, 그저 해가 진다는 소리니까. 시인이나 기상학자들, 또는 천문학자들이나 관심을 가질 일이지 내겐 하찮은 일에 지나지 않았소. 그러나 태양은 진실을 찾으려는 사람들에게 엄청나게 중요한 역할, 즉 어둠을 밝혀주는 진정한 신의 등불 노릇을 해준 거요.

그러니까 우리가 이곳에 도착한 그날, 메이휴 양은 내 방 반대편에 있었소. 만약 내 방 창문에서 해가 졌다면 나는 서쪽을 보고 있었던 셈이고, 메이휴 양은 동쪽을 본 셈이지. 그때까지는 아무 문제없었소. 그리고 다음날, 나는 아침해가 뜬 직후인 일곱 시에 일어났소. 그런데 내가 뭘 보았는지 아시오? 내 방 창문으로 흘러 들어오는 아침 햇살을 보았단 말이오!"

뒤편 난로에서 나무옹이 타는 소리가 났다. 경찰복 차림의 땅딸막한 사내가 불안하게 몸을 움직였다.

"못 알아듣겠습니까?" 엘러리가 고함을 질렀다. "내 방 창문으로 해가 졌는데, 내 방 창문으로 아침해가 떠오르더란 말입니다!"

라이나퍼 박사는 조금 측은하다는 눈길로 엘러리를 바라보았다. 그의 투실투실한 볼에는 다시 핏기가 감돌았다. 그는 들고 있던 술잔을 높이 치켜들며 경의를 표하듯 이상한 몸짓을 해 보이더니 천천히 잔을 비웠다.

엘러리가 다시 말했다.

"난 가슴이 섬뜩할 정도로 중요한 그 사실을 금방은 알아차리지 못했습니다. 한참 지난 뒤에야 다시 깨닫게 되었지요. 그리고 비로소 우연이, 우주의 질서가, 신이, 뭐 하여간 이름이야 어떻든지 간에 하룻밤에 집 한 채를 지상에서 사라져버리게 한, 기가 막히도록 놀라운 수수께끼의 비밀을 풀 열쇠를 얻었던 것입니다."

"그랬군!" 손이 중얼거렸다.

"그러나 난 확신할 수 없었습니다. 내 기억력을 믿을 수 없었던 것입니다. 내게 확신을 심어 줄 그 증거를 다시 한 번 보고 싶었던 것입니다. 그러나 하늘에선 계속 눈만 내렸습니다. 눈이 태양의 얼굴을 담요로 가리고 있어서 도무지 햇빛을 볼 수 없었단 말입니다. 난 기다렸소, 눈이 그치기를. 다시 한 번 햇빛이 비치기를."

엘러리는 한숨을 쉬더니 말을 이었다.

"내가 다시 해를 본 것은 메이휴 양 방에서였는데, 더 이상 의심의 여지가 없었지요."

"그랬군!"

다시 손이 말했지만, 그는 이 말밖에는 달리 아무 말도 생각나지 않는 모양이었다.

"그런데 메이휴 양 방이 이번에는 서쪽으로 향하고 있더군요. 우리가 도착한 날은 동향이었던 방이 오늘은 서향이 된 거죠. 그리고 우리가 도착한 날 서향이었던 방은 동향이 되었고요. 태양이 멈춰 선 것일까요, 아니면 지구가 미쳐버린 것일까요? 또는 달리 어떤 이유가 있는 건가요? 무슨 상상을 초월하는 말도 안 되게 기막힌 간단한 설명이?"

"퀸, 이건 정말……." 손이 나섰다.

엘러리가 말을 가로막았다.

"제발 끝까지 들어보게. 유일한 논리적 결론, 다시 말해서 자연의 이치나 과학의 법칙에 어긋나지 않는 한도 내에서 우리가 얻을 수 있는 유일한 결론은, 첫날 우리가 머물렀던 집과 오늘 우리가 들어간 집이 다른 집이라는 것입니다. 비슷한 것 같지만 절대 같은 것은 아니라는 말이 됩니다. 이 튼튼한 건축물을 나무 막대기에 꽂힌 장난감처럼 뿌리째 뽑아 완전히 돌려놓지 않는 한, 불가능한 일입니다. 그러므로 같은 집일 수가 없습니다. 똑같은 내부에 겉모습까지 똑같은 집, 구조며 카펫, 장식까지도 똑같은 집이지만 완전히 같은 집은 아니었습니다. 다른 집입니다. 단 한 가지 사실만 빼고는 모든 세세한 점까지 정확하게 똑같은 다른 집이었던 것입니다. 태양을 중심으로 보았을 때 지상의 위치만 빼면 말입니다."

그때 밖에서 경찰이 키스를 놓쳤다며 고함을 질렀다. 고함소리는 싸늘한 달빛 아래 바람을 타고 멀어져갔다.

엘러리는 조용히 말했다.

"이제부터 어떻게 해서 그런 일이 일어났는지 알아보겠습니다. 가령 우리가 지금 들어와 있는 이 '하얀 집'이 첫날 우리가 잠을 잤던 그 집이 아니라면, 태양을 중심으로 다른 위치에 있는 똑같은 쌍둥이 집이라면, 분명히 사라졌던 그 '검은 집'은 절대 사라지지 않았습니다. '검은 집'은 본래 있던 자리에 그대로 있는 겁니다. '검은 집'이 옮겨진 게 아니라 우리가 옮겨진 것이지요. 첫날밤 우린 새로운 장소로 옮겨졌던 것이지요. 그곳에는 먼젓번 장소와 비슷한 숲이, 막다른 차고로 통하는 찻길이, 오래되어 움푹 패인 도로가 있었습니다. 단지 '검은 집'이 없는 텅 빈 개간지라는 것만 빼고는 모든 것이 비슷한 장소였던 겁니다.

그렇기 때문에 우리는 몸과 짐들이 옮겨졌다고 봐야 합니다. 첫날밤 잠자리에 든 그 시간부터 다음날 아침 동안, 이 쌍둥이 '하얀 집'으로 말이지요. 우리 세 사람, 벽난로 선반 위에 놓아둔 메이휴 양의 어머니 사진, 방문에 나 있던 자물쇠가 뜯긴 흔적, 심지어는 잠자리에 들기 전 교묘하게 연출된 벽난로 속 산산조각 난 브랜디 병 조각까지. 모두 이 쌍둥이 '하얀 집'으로 옮겨져 다음날 아침 잠에서 깨어난 우리로 하여금 여전히 같은 집에 머물고 있다는 착각을 불러일으킨 거죠. "

박사가 웃으면서 입을 열었다.

"말도 안 되는 소리! 어디서 요상한 꿈을 꾸고 왔나 보군. "

엘러리가 말했다.

"훌륭했어요! 정말 훌륭한 계획이었어요. 균형 잡힌 우아하고 세련된 예술이었어요. 게다가 이성이라는 아름다운 고리로 연결되어 있어서 한때는 나까지도 그 고리들이 올바르게 연결되어 있는 줄 알았어요. 제가 어디까지 얘기했지요? 아무튼 우리가 느끼지 못하는 사이에 옮겨졌던 걸로 보아 아마 의식이 없었을 겁니다. 손과 제가 술을 한 잔씩 마셨던 기억이 나는데 다음날 아침까지 머리가 띵한 게 혀까지 얼얼했지요. 술에다 가볍게 약을 탄 거지요. 그 술은 라이나퍼 박사가 직접 칵테일했습니다. 의사와 약, 아주 간단한 관계지요. "

뚱보가 재미있다는 듯이 어깨를 으쓱하며 푸른 제복을 입고 있는 땅딸보를 곁눈질했다. 그러나 사나이의 굳은 표정에는 변함이 없었다.

엘러리가 계속해서 이야기했다.

"하지만 과연 라이나퍼 박사 혼자서 한 일일까요? 천만에요. 그건 불가능합니다. 그 빠듯한 시간 동안 혼자서 그 많은 일을 다 처리할 수는 없습니다. 손의 차를 옮기고, '하얀 집'에서 그 집과 똑같은 집으로 우리 세 사람과 옷가지, 그리고 짐까지 옮겨야 했으니까요. 게다가 손의 차를 고장내고, 우리를 침대에 눕히고, 벽난로 속 산산조각 난 병 조각까지 주워온 뒤, 잡다한 장식품과 갖은 소품들 그리고 온갖 구질구질한 것들을 모두 옮기려면 말이지요. 아무리 우리가 도착하기 전에 거의 모든 것을 끝내놓았다 하더라도 보통 어마어마한 일이 아니지요. 이건 분명히 집단으로 한 작품입니다. 공범자가 있다는 말이지요. 그렇다면 이 집에 또 누가 있을까요? 우선 사라 펠 부인은 제외시켜도 될 겁니다. 노파는 집안에 무슨 일이 일어나고 있는지조차 정확히 알지 못하니까요. 지금 상태로는 누가 무슨 말을 하더라도 그대로 따를 것이기 때문입니다."

엘러리는 눈을 번뜩이며 말을 이었다.

"그래서 저는 약삭빠르게 도망친 젊은 친구 닉 키스를 포함해서 여러분 모두를, 실베스터 메이휴 씨의 합법적인 상속녀가 유산을 상속치 못하게 하려는 못된 음모에 가담한 혐의로 기소합니다."

라이나퍼 박사가 점잖게 기침을 하더니 거대한 물개처럼 두 손을 모으고 박수를 쳤다.

"정말 재미있군요, 퀸 씨. 놀랍소! 당신 얘기가 너무 진짜 같아서 나까지 정신 없이 빨려들었소. 그런데 얘기 속에는 당신의 개인적인 상상이 들어 있어서 그 비상한 재주에는 감탄하지만 한편으로는 반감을 갖게 되는구려."

박사는 땅딸막한 경감에게 몸을 돌리며 낄낄댔다.

"경감님께서야 당연히 이런 허무맹랑한 이야기 따위는 믿지 않겠지요? 제 생각에는 퀸 선생이 충격을 받아서 정신이 좀 이상해진 것 같군요."

엘러리가 한숨을 쉬며 대신 대답했다. "소용없어요, 박사. 지금 이 순간 우리가 이 집에 있다는 사실이 내 말을 증명하고 있소."

"선생께서는 그 점도 설명하십시오." 경감이 말했다.

경감은 아직 완전히 이해하지는 못하는 듯했다.

엘러리가 말했다.

"제 말은 지금 우리가 들어와 있는 이곳이 처음 우리가 들어갔던 '하얀 집'이라는 겁니다. 저는 경감님을 모시고 이리로 왔습니다. 그렇지요? 그리고 저는 경감님을 모시고 또 다른 '하얀 집'으로 모시고 갈 수도 있습니다. 이 사람들은 우리가 떠나자마자 이 집으로 다시 돌아온 것입니다. 제2의 '하얀 집'은 그 목적을 달성했고, 이 사람들은 더 이상 그 집에 있을 필요가 없었기 때문이지요.

지형적인 속임수가 있다는 데 생각이 미치자 저는 우리가 차를 타고 들어온 길이 몇 킬로미터나 완만하게 굽어져 있던 사실을 떠올렸지요. 두 집은 다 같은 도로에서 들어가게 되어 있으며, 다른 한 집은 도로를 따라 10킬로미터 정도 위쪽에 있는 것이지요. 도로는 굽어 있기 때문에 9라는 숫자 모양으로 생겼는데, 넓고 긴 곡선을 그리며 결국은 다시 제자리로 돌아오게 되어 있지요. 그렇기 때문에 이 두 집은 굽은 도로로는 10킬로미터나 떨어져 있지만 일직선으로 나가면 불과 1킬로미터밖에 되지 않는 거지요.

코로니아 호가 도착한 그날, 박사는 손과 메이휴 양, 그리고 나를 자기 차에 싣고 이리로 왔습니다. 그때 그는 쌍둥이 집으로 들어가는 차도를 교묘하게 지나쳐 이 집으로 들어왔습니다. 쌍둥이 집으로 가는 길은 도로에서 볼 때는 거의 알아볼 수 없을 정도이기 때문에 우리가 모르고 지나쳤던 거지요.

손 변호사의 차는 그가 직접 운전을 하지 못하게 교묘하게 고장을 내놓은 겁니다. 차를 운전하는 사람은 승객들과는 달리 이정표를 살피게 되니까요. 손 변호사는 메이휴 씨를 만나기 위해 이곳을 두 번이나 찾아왔는데 그때마다 키스가 마중을 나가서 그를 데리고 들어왔지요. 길을 안내한다는 명목이었지만 실은 손이 길을 익히지 못하게 하려는 속셈이었지요. 그리고 첫날 우리를 여기로 데려온 사람도 박사였고요. 오늘 저녁 내가 운전하고 나가게 내버려둔 것은 우리가 쌍둥이 집에서 출발했기 때문이며, 그게 바로 이들이 바란 일이기도 했지요. 그렇게 되면 우리가 진짜 집이 있는 곳을 지나친다거나 의심하게 될 일은 없을 테니까요. 비록 나가는 길이 조금 짧아지기는 하겠지만 설마 우리가 그런 것까지 의식하지는 못할 거라고 생각한 거지요."

경감이 말했다.

"퀸 선생, 당신이 한 말이 전부 사실이라고 쳐도 난 저 사람들이 무슨 목적으로 그런 짓을 했는지 이해가 가지 않는군요. 이 사람들도 여러분을 영원히 속일 수 있다고 생각하지는 않았을 텐데요?"

엘러리가 큰 소리로 대답했다.

"사실입니다. 하지만 우리가 이 사건에 얽힌 여러 가지 속임수를 알아차렸을 때는 이미 메이휴 양의 금화를 가로채어 도망친 뒤가 되겠지요. 우리가 착각에 빠져 정신을 못 차리게 만든 것은 시간을 벌겠다는 속셈에서였어요. 모르시겠습니까? 방해받지 않고 샅샅이 '검은 집'을 뒤진 뒤 노인의 금화를 찾을 시간 말입니다. 의심스럽다면 지금이라도 옆집에 가 보십시오. 분명 아수라장이 되어 있을 겁니다. 라이나퍼 박사와 키스가 걸핏하면 사라지던 것도 바로 그런 이유에서였지요. 우리가 쌍둥이 집에서 초자연적인 현상이 일어났다고 법석을 떨고 있는 동안 두 사람은 '검은 집'에서 금화를 찾으려고 혈안이 되어 교대로 들락거리며 돌멩이를 하나하나 들춰내고 있었겠지요. 바로 그런 이유로 누군가──아마 바로 여기 계신 라이나퍼 박사라고 짐작되지만──손 몰래 집을 빠져나와 눈을 헤치고 허겁지겁 키스의 발자국을 따라가고 있던 내 뒤통수를 후려

쳤던 겁니다. 나를 진짜 집으로 가게 내버려두었다가는 자신들의 그 터무니없는 환각놀음이 탄로될 게 뻔했으니까요."

손이 나섰다.

"그럼 금화는?"

엘러리는 어깨를 으쓱한 뒤 대답했다.

"모르긴 몰라도 아마 이들이 벌써 찾아내어 다시 숨겨놓았겠지."

라이나퍼 부인이 징징거렸다.

"오, 우린 아직 찾아내지 못했어요!"

부인은 의자에 앉은 채 괴로움으로 몸을 뒤틀며 말을 이었다.

"허버트, 그러니까 내가 그러지 말자고⋯⋯."

"병신! 멍청한 돼지 같으니!" 뚱보가 고함을 질렀다.

부인은 마치 남편에게 얻어맞기라도 한 듯 몸을 움찔했다. 경감이 라이나퍼 박사를 보며 퉁명스럽게 물었다.

"당신이 금화를 찾지 못했다면 이들을 가게 내버려둘 이유가 없지 않소?"

박사는 두툼한 입술을 굳게 다물더니 술잔을 들어올리고 잽싸게 술을 들이켰다. 엘러리가 울적한 목소리로 말했다.

"그 질문에는 제가 대답할 수 있을 것 같군요. 여러 가지 면에서 그 점이 이번 사건의 전체 수수께끼 가운데 가장 놀라운 요인입니다. 가장 끔찍하면서 절대로 용서받을 수 없는 사실이죠. 여기에 비하면 환각놀음 같은 건 사실 어린애 장난에 불과합니다. 왜냐하면 거기에는 절대 양립할 수 없는 두 가지 요인이 있기 때문입니다. 엘리스 메이휴와 살인."

"살인?" 경감이 뻣뻣하게 몸을 굳히며 소리쳤다.

"제가 살인요?" 엘리스가 어리둥절한 얼굴로 뒤따라 말했다.

엘러리는 담뱃불을 붙여 물더니 연기를 경감에게 내뿜었다.

"엘리스 메이휴 양은 이곳에 도착한 첫날, 우리와 함께 '검은 집'에 들어갔습니다. 그리고 그곳 자기 아버지 침실에서 우연히 오래된 사진을 하나 찾아냈지요, 지금 여긴 없군요, 아직 그 쌍둥이 집에 있는 모양입니다. 오래전에 돌아가신 어머니 사진이었지요, 엘리스 메이휴 양은 그 사진을 마치 쌀밥 한 공기 받은 중국 피난민처럼 잽싸게 낚아챘습니다. 메이휴 양은 자기 어머니 사진이 단 한 장밖에 없었고, 그나마 아주 낡은 거라고 자기 입으로 말했습니다. 메이휴 양은 뜻밖에 찾아낸 그 사진을 보물처럼 소중히 간직한 채 그 집을 나와 '하얀 집'으로 왔습니다. 그러니까 바로 이 집이지요, 그리고는 그 사진을 이 집에서 가장 잘 보이는 벽난로 선반 위에 얹어놓았습니다."

땅딸막한 경감은 얼굴을 찌푸렸다. 엘리스는 더없이 조용하게 앉아 있었고, 손은 당황해하는 눈치였다. 엘러리가 다시 입으로 담배를 가져가며 이야기를 계속했다.

"그러나 오늘 저녁 엘리스 메이휴는 우리가 보는 앞에서 도망치듯 '하얀 집'을 달려나갔습니다. 마치 두 번 다시 이곳을 찾지 않을 사람처럼 말입니다. 그런데 어머니 사진은 까맣게 잊어버렸던가 봅니다. 첫날 자신에게 그토록 기쁨을 안겨준 보물 같은 그 유품을 말이지요! 더구나 바로 전에 자기 지갑을 벽난로 선반 위에 있는 자기 어머니 사진 옆에 올려놓고도 말입니다. 그러나 메이휴 양은 지갑만 잡아챘지 사진에는 눈길 한번 주지 않았습니다. 자기 입으로 너무나 소중한 사진이라고 하고서도 말입니다. 그렇기 때문에 다른 물건은 다 두고 가더라도 그 사진만큼은 잊어서는 안 되는 거였지요, 처음부터 가져갈 마음만 있었다면 얼마든지 가져올 수 있었을 테니까요."

손이 큰 소리로 물었다.

"자네 지금 대체 무슨 말을 하는 건가, 퀸?"

그의 두 눈이 엘리스를 향해 번뜩였다. 엘리스는 의자에 착 달라붙어 앉은 채 가까스로 숨만 내쉬고 있었다.

엘러리가 무뚝뚝하게 말했다.

"나는 지금 우리 모두의 눈이 멀었다고 말하는 거네. 집만 가짜가 아니라 엘리스 양도 가짜라는 거지. 나는 지금 이 여자가 엘리스 메이휴가 아니라는 말을 하고 있는 거야, 이해하겠나?"

오랜 침묵이 흘렀다. 움직이는 사람은 아무도 없었다. 심지어는 둘러서 있던 경찰들까지도 손가락 하나 까딱하지 않았다.

"모든 가능성을 다 생각했었는데," 여자가 눈을 치켜 뜨며 말했다. 쉰 목소리가 아니었다. 그녀는 자꾸 한숨을 내쉬었다. "그것만은 생각 못했어. 아주 멋지게 풀려나갔는데……!"

"오, 너는 정말 날 멋지게 속였어!" 엘러리가 느릿느릿 말했다. "어젯밤 네 방에서 있었던 일이 이젠 어떻게 된 것인지 알겠군. 우리의 존경하는 라이나퍼 박사께서는 '검은 집'에서 벌어지고 있는 수색 작업이 얼마나 진척되었는지 네게 알려주려고 갔던 거야. 어쩌면 네게 손과 나를 설득해서 오늘은 무슨 일이 있어도 여길 떠나라고 강요했는지도 모르지. 난 우연히 네 방 앞을 지나다 비틀거리게 되었고 벽에 부딪쳐 소리를 내고 말았지. 그러자 너희 두 사람은 즉석에서 그런 교활한 머리를 굴렸던 거야. 훌륭한 연기였어! 두 사람 다 무대에 서지 않는 게 정말 아쉽군."

뚱보가 눈을 감았다. 그는 잠든 사람처럼 보였다. 여자가 다분히 도전적인 태도로 입을 열었다.

"아쉬울 것 없어요, 퀸 씨. 난 몇 년을 극장 무대에 섰으니까요."

엘러리가 말했다.

"너희 둘 다 악마야. 심리학적으로 이런 음모는 악마적인 천재성이라고밖에 할 말이 없지. 너는 엘리스 메이휴의 얼굴이 이곳 사람들에게 사진으로만 알려져 있다는 걸 알고 있었어. 게다가 메이휴 양과 너는 사진을 보면 알 수 있듯이 놀랄 만큼 닮았고, 우리 두 사람과 함께 있게 될 시간이 불과 몇 시간에 지나지 않을 거라는 것도 잘 알고 있었어. 그것도 거의 침침한 차 안에서만 말이야."

"이런 맙소사!"

손이 겁먹은 눈으로 그녀를 쳐다보며 신음 소리를 냈다.

"엘리스 메이휴는" 엘러리는 단호하게 말했다. "이 집으로 걸어 들어와 라이나퍼 부인을 따라 위층으로 올라갔지. 그리고 엘리스 메이휴, 그 영국 아가씨는 두 번 다시 우리 앞에 나타나지 않았어. 아래층으로 내려온 건 바로 너였지. 너는 지난 엿새 동안 철저히 손의 눈을 피해 가며 이 집에 숨어 있었어. 그랬기 때문에 손은 네 존재에 대해서 조금도 의심을 품지 않았던 거야. 너는 아마 손이 엘리스 메이휴 양의 사진과 자질구레한 소식을 담은 편지를 이 집으로 가져왔을 때 이 음모를 생각해 냈겠지. 그리고 너는 엘리스와는 생전 초면인 우리 두 사람을 속이기에 충분할 만큼 그녀를 닮았어. 난 첫날밤 네가 저녁 식사를 하러 내려왔을 때 어쩐지 달라 보인다 싶었어. 그러나 네가 원기를 되찾은데다 모자와 코트를 벗고 몸단장을 해서 그럴 거라고 지레짐작하고 말았지. 그리고 나서 우린 당연히 너를 볼 때마다 진짜 엘리스 메이휴의 모습은 잊어버린 채 너를 진짜 엘리스라고 생각하게 되었어. 너는 너의 쉰 목소리가 부두에서부터 오랫동안 차를 타고 와서 감기에 걸렸다고 변명했는데, 그건 목소리를 위장하기 위한 교활한 술수에 지나지 않은 거야. 그 다음 유일하게 위험한 존재가 사라 펠 부인이었지. 펠 부인은 이미 처음 네가 나타났을 때부터 우리에게 모든 수수께끼의 해답을 던져준 거나 진배없었어. 부인은 네가 진짜 친딸 올리비아라고 생각하고 있었어. 당연하지. 바로 그게 진짜 너의 모습이니까!"

이제 라이나퍼 박사는 주위와는 무관심한 얼굴로 여유 있게 브랜디
만 홀짝이고 있었다. 그의 작은 두 눈은 수 마일 먼 곳을 응시하고
있었다. 늙은 펠 부인은 올리비아를 바라보며 멍청하게 입만 쩍 벌리
고 있었다.

다시 엘러리가 말했다.

"심지어 너는 그런 위험을 감추기 위해 라이나퍼 박사에게 우리한
테 거짓말을 하라고 시켰어. 사라 펠 부인은 미쳤으며, 그 딸인 올
리비아는 몇 년 전에 교통 사고로 죽었다고 말이야. 오! 정말 놀
라워. 목소리와 머리 색깔을 바꿈으로써 노망들어 제정신이 아닌
불쌍한 제 어머니까지 속아넘어가게 했지. 그 두 가지가 두 사람을
구별할 수 있는 가장 손쉬운 특징이지. 네 머리 색깔은 라이나퍼
부인이 진짜 엘리스를 데리고 이층으로 올라갔을 때 바꿨겠지. 그
리고 너는 살아 있는 모델로 행세하기 위하여 그렇게만 하지 않았
다면 나도 진실로 경탄해 마지않았을 텐데 말이야."

올리비아 펠이 싸늘하게 말했다.

"당신은 정말 너무 똑똑해요, 매력적인 괴물이라 할 만큼. 그런데
그 한 가지란 게 무엇이죠?"

엘러리는 올리비아에게 다가가 어깨에 손을 얹었다.

"엘리스 메이휴는 사라지고 네가 그 역할을 대신했어. 왜 그 역할
을 대신했을까? 두 가지 이유를 들 수 있겠지. 첫째는 어떻게든
손과 나를 이 위험 지구에서 쫓아내 버리고, 네가 그 유산을 포기
한 척하거나 관계를 끊어버림으로써 우리를 떨쳐버리려 한 점이지.
재산은 어쨌든 엘리스 메이휴 흉내를 내고 있는 자기 마음일 테니
까. 둘째는 너희들 음모에서 가장 중요한 점이지. 혹시라도 너희
공범자들이 금방 금을 찾아내지 못할 경우를 대비해서 너는 우리에

게 계속 엘리스 메이휴로 남아 있을 필요가 있었어. 그래야만 그 집을 언제든지 너희들이 원하는 때 처분할 수 있으니까 말이야. 금화야 언제 찾아도 찾게 될 것이고 결국 너와 네 공범자들의 것이 되겠지.

하지만 진짜 엘리스 메이휴는 사라졌어. 가짜인 네가 그 자리를 차지하고 오랜 시간을 기다려 상속권을 물려받으려면 진짜 엘리스 메이휴는 사라질 필요가 있었겠지. 네가 엘리스 메이휴의 정당한 상속권을 물려받아 즐기고 살아가려면 진짜 엘리스는 사라질 필요가 있으니까. 그렇기 때문에 손……."

엘러리는 올리비아의 어깨를 바짝 움켜쥐고 단호하게 말을 이었다.

"집이 사라진 것 말고도 오늘 밤 해결해야 할 문제가 하나 더 있다고 말했던 거네. 엘리스 메이휴는 살해되었다네."

밖에서 떠들썩하니 몹시 흥분한 목소리가 들려오더니 고함 소리가 세 번 났다. 그리고는 갑자기 조용해졌다.

엘러리가 계속 말했다.

"우리가 여기 도착한 날 이 사기꾼 같은 여자가 아래층으로 내려왔을 때, 유일하게 이 집안에 없었던 사람이 그녀를 살해한 것이지. 닉 키스, 바로 그 자야. 살인 청부업자, 그리고 여기 있는 이 사람들 모두 그 살인의 공모자들이었어."

창문 쪽에서 누가 말했다.

"살인 청부업자가 아니에요!"

모두 일제히 창문으로 고개를 돌렸다. 그러나 아무도 말이 없었다. 창문 밖으로 뛰어나갔던 세 경찰이 조용히 그들을 지켜보며 뒤편에 서 있었다. 그리고 그들 앞에 두 사람이 더 있었다.

앞에 선 두 사람 가운데 하나가 말했다.

"살인자가 아니에요!"

여자 목소리였다.

"처음엔 그렇게 하려고 했죠, 하지만 저 사람들 모르게 날 살려줬어요, 닉이……."

펠 부인, 올리비아 펠, 라이나퍼 부인, 그리고 라이나퍼 박사의 얼굴에 회색 장막이 드리워졌다. 키스 옆에는 엘리스 메이휴가 서 있었다. 언뜻 보기에 난롯가에 앉아 있는 여자와 쌍둥이 같았다. 그러면서도 확실히 비교되는 차이점도 있었다. 엘리스 메이휴는 피로하고 지친 얼굴이었지만 행복해 보였다. 그리고 굳게 입을 다물고 있는 닉 키스의 팔을 마치 자기 팔이라도 되는 듯이 단단히 잡고 있었다.

덧붙이는 글

나중에 그 놀랍도록 잘 짜여진 음모와 사건에 대해 전체적으로 다시 한번 되돌아볼 수 있게 되었을 때, 엘러리 퀸은 이렇게 말했다.

"두 가지 요소가 없었더라면 이 음모는 전적으로 불가능했을 거야. 올리비아 펠이라는 인물과 숲 속에 세워진 똑같은 집이라는 환상적인 사실 말일세."

그는 또한 이 두 가지도 메이휴 집안에 유전적으로 내려오는 비정상적인 기질이 없었다면 불가능했을 것이라고 덧붙였다. 실베스터 메이휴의 아버지——라이나퍼 박사의 계부——는 늘 변덕이 심해 자식들을 공평히 대하지 못했다. 실베스터와 나중에 펠 부인이 된 사라는 쌍둥이였는데 두 사람은 항상 서로가 가진 특권에 대해 병적으로 질투를 해왔었다. 두 사람은 같은 달에 결혼을 했고, 그들의 아버지는 말썽을 피하기 위해 두 사람에게 똑같이 지은 집을 선물했다. 하나에서 열까지 쌍둥이처럼 닮은 집을 말이다. 그 가운데 한 집은 자기가 살고 있는 바로 옆에 지어 펠 부인에게 선물했고, 또 다른 하나는 거기서 몇 킬로미터 떨어진 자기 소유지에 지어 실베스터에게 주었다.

펠 부인은 결혼 생활 초반에 남편을 잃고 혼자가 되어, 이복동생 허버트가 살고 있는 곳으로 이사를 가버렸다. 메이휴 노인이 죽자 실베스터는 자기 집을 봉쇄해버리고 아버지가 살던 집으로 들어갔다. 그리고 그 쌍둥이 집은 불과 몇 킬로미터를 사이에 두고 수년을 그렇게 서 있었던 것이다. 메이휴 노인의 변덕이 낳은 환상적인 기념비처럼.

문마다 못이 쳐진 채 할 일없이 서 있던 실베스터의 '하얀 집'은 올리비아 펠의 악마적인 천재성으로 되살아날 시간만 기다리고 있었다. 올리비아는 예쁘고 영리했으며, 성취욕도 강했다. 그리고 여자 맥베스라고 불릴 만큼 사악했다. 실베스터의 재산을 가로챌 욕심으로 식구들을 부추겨 '검은 집' 옆의 펠 부인이 버리고 간 옛집으로 들어가자고 우긴 것도 그녀였다. 손이 실베스터의 딸 소식을 가지고 나타나자 올리비아는 자신들의 계획에 위협을 느끼게 되었고, 손이 가지고 온 영국 사촌의 사진이 자신과 너무도 닮은 사실을 알아채고는 이 희한한 음모를 생각해냈던 것이다.

그 첫 단계가 바로 실베스터를 없애버리는 일이었다. 올리비아는 완벽한 논리로 라이나퍼 박사를 설득해 자기가 시키는 대로 하게 만들었고, 실베스터의 딸이 도착하기 전에 그를 살해하게 했다(뒤에 부검한 결과, 독살로 밝혀졌다). 그 동안 올리비아는 엘리스 역에 대비하는 한편, 집이 사라진 것처럼 보이게 할 완벽한 계획을 짠 것이다.

집을 가지고 조작한 환각놀음은 그들이 '검은 집'을 허물어 금화를 찾을 때까지 손을 놀라게 만들어 멀리 쫓아버리기 위한 계획이었다. 어떻게 생각하면 필요 없었을 수도 있었던 환각놀음이 뜻밖에도 기대 이상으로 성공하자 엘리스 메이휴 역할도 충분히 해낼 수 있다는 확신이 섰다.

게다가 집에 대한 환각놀음은 생각보다 어렵지 않았다. 똑같은 집이 똑같은 가구를 갖추고, 이용해주기만을 기다리고 있었기 때문이다. 판자를 떼어내 문을 연 뒤 통풍을 시키고, 청소를 하고 깨끗한 식탁보만 깔면 그만이었다. 엘리스가 도착할 때까지 시간은 충분히 있었던 것이다.

그러나 올리비아 펠의 음모에는 한 가지 불완전한 점이 있었다. 그것은 여자의 잘못이라기보다는 공범자를 잘못 고른 데 있었다. 올리비아는 어떤 일을 하더라도 완벽하게 성공시킬 수 있는 여자였다. 그러나 엘리스 메이휴를 살해할 사람으로 닉을 고르는 데서 실수를 범했다. 닉 키스는 본래 돈을 위해서라면 무엇이든 가리지 않고 해치우는 무뢰한으로 가장해 이 음모의 집에 교묘하게 침투했다. 그러나 사실은 실베스터 메이휴에게 심한 학대를 받고 쫓겨나 가난 속에 살다 죽은 실베스터의 두 번째 아내가 데리고 왔던 아들이었다.

키스의 어머니는 죽기 전 어린 아들의 가슴속에 실베스터 메이휴에 대한 증오를 심어주었고, 그 증오심은 오랜 세월이 흘렀지만 사라지기는커녕 오히려 커지기만 했다. 키스가 이 음모에 가담한 유일한 목적은 계부의 금화를 찾아내 빼앗긴 어머니의 몫을 도로 찾겠다는 마음뿐이었다. 엘리스를 죽인다는 것은 명목상의 역할일 뿐, 결코 그런 마음을 품은 적은 절대 없었다. 첫날 저녁 키스가 엘러리와 손이 보고 있는 앞에서 엘리스를 집밖으로 데리고 나간 것은 올리비아가 지시한 대로 목 졸라 죽이고 땅에 파묻어 버리기 위해서가 아니라, 자기만 알고 있는 숲 근처 오래된 비밀 오두막에 그녀를 숨겨두기 위해서였다.

그는 '검은 집'을 뒤지러 가는 틈틈이 엘리스에게 먹을 것을 갖다주었다. 솔직히 그도 처음에는 메이휴 노인의 유산을 찾아내 자기 몫을 챙겨 달아날 때까지 그냥 볼모로 잡아둘 생각이었다. 그러나 엘리스에 대해 조금씩 알게 되면서 그녀를 좋아하게 되었다. 그래서 집안의 음모를 모두 털어놓게 되었다. 엘리스는 그를 동정했고, 그것이 그로 하여금 새로운 용기를 갖게 해 주었다. 이제 그는 무엇보다 엘리스의 안전을 가장 걱정하게 되었고, 자신이 메이휴 노인의 금화를 찾아내 공범자들을 골탕먹일 때까지 그녀는 가만히 숨어 있으라고 설득했다. 그리고 뒤늦게 두 사람이 같이 나타나 올리비아의 정체를 밝히자는 계획이었다.

엘러리 퀸이 지적했듯 이번 사건 전체에서 정말 희한한 일은 음모와 그 음모를 뒤엎으려는 또 다른 음모의 목표물——실베스터 메이휴의 금화——이, 한때 '검은 집'이 그랬던 것처럼 감쪽같이 사라져 전혀 모습을 드러내지 않는다는 점이었다. 건물 전체와 땅까지 몽땅 뒤져보았는데도 금이라고는 찾아볼 수가 없었던 것이다.

몇 주가 지난 뒤 엘러리가 웃으며 말했다.

"뭔가 떠올랐는데 그걸 알아내지 않고는 직성이 풀리지 않을 것 같아서 이렇게 누추한 곳까지 찾아와 달라고 부탁드린 겁니다."

키스와 엘리스가 멍한 얼굴로 서로를 마주 보았다. 엘러리의 집에서 가장 폭신한 의자에 앉아 있던 손이 꼿꼿이 허리를 폈다. 이제 그는 말쑥한 옷차림으로 몇 주 만에 처음으로 푹 휴식을 취한 흡족한 얼굴을 하고 있었다.

닉 키스가 빙그레 웃으며 말했다.

"여하튼 뭔가가 떠올랐다는 건 기분 좋은 일이지요. 저는 가난뱅이에요. 엘리스도 저보다 조금 나을 뿐이지요."

엘러리가 무뚝뚝하게 말했다.

"자넨 부에 대한 철학적 마음가짐이 없군. 철학적 마음가짐은 라이나퍼 박사의 매력이었는데 말이야. 불쌍한 친구! 감옥을 좋아할지 모르겠군."

엘러리는 불쏘시개로 난로를 뒤적이며 말을 이었다.

"지금까지 메이휴 양, 우리의 멋없는 친구 손은 아가씨 아버지의 집을 샅샅이 뒤졌습니다. 그런데도 금화는 없었어요. 그렇잖나, 손?"

손이 풀이 죽어 대답했다.

"먼지밖에 없더군. 돌 하나 하나까지 모조리 다 뒤졌는데도 말이야."

"좋아. 그렇다면 이제 두 가지 가능성이 남아 있네. 난 항상 이런 식으로 나누길 좋아하지. 메이휴 양, 당신 아버지 유산은 반드시 있어야 하오. 만약 없다면 당신 아버지는 거짓말을 한 것이 되고, 이 일은 모두 끝난 게 되는 거요. 그때는 당신과 당신의 소중한 연인 키스 씨 둘이서 서로 머리를 맞대고 당당하게 그 낡은 집에서 살아갈 것인지, 아니면 구제 기관의 도움을 받을 것인지 결정해야 할 거요. 그러나 당신 아버지 말대로 유산이 있다면 그 유산은 틀림없이 그 집 어딘가에 숨겨져 있을 텐데, 그땐 어찌 할 것이오?"

엘리스가 한숨을 쉬며 대답했다.

"그땐 사라졌다고 단념해야죠."

엘러리가 소리내어 웃으며 말했다.

"그렇지 않아요. 난 이미 사라지는 건 신물나게 보았소. 우리 이 문제를 다르게 풀어봅시다. 당신 아버지가 살던 집에 생전에 있던 물건 가운데 없어진 것은 없소?"

손이 그를 빤히 쳐다보며 말했다.

"자네 설마…… 시체를!"

"겁나는 소리 말게. 이 친구야, 그것 말고 찾아낸 게 있잖나? 그러지 말고 어디 한번 잘 생각해보라고."

엘리스가 자기 무릎 위의 꾸러미를 내려다보며 천천히 말했다. "그래서 오늘 제게 이걸 가져오라고 말씀하셨군요!"

키스가 큰소리로 말했다.

"그 양반이 자기 재산을 금화로 바꿔놓았다고 말한 게 다른 사람들을 속이기 위해서란 말씀인가요?"

엘러리는 껄껄 웃으며 여자에게서 꾸러미를 건네 받고는 포장을 뜯었다. 엘리스 어머니의 사진틀이었다. 그는 감상이라도 하듯 사진을 찬찬히 들여다보았다. 그리고는 자신의 논리가 틀림없다는 듯이 자신만만한 얼굴로 사진틀 뒷면을 벗겨냈다. 금색과 녹색이 뒤섞인 서류들이 그의 무릎 위로 쏟아져 내렸다.

"채권으로 바꿔둔 거지요." 엘러리가 빙그레 웃으며 말했다. "누가 아가씨 아버지를 미쳤다고 했나요, 메이휴 양? 이토록 현명하신 신사분을! 그만해 손, 뭘 그렇게 쳐다보고 있나? 이제 두 행운아들끼리 있게 놔두고 우린 그만 나가세."

보물찾기

"내립시다!" 바렛 소장이 말에서 내리며 유쾌한 목소리로 외쳤다. "식전 운동으로 어떻소, 퀸 선생?"

"아주 좋군요."

엘러리는 간신히 대지에 발을 디디며 말했다. 몸집이 큰 밤색 말은 짐을 덜어 홀가분하다는 듯 머리를 흔들어댔다.

"저는 다리 근육이 다 뻣뻣해진 것 같군요, 장군님. 하긴 6시 30분부터 말을 탔으니."

엘러리는 다리를 절룩거리며 절벽 끝으로 걸어가 나지막한 흙벽에 지친 몸을 기대었다.

하크니스가 회색 말에서 내리며 입을 열었다.

"퀸 선생께서는 늘 앉아서 머리로만 모험을 해오셨죠? 진짜 사나이들의 세계로 들어왔으니 당황할 만도 할 겁니다."

하크니스가 큰 소리로 웃었다. 엘러리는 그의 말갈기처럼 길고 노란 머리털과 신경질적인 두 눈을 꺼림칙한 눈길로 쳐다보았다. 왠지 모르게 그가 싫었던 것이다. 그의 널따란 가슴은 말을 타고 달려왔는데도 아무렇지 않은 것처럼 보였다.

"나보다는 오히려 말이 당황했겠지요."

엘러리는 가볍게 대꾸해 버리고 장군을 보며 말을 계속했다.

"경치가 아주 그만입니다, 장군님. 아무 생각 없이 여길 고르신 건 아닐 테고, 마음속에 한 줄 시상(詩想)이라도 떠오르신 모양이지요?"

"시상이라뇨, 퀸 선생! 나는 군인이오."

바렛 장군은 엘러리 옆으로 어정어정 걸어오더니 아침 햇살 아래 펼쳐진 파란 거울 같은 허드슨 강을 내려다보았다. 깎아지른 듯한 절벽이 암초투성이인 해변까지 수직으로 떨어져 있고, 그곳에 바렛 장군의 보트 창고가 있었다. 아래로 내려가는 길이라고는 절벽 맞은편의 지그재그로 난 가파른 돌층계뿐이었다.

늙은 남자 하나가 아래쪽에 보이는 작은 잔교(棧橋) 한쪽 귀퉁이에 앉아 낚시를 하고 있었다. 그 남자는 갑자기 고개를 들고 위를 쳐다보더니, 벌떡 일어서서 정중하게 경례를 했다.

엘러리는 깜짝 놀랐다. 늙은 남자는 다시 침착하게 자리에 앉아 낚시에 열중했다.

바렛 장군이 빙그레 웃으며 입을 열었다.

"브라운이오, 내 밑에 있는 오래된 재향군인인데, 멕시코 전쟁 때는 부하였다오. 문지기 매그루더도 마찬가지요. 잘 보셨지요? 저게 바로 규율이란 겁니다. 그런데 시상이라뇨!"

그는 콧방귀를 뀌며 말을 이었다.

"내겐 어울리지 않는 말이오, 퀸 선생. 내가 여길 좋아하는 이유는 군사적 가치 때문이오. 강을 내려다보고 있잖소. 그야말로 육군 사관학교의 축소판이지요!"

엘러리는 돌아서서 위를 쳐다보았다. 암반에는 장군의 저택이 세워져 있었는데 삼면이 기어오를 수도 없는 가파른 절벽으로 둘러싸여 있었다. 그 절벽들은 워낙 높이 솟아 있어서 꼭대기가 마치 안개 속에 둥둥 떠 있는 것처럼 보였다. 절벽 맨 뒤편의 자연석 위로 가파른 길이 하나 나 있었다. 엘러리는 정상에서부터 나선형으로 돌아 내려오는 그 길을 자신이 전날 저녁 차를 타고 내려왔다고 생각하자 어질어질했다.

엘러리가 감정 없는 목소리로 말했다.

"강을 내려다보고 있긴 하지만, 적군이 저쪽 길 위를 점령하게 되면 장군님을 향해 총을 쏘아댈 수도 있겠군요. 제 전술이 너무 초보적인가요?"

늙은 장군이 침을 튀기며 말을 받았다.

"그야 길 입구를 내가 지키면 되지!"

"그렇다면 대포를……." 엘러리가 중얼거렸다. "맙소사, 장군님께서는 만반의 준비를 갖춰놓고 계셨군요."

그는 국기 게양대 옆에 반짝반짝 윤나게 닦아 놓은 작은 대포를 재미있다는 듯 쳐다보았다. 대포의 포구는 성벽에 걸쳐져 있었다.

"장군님께서는 혁명에라도 대비하고 계신 모양입니다." 하크니스가 히죽거리며 끼어들었다. "우리가 살고 있는 세상이 워낙 험악하다 보니."

"도대체 자네 같은 스포츠맨은" 바렛 장군이 날카롭게 말을 받았다. "전통을 존중할 줄 몰라. 자네도 잘 알겠지만, 이건 일몰 국기 하강식 때 쓰는 대포라네. 설마 사관학교의 전통을 비웃는 건 아니겠지? 이게 바로 내 영토 안에서 성조기를 내리는 유일한 방법이네, 하크니스, 예포 준비!"

장군은 마치 열병식이라도 하는 듯한 목소리였다.

"제가 가지고 있는 코끼리 사냥총으로 예포를 대신할 수는 없겠죠?" 맹수 사냥꾼인 하크니스가 소리없이 웃으며 말했다. "원정을 나가게 되면 저는……."

"저 친구 말은 무시해 버려요, 퀸 선생." 장군이 퉁명스럽게 그의 말을 잘랐다. "피스크 중위의 친구라니까 이번 주말만 참아 주고 있는 겁니다. 어젯밤 당신이 너무 늦게 도착해서 국기 하강식을 보지 못한 게 유감일 뿐이오. 그렇게 멋있는 일은 없을 거요! 아마 당신도 오늘 저녁엔 볼 수 있을 거요. 우린 전통을 지켜야 해요. 그게 바로 내 생활의 일부요, 퀸 선생. 나도 이제 늙어서 바보가 다 됐나 봅니다."

"천만에요, 그럴 리가 있나요." 엘러리가 서둘러 말을 받았다. "전통은 국가에 있어서 척추와 같습니다. 그걸 모르는 사람이 있을라구요."

하크니스가 재미있다는 듯 낄낄거렸고 장군은 만족한 표정이었다. 엘러리는 현역으로 근무하기에는 너무 늙었으면서도 군 시절을 그리워하는 이런 퇴역 군인들을 잘 알고 있었다. 전날 밤 이곳으로 내려오는 길에 장군의 장래 사윗감인 딕 피스크 중위가 한 말에 따르면, 바렛 장군은 열정적이고 외길만을 고집한 군인이었다. 그리고 그는 자신의 옛 군대 시절을 떠올릴 수 있는 추억거리들을 가능한 한 많이 가지고 민간인 신분으로 돌아왔다. 그는 하인들까지도 늙은 퇴역 군인들을 쓰고 있었고, 세 차례에 걸친 전쟁에서 가져온 전쟁 기념물들로 가득찬 저택을 연대 막사처럼 지어 놓고 관리하고 있었다.

마부가 그들이 타고 온 말들을 몰고 가자 세 사람은 기복이 있는 잔디밭을 가로질러 집으로 걸어갔다. 엘러리는 육군 소장 바렛이 엄청난 부자임에 틀림없다고 생각했다. 그리고 그렇게 확신할 만한 것들을 그는 이미 충분히 보았다. 타일을 붙인 옥외 수영장, 근사한 일광욕실, 표적 사격장, 다양한 무기류를 갖추고 있는 무기고…….

"장군님!"

누군가의 흥분된 목소리에 엘러리는 고개를 들었다. 피스크 중위가 그들을 향해 달려왔다. 그의 군복이 여느 때와 달리 흐트러져 있었다.

"장군님, 잠시만 따로 뵐 수 있을까요?"

피스크 중위가 말했다.

"물론이네, 딕. 잠깐 실례해도 되겠지요, 신사분들?"

하크니스와 엘러리는 뒤로 처졌다. 중위가 신경질적으로 양팔을 내저으며 무슨 말인가를 하자 장군의 얼굴이 하얘졌다. 두 사람은 잠시 아무 말없이 있다가, 갑자기 집으로 달려갔다. 뒤뚱대며 달려가는 장군의 뒷모습이 깜짝 놀란 늙은 숫거위를 떠올리게 했다.

"딕이 왜 저러는지 모르겠군요."

하크니스가 말했다. 엘러리와 하크니스는 느릿느릿 그들 뒤를 따라갔다.

"혹시 레오니에게?" 엘러리가 뜻밖의 말을 꺼냈다. "난 딕 피스크 중위와 오랜 세월 알고 지내 왔소. 그가 모시고 있던 연대장의 황홀하리만치 매혹적인 따님이 그의 가슴을 설레게 한 유일한 여성이었지요. 제발 아무 일도 없어야 할 텐데."

"무슨 일이 생겼으면 어쩌죠?"

큰 덩치의 하크니스가 어깨를 으쓱하며 말을 이었다.

"평온한 주말이 될 줄 알았는데, 지난번 원정 수렵에서는 얼마나 놀랐던지……."

"무슨 사고라도 있었습니까?"

"아프리카에서 몰이꾼은 도망가버리고, 니제르 강이 범람해서 모든 것을 남김없이 쓸어가 버렸다오. 이렇게 목숨을 건진 것만 해도 그나마 운이 좋은 편이었지요. 아, 저기 닉슨 부인이 있군요. 바렛 양에게 무슨 일이 생겼습니까?"

빨간 머리에 황갈색 눈, 큰 키에 창백한 얼굴을 한 여자가 잡지를 읽다 말고 고개를 들었다.

"레오니 말예요? 오늘 아침엔 못 봤는데요, 왜요?"

여자는 그다지 관심이 없는지 딴 소리를 했다.

"어머나, 퀸 선생님! 어젯밤의 그 끔찍한 게임 때문에 전 밤새 한 숨도 못 잤지 뭐예요. 선생님은 죽은 사람들을 그렇게 많이 기억하고 있으면서 어떻게 잠을 잘 수가 있지요?"

"저는 잠을 못 자서 걱정이 아니라," 엘러리가 빙그레 웃으며 대답했다. "너무 많이 자서 걱정이랍니다, 닉슨 부인. 진짜 게으름뱅이지요. 전 단세포 생물인 아메바보다도 더 생각을 하지 않아요. 그런데 악몽이라고요? 아무래도 부인의 의식 속에는 뭔가 꺼림칙한 게 있는 모양입니다."

"하지만 우리 지문까지 채취할 필요가 있었나요, 퀸 선생님? 어디까지 게임일 뿐이었는데……."

엘러리가 빙그레 웃었다.

"기회가 닿는 대로 제 조그만 즉석 신원 조사국을 없앨 것을 약속 드리지요, 부인."

엘러리는 하크니스를 보며 슬쩍 덧붙였다.

"걱정 말아요, 하크니스 씨. 이렇게 이른 아침부터 무슨 일이야 있겠소."

"퀸." 문간에서 피스크 중위가 불렀다. 그의 황갈색 뺨이 얼룩덜룩해 보였고, 매우 어렵사리 몸을 가누고 있었다. "미안하지만……."

"왜 그러나, 중위?" 하크니스가 물었다.

"레오니에게 무슨 일이 생겼나요?" 닉슨 부인이 물었다.

"무슨 일이라뇨? 아뇨, 아무 일도 없습니다." 젊은 장교는 씩 웃으면서 엘러리의 팔을 잡아끌고 층계로 걸어갔다. 그의 얼굴에서 웃음기가 가셨다. "정말 속상한 일이 생겼네, 퀸. 나로서는 정말 어떻게 해야 할지 모르겠네. 자네라도 여기 있었기에 망정이지, 자네라면......"

"그래 무슨 일인가?" 엘러리가 부드럽게 물었다.

"어젯밤 레오니가 걸고 있던 진주 목걸이 기억나나?"

"아!" 엘러리가 대답했다.

"내가 레오니에게 준 약혼 선물이네. 원래는 우리 어머니 것이었지." 중위는 입술을 깨물며 말을 이었다. "나로서는, 그러니까, 미국 육군 중위 월급으로는 감히 살 엄두조차 낼 수 없는 진주 목걸이라는 거지. 난 레오니에게 뭔가 값비싼 걸 선물하고 싶었네. 아무래도 내가 너무 어리석었어. 아무튼 난 그 진주 목걸이가 어머니 거라는 이유 때문에 무척 소중히 여겼고 또......."

계단 맨 위에까지 올라갔을 때 엘러리가 성급하게 말을 잘랐다.

"자네 지금 나한테 그 진주 목걸이가 없어졌다고 말하는 건가?"

"그렇다네, 망할!"

"값이 얼마나 나가는데?"

"2만 5천달러. 한때는 아버지가 잘 사셨거든."

엘러리는 한숨을 내쉬었다. '이 세상에는 절름발이나 다리 한 짝이 없거나 눈이 안 보이는 사람들도 많지만, 그럼에도 언제나 나는 정신을 바짝 차리고 당당하게 걸어가야만 한다.' 그는 담뱃불을 붙여 물고 중위를 따라 레오니 바렛 양의 침실로 들어갔다.

육군 소장 바렛에게는 이미 장군다운 태도라고는 없었다. 그는 투실투실하니 살찐, 어깨가 굽은 늙은이에 지나지 않았다. 레오니는 울고 있었다. 엘러리는 레오니가 실내복 소맷단으로 눈물을 닦았을 거라는 엉뚱한 생각을 했다. 하지만 레오니의 태도는 단호해 보였다.

두 눈에는 희미한 광채가 번뜩이고 있었다. 레오니가 워낙 세차게 앞으로 뛰쳐나오는 바람에 엘러리는 깜짝 놀라 한쪽 팔을 뻗어 막을 뻔했다.

"누가 제 진주 목걸이를 훔쳐갔어요. 퀸 선생님, 선생님이 찾아 주셔야 해요, 반드시. 아시겠어요?"

그녀는 떼쓰듯이 말했다.

"애야, 레오니." 장군이 맥 빠진 목소리로 끼어들었다.

"아녜요, 아버지! 전 누가 다치든 상관없어요. 그건, 그 진주 목걸이는 딕에게도 소중하지만 제게도 소중해요. 그리고 제 바로 옆에다 도둑놈을 앉혀 놓고 제가 빤히 보고 있는 앞에서 그걸 훔쳐가게 내버려 둘 수는 더더욱 없어요!"

"하지만 레오니," 중위가 곤혹스런 목소리로 말했다. "당신 손님들인데……."

"내 손님인 동시에 당신 손님이기도 해요."

여자는 머리를 세게 흔들며 말을 이었다.

"에밀리 포스트 여사가 쓴 에티켓 책에도 초대한 손님이라는 한 가지 이유 때문에 도둑으로 의심하지 말라는 문구는 없었어요."

"그렇지만 일하는 사람들을 의심하면 했지……."

순간 장군이 머리를 홱 들었다.

"여보게, 딕."

그는 씩씩대며 말을 이었다.

"그런 생각은 하지도 말게. 내 밑에서 일하는 사람들 중에 나와 함께 20년 넘게 있지 않은 사람은 아무도 없네. 난 어떤 물건이 없어졌다 해도 그 친구들을 믿네. 그들의 정직한 마음과 충성심은 100번도 넘게 시험해 보았네."

"저도 손님 가운데 한 사람이니까" 엘러리가 유쾌한 목소리로 끼어들었다. "한 마디 할 자격이 있다고 생각합니다. 중위, 나쁜 짓이 란 반드시 드러나게 마련이네. 현명하게 차근차근 조사해 나간다면 피해를 볼 사람은 아무도 없을 걸세. 자네 약혼녀의 말이 옳아. 바렛 양, 목걸이가 없어진 걸 언제 알았습니까?"

"30분 전, 잠에서 깼을 때요."

레오니는 커튼이 달린 침대 옆 화장대를 가리키며 말을 이었다.

"미처 잠에서 깨어나기도 전에 목걸이가 없어진 걸 알았죠. 보시다 시피 제 보석 상자 뚜껑이 열려 있었으니까요."

"그럼 어젯밤 잠자리에 들 때는 보석 상자 뚜껑이 닫혀 있었나 요?"

"그뿐만 아녜요. 전 오늘 새벽에 갈증이 나서 잠을 깼었어요. 물을 마시려고 침대에서 일어났는데, 그때도 제 보석 상자 뚜껑은 분명 히 닫혀 있었던 걸로 기억해요. 그리고 저는 다시 잠을 잤어요."

엘러리는 여유 있게 걸어가 보석 상자를 힐끗 내려다보더니 담배 연기를 내뿜으며 말했다.

"그런 기억이라도 있기 망정이지! 지금 8시가 조금 지났습니다. 그러니까 목걸이가 없어진 사실을 알게 된 것은 8시 15분 전쯤이 됩니다. 목걸이는 6시에서 7시 45분 사이에 도둑맞은 겁니다. 혹 시 무슨 소리 같은 건 듣지 못했나요, 바렛 양?"

레오니가 겸연쩍게 웃었다.

"저는 잠들었다 하면 누가 업어 가도 몰라요, 퀸 선생님. 당신도 곧 알게 될 거예요, 딕. 그리고 몇 년 전부터는 코도 고나 봐요. 아직 아무도 들어본 사람은 없지만……."

중위의 얼굴이 붉어졌다.

장군이 도저히 믿어지지 않는다는 얼굴로 말했다.

"얘야."

그러나 레오니는 울상을 짓더니, 이번에는 중위의 어깨에 기대고 눈물을 짜기 시작했다.

"도대체 어떻게 해야 하지?" 장군이 버럭 소리를 질렀다. "빌어먹을! 우리가 손님들 몸을 일일이 수색할 수도 없고, 그건 말도 안 돼. 비싼 목걸이만 아니라면 그냥 깨끗하게 잊어버리라고 할 텐데."

"몸을 수색할 필요까지는 없지요, 장군님." 엘러리가 나섰다. "어떤 바보가 훔친 물건을 몸에 지니고 있겠습니까? 도둑은 경찰이 오리라 예상하고 있을 겁니다. 하지만 상류 사회의 미묘한 문제에 대해서 경찰은 매우 냉담한 입장을 보인다는 걸 여러분도 잘 아실 겁니다."

"경찰이라고요?" 레오니가 고개를 들며 풀죽은 목소리로 말했다. "오, 세상에! 그러지 말고……."

"당장은 경찰이 없어도 우리끼리 해 나갈 수 있을 겁니다. 이곳 전체를 찾아보면서…… 수색을 하자는 제 의견에 반대는 않으시겠죠?"

"조금도요." 레오니가 단호하게 말했다. "퀸 선생님, 수색은 선생님이 해 주세요!"

"그래야 될 것 같군요. 그런데 여기 있는 우리 네 사람 말고, 도둑을 빼고 누가 또 이 사실을 알고 있지요?"

"우리 말고는 아무도 없어요."

"좋습니다. 지금부터 우리의 구호는 신중입니다. 여러분께서는 제발 아무 일 없었던 것처럼 행동해 주시기 바랍니다. 도둑은 우리가 연극을 하고 있다는 걸 알게 될 겁니다. 하지만 도둑 역시 연극을 해야 할 겁니다. 어쩌면……."

엘러리는 생각하는 얼굴로 담배를 피우며 말을 이었다.

"바렛 양은 옷을 갈아입고 아래로 내려가 손님들과 어울리는 게 좋겠군요. 자, 그만 얼굴 좀 펴세요, 아가씨!"

"알겠어요."

레오니가 억지로 웃어 보이며 대답했다.

"두 신사분께서도 협조해 주셔야 합니다. 제가 여길 뒤지는 동안 아무도 위로 올려 보내시면 안 됩니다. 제가 닉슨 부인의 브래지어를 뒤지다 들켜서 얼굴을 붉히고 싶지는 않으니까요."

"어머나!"

레오니의 얼굴에서 갑자기 웃음기가 싹 가셨다.

"왜 그래요?"

중위가 걱정스러운 목소리로 물었다.

"도로시 닉슨은 지금 경제적으로 어려운 처지에 있어요. 돈이 매우 부족한 상황이죠. 아녜요, 그건…… 차마 말 못하겠어요." 레오니의 얼굴이 또 한 번 붉어졌다. "어머나, 내가 여태 잠옷 바람이었어! 다들 나가 주세요, 어서요."

"없어, 집안에는 없어." 아침 식사를 끝낸 뒤 엘러리가 피스크 중위에게 나지막이 말했다.

"미치겠군! 확실한가?" 중위가 물었다.

"확실하네. 방은 전부 뒤졌네. 주방, 일광욕실, 식품 창고, 무기고, 장군님 방까지."

피스크는 아랫입술을 깨물었다. 그때 레오니가 다가오며 명랑하게 말했다.

"도로시와 하크니스 씨를 데리고 수영장에 가려는데, 딕, 당신도 갈래요?"

"가 보게."

엘러리가 부드럽게 말했다. 그리고 슬쩍 덧붙였다.

"수영하면서 풀도 찾아보게, 중위."

피스크는 깜짝 놀라는 듯했다. 그러나 이내 비장하게 고개를 끄덕이고는 다른 사람들을 뒤따라갔다.

"못 찾았소? 딕과 무슨 얘길 나누는 것 같던데……."

장군이 울적한 목소리로 엘러리에게 물었다.

"아직요."

엘러리는 사람들이 옷을 갈아입으러 들어간 집에서부터 강변까지 죽 훑어보고 나서 말을 이었다.

"저기 아래쪽으로 산책이나 하러 갈까요, 장군님? 브라운이라는 친구에게 몇 가지 물어 봤으면 해서요."

두 사람은 벼랑에 난 돌층계를 딛고 아래쪽 은빛 해변을 향해 조심스레 내려갔다. 장군의 모터보트에 붙은 놋쇠 장식들을 한가롭게 닦고 있는 늙은 하인의 모습이 보였다.

"안녕하십니까, 장군님."

브라운이 차려 자세를 취하며 말했다.

"쉬어. 이 신사분께서 자네한테 몇 가지 물어 볼 게 있다는군, 브라운."

장군이 심드렁한 목소리로 말했다.

"뭐 별것 아닙니다."

엘러리는 빙그레 웃으며 말을 이었다.

"오늘 아침 8시쯤에 낚시를 하고 있는 걸 보았는데, 몇 시부터 여기 앉아 있었지요?"

"글쎄요."

늙은 사내는 왼팔을 긁적이며 말을 이었다.

"새벽 5시 반부터 들락거렸을 겁니다. 고기들이 일찌감치 입질을 해댔으니까요. 정말 굉장했지요."

"저기 내려오는 충계는 여기 앉아 있으면 바로 보입니까?"

"그럼요."

"혹시 오늘 아침, 누군가 저기로 내려오지 않았습니까?"

브라운은 희끗희끗 반백이 다 된 머리를 가로로 흔들었다.

"그럼 혹시 강에서 올라온 사람은 없었나요?"

"아무도요."

"저기 절벽 위에서 강으로 뭘 던진 사람은요?"

"그랬다면 제가 물 튀는 소리를 못 들었을 리가 없지요."

"고맙습니다. 그런데, 당신은 온종일 여기 나와 있나요?"

"누가 보트를 타고 나가지 않는 이상, 거의 오후까지는 이곳에 있습니다."

"그렇다면 두 눈 크게 뜨고 지켜봐야 할 겁니다. 바렛 장군께서 오늘 오후에 누가 이리로 내려오는지 무척 알고 싶어하시니까요. 혹시라도 누가 내려오면 잘 봐 두었다가 장군님께 보고하도록 하세요."

"장군님 명령입니까?"

영리해 보이는 눈을 바짝 치켜뜨며 브라운이 물었다.

"그렇다네, 브라운. 그만 가 보게."

장군이 한숨을 쉬며 대신 대답했다.

두 사람이 다시 절벽 위로 올라왔을 때 엘러리가 말을 꺼냈다.

"이젠 매그루더란 친구의 얘기 좀 들어 볼까요?"

매그루더는 두툼한 볼에 선임하사 같은 눈을 가진, 덩치가 크고 나이가 많은 아일랜드 사람이었다. 그는 장군의 영토로 들어오는 유일한 길목에 자리잡고 있는 작은 오두막에서 살고 있었다.

"아닙니다, 아침 내내 이 근처에는 개미 새끼 한 마리 얼씬하지 않았습니다. 들어온 사람도 나간 사람도 없었고요."

그가 단호하게 말했다.

"어떻게 그렇게 확신할 수 있지요, 매그루더?"

엘러리가 물었다.

아일랜드 사내는 바짝 긴장했다.

"전 6시 15분 전부터 7시 30분까지 저기 정문이 보이는 곳에 앉아 장군님의 총을 닦았습니다. 그리고 나서 쥐똥나무를 다듬었고요."

"매그루더가 하는 말은 전적으로 믿어도 될 거요."

장군이 슬쩍 끼어들었다.

"그럼요, 믿고말고요."

엘러리는 장군을 달래듯 말하고는 다시 사내에게 물었다.

"장군님 땅에서 차를 타고 나갈 수 있는 길은 물론 여기뿐이겠지요?"

"보시다시피."

"네, 그렇군요. 그럼 절벽으로는…… 저렇게 가파른 절벽이라면 도마뱀밖에는 오를 수가 없겠군요. 아주 재미있습니다. 고맙소, 매그루더."

두 사람은 다시 집을 향해 걸었다. 장군이 물었다.

"자, 이제 어떻게 할 거요?"

엘러리가 얼굴을 찌푸리며 대답했다.

"장군님, 어떤 수사든 수사의 본질은 얼마만큼 가능성을 소거할 수 있는가 하는 문제로 귀착합니다. 그런 이유로 이번 수사도 아주 흥미진진해지는 것이지요. 장군님께서는 하인들을 전적으로 믿는다고 말씀하셨지요?"

"어떤 경우에도."

"그렇다면 가능한 한 사람들을 많이 불러 모아 장군님의 영토를 샅샅이 뒤지라 하십시오. 다행히 장군님의 땅이 그리 넓지는 않으니까 오래 걸리진 않을 겁니다."

장군은 코를 벌름거렸다.

"흠, 맞아. 그 생각을 못했군! 알겠소. 멋지군요, 퀸 선생. 내 하인들을 믿어도 될 거요. 다들 노련한 군인 출신이니까. 아마 그 친구들도 재미있어할 거요. 그런데 나무는 어떻게 하지?"

"뭐라고 하셨지요?"

"나무 말이오, 수목! 나뭇가지 사이에 숨겨 놓을 수도 있잖소."

"아, 나무 숲이라! 그렇다면 거기도 반드시 찾아 봐야겠지요."

엘러리가 진지하게 대답했다.

"내게 맡겨요."

장군이 무서운 기세로 말했다. 그는 가쁜 숨을 고르고 나더니 걸음을 재촉하며 멀어져 갔다.

엘러리는 건강한 신체들이 물결을 출렁이고 있는 수영장으로 어슬렁어슬렁 걸어갔다. 그리고는 긴 의자에 앉아 그들을 지켜보았다. 닉슨 부인이 날씬한 팔을 흔들며 물로 뛰어들었다. 나중에 젖은 곱슬머리를 보고야 안 사실이지만, 그 뒤를 쫓고 있는 금발의 덩치 큰 사내는 하크니스였다. 엘러리의 발치에서 늘씬한 몸매 하나가 불쑥 솟구쳐 오르더니, 레오니가 날렵한 동작으로 수영장 난간을 붙잡고 올라왔다.

"제가 해냈어요."

엘러리의 칭찬을 바라는 듯 의기양양하게 웃음을 지으며 레오니가 조그만 목소리로 말했다.

"해내다니, 뭘 말이오?"

엘러리가 웃어 보이며 물었다.

"수색을 했다고요."

"수색? 무슨 말인지 모르겠군요."

"아이 참, 사람들이 왜 이렇게 다들 바보 같지?"

레오니는 몸을 뒤로 젖히고 머리의 물기를 털어냈다.

"제가 왜 수영을 하러 가자고 했겠어요? 그래야 사람들이 옷을 벗을 것 아녜요! 수영장으로 내려오기 전에 한 사람, 아니 두 사람 침실에만 슬쩍 들어가 보면 되는 걸요. 옷은 전부 다 뒤져 봤어요. 혹시, 도둑이 생각지도 않게 옷에다 목걸이를 넣어 뒀을 수도 있잖아요. 그런데 없었어요."

엘러리는 여자를 쳐다보았다.

"정말 놀랍군요. 그런 생각까지 했다니 당신에게 브라우닝의 시라도 바치고 싶은 심정입니다. 하지만 저 사람들 수영복은······."

레오니가 얼굴을 붉히며 그의 말을 단호하게 잘랐다.

"그 목걸이는 여섯 줄로 꼬아 만든 기다란 목걸이에요. 지금 만약 도로시 닉슨이 그걸 자기 수영복 안에 감추고 있다면······."

엘러리는 닉슨 부인을 흘깃 쳐다보더니 싱긋 웃으며 말했다.

"지금 입고 있는 저런 의상이라면 파리 날개보다 더 큰 물건은 숨길 수가 없겠군요. 아, 여보게 중위! 물은 어떤가?"

"별로 안 좋네."

수영장 난간 위로 턱을 추켜올리며 피스크가 대답했다.

레오니가 소리쳤다.

"어머나, 딕! 난 당신이 좋아할 줄 알고······."

엘러리가 낮은 목소리로 레오니의 말을 잘랐다.

"당신 약혼자는 지금 내게 수영장에 목걸이가 없다고 얘기한 거요, 바렛 양."

닉슨 부인이 하크니스의 얼굴을 찰싹 때리더니 맨다리를 들어올리고 그 발그레한 발뒤꿈치로 그의 널따란 턱을 세게 찼다. 하크니스는 껄껄 웃으며 물 속으로 들어갔다.

"돼지 같은 자식!"

닉슨 부인이 수영장 위로 올라오며 유쾌한 얼굴로 말했다.

"당신 잘못이에요, 내가 그 수영복은 입지 말라고 했잖아요."

레오니가 말했다.

"그만 해, 당신 수영복도 마찬가지니까."

중위가 레오니에게 속삭였다.

"주말에 타잔이라도 초대해 준다면……."

닉슨 부인이 말을 하다 말고 멈추더니 이내 다시 입을 열었다.

"저 사람들이 대체 저기서 뭘 하는 거지? 다들 엎드려 있잖아!"

사람들이 그쪽을 쳐다보자 엘러리가 한숨을 쉬며 말했다.

"장군께서 우리와 같이 있는 게 지겨워서 부하들에게 무슨 전쟁놀이 같은 걸 시키셨나 봅니다. 부친께선 자주 저러십니까, 바렛 양?"

"보병 훈련이군."

중위가 재빨리 거들고 나섰다.

"한심한 놀이를 하시는군요."

닉슨 부인이 수영 모자를 벗으며 명랑하게 말을 이었다.

"오후엔 뭘 한다지, 레오니? 뭐 좀 재미있는 게 없을까?"

"내 생각에는" 하크니스가 커다란 원숭이처럼 수영장에서 기어 올라오며 히죽 웃었다. "닉슨 부인이 그 옷을 입고 있다면 어떤 놀이를 하더라도 재미있을 것 같은데요."

햇빛이 그의 젖은 몸을 번들거리게 했다.

"짐승 같으니라고!" 닉슨 부인이 말했다. "뭐가 좋을까? 뭐든 제안해 봐요, 퀸 선생님."

"글쎄요," 엘러리가 말했다. "저도 생각나는 게 없군요. 보물찾기? 조금 시대에 뒤떨어진 일이긴 하지만, 그다지 머리를 혹사시키는 놀이는 아니지요."

레오니가 말했다.

"조금 시시하긴 해도 재미있겠군요. 퀸 선생님이 준비해 주시죠."

"보물찾기?"

닉슨 부인이 잠시 생각하더니 말을 이었다.

"흠, 괜찮은 생각이에요. 보물은 좀 값나가는 걸로 하실 거죠? 전 빈털터리라서요."

엘러리는 담뱃불을 붙이다 말고 멈칫하더니 성냥을 멀리 던졌다.

"제가 주최자로 뽑혔으니…… 흠, 점심 먹고 시작할까요?"

엘러리는 히죽 웃으며 말을 이었다.

"이왕 하는 김에 제대로 한 번 해 보지요. 물건은 제가 숨겨 놓겠습니다. 찾기 쉽게 힌트도 남겨두겠습니다. 여러분은 모두 집에 들어가 계십시오. 몰래 엿보기는 없습니다. 이의 없지요?"

"우리야 선생님이 시키는 대로 할 뿐이죠."

닉슨 부인이 명랑하게 대답했다.

"복도 많으셔." 하크니스가 한숨을 쉬며 말했다.

"그럼 나중에 봅시다."

엘러리는 터덜터덜 강으로 걸어갔다. 뒤에서는 빨리 집으로 들어가 옷을 갈아입고 점심을 먹자고 재촉하는 레오니의 명랑한 목소리가 들려왔다.

정오에 엘러리는 1킬로미터 남짓 떨어진 앞쪽 해변을 무심히 바라보며 흙벽 옆에 서 있었다. 그때 육군 소장 바렛이 그를 발견하고 달려왔다. 장군의 불그레한 두 뺨은 땀으로 번들거렸다. 그는 화가 나고 지쳐 보였다.

"빌어먹을 도둑놈 같으니!"

그는 벗겨진 머리 부분을 닦으며 버럭 화를 냈다. 그리고는 엉뚱한 소리를 했다.

　"아무래도 레오니가 어디 잘못 둔 모양이야."

　"못 찾으셨군요?"

　"흔적도 없어요."

　"그렇다면 따님이 어디다 잘못 뒀을까요?"

　"오, 맙소사! 아무래도 선생 말이 맞는 것 같아요. 난 이런 일은
질색이오. 내 집에 온 손님들이 그랬다고 생각하면……"

　"누가 손님들에 대해 뭐라고 하던가요, 장군님?"

　늙은 장군의 눈이 순간 번쩍였다.

　"응? 뭐라고요? 그게 무슨 소리요?"

　"아닙니다. 장군님도 모르고, 저도 모르죠. 도둑놈밖엔 모릅니다.
그렇다고 속단해서는 안 됩니다, 장군님. 자, 이제 말씀해 보시죠.
수색은 해 보셨습니까?"

　바렛 장군이 대답 대신 앓는 소리를 했다.

　"매그루더의 별채도 살펴보셨겠죠?"

　"살펴보다마다."

　"마구간은요?"

　"선생……"

　"나무는요?"

　"물론이오. 전부 다 찾아보았소."

　"잘 하셨습니다!"

　"뭘 잘했다는 거요?"

　엘러리는 깜짝 놀란 듯했다.

　"장군님, 아주 잘 하셨습니다! 저도 그렇게 하실거라 생각했습니
다. 사실 확신하고 있었지요. 어쨌든 지금 우리가 다루고 있는 사
람은 매우 영리한 사람이니까요."

"그럼……." 장군이 숨을 헐떡거렸다.

"아직 확실한 건 아니지만, 희미하게나마 알 것 같군요. 이제 그만 집으로 들어가셔서 기운이나 좀 차리시지요. 장군께서는 퍽 지쳐 보이십니다. 오후를 대비해 힘을 아끼셔야 합니다. 놀이를 할 거니까요."

"맙소사." 장군은 고개를 저으며 집을 향해 터벅터벅 걸어갔다. 엘러리는 그가 완전히 사라질 때까지 지켜보다가 흙벽에 걸터앉아 생각에 잠겼다.

"신사 숙녀 여러분," 2시에 엘러리가 사람들을 베란다에 모아 놓고 말했다. "저는 2시간 동안 열심히 준비했습니다. 저의 작은 수고로 여러분을 즐겁게 해 드리려는 것이지요. 그러니 여러분께서도 적극 협조해 주시기 바랍니다."

"이것 봐요." 장군이 우울한 목소리로 말했다.

"됐습니다, 장군님. 다수의 의견에 따르셔야죠. 물론, 이 놀이에 대해서는 다들 잘 알고 계시겠지요?"

엘러리는 담뱃불을 붙이며 말을 이었다.

"제가 이곳 어딘가에 '보물'을 숨겨 뒀습니다. 그 '보물'을 찾아갈 실마리도 남겨 뒀고요. 완벽한 실마리입니다. 아시다시피 여러분께 서는 차근차근 따라가셔야 합니다. 저는 단계마다 힌트를 남겨 두었고, 그 힌트를 올바르게만 이해한다면 다음 단계로 넘어갈 수 있습니다. 당연히 이 놀이에는 빠른 지적 판단이 요구됩니다. 누가 머리를 잘 쓰느냐 하는 거지요."

닉슨 부인이 걱정스런 목소리로 말했다.

"그렇다면 난 빠져야겠군요."

닉슨 부인은 꼭 끼는 스웨터에 그보다 더 끼는 바지를 입고 머리를 파란색 리본으로 묶고 있었다.

레오니가 중얼거렸다.

"가엾은 딕. 난 딕과 한조가 될까 봐요. 저 사람 혼자서는 1루도 나아가지 못할 거예요."

피스크 중위가 씩 웃었다. 그러자 하크니스가 느리게 말을 꺼냈다.

"조를 짜야 한다면, 난 닉슨 부인과 한 조가 되겠소. 보아하니 장군께서는 혼자 뛰셔야 할 것 같군요."

"하긴, 젊은 사람들은" 장군이 잘 됐다는 투로 말을 받았다. "젊은 사람들끼리 어울리는 게 낫겠지."

"여하튼, 힌트는 전부 인용문 형태로 되어 있다는 걸 명심하십시오." 엘러리가 말했다.

"어머나, 그럼 '전쟁에서도 으뜸 평화에서도 으뜸' 같은 그런 문구 말인가요?" 닉슨 부인이 물었다.

"아, 바로 그런 겁니다. 하지만 문구의 출전에 대해서는 걱정하실 것 없습니다. 중요한 것은 문구 그 자체이니까요. 준비됐습니까?"

"기다려요. 감춰 둔 보물은 뭐죠?"

하크니스가 물었다.

엘러리는 피우던 담배를 재떨이에 던져 넣고는 말했다.

"그건 말할 수 없습니다. 자, 준비됐죠? 첫 번째 문구를 말씀드리겠습니다. 우리가 너무도 잘 알고 있는 조너슨 스위프트의 《걸리버 여행기》에서 인용한 문구입니다. 하지만 출전은 무시하십시오. 인용문은,"

그가 말을 멈추자 다들 앞으로 몸을 빼고 진지하게 귀를 기울였다.

"먼저 바다를 헤엄쳐야 한다."

"흠! 너무 싱겁잖아."

장군이 의자에 앉으며 말했다.

닉슨 부인이 갈색 눈을 빛내며 벌떡 일어섰다.

"그게 다예요? 어머나, 그건 하나도 어렵지 않네요. 가요, 파트너."

닉슨 부인은 잔디밭으로 달려 나갔다. 하크니스가 히죽 웃으며 그 뒤를 따랐다. 그들은 흙벽 쪽으로 가고 있었다.

레오니가 한숨을 쉬며 말했다.

"가엾은 도로시. 사람은 좋지만 머리는 분명 좋지 않아. 방향을 잘못 잡았어."

"아가씨가 닉슨 부인이라면 왼쪽으로 갔겠지요?"

엘러리가 나지막이 말했다.

"퀸 선생님! 설마 우리더러 허드슨 강을 다 뒤지라는 건 아니겠죠? 그게 아니라면 훨씬 더 좁은 범위의 물을 생각하라는 건데……."

레오니는 갑자기 베란다에서 뛰쳐 나갔다.

"수영장이야!" 레오니를 뒤따르며 피스크 중위가 소리쳤다.

"아주 똑똑한 따님을 두셨습니다. 장군님."

달려가는 두 사람의 뒤를 따라가며 엘러리가 말했다.

"딕 피스크는 참으로 운이 좋군요."

"제 어미를 닮았지요," 장군이 갑자기 미소를 띠며 덧붙였다. "어이쿠, 이거 재미있겠는 걸!"

장군은 어기적대며 황급히 현관을 빠져나갔다.

레오니가 의기양양한 얼굴로 커다란 고무 튜브의 바람을 빼고 있는 모습이 그들의 눈에 들어왔다. 고무 튜브는 방금 수영장에서 건져 올렸는지 아직도 물이 뚝뚝 떨어지고 있었다.

"이거야! 이리 와요," 레오니가 말했다. "딕. 잘 보라고요. 아직요, 바보 같으니! 퀸 선생님이 보고 있잖아요. 이게 뭐죠? '이젠 버터에서 헤엄쳐야 한다'. 버터, 버터…… 식품 창고야, 틀림없어!"

레오니는 말을 끝내기가 무섭게 집으로 달려갔다. 피스크 중위가 그 뒤를 따랐다.

엘러리는 쪽지를 다시 고무 튜브에 넣고 팽팽하게 만든 다음 바람 구멍을 막아 다시 수영장에 던져 넣었다.

"다른 사람들도 곧 이리 오겠지요. 아, 저기 오는군요! 빨리 왔어야 하는 건데. 가시죠, 장군님."

레오니는 식품 창고의 커다란 냉장고 앞에 무릎을 꿇고 앉아 버터 통에 든 종이 묶음을 뒤지고 있었다.

"아이, 찐득거려!" 레오니가 콧등에 주름을 잡으며 말했다. "꼭 이렇게 버터가 있는 곳이어야 하나? 어디 읽어 봐요, 딕. 난 손이 지저분해서요."

피스크 중위가 웅변조로 쪽지를 읽었다.

"'마지막으로 어디 보자, 훌륭한 붉은 포도주 속에서 헤엄쳐야 한다'."

"퀸 선생님! 실망했어요. 이건 너무 쉬워요."

레오니의 말에 엘러리가 무뚝뚝하게 대답했다.

"이제 갈수록 더 어려워질 겁니다."

그는 지하실 문을 향해 달려가는 젊은 한 쌍을 바라보며 쪽지를 다시 버터 통 속에 집어넣었다. 그가 장군과 함께 지하실 문을 닫고 들어섰을 때 식품 창고에서 닉슨 부인의 요란한 발소리가 들려왔다.

"저 애는 벌써 목걸이는 까맣게 잊고 있어. 여하튼 여자들이란!"

앞서 계단을 내려가는 두 사람을 지켜보며 장군이 투덜댔다.

"설마 잊었을라구요."

엘러리가 나직이 대꾸했다.

레오니가 고함을 질렀다.

"야호! 찾았어. 이게 뭐죠, 퀸 선생님? 셰익스피어?"

포도주 저장실의 먼지가 잔뜩 낀 술병들 사이에서 쪽지를 찾아낸 레오니가 얼굴을 찌푸리고 있었다.

"뭐라고 써 있어, 레오니?"

피스크 중위가 물었다.

"'초록 나무 아래'. 초록 나무?"

레오니는 쪽지를 천천히 제자리에 놓으며 말을 이었다.

"점점 더 어려워지잖아. 우리 집에 초록 나무가 있나요, 아빠?"

장군이 짜증스레 대답했다.

"내가 그걸 알면 얼마나 좋겠니! 난 들어 본 적도 없구나. 딕, 자네?"

중위도 의아한 표정을 지었다.

레오니가 얼굴을 찌푸리며 말했다.

"초록 나무라는 말은 셰익스피어의 《뜻대로 하세요》와 토머스 하디의 소설에서 읽은 기억밖에 없어요. 하지만……"

그때 그들 뒤쪽에서 닉슨 부인의 날카로운 목소리가 들려왔다.

"여기예요, 파트너! 다들 여기 있어요, 두 분은 좀 비켜 주시죠! 우리 공평하게 하자고요."

레오니가 얼굴을 찌푸렸다. 닉슨 부인은 날 듯이 지하 층계를 내려가 선반 위의 쪽지를 낚아챘다. 하크니스가 여전히 히죽대는 얼굴로 닉슨 부인을 뒤따라 내려갔다.

쪽지를 들여다보던 닉슨 부인의 얼굴이 침울하게 변했다.

"무슨 말인지 모르겠어."

"어디 봅시다."

하크니스가 쪽지를 읽다 말고 갑자기 큰 소리로 웃었다.

"훌륭해요, 퀸 선생. 클로로스플레니움 아에루기노섬 ^{(chlorospleniumaeru-ginosum. 초록빛이}

^{많은}^{식물}), 밀림에서 살아가려면 식물학을 조금은 알아둘 필요가 있지요, 나는 이곳에서 그 나무를 몇 번이나 보았지."

그는 계단을 뛰어올라가더니 엘러리와 바렛 장군을 향해 다시 한 번 히죽 웃어 보이고 사라졌다.

"재수 없어!"

레오니가 일행들보다 앞서 하크니스를 따라가며 말했다.

그들이 뒤따라갔을 때 덩치 큰 하크니스는 오래된 거목 둥치에 몸을 기댄 채 잘생긴 턱을 쓰다듬으며 조그만 쪽지 하나를 읽고 있었다. 나무 줄기가 이끼가 낀 듯 선명한 녹색이었다.

"초록 나무야! 정말 머리가 좋으시군요, 퀸 선생님."

닉슨 부인이 감탄조로 말했다.

레오니는 억울하다는 표정이었다.

"누군가가 상을 받기는 하겠지만, 당신이 받을 줄은 정말 몰랐군요, 하크니스 씨. 쪽지에 뭐라고 써 있나요?"

하크니스가 소리내어 쪽지를 읽었다.

"'그리고, 그 사람이 최근에 던진 것을 찾는다'."

"최근에 누가 뭘 던졌다는 거야? 이건 너무 어려워."

피스크 중위가 불평을 했다.

하크니스가 말했다.

"그 사람이란 대명사는 절대로 쪽지를 찾은 사람을 말하는 게 아냐. 퀸 씨는 누가 이 쪽지를 찾을지 알 수 없었어. 그렇다면……. 맞아!"

하크니스는 코끝에 엄지손가락을 대고 다른 손가락을 펴 흔들며 사람들에게 약을 올리더니 집으로 쏜살같이 달려갔다.

"난 저 사람이 싫어!" 레오니가 말했다. "딕, 당신은 왜 그렇게 머리가 안 돌아가죠? 할 수 없이 우린 또 저 사람을 따라가야 하잖아요, 너무해요, 퀸 선생님."

"그게 제 탓입니까, 장군님?" 엘러리가 말했다. "제가 이 놀이를 하자고 했던가요?"

그러면서도 그들은 하크니스를 뒤따라가고 있었다. 선두에 선 닉슨 부인의 빨간 머리카락이 깃발처럼 나부꼈다.

엘러리가 숨가빠하는 장군을 데리고 베란다에 도착했을 때 하크니스는 닉슨 부인의 손을 피해 뭔가를 위로 높이 치켜들고 있었다.

"안 돼, 이러지 말아요, 1등을 한 사람이……."

"그걸 어떻게 찾았죠, 약은 양반?"

레오니가 큰 소리로 물었다.

하크니스가 위로 치켜들고 있던 팔을 아래로 내렸다. 그의 손에는 반쯤 타 들어간 담배 꽁초가 쥐어져 있었다.

"충분히 추리가 가능했지. 그 문구에 나온 대명사는 퀸 씨 자신을 가리킨 거요, 그리고 그가 최근에 던진 유일한 물건은 우리가 출발하기 직전에 버린 담배 꽁초였고."

하크니스는 담배 꽁초를 뜯었다. 끝머리에 꼬깃꼬깃하게 말아 넣은 작은 종이 쪽지 하나가 있었다. 그는 쪽지를 반듯하게 펴서, 거기 휘갈겨 써 둔 문구를 읽었다. 그는 한 번 더 천천히 읽었다.

닉슨 부인이 한 마디 했다.

"저런, 가엾기도 하시지! 욕심내면 못 써요, 타잔 씨. 답을 모르면 우리한테 기회를 줘야죠."

닉슨 부인이 그가 들고 있던 쪽지를 가로채 읽기 시작했다.

"'대포 구멍도 찾아볼 것'."

"대포 구멍? 도대체……." 장군이 숨가쁜 소리로 말했다.

"어머, 이건 너무 쉽잖아!"

빨간 머리의 닉슨 부인이 깔깔거리며 달려갔다.

그들이 도착했을 때 닉슨 부인은 일몰 대포 위에 걸터앉아 난감한 얼굴로 아래쪽 강을 내려다보고 있었다.

닉슨 부인이 투덜댔다.

"이건 정말 방법이 없어. 대포 구멍! 허드슨 강에서 20여 미터 높이에 있는 대포 구멍을 어떻게 들여다보란 거야? 이 대포 좀 뒤로 빼 봐요, 중위님!"

레오니가 기가 차다는 듯 웃음을 터뜨렸다.

"바보 같으니! 매그루더가 이 대포에 어떻게 포탄을 넣겠어요……. 그 구멍으로? 뒤편에 포탄을 넣는 약실이 있단 말예요."

피스크 중위가 일몰 대포 뒤에서 노련한 손놀림을 해 보였다. 그는 눈 깜짝할 새에 작은 금고문 같이 생긴 뚜껑을 열고 둥글고 구멍이 뚫린 관 하나를 꺼냈다. 그 속으로 손을 집어넣더니 그의 입이 쩍 벌어졌다.

그가 소리쳤다.

"보물이다! 맙소사, 닉슨 부인, 당신이 1등이에요!"

닉슨 부인이 소리나게 침을 삼키며 대포 뒤에서 미끄러져 내려왔다.

"이리 줘요, 달란 말예요!"

닉슨 부인은 흥분한 말괄량이처럼 중위를 옆으로 거칠게 밀어내고, 그 속에서 기름을 먹인 솜뭉치 하나를 꺼냈다.

"뭐죠?"

레오니가 사람들을 밀치고 들어오며 소리쳤다.

"난 누구라고? 레오니, 당신이잖아?" 갑자기 닉슨 부인의 얼굴이 침울하게 변했다. "너무 정교해서 진짜 줄 알았어……. 고함을 다 지를 뻔했네."

"내 진주 목걸이!" 정작 고함을 지른 건 레오니였다.

레오니는 눈처럼 하얗게 빛나는 보석을 닉슨 부인에게서 홱 낚아채 가슴에 꼭 안았다. 그리고는 너무 이상하다는 눈길로 엘러리를 쳐다보았다.

"이것 참 무슨 영문인지," 장군이 가냘픈 목소리로 말했다. "당신이 목걸이를 가져갔었소, 퀸 씨?"

"천만의 말씀입니다." 엘러리가 말했다. "가만히들 계십시오, 여러분 모두 다요. 어쩌면 지금 닉슨 부인과 하크니스 씨는 불리한 입장에 놓여 있는지 모릅니다. 사실 바렛 양의 진주 목걸이는 오늘 아침에 도둑을 맞았습니다."

"도둑?" 하크니스의 한쪽 눈썹이 위로 올라갔다.

"도둑맞았다고요!" 닉슨 부인은 더 이상 말을 잇지 못했다. "그럼……."

"그렇습니다." 엘러리가 말했다. "자, 보십시오. 누군가 값나가는 목걸이를 훔칩니다. 문제는 그걸 어떻게 가지고 나가느냐는 거지요. 그 물건이 여태 장군님의 영토 안에 있었느냐구요? 있었지요, 그럴 수밖에요. 여기서 그걸 가지고 나가는 방법은 두 가지밖에 없습니다. 매그루더가 관리하는 별채 입구의 가파른 도로가 아니면 아래쪽 강으로 나가야 합니다. 그 밖의 다른 곳은 모두 절대 기어오르지 못할, 깎아지른 듯한 절벽입니다. 그리고 절벽의 꼭대기도 워낙 높아서, 혹시 공범이 있다 하더라도 아래로 밧줄을 내려 훔친 물건을 끌어올릴 수도 없습니다. 게다가 6시 전부터 매그루더가 육상 출구를, 브라운이 해상 출구를 지키고 있었습니다. 그런데 두 사람은 개미 새끼 한 마리 보지 못했습니다. 브라운은 성벽 안에서 해변이나 강으로는 아무것도 떨어지지 않았고, 혹시 그런 물건이 떨어졌다면 자신이 그 소리를 듣지 못했을 리가 없다고 말했습니다. 도둑이 목걸이를 밖으로 가지고 나갈 수 있는 유일한 이 두 가지 경로를 이용하지 않았기 때문에, 그 진주 목걸이가 아직 장군님의 영토 안에 있다는 것은 명백한 사실이지요."

레오니의 얼굴이 일그러지며 창백해져 갔다. 그런데도 눈길만은 엘러리에게서 돌리지 않았다. 장군은 쩔쩔매는 표정이었다. 엘러리가 말을 계속했다.

"도둑은 그 목걸이를 처리할 계획을 세웠던 게 분명합니다. 정상적인 방법을 뛰어넘는 그 어떤 계획을 말입니다. 도둑은 물건을 도둑맞았다는 사실이 금방 알려질 것이라는 걸 예상했고, 그렇기 때문에 곧 경찰이 오리라 생각했고, 거기에 대응해 계획을 세웠던 것입니다. 2만 5천 달러짜리 목걸이를 잃어버리고도 가만히 있을 사람은 아무도 없습니다. 도둑이 경찰이 올 것을 예상했다면 수색할 거라는 것도 생각했을 겁니다. 그랬다면 아무 곳에나 함부로 숨기지는 않았을 겁니다. 가령 자기 몸이나 짐, 집 안, 또는 평범한 어느 다른 장소 같은 곳 말입니다. 물론 어딘가 땅을 파고 그 물건을 묻어둘 수도 있었겠지요. 그렇지만 전 그렇게 생각하지 않았습니다. 왜냐하면, 그럴 경우에도 물건을 처리하는 문제는 여전히 남게 되니까요.

솔직히 저는 집 안을 샅샅이 뒤졌습니다. 장군님의 하인들은 이곳 땅을 비롯해 다른 건물 전부를 뒤졌습니다. 단지 확실히 해 두기 위해서 말입니다. 우린 경찰을 부르지 않았지만, 우리가 경찰노릇을 했습니다. 그런데도 진주 목걸이는 발견되지 않았습니다."

"하지만……." 피스크 중위가 이해가 가지 않는다는 얼굴로 입을 열었다.

"기다리게, 중위. 그렇다면 일은 간단하지요. 어떤 계획을 세웠건, 도둑은 육로나 수로를 통한 정상적인 방법으로 진주 목걸이를 빼내지 않았다는 겁니다. 그렇다면 도둑은 그걸 직접 들고 나가거나,

공범에게 우편으로 보내려 했을까요? 경찰의 조사나 감시를 예상한 도둑이라면 그렇게는 하지 않았을 겁니다. 그 밖에도 염두에 두어야 할 것이, 도둑은 집안에 탐정이 한 사람 있다는 사실을 알고 있었다는 것입니다. 그런데도 그는 신중하게 계획을 세워 물건을 훔쳤습니다. 저는 그걸 굳이 특별하다고 말할 생각은 없습니다만, 그런 상황에서 물건을 훔칠 계획을 세운 도둑은 보통 담력이나 머리를 가진 인물이 아니라는 것만은 인정합니다. 그런 계획을 세웠다는 자체만으로도 절대로 어리석거나 평범한 인물은 아니라는 얘기지요.

하지만 도둑이 정상적인 방법으로 물건을 처리하려 하지 않았다면, 다른 특별한 방법을 생각한 게 분명합니다. 물론 그 두 가지 정상적인 방법 가운데 하나를 이용하긴 했지만 말입니다. 그래서 저는 그 목적을 달성하기 위해서는 수로를 이용하는 방법밖에 없다는 생각을 하게 된 겁니다. 일개 연대가 지켜도 성공할 수 있는, 겉으로 보아서는 전혀 티가 나지 않는 방법을 말입니다. 그리고 저는 그 방법이 정답이라는 것을 알았지요."

"일몰 대포." 레오니가 낮은 소리로 말했다.

"바로 그겁니다, 바렛 양. 일몰 대포. 목걸이를 미리 준비한 용기에 담아 대포의 약실에 집어넣고는 유유히 사라지는 거지요. 그걸로 도둑은 진주 목걸이를 처리하는 골치 아픈 문제를 간단히 해결한 겁니다. 아시다시피, 무기류에 대해 조금이라도 지식이 있는 사람이라면, 일몰 대포는 예포처럼 공포탄을 사용한다는 것을 알고 있습니다. 포탄은 없고, 그저 큰 소리를 내며 연기를 내뿜는 화약만 들어 있다는 사실을요.

자, 이 화약이 단순히 소리만 난다지만, 여전히 어느 정도의 추진력은 가지고 있습니다. 그 추진력이라는 게 그리 크지는 않지만 도둑이 원하는 정도는 되지요. 이따 해질 녘에 보면 아시겠지만, 매그루더가 올라와 약실에 공포탄을 넣고 도화선을 잡아당길 겁니다. 그러면 펑! 진주 목걸이는 연기에 휩싸여 날아가겠지요. 한 5, 6미터 정도 날아갈 겁니다. 좀더 정확히 말하면, 아래쪽 해변이나 강으로 떨어지겠지요."

"그렇지만 어떻게?"

장군이 벌개진 얼굴로 침을 튀기며 말했다.

"물론 진주 목걸이를 넣은 용기는 물에 뜨는 것이라야 합니다. 알루미늄이나, 그에 못잖게 강하고 가벼운 것이라야죠. 그렇다면, 이 계획에는 공범이 있어야 합니다. 누군가 허드슨 강 아래쪽에서 보트를 타고 얼쩡대다 용기를 건져서 유유히 사라지는 거지요. 그때쯤이면 브라운도 자신이 말했듯이 근무 시간이 지났기 때문에 없을 겁니다. 혹시 거기 있다 하더라도 대포 소리와 자욱한 연기 속에서 무엇을 알아챌 수 있겠습니까?"

"공범이라고?"

장군이 버럭 소리를 질렀다.

엘러리가 한숨을 쉬며 말했다.

"제가 전화를 이미 했습니다, 장군님. 1시에 이 지역 경찰서에 전화해서 감시를 부탁했습니다. 공범자는 아마 해가 지기만 기다리고 있을 겁니다. 장군님께서 예정대로 해질녘에 일몰 대포를 쏘시기만 하면, 그 사람을 현장에서 잡을 수 있을 겁니다."

"그런데, 그 목걸이를 담은 용기인지 깡통인지는 어디 있나?"

중위가 물었다.

"아, 그거야 안전하게 숨겨 뒀지." 엘러리는 냉정하게 덧붙였다. "아주 안전하게."

"그걸 숨겨 뒀다고? 왜지?"

엘러리는 잠깐 능청을 부리더니 담배를 피워 물었다.

"여러분도 저처럼 배가 불룩 나온 작은 신이 모든 것을 지켜보고 있다는 사실을 알아야 합니다. 어젯밤 우리는 살인 게임을 했습니다. 구체적으로 핵심을 말하자면, 저는 제가 가지고 다니는 그 조그만 휴대용 도구로 여러분의 지문을 모두 채취했습니다. 그리고 저는 그런 것들을 버리지 않습니다. 오늘 오후, 보물찾기 놀이를 시작하기 전, 저는 대포 속에 들어 있는 용기를 찾아냈습니다. 당연히, 목걸이를 숨겨 둔 장소는 제 이성으로 알아냈고, 저는 확신을 가지고 그리로 갔던 겁니다. 제가 그 용기에서 무엇을 발견했겠습니까? 지문이죠!"

엘러리는 얼굴을 찡그렸다.

"실망하셨습니까? 하지만 우리의 영리한 도둑은 너무도 자신 있게 일을 처리했기 때문에, 일몰 대포가 발사되기 전에는 아무도 그 목걸이를 찾아내지 못하리라 생각했습니다. 그게 도둑의 실수였지요. 어젯밤 살인 게임에서 채취한 지문 원판과 그 용기에 남아 있는 지문을 대조하는 건 그야말로 식은 죽 먹기니까요."

그는 잠시 말을 끊었다가 덧붙였다.

"어떻습니까?"

모두가 숨죽인 가운데 침묵이 흘렀다. 그들 위에서 깃발이 나부꼈다.

하크니스가 꼭 쥐고 있던 주먹을 느슨하게 풀며 태연히 말했다.

"내가 졌소, 선생."

"아," 엘러리가 말했다. "정말 착하시군요, 하크니스 씨."

해질 무렵 그들은 대포 주위에 서 있었다. 늙은 매그루더가 줄을 잡아당기자 대포가 발사되면서 국기가 내려왔다. 바렛 장군과 피스크 중위는 부동 자세로 꼿꼿이 서 있었다. 천둥 같은 대포 소리가 하늘을 가득 메우며 길게 메아리를 쳤다.

다음 순간, 흉벽에 기댄 채 아래를 내려다보고 있던 닉슨 부인이 흥분된 목소리로 말했다.

"저 사람 좀 보세요, 꼭 무슨 벌레처럼 저길 맴돌고 있어요."

그들은 닉슨 부인과 함께 말없이 그곳을 내려다보았다. 허드슨 강이 태양의 마지막 구릿빛 광선을 받고 강철 거울처럼 빛났다. 강에는 모터가 달린 조그만 보트 한 척밖에 아무것도 없었다. 사내는 이쪽저쪽 혼란스럽게 포물선 형태를 그리며 보트를 몰아대며 걱정스레 물 위를 살피고 있었다. 갑자기 그가 고개를 들고 자신을 지켜보고 있는 얼굴들을 올려다보더니, 우스꽝스러울 정도로 서두르며 미친 듯이 보트를 몰고 반대편 강변으로 달아났다.

닉슨 부인이 투덜댔다.

"저는 아직도 잘 모르겠어요. 경찰을 불렀다면서 왜 저 사람을 그냥 보내는 거죠, 퀸 선생님? 저 사람도 범죄자잖아요?"

엘러리는 숨을 내쉬었다.

"그럴 의향만 있었던 거지요. 그리고 그건 바렛 양의 생각이지 제 생각이 아닙니다. 섭섭하게 생각지는 마십시오. 제가 하크니스와 그의 공범——그 바보 같은 친구는 우리의 겁 없는 친구에게 넘어가 목걸이를 처리하는 일을 맡았겠지요——을 변호하는 건 아니지만, 오히려 바렛 양이 보복할 의사가 없다는 게 안심이 되는군요. 하크니스는 자신이 살아 온 삶 때문에 정신적으로 상당히 망가져 있었습니다. 그건 사실 그의 잘못이 아닙니다. 여러분들도 인생의 절반을 밀림에서 보낸다면, 문명 세계의 도덕에 대해 무뎌지게 될 것입니다. 그는 돈이 필요했고, 그래서 진주 목걸이를 훔쳤던 겁니다."

"그는 충분히 죄과를 받았어요," 레오니가 부드럽게 말했다. "경찰에 붙잡혀 가는 것만큼이나 치욕적인 추방을 당했으니까요. 이제 그는 상류 사회에서는 끝난 거죠. 그리고 저는 제 진주 목걸이를 다시 찾았으니까요."

"재미있군요," 엘러리가 나른한 목소리로 말했다. "당신들은 모두 보물찾기의 의미를 알고 있는 듯한데, 그렇지 않습니까?"

피스크 중위가 멍한 얼굴로 말했다.

"나는 좀 둔한가 봐. 잘 모르겠어."

"이런! 보물찾기 놀이를 제안했을 때만도 난 별다른 생각을 갖고 있지 않았네. 그런데 포성을 떠올리자 진주 목걸이가 일몰 대포 안에 있을 거라는 생각이 들지 뭔가. 그래서 그 놀이를 도둑을 잡기 위한 덫으로 사용했던 거네."

그가 레오니를 보며 빙그레 웃자 레오니가 따라 웃었다.

"바렛 양은 나와 공범이었네. 내가 바렛 양에게 현명하게 한 번 시작해 보자고 은밀하게 부탁했지. 의심받지 않도록 말이네. 그리고 속도를 조절해 일행을 따라가라고 했지. 하크니스는 총을 다룰 줄 아는 사냥꾼이네. 나는 그가 대포의 단순한 사용법을 알고 있다고 생각했고, 바로 그 점 때문에 그를 의심했던 거네. 나는 그를 시험해 보고 싶었던 거지.

사실 하크니스는 끝까지 잘 해냈어. 바렛 양이 속도를 늦추자 그는 서서히 앞서기 시작했지. 그리고는 현명한 머리로 '초록' 나무를 찾아냈고, 정확한 관찰력으로 내가 버린 담배 꽁초까지 찾아냈네. 그 두 가지는 제법 어려웠는데도 말이야. 그런데 그는 가장 쉬운 부분에서 혼란을 일으켰어! 대포 구멍이 뭘 말하는지를 모르더라는 거지. 닉슨 부인도——용서하세요——알고 있는 문제를 말이야. 하크니스가 왜 대포 있는 곳으로 가기를 꺼려 했겠나? 이유는 단 하나, 그 안에 무엇이 들어 있는지를 알고 있었던 거야."

피스크 중위가 이의를 제기했다.

"하지만 굳이 그럴 필요까지 없었잖나? 자네에겐 지문이 있었고, 그걸로 사건은 끝난 셈이네. 그렇게 길게 끌 필요가 없었잖나?"

엘러리는 피우던 담배를 성벽 너머로 던졌다. "여보게, 자네 포커 게임 해 봤나?"

"물론이지."

피스크 중위가 대답했다.

갑자기 레오니가 고함을 질렀다.

"교활한 양반! 설마……."

엘러리가 우울한 목소리로 말했다.

"속임수였네. 완전한 속임수. 그 용기에 지문이라고는 없었네."

용조각 굄돌의 비밀

　신께서 모든 것을 주관하신다고 늘상 말하는 메리벨 양의 신앙심은 꺾일 줄 몰랐다. 아니, 지금도 꺾이지 않고 있다. 그녀는 조심스럽고 확신에 찬 힘있는 콘트랄토(알토)로, 필요하다면 주님의 심부름꾼이 되어도 개의치 않는다고 덧붙였다.

　"그럼 당신은 신을 도울 수 있다는 말입니까?"

　엘러리 퀸 선생이 조금 반발조로 물었다. 메리벨 양의 알아듣지도 못할 이상한 이야기에 귀를 기울이기에는 조금 불쾌한 시간에 주나에게 느닷없이 침대에서 끌려 나온 탓도 있었지만, 애초부터 믿음이 없었던 것이다. 모어피어스 (morpheus. 그리스신 화의 잠과 꿈의 신)는 여전히 그를 향해 애타게 손짓하고 있었기에, 엘러리는 이 건강하고 풍만한 육체를 가진 젊은 아가씨가──실제로 여자는 코너코피아 (Cornucopia. 그리스 신화에서 제우스가 젖을 먹은 양의 뿔. 풍요의 뿔. 그리스 신화에서 풍요의 풀)처럼 풍요롭고 건강해 보였다──단지 자신에게 설교를 할 목적으로 온 것이라면 단호히 돌려보내고 다시 잠자리에 들 작정이었다.

　"제가 도울 수 있느냐고요?" 메리벨 양이 정색을 하고 되물었다. "도울 수 있죠!"

여자는 한 번 더 자신의 말을 다짐하며 모자를 벗었다. 엘러리는 무슨 수프 접시처럼 보이는 그 모자가 예쁜 디자인이 아니라는 것 말고는 어떤 특이한 점도 찾아볼 수 없었다. 그래서 그는 여자를 보며 짜증스레 눈을 껌벅였다.

"이것을 보세요."

여자는 고개를 숙였다. 순간 엘러리는 여자가 엉뚱하게도 기도를 올린다고 생각했다. 그러나 다음 순간, 여자는 그 긴 손가락을 잽싸게 위로 올리더니 자신의 왼쪽 관자놀이 부근을 덮고 있는 불그스레한 머리카락을 들췄다. 여자의 황갈색 머리카락 밑에는 상한 고기 빛깔을 띤 비둘기 알만한 혹이 나 있었다.

엘러리가 몸을 꼿꼿이 세우며 큰 소리로 물었다.

"아니, 어쩌다 그런 끔찍한 혹이 생겼습니까?"

메리벨 양은 애써 아픔을 참으며 머리를 원래대로 해 놓고, 그 위에 다시 수프 접시 모양의 모자를 뒤집어썼다.

"모르겠어요."

"모른다?"

"지금은 많이 좋아졌어요." 메리벨 양은 긴 다리를 모아 꼬며 담뱃불을 붙였다. "이제 두통은 거의 가셨어요. 계속 냉찜질을 했더니만. 냉찜질 요령 아세요? 혹을 가라앉히느라 밤새 한숨도 못 잤어요. 새벽 1시에 보셨어야 하는 건데! 마치 누가 제 입에다 자전거 펌프를 꽂아 두고는 깜빡 잊고 그냥 가 버린 것 같지 뭐예요."

엘러리는 턱을 긁적거렸다.

"설마 잘못 찾아오신 건 아니겠지요? 아시다시피 저는 의사가 아니라……."

메리벨 양이 그의 말을 잘랐다.

"제게 필요한 사람은 탐정이에요."

"그런데 도대체 왜 탐정이?"

트위드 천 속에서 여자의 넓은 어깨가 으쓱했다.

"그런 건 중요하지 않아요, 퀸 선생님. 문제는 제가 머리를 얻어맞았다는 사실이에요. 보시다시피, 저는 아주 튼튼해요. 그리고 6년째 정규 간호사로 일하고 있어서, 이 백합처럼 흰 피부에 생긴 상처가 긁힌 것인지 타박상인지 하는 것쯤 분간할 수 있답니다. 한때 제 정강이를 걷어차면서 희열을 느낀 환자가 있었거든요."

여자는 한숨을 내쉬었다. 눈은 이상한 광채로 번뜩였고, 입술은 살짝 다물고 있었다. "그런데 이건 뭔가 달라요, 아시겠어요? 뭔가 이상하다고요."

짧은 침묵이 퀸의 거실을 휩쓸고 창문으로 빠져나갔다. 엘러리는 뭔가가 피부에 기어오르는 듯한 께름칙한 느낌이 들었다. 메리벨 양의 깊숙하니 가라앉은 목소리에는 마치 납골당에서 흘러나오는 듯한 공허한 신음소리를 연상케 하는 무언가가 있었다.

"이상해요?"

위안 삼아 담배 케이스로 손을 뻗으며 엘러리가 물었다.

"이상해요. 온몸의 털이 다 곤두서는 느낌이에요. 그 집에 가면 선생님도 그렇게 느끼실 거예요. 저는 예민한 여자가 아녜요, 퀸 선생님. 만약 제가 그런 걸 겁내는 여자였다면 벌써 몇 주 전에 그 일을 그만뒀을 거라고 분명히 말씀드릴 수 있어요."

엘러리는 여자의 차분한 눈동자를 들여다보며 제아무리 간 큰 유령이라도 이 여자와 사귀기는 힘들 거라고 생각했다.

그가 태연하게 물었다.

"설마 지금 아가씨가 일하고 있는 곳에서 유령이 나온다는 이야기를 하고 있는 건 아니겠지요?"

여자가 콧방귀를 뀌었다.

"유령이라뇨! 저는 그런 터무니없는 것들은 믿지 않아요. 선생님은 지금 괜히 저를 겁먹게 해서 놀리시려는…… ."

"메리벨 양, 그런 이상한 생각은 마십시오!"

"게다가 저는 사람의 머리에 혹을 만드는 유령이 있다는 말은 한 번도 들어 보지 못했어요."

"아주 훌륭한 생각입니다."

"이건 그런 것과는 달라요." 메리벨 양은 심각한 얼굴로 말을 이었다. "어떻게 말로 표현할 수가 없다고요. 마치 무슨 일인가 일어날 것 같은데, 어디서 무슨 일이 일어날지도 모르면서 무작정 기다리고 또 기다리는 듯한 느낌이에요. 도대체 그게 뭘까요?"

"보아하니 그 막연한 불안도 이제는 모두 해결된 듯 싶은데요?"

엘러리는 수프 접시를 힐끔 보면서 대수롭지 않게 말했다.

"아니면, 당신이 기대하고 있는 것이 자신에 대한 습격은 아니었다는 말입니까?"

메리벨 양의 침착하던 두 눈이 동그래졌다.

"퀸 선생님! 아무도 저를 공격하지 않았어요!"

"지금 뭐라고 하셨지요?" 엘러리가 답답하다는 듯이 되물었다.

"그러니까 제 말은 제가 습격을 받긴 했지만 일부러 누가 저를 노린 건 아니란 말씀이에요. 그저 어쩌다 입은 우연한 재난에 불과하다구요."

"뭘 말입니까?" 엘러리가 짜증스레 눈을 감으며 물었다.

"저도 모르겠어요. 제가 기분 나쁘다는 게 바로 그 점이에요."

엘러리는 신음 소리를 내며 손가락으로 관자놀이를 지그시 눌렀다.

"자, 자, 메리벨 양. 이제 우리 정리를 좀 해 봅시다. 솔직히 말해서 나는 갈피를 잡지 못하겠어요. 그렇다면 여긴 왜 온 거요? 대체 무슨 사건이 일어났기에…… ."

"있잖아요," 메리벨 양이 큰 소리로 활기차게 말했다. "좀 특이하고 몸집이 작은 가지와 씨라는 분이 있는데, 일가 친척 하나 없는 외롭고 불쌍한 노인이라서 정말 보기만 해도 가슴이 아파요. 그런데 두 마리 짐승이 서로 뒤엉켜 있는 듯한 작은 문 고임돌을 누가 훔쳐갔다면…… 글쎄요, 이 정도면 누군가를 의심하기에 충분할 것 같은데 그렇게 생각하지 않으세요?"

여자는 자신의 뛰어난 언변이 모든 것을 설명하지 않느냐는 듯 의기양양한 웃음을 보이며 말을 멈추었다. 그리고는 소독약 냄새가 강하게 풍기는 손수건으로 입을 눌러 닦았다.

엘러리는 자신이 말을 해도 되겠다는 생각이 들 때까지 담배를 네 번이나 연거푸 빨아댔다.

"지금 굄돌이라고 말씀하신 것 같은데, 맞습니까?"

"틀림없어요. 문을 열어 놓을 때 바닥에 놓고 괴는 그런 것 말예요."

"네, 알겠습니다. 그런데, 그걸 도둑맞았다고 했습니까?"

"글쎄, 그게 없어졌지 뭐예요. 어젯밤 제가 머리를 얻어맞기 전까지는 분명히 거기 있었어요. 서재 문 바로 옆에 있는 걸 제 눈으로 직접 보았는걸요. 이건 거짓말이 아녜요, 선생님. 아무도 그 물건에 관심을 두지 않았지만……."

"믿을 수가 없군." 엘러리가 한숨을 쉬며 말했다. "굄돌이라! 좀 도둑치고는 제법 취미가 고상한 걸. 흐음…… 그런데 동물이 서로 뒤엉켜 있는 것 같다고 말씀하셨지요? 죄송하지만, 지금 아가씨가 한 얘기로는 어떤 동물인지 감을 잡지를 못하겠군요."

"뱀처럼 생긴 괴물이에요. 그런 게 집안 곳곳에 있어요. 아마 그걸 사람들은 용이라고 부를 거예요. 환각 상태에서 그걸 봤다는 사람은 있어도 실제로 그걸 봤다는 얘기는 들은 적이 없어요."

엘러리는 신중한 표정으로 고개를 끄덕였다.

"이제 이해가 가는군요. 가지와라는 그 노인은…… 그 사람이 지금 아가씨가 돌보고 있다는 환자인가요?"

"맞아요." 메리벨 양이 그의 날카로운 통찰력에 고개를 끄덕이며 명랑하게 말했다. "만성 신장 질환이었어요. 종합 병원의 서터 박사님이 두어 달 전에 가지와 씨의 신장 하나를 잘라냈고, 그 가엾은 양반은 이제 막 회복 단계로 들어서고 있어요. 워낙 나이 드신 분이라, 지금 살아서 말을 하고 있다는 것만도 놀라운 일이죠. 정말 위험한 수술이었는데 서터 박사님이…….."

"전문적인 사항은 얘기하지 않아도 됩니다, 메리벨 양. 이제 알 것 같으니까요. 물론, 신장을 떼내고 회복 단계에 있다는 그 환자는 일본 사람이겠지요?"

"그래요. 전 일본 환자는 처음이에요."

"아가씨는" 엘러리가 껄껄대며 웃었다. "꼭 첫아이를 낳기 전의 엄마처럼 기분이 들떠 있군요. 이제야 비로소 당신의 그 일본인 환자와 이상하게 생겼다는 굄돌, 그리고 당신의 그 예쁜 머리에 생긴 혹이 제 관심을 자극하는군요. 잠깐만 기다려 주신다면, 옷을 갈아입고 당신과 함께 탐색 여행을 떠나도록 하겠습니다. 그리고 거기에 관한 모든 얘기는 가는 길에 차근차근 듣도록 하지요."

볼품은 없지만 스피드는 굉장한 엘러리의 듀센버그 안에서 메리벨 양은 몇 킬로미터 앞쪽의 시내를 뚫어져라 바라보다 숨을 힘차게 한 번 들이마시고는 이야기를 시작했다. 그녀는 서터 박사의 추천으로 웨스트체스터의 저택에서 건강을 회복하고 있는 일본 노신사 지토 가지와 씨의 간호를 맡았다. 메리벨 양의 설명에 의하면 그 집은 일본 풍은 아니지만 아름답고 고풍스러우며, 대지는 몇 에이커가 넘는데 뒤로는 암벽이 강어귀에 솟아 있다고 했다. 그런데 이상하게도 그 집에 한 발만 들여놓으면 어쩐지 숨이 막힐 듯한 초조하고 두려운 감정에 휩싸인다. 그 원인이 뭔지는 자신도 정확히 모르지만, 어쩌면 집안과 밖의 너무도 대조적인 분위기 때문인지도 모르겠다. 즉, 밖에서 보면 식민지풍의 건축 양식이지만, 안으로 들어가면 특이한 가구와 도자기류, 그림들로 가득한 동양의 박물관 같기 때문에 그런 것인지도.

"심지어는 냄새까지도 이국적이었어요." 여자가 얼굴을 예쁘게 찡그리며 설명했다. "아주 달착지근한 냄새가……."

"옛 시대의 향기?"

엘러리가 혼잣말처럼 중얼거렸다. 그는 이젠 버릇처럼 굳어버린, 위험천만한 속도로 차를 운전하랴 여자의 얘기를 들으랴 정신이 없었다.

"메리벨 양, 우린 아무래도 도저히 알 수 없는 이상한 수수께끼 속으로 빨려들었나 보오. 그런데 그 냄새란 건 혹시 무슨 향내 같지는 않았소?"

메리벨 양은 무슨 말인지 알아듣지 못했다. 대신 자신은 영감이 조금 별나다고 설명했다. 그래서 여러 인상에 대해서 민감한 반응을 보이는지도 모르겠고, 어쩌면 단순히 그 사람들 때문인지도 모르겠다고 했다. 신께서도 아시겠지만, 그들은 모두 좋은 사람들인 것 같았다고도 했다. 그러나 레티샤 갤런트는 그렇지 않아 보였다고 그녀는 엄숙하게 말했다. 가지와 씨는 동양의 골동품을 수입하는 수입상으로, 엄청난 부자였다. 그는 40년 넘게 미국에 살고 있었고, 거의 미국 사람이 다 되어 있었다. 실제 그는 미국 이혼녀와 결혼했는데, 그녀는 자신의 동양인 남편에게 수많은 아름다운 추억과, 미식 축구 선수처럼 덩치 큰 금발머리 아들, 그리고 깐깐하고 고집 센 독신 여동생을 남기고 결국은 죽고 말았다. 죽은 어머니의 처녀적 이름인 갤런트를 그대로 쓰고 있는 가지와 씨의 의붓아들 빌은 늙고 키 작은 동양인 의 붓아버지를 몹시 좋아했으며, 메리벨 양의 말에 따르면, 지난 몇 년 동안 실제적으로 그 일본 노인의 사업을 경영하기도 했다고 했다.

빌의 이모인 레티샤 갤런트는 걸핏하면 자기의 비운을 넋두리삼아 사람들을 비참하게 만들었다. 그녀가 주로 하는 말은 이교도의 자비를 구걸하며 살아가야 했던 스스로의 운명을 저주하거나 자기에게 친절했던 은인을 경멸하는 가시돋친 소리뿐이라며, 메리벨 양은 한 마디로 언어도단이라며 날카로운 이빨로 물어뜯듯 내뱉었다.

"이교도라……!"

엘러리가 듀센버그를 펠럼 고속도로로 몰고 들어가며 의미심장한 목소리로 말을 이었다. "어쩌면 그럴지도 모르지요, 메리벨 양. 이국적 분위기라는 것은 일반적으로 우리에게 불쾌한 느낌을 주니까요. 그런데 그 굄돌이 값나가는 물건입니까?"

그렇게 평범한 물건을 도둑맞았다는 사실이 그의 뇌세포를 성가시게 했다.

"오, 아녜요. 그냥 몇 달러짜리예요. 전에 가지와 씨가 그렇게 말하는 걸 들은 적이 있어요."

메리벨 양은 그 튼튼한 팔로 활기차게 굄돌을 한 켠으로 넘기더니, 초롱초롱 빛나는 두 눈으로 불안과 공포 분위기를 조성해 가면서 더욱 더 극적인 이야기를 펼쳐 나갔다.

어젯밤 그녀는 자기가 돌보는 늙은 환자를 저택 뒤편 2층 침실에 눕혀 놓고, 그가 잠들 때까지 기다렸다. 그러고 나서——그것으로 그날 임무는 끝났다——노신사의 서재와 붙어 있는 아래층 서고로 내려가 1시간 동안 조용히 책을 읽었다. 여자는 집이 너무도 조용해서 벽난로 선반 위의 조그만 일제 시계 바늘이 똑딱대는 소리가 무척 크게 들렸다고 얘기했다. 저녁 식사 뒤로 여자는 환자를 돌보기에 바빠 다른 식구들은 어디에 있었는지도 몰랐다. 11시가 넘은 시각이라 다들 자고 있을 거라고 생각했다. 그런데 이제 메리벨 양의 두 눈은 더 이상 차분하지가 않았다. 뭔가 기분 나쁜 듯한, 그러면서도 흥분된 빛을 띠고 있었다.

"거긴 정말 아늑했어요." 그녀는 나지막하게 불안한 목소리로 말했다. "그리고 그렇게 조용할 수가 없었어요. 저는 제 왼쪽 어깨 뒤로 등불을 켜 놓고 《백의의 천사》라는 책을 읽고 있었어요. 환자를 돌보다가 그 환자의 비서와 사랑에 빠진 젊고 아름다운 간호사의 이야기인데, 여하튼 그러고 있었어요."

여자는 살짝 얼굴을 붉히며 잽싸게 말을 이었다.

"그런데 갑자기 오싹한 느낌이 들지 뭐겠어요. 그냥 오싹했어요. 책 때문에 그랬던 건 절대 아녜요. 그 책은 정말 재미있었어요, 퀸 선생님. 시계는 계속 똑딱거리고 있었고, 집 뒤편 암벽에서는 철썩대는 물소리가 들려왔어요. 그런데 갑자기 제 몸이 떨리기 시작했어요. 왜 그랬는지는 저도 몰라요. 그냥 온몸이 으스스했어요. 주위를 둘러보았지만 아무것도 없었어요. 서재로 통하는 문이 열려 있기는 했는데, 거기는 너무 어두워서 아무것도 보이지 않았어요. 그때 전 조금 이상한 생각을 하기 시작했죠. 무슨 소리가 들린다고요!"

"그게 무슨 소리였던 것 같습니까?"

엘러리가 참을성 있게 물었다.

"전, 정말 모르겠어요. 어떻게 말로 표현할 수가 없어요. 뭔가 주르르 미끄러지는 듯한, 그러니까……."

여자는 잠시 머뭇거리다가 갑자기 다시 말을 뱉었다.

"오, 웃으시면 안 돼요, 퀸 선생님. 그건 마치 뱀이 기어가는 소리 같았어요!"

엘러리는 웃지 않았다. 자갈길 위에서 밤에 용이 춤을 추고 있는 광경이 떠올랐다. 엘러리는 한숨을 쉬며 입을 열었다.

"어쩌면 용인지도 모르지요. 용이 걷는다고 생각해 봐요. 그렇지 않습니까, 메리벨 양? 그런데, 혹시 라디오에서 그런 소리를 들어본 적이 없습니까? 물을 담은 유리잔에 아스피린을 떨어뜨리는 소리가, 아름다운 소녀가 바다로 뛰어드는 소리로 바뀌지요. 대단하지 않습니까, 우리의 상상력이란? 그런데, 그 이상한 소리가 어디서 났습니까?"

"가지와 씨의 서재 어둠 속에서요."

이제 메리벨 양의 분홍빛 얼굴은 조금 전보다 더 창백해져 있었고, 두 눈에는 온전한 이성으로는 가라앉힐 수 없는 희미한 공포가 가득 차 있었다.

"머릿속에서 별별 희한한 생각이 나서 견딜 수가 있어야죠. 저는 거길 살펴봐야겠다는 생각에 의자에서 일어났어요. 그런데 갑자기 서재 문이 쾅 닫히지 뭐예요!"

엘러리가 조금 전과는 전혀 다른 목소리로 물었다.

"저런! 그런데도 문을 열고 거길 살펴보았나요?"

메리벨 양은 숨을 몰아쉬며 대답했다.

"제가 어리석었죠. 정말 무모했어요. 그곳이 위험하다는 걸 알면서도 전 바보같이 문을 열었고, 멍청하게 안을 들여다보았죠. 그때 뭔가가 제 머리를 쳤어요. 진짜 별이 보이더군요, 퀸 선생님."

여자가 큰 소리로 웃었다. 그러나 그 웃음은 공허하고 절망적인 웃음이었다. 여자의 눈이 위안을 구하듯 엘러리 쪽을 돌아봤다.

엘러리가 나직이 대꾸했다.

"정말 용기가 대단하군요, 메리벨 양. 그리고요?"

그들은 우편물 수송 도로로 접어들었고, 이제 북쪽을 향하고 있었다.

"1시간 정도 의식을 잃었던가 봐요. 정신을 차리고 보니, 제가 문지방 위에 누워 있지 뭐예요. 서고와 서재 복판에요. 서재는 여전히 캄캄했어요. 전 서재 불을 켜고 주위를 둘러보았죠. 하지만 달라진 것도 없고 그대로였어요. 굄돌만 빼고요. 그게 없어졌더라구요. 그때서야 문이 왜 그렇게 세게 닫혔는지 이해가 가더군요. 우습죠? 그리고 저는 밤새 혹을 가라앉히며 시간을 보내야 했어요."

"그럼, 간밤에 있었던 일을 아무에게도 얘기하지 않았나요?"

"안 했죠."

여자는 찡그린 얼굴로 차창 밖을 뚫어져라 바라보며 말을 이었다.

"그걸 말해야 하는 건지 알 수가 없었어요. 혹시 그 집에 누군가…… 살인을 저지를 가능성이 있는 누군가가 있다 하더라도, 나는 아무 것도 모른다는 걸 알리고 싶었어요. 사실 아무것도 모르고요."

엘러리는 아무 말도 하지 않았다. 그러자 다시 여자가 말했다.

"사람들은 오늘 아침에도 여느 때와 다를 바 없더군요."

메리벨 양은 잠시 쉬었다가 말을 이었다.

"오늘은 제가 쉬는 날이에요. 그래서 아무한테도 말하지 않고 이렇게 시내로 나올 수 있었던 거죠. 누가 그런 일에 신경을 쓰겠어요! 저만 어리석게 보일 뿐이죠. 그렇지 않은가요, 퀸 선생님?"

"바로 그 점이 제 관심을 끈단 말입니다. 여기서 돌아야 한다고 했나요?"

놀란 눈을 한 하녀가 현관문을 열고 나와 그들을 고상한 분위기의 응접실로 안내했을 때 엘러리 퀸의 머릿속에는 두 가지 생각이 떠올랐다. 하나는 이 집이 그가 지금까지 보아 온 집들과 전혀 다르다는 것이었고, 또 하나는 이 집에 뭔가 이상하게 잘못된 점이 있다는 것이었다. 그 첫 번째 느낌은, 대담하게 배치된 특색 있는 동양식 가재도구들에서 오는 것이었다. 동양식의 현란한 기교를 써서 화려하고 부드럽게 짠 폭신한 카펫, 자개를 입힌 티크 탁자, 천장에 매달린 탑 모양의 조그만 등불, 이국의 정서를 느끼게 하는 수많은 국화 다발들, 갖가지 색깔로 여러 마리의 용을 수놓은 비단 장막. 그리고 두 번째 느낌이 그를 괴롭혔다. 어쩌면 그것은 하녀의 창백하니 겁먹은 얼굴 때문이거나 코를 찌르는 듯한 향내 때문인지도 몰랐다. 공기 속에 가득 배어 있는 역겨울 정도로 달착지근한 냄새——이미 메리벨 양이 말한 바 있지만——가 그의 오감을 괴롭히며, 그로 하여금 당장이라도 밖으로 뛰쳐나가 신선한 공기를 들이마셨으면 하는 마음을 가지게 했다.

"메리벨 양!"

남자의 큰 목소리에 엘러리는 재빨리 몸을 돌렸다. 홀쭉한 턱에 지적인 눈을 가진 키가 큰 청년이, 메리벨 양이 말한 서재로 통하는 문 쪽에서 그들을 향해 다가오고 있었다. 다시 여자 쪽으로 몸을 돌리던 엘러리는 메리벨 양의 두 뺨이 불타듯 새빨갛게 달아오르는 것을 보고 놀라지 않을 수 없었다.

"안녕하세요, 쿠퍼 씨." 메리벨 양이 침을 꿀꺽 삼키며 말했다. "제 친구 엘러리 퀸 선생님을 소개하죠. 오는 길에 우연히 만났는데……."

두 사람은 엘러리의 우연찮은 방문을 설명하기 위해 미리 입을 맞추긴 했지만 설마 진짜로 써먹게 될 줄은 기대하지 않았다.

"아, 그래요."

청년이 엘러리 쪽에는 눈길도 주지 않고 흥분된 목소리로 말했다. 그는 엎어질 듯 다가오더니 메리벨 양의 손을 덥석 잡았다. 그러자 그녀의 두 뺨이 조금 전보다 더 붉게 물들었다.

"메리벨 양, 대체 지토 어른은 어디 계시죠?"

"가지와 씨요? 저기, 2층 그분 침실에……."

"안 계세요, 없어졌다고요!"

"없어져요?" 메리벨 양은 입을 쩍 벌리며 의자에 털썩 주저앉았다. "어젯밤 제가 직접 침대에 눕혀 드린걸요! 오늘 아침에도 제가 나가기 전에 잠깐 그 방을 들여다봤는데, 그때까지도 주무시고 계셨어요."

"아뇨, 그분이 아니었어요. 당신이 그렇게 생각한 거겠죠. 베개며 옷가지로 사람처럼 꾸미고 침대 시트로 덮어놓았는데, 당신은 그걸 본 모양이죠." 쿠퍼는 손톱을 물어뜯으며 왔다 갔다 했다. "도대체 이해가 가질 않는단 말씀이야."

"죄송하지만," 엘러리가 공손한 말투로 끼어들었다. "제가 이런 일에 조금 경험이 있습니다."

젊은 사내가 멈춰 서며 그를 놀란 눈으로 쳐다보았다.

다시 엘러리가 말했다.

"가지와 씨는 몹시 연로하시다고 알고 있습니다. 그러니까 정상적인 상태가 아닐 수도 있다고 봐야지요. 그분이 여러분 모두에게 약간은 노망기 섞인 장난을 치고 있는 게 아닐까요?"

"맙소사, 아녜요! 그분은 경주견만큼이나 예민하신 분이오. 그리고 일본 사람들은 어린애처럼 그런 유치한 장난을 좋아하지 않아요. 이건 무슨 일인가 생긴 거요. 틀림없어요, 퀸…… 퀸 씨!"

갑자기 쿠퍼는 엘러리를 의아한 눈길로 쳐다보았다.

"맙소사, 들은 적이 있는 이름……."

"퀸 선생님은" 메리벨 양이 풀죽은 목소리로 그의 말을 가로챘다. "탐정이세요."

"맞아! 이제 기억이 나. 메리벨 양, 그럼 당신은?"

청년이 갑자기 긴장한 표정으로 여자를 쳐다보았다. 의혹에 찬 그의 눈길을 받은 간호사의 얼굴이 또 한 번 빨개졌다. 청년이 다시 말했다.

"메리벨 양, 당신은 뭔가 알고 있었군요!"

"아주 조금 알고 있을 뿐이지요." 엘러리가 조용히 말을 받았다. "메리벨 양이 대강 얘기해 주었는데, 무척 호기심이 생기더군요. 당신은 가지와 씨의 꾐돌이 없어졌다는 걸 알고 있었나요, 쿠퍼 씨?"

"꾐돌…… 아, 그분 서재에 있는 그 이상한 괴물 모양의 물건 말이군요. 그럴 리가 있나요. 어젯밤까지도 있었는데……."

"오, 그랬어요!" 메리벨 양이 울부짖듯 말했다. "그런데 누군가 제 머리를 쳤어요. 쿠, 쿠퍼 씨, 그리고 그걸 가, 가져갔어요."

청년의 얼굴이 하얘졌다.

"무슨 소리요, 메리벨 양? 그렇게 흉측한 일을 당했다고요?"

"오, 쿠퍼 씨……."

"자, 자," 엘러리가 단호한 말투로 나섰다. "눈물을 거두세요. 그런데 쿠퍼 씨, 이 이상한 방정식에서 당신은 어떤 인수 역할을 맡고 있지요? 메리벨 양은 이 문제를 얘기하면서 당신 이름은 언급하지 않더군요."

메리벨 양의 얼굴이 또 한 번 확실하게 붉어졌다. 엘러리는 날카로운 눈길로 여자를 쳐다보았다. 메리벨 양이, 환자의 비서와 사랑에 빠진 젊고 아름다운 간호사의 사랑 얘기를 읽고 있었다고 한 말이 갑자기 그의 머리를 스쳤다.

"저는 가지와 씨의 비서입니다." 쿠퍼가 멍한 얼굴로 말했다. "이것 보세요. 그 이상하게 생긴 꾐돌이 가지와 씨가 사라진 것과 무슨 관련이 있다는 겁니까?"

"바로 그걸 제가 알아보려는 겁니다." 엘러리가 대답했다.

잠시 침묵이 흘렀다. 그 틈을 타 메리벨 양이 엘러리에게 자신의 비밀을 지켜 달라는 듯 간절한 눈길을 보냈다.

"다른 건 없어지지 않았습니까?"

엘러리가 물었다.

"그게 당신과 무슨 상관이지요, 젊은 양반?" 그때 서재 입구에서 여자의 목소리가 들려왔다. "하지만 찬양하라, 이교도가 사라졌네. 가방도 짐도 모두 사라졌네. 정말이지, 속이 다 후련해. 그 능구렁이 같은 황색 악마가 끝이 좋지 않을 거라고 내가 벌써 몇 번이나 얘기했었지?"

"레티샤 갤런트 양, 맞지요?" 엘러리가 숨을 내쉬며 물었다.

메리벨 양과 쿠퍼 씨가 잔뜩 긴장한 채 표정이 굳어지는 것으로 보아 엘러리는 자신의 추측이 맞다는 것을 알 수 있었다.

"그만하세요, 레티 이모, 제발!"

그때 부인의 뒤에서 남자의 걱정스런 목소리가 들려왔다.

부인은 에어데일 종의 개처럼 콧방귀를 뀌며 기다란 치맛자락을 옆으로 휙 치켜올렸다. 빌 갤런트는 붉은 얼굴에 몸집이 큰 청년이었다. 그는 밤새 한숨도 못 잔 사람처럼 두 눈이 벌겋게 충혈되어 있었고, 옷은 풀기라고는 전혀 없이 온통 구김이 가 있었다. 그의 이모는 실제로 보니, 메리벨 양이 묘사한 그대로였다. 아니 그 이상이었다. 피골이 상접할 정도로 마른 여자는 고래뼈와 질긴 고무 그리고 심술로 뭉쳐 놓은 듯했다. 광기가 번뜩이는 눈에, 전쟁 전에 유행하던 드레스를 입은 50대의 키 큰 마녀라고 하는 게 차라리 옳을 듯했다.

엘러리는 여자의 혀가 뱀처럼 갈라져 있는지 보고 싶어 견딜 수가 없었다. 그러나 여자는 교활하게도 그 순간부터 입을 굳게 다물고 고집스레 침묵을 지키며 엘러리가 거북할 정도로 그를 독살스레 바라보았다.

"짐이라니요?"

자기 소개를 끝낸 엘러리가 그들과 함께 서고로 가면서 물었다.

빌 갤런트가 쉰 목소리로 대답했다.

"그러니까, 그분의 옷가방이 없어졌어요. 옷가지도요. 전부는 아니지만 여러 벌의 옷과 양말, 모자까지요. 일하는 사람들에게도 일일이 물어 보았지만 아무도 아버지가 집을 나가는 걸 보지 못했답니다. 우린 집안 구석구석을 다 찾아보았고, 혹시 발자국이라도 남아 있을까 싶어 바닥까지 전부 조사해 봤습니다. 그런데 그냥 열은 공기 속으로 사라진 거예요. 맙소사, 이게 무슨 난리람! 아버지는 미친 게 틀림없어."

"밤새 몰래 빠져 나가신 건가?"

쿠퍼가 손으로 머리를 쓸어 올리며 말을 이었다.

"하지만 그분은 미치지 않았어요, 갤런트 씨. 그건 당신도 잘 알고 있잖소. 만약 그분이 사라졌다면 충분히 그럴 만한 이유가 있었을 거요."

"혹시 무슨 쪽지 같은 건 없었나요?"

엘러리가 흘낏 주위를 둘러보며 지나가는 투로 물었다. 그들이 몰고 들어온 묵직한 향내가 특이한 방식으로 진열된 동양식 가재 도구들을 감쌌다. 일단은 사라졌다고 추측되는 일본 노인의 서재로 통하는 문은 닫혀 있었다. 그는 서고를 가로질러 그 문을 열었다. 서재에는 또 하나의 문이 있었다. 그 문은 현관의 널따란 방으로 통하는 것 같았다. 그렇다면 어젯밤 메리벨 양을 공격한 사람은 저 문을 통해 서재로 들어왔을 것이다. 하필 굄돌은 왜 훔쳐갔단 말인가?

"없었어요."

갤런트가 말했다. 엘러리를 따라 서재로 들어온 그들은 무엇이 신기한지 그를 열심히 지켜보고 있었다.

갤런트가 덧붙였다.

"아무것도 없었어요. 한 마디 말도 남겨 놓지 않았습니다."

엘러리는 고개를 끄덕였다. 그는 서고 문 몇 발짝 뒤로 돌아가 무릎을 꿇고 앉아 두꺼운 동양 카펫을 자세히 들여다보았다. 직사각형 모양의 눌린 자국이 있었다. 가로 15센티미터에 세로 30센티미터 정도 되는 뭔가 무거운 것이 거기 오랜 시간 놓여 있었던 흔적이다. 지속적으로 무거운 힘을 받은 카펫은 똑같이 평평하게 눌려 있었다. 분명히 사라진 굄돌이었다. 엘러리는 무릎을 펴고 일어나 담뱃불을 붙였다. 그리고는 연꽃과 용이 얽혀 있는 모습이 자개로 조각되어 있는 커다란 마호가니 의자의 팔걸이에 걸터앉았다.

"경찰에 신고하는 게 좋지 않을까요?"

메리벨 양이 머뭇거리며 제안했다.

"서두를 건 없습니다."

엘러리가 기분 좋게 한 손을 내저으며 말을 이었다.

"우리 앉아서 이 문제에 대해 천천히 얘기해 봅시다. 어떤 사람이든 아무 말없이 집을 나갔다고 해서 범죄 행위가 될 수는 없습니다. 비록 이교도라 하더라도 말입니다. 갤런트 양, 게다가 전 뭔가 잘못되었다는 확신도 없습니다. 황인종은 우리가 생각하지 못하는 사고를 지닌 미묘한 인종이니까요. 하지만 굄돌을 도둑맞았다는 게 이상하군요. 여러분 가운데 누가 그 돌에 대해 제게 설명을 좀 해주시겠습니까?"

메리벨 양이 도움을 줄 것 같았다. 그러나 나머지 사람들은 일종의 무력감에 빠져 서로를 쳐다보기만 했다.

빌 갤런트가 건장한 어깨를 구부리며 불평조로 말했다.

"이것 보세요, 퀸 씨. 자꾸 화제를 다른 곳으로 돌리지 마세요."

그는 마음속으로 무슨 나쁜 일이라도 생겼다고 생각하는지 초췌하니 걱정스런 얼굴을 하고 있었다.

"만약 경찰을 부르지 않겠다면, 이건 분명히 제 아버지의 고문 변호사가 해야 할 일입니다. 제가 그분에게 전화를 걸어서……."

"물론 그렇게 하셔야겠지요." 엘러리가 점잖게 그의 말을 잘랐다. "하지만 제 충고를 받아들인다면, 어느 분이든 제게 그 굄돌에 대해 자세히 설명해 주시리라 믿습니다."

"그건 제가 자세히 말씀드릴 수 있겠군요."

쿠퍼가 음악가처럼 흰 손가락으로 자신의 가는 머리카락을 또 한 번 뒤로 쓸어 넘기며 말을 이었다.

"왜냐 하면 제가 그 물건을 여러 번 다루었고, 그 물건이 이곳으로 배달됐을 때 속달 영수증에 서명까지 했기 때문입니다. 가로 15센티미터, 세로 30센티미터에 높이는 15센티미터입니다. 얕은 돋을새김이 된 용 장식을 빼고는 거의 사각형 모양이지요. 아무튼 그건 전형적인 일본의 공예품이었습니다. 특별한 점이라고는 아무것도 없었어요."

"이교도의 우상 숭배야, 악마라고!"

레티샤 갤런트가 또랑또랑한 목소리로 말했다. 여자의 뱀 같은 두 눈이 선대에서부터 내려오는 광신적인 증오로 번뜩였다.

엘러리가 흘낏 여자를 쳐다보며 말했다.

"메리벨 양은 제게 그 굄돌이 별로 값나가는 물건이 아니라고 말하더군요?"

쿠퍼와 갤런트가 고개를 끄덕였다.

다시 엘러리가 물었다.

"그것은 뭘로 만들어졌지요?"

"천연 활석입니다." 빌 갤런트가 여전히 걱정스런 얼굴로 대답했다. "동양에서 흔하게 사용되는 부드럽고 매끄러운 광석, 전문 용어로는 동석(凍石)이라고 하는 활석이지요. 아버지께서는 그 돌로 만든 자질구레한 물건들을 많이 수입하셨습니다."

"아, 그럼 그 꾐돌은 그분의 골동품 회사에서 보내온 거군요?"

"아뇨, 그건 4, 5개월 전에 일본을 여행하던 어떤 친구분이 선물로 보내 온 것입니다."

"백인입니까?"

엘러리의 엉뚱한 질문에 다들 어이없어하는 얼굴을 했다. 쿠퍼가 억지로 웃어 보이며 대답했다.

"가지와 씨는 친구분의 이름이나 신상에 관해 한 번도 말씀하신 적이 없습니다, 퀸 씨."

"알겠습니다." 엘러리는 잠시 조용히 담배를 피우다가 다시 물었다. "배달이라고요? 속달로?"

쿠퍼가 고개를 끄덕였다. 다시 엘러리가 물었다.

"당신은 아주 꼼꼼한 편이지요, 쿠퍼 씨?"

쿠퍼가 놀란 얼굴로 그를 쳐다보았다.

"지금 뭐라고 하셨죠?"

"분명해요, 그렇고 말고요. 비서들은 신통하게도 뭐든 모아 두는 버릇이 있지요. 제게 그 속달 영수증을 좀 보여 주시겠습니까? 변호사들이 항상 하는 얘기지만, 증거는 증언보다 중요한 것이지요. 그 영수증이 어떤 단서를 제공해 줄지도 모릅니다. 발신자의 이름이 적혀 있을 수도……."

"아," 쿠퍼가 그의 말을 잘랐다. "그런 생각을 하셨습니까? 유감이군요, 퀸 씨. 그 영수증에는 발신인의 이름이 없었습니다. 그건 제가 분명히 기억하고 있습니다."

엘러리는 가슴이 아린 듯한 표정을 지었다. 그는 담배 연기를 자욱이 내뿜더니, 그 연기의 장막에 휩싸인 채 곰곰이 생각에 빠졌다. 그리고는 마치 과감한 모험이라도 해야겠다고 마음먹은 사람처럼 갑작스레 말을 꺼냈다.

"그 굄돌에는 용이 몇 마리나 조각되어 있었지요, 쿠퍼 씨?"

"우상 숭배야."

레티샤 갤런트가 또 한 번 독살스런 목소리로 말했다.

메리벨 양의 얼굴이 약간 창백해졌다. "제 생각에는……."

"5마리요." 쿠퍼가 엘러리의 말에 대답했다. "물론 바닥엔 아무것도 없었고요, 5마리였습니다, 퀸 씨."

"7마리가 아닌 게 유감이군요." 엘러리가 웃지도 않고 말을 받았다. "7은 신비로운 숫자지요."

엘러리는 일어서서 실내를 한 바퀴 돌더니 달콤하고 묵직한 공기 속에서 잔뜩 찡그린 얼굴로 담배를 피우며 비단 장막에 수놓여 꿈틀대는 금색 괴물을 쳐다보았다. 갑자기 메리벨 양이 부르르 몸을 떨며 야윈 얼굴의 쿠퍼 옆으로 바짝 다가앉았다.

엘러리가 이빨로 딱 소리를 내며 다시 말했다.

"말해 봐요."

그는 발뒤꿈치를 이용해 홱 몸을 돌리더니 희뿌연 담배 연기 사이로 실눈을 뜨고 사람들을 쳐다보았다.

"지토 가지와 씨는 그리스도인이었습니까?"

레티샤 갤런트 양만 놀라지 않았다. 그녀는 바알세불(마왕)이라도 가만히 노려볼 수 있을 것 같았다.

"신이여 우릴 구하소서! 그 악마가요?"

부인이 찢어지는 목소리로 되물었다.

엘러리가 참을성 있게 말했다.

"그런데 당신은 왜 자꾸 형부를 악마라 부르는 거지요, 갤런트 양?"

여자는 금속처럼 차갑게 보이는 입술을 꼭 다물고 엘러리를 노려보았다. 그러자 메리벨 양이 따뜻한 목소리로 말했다.

"그렇지 않아요. 그분은 친절하고 착한 노인이에요. 그리스도인이 아닐뿐더러 이교도도 아네요. 그분은 그런 용 같은 것은 절대로 믿지 않으셨어요. 제게 종종 그렇게 말씀하신 걸요."

"그렇다면 그분은 이교도가 아닌 게 분명하군요." 엘러리가 나직이 말을 받았다. "엄격히 말해서 이교도란 여러분도 아시다시피, 그리스도교나 유대교 또는 회교를 믿지 않는 국가나 민족에 속하면서 자기 민족 고유의 종교를 포기하지 않는 사람을 말하는 거니까요."

레티샤 갤런트가 당황해 하는 얼굴을 했다. 그러나 여자는 금방 기고만장해서 고함을 질렀다.

"그렇지 않아요! 난 그 사람이 어떤 이방 종교에 대해 얘기하는 걸 종종 들었다고요. 뭐라더라……."

"신도(神道, 일본 종교)." 쿠퍼가 나직이 말을 받았다. "가지와 씨가 아무것도 믿지 않았다는 것은 사실이 아닙니다, 메리벨 양. 그분은 인간의 마음속에서 인간의 가장 좋은 길잡이가 되는 근본적인 선을 믿으셨습니다. 그게 바로 신도라는 종교의 본질적 사상이지요, 그렇지 않습니까, 퀸 씨?"

"그랬던가요?" 엘러리가 멍한 얼굴로 말을 받았다. "하긴 저도 그렇게 생각합니다. 아주 흥미롭군요. 혹시 그분이 제사를 지내지는 않았나요? 아시다시피 신도는 조금 원시적이지요."

"우상 숭배자야."

레티샤 갤런트가 마치 레코트 판이 튀듯 계속 같은 소리를 했다.

그들은 찜찜한 마음으로 주위를 둘러보았다. 서재 책상 위에 반짝이는 흑요석으로 만든, 배가 볼록 나온 작은 신상(神像)이 하나 있었다. 한쪽 구석에는 땅딸막하니 튼튼해 보이는 사무라이 갑옷 한 벌이

진열되어 있었다. 열린 창문으로 들어오는 바닷바람에 용이 수놓인 비단 장막이 가볍게 일렁거렸다.

"그분이 일본의 어떤 비밀 단체에 소속되어 있지는 않았나요?" 엘러리는 집요했다. "혹시 동양에서 연락이 자주 오지는 않았습니까? 눈이 위로 삐죽 올라간 사람이 찾아오지는 않았나요? 뭘 두려워하는 것 같지는 않던가요?"

그의 목소리가 점점 잦아들었다. 용은 다시 심술궂게 펄럭였고, 사무라이는 그 불가해한 얼굴을 갑옷 속에 감춘 채 그들을 노려보았다. 메스꺼울 정도로 달착지근한 향내가 점점 더 진해지면서 사람들의 머릿속을 끔찍한 공포의 환상으로 가득 채웠다. 그들은 막연한 원시적 공포에 사로잡혀 말없이, 무기력하게 엘러리를 쳐다보았다.

"그러니까 그 굄돌은 단순한 활석이었다 이거지요?"

창 밖으로 넘실대는 강어귀를 바라보며 엘러리가 나직이 말했다. 모든 게 넘실대며 요동을 치는 듯했다. 집 자체가 망망대해에 뜬 채 바다가 호흡하는 대로 흔들리고 있는 듯했다. 그는 대답을 기다렸지만 아무도 입을 열지 않았다. 큰 덩치의 빌 갤런트가 서성대면서 조금 전보다 더 걱정스러운 얼굴을 하고 있었다.

"절대 그럴 리가 없지요."

엘러리가 생각 깊은 얼굴로 자기 질문에 스스로 답했다. 그는 다른 사람들의 생각이 어떤지 궁금했다.

"왜 그렇게 생각하시는 거죠, 퀸 선생님?"

메리벨 양이 차분한 목소리로 물었다.

"상식이지요. 그 굄돌은 실용적 입장에서 보면 가치가 없는 물건입니다. 그런데 그 물건을 어젯밤 왜 도둑맞았을까요? 어떤 감상적 이유 때문에? 그 물건에 그 정도의 애정을 가질 만한 사람은 가지와 씨밖에 없는데 그가 자기 물건을 꺼내가면서 메리벨 양의 머리를 칠 필요가 있었을까요?"

이모와 조카가 깜짝 놀라는 얼굴을 했다.

다시 엘러리가 말했다.

"아, 물론 여러분께서는 모르고 있었을 겁니다. 그래요, 어젯밤 여기서 작지만 고통이 뒤따른 사건이 있었습니다. 그 바람에 메리벨 양이 두통깨나 앓았지요. 정말이지, 그 혹 한번 대단하더군요. 그 꿈돌에 무슨 비밀이라도 있는 겁니까? 무슨 상징이나 표시, 아니면 의미나 경고 같은 거 말입니다."

용을 수놓은 비단 장막이 또 한 번 불어 온 미풍에 일렁이자 사람들은 부르르 몸을 떨었다. 레티샤 갤런트의 광기 어린 증오는 어느새 사라지고 없었고, 대신 작고 못된 영혼의 적나라한 공포가 서려 있었다.

"그건……." 쿠퍼가 머리를 흔들며 입을 열었다. 그는 마른 입술에 침을 묻히고 다시 말했다. "지금은 20세기요, 퀸 씨."

"그렇습니다." 엘러리가 고개를 끄덕이며 대답했다. "그렇기 때문에 우린 정상적이고 증명이 가능한 일만을 생각해야 합니다. 우리가 가장 실제적으로 생각할 수 있는 것은, 그 꿈돌이 없어졌는데 그걸 가져간 사람에게는 가치가 있다는 겁니다. 그렇게 추리해 볼 때, 그 물건에는 뭔가 가치 있는 것이 들어 있다는 결론이 나옵니다. 그런 점으로 미루어 저는 그 꿈돌이 단순한 활석만은 아닐 거라는 거지요."

"그게 가장……."

빌 갤런트가 구부정하니 허리를 굽힌 채 말했다. 그는 말을 끊고 신기한 눈초리로 엘러리를 쳐다보았다.

"지금 뭐라고 하셨지요?"

엘러리가 부드럽게 물었다.

"아닙니다. 그저 제 생각에……."

"제가 제대로 맞췄다고 생각하십니까, 갤런트 씨?"

덩치 큰 갤런트는 얼굴을 붉히며 눈길을 아래로 떨구었다. 그리고 느슨하게 뒷짐을 진 채 조금 전보다 더 걱정스러운 얼굴로 방 안을 왔다 갔다 하기 시작했다. 메리벨 양은 입술을 깨물며 바로 곁에 있는 의자 깊숙이 몸을 묻었다. 쿠퍼는 안절부절못했다. 레티샤 갤런트의 빳빳한 옷에서 한밤중 나무 덤불 아래 몸을 숨긴 짐승이 바스락거리는 듯한 소리가 났다.

갤런트가 걸음을 멈추더니 갑자기 말을 뱉었다.

"아무래도 털어놓아야겠군요. 그래요, 당신 추측이 맞았어요, 퀸 선생. 맞았다고요."

엘러리가 놀란 얼굴을 했다.

갤런트가 계속 말했다.

"그 굄돌은 속이 비어 있었어요. 속에 구멍이 있었다고요."

"그랬군요! 안에는 뭐가 들어 있었지요, 갤런트 씨?"

"5만 달러요, 100달러짜리 지폐로."

돈이 기적을 일으킨다는 말이 속담에 있다. 지토 가지와 씨의 서재에서 바로 그 말이 증명된 것이다.

용은 죽었다. 가죽과 금속으로 된 사무라이의 갑옷은 바스러진 빈 조개 껍질이 되었다. 짐은 요동을 그치고 주춧돌 위에 반듯하게 섰다. 조금 전의 그 진하던 향내는 정화되어 제자리로 돌아갔고, 더 이상 아무 냄새도 나지 않았다. 돈이 친숙한 억양으로 말을 하자 겁먹은 구경꾼들의 말잔치는 눈 깜짝할 새에 사라져 버렸다. 그들은 다같이 안도의 한숨을 내쉬었고, 그들의 눈은 다시 인간 세상에서 정상으로 통하는 예의 그 특이한 단조로움으로 돌아갔다. 그 굄돌 안에는 돈이 들어 있었던 것이다!

메리벨 양은 가볍게 킥킥대기까지 했다.

"100달러짜리 지폐로 5만 달러라……." 엘러리 퀸 선생은 부러움과 실망이 엇갈리는 목소리로 고개를 끄덕거리며 말을 이었다. "100달러짜리 지폐로 5만 달러라면 부피가 꽤 나가겠군요, 갤런트 씨. 자세히 설명을 해 보시지요."

빌 갤런트가 재빨리 자세한 설명을 했다. 마치 마음속의 큰 짐을 덜었다는 듯 그의 표정이 한결 편안해 보였다. 가지와 노인의 사업은 이제 더 이상 감출 것도 없이 파산 직전에 있었다. 그러나 자신의 인생 경주에 대해 불굴의 의지를 지닌 차분하고 조용한 성격의 가지와 노인은 의붓아들의 제언을 받아들이지 않았고, 자신의 일생을 바친 사업 방침을 바꾸기를 거부했다. 파산이 확실시되었을 때에야 그의 결심이 흔들렸지만, 그때는 이미 난파선을 구조하기에 너무 늦은 시기였다.

"아버지께서는 그 사실을 비밀로 하셨습니다."

갤런트는 어깨를 으쓱하며 말을 이었다.

"며칠 전 처음으로 그 사실을 알게 됐는데, 그때 아버지는 저를 방으로 부른 뒤 문을 닫아걸고는 굄돌을 집어 들더니——항상 마룻바닥에 놓여 있던 그 물건을 말입니다——한 마리를 쑥 뽑아냈는데, 마치 무슨 마개처럼 뽑혔지요. 아버지는 그 굄돌 안에 비밀스런 공간이 있다는 것을 선물 받은 직후 우연히 알게 됐다고 말씀하셨습니다. 그리고 그 안에는 아무것도 들어 있지 않았다면서 물건의 내력에 대해 장황한 설명을 늘어놓기 시작했습니다. 물론 그 물건은 원래부터 굄돌은 아니었습니다. 저는 일본 사람들이 그런 물건을 굄돌로 사용한다고는 생각하지 않습니다. 그거야 어쨌든 안에는 꽁꽁 뭉쳐 둔 돈 뭉치가 들어 있었습니다. 아버지가 몰래 감추어 둔 돈이지요. 전 그런 식으로 돈을 감춰 두는 건 어리석은 짓이라고 말씀드렸습니다. 그런데도 아버지는 그 안에 돈이 들어 있다는 사실을 아는 사람은 자신과 저밖에 없기 때문에 안심해도 될 거라고 말씀하셨습니다. 그러니까 저로서는 당연히……."

갤런트는 얼굴을 붉혔다.

"알겠습니다." 엘러리가 부드럽게 말했다. "당신이 왜 그런 사실을 털어놓기를 꺼려했는지 말입니다. 그런 사실을 얘기한다는 자체가 자신의 입장을 불리하게 만들거라고 생각했겠지요."

덩치 큰 청년은 자신도 어쩔 수 없었다는 듯 양손을 펴 보였다.

"저는 그 망할 놈의 물건을 훔치지 않았습니다. 하지만 누가 저를 믿어 주겠습니까?"

그는 손으로 담배를 더듬어 찾으며 자리에 앉았다.

"당신에겐 한 가지 유리한 점이 있습니다." 엘러리가 나지막이 말했다. "제 생각에는 당신이 그분의 상속자인 것 같은데요?"

갤런트는 힘차게 고개를 들었다.

"그렇습니다!"

"네, 맞습니다." 쿠퍼가 천천히 거의 마지못한 투로 말했다. "제가 그분의 유언장을 직접 보았습니다."

"쯧쯧, 공연히 법석을 떨었군. 그렇다면 당신은 어차피 당신 소유가 될 물건을 훔칠 리가 없지요. 힘내세요, 갤런트 씨. 이제 당신은 충분히 신뢰할 수 있습니다."

엘러리는 한숨을 쉬더니 코트 단추를 채우기 시작했다.

"신사 숙녀 여러분, 죄송한 말씀이지만 이 사건에 대한 제 관심은 사라졌습니다. 저는 뭔가 기이한 일이 있을 줄 알고……."

엘러리는 빙그레 웃으며 모자를 집어 들었다.

"결국 이 일은 경찰이 나서야겠군요. 물론 저도 가능한 한 여러분을 돕겠지만, 제가 경험한 바로는 지방 경찰들은 단독으로 일하기를 더 좋아합니다. 그리고 사실 더 이상 제가 할 수 있는 일도 없습니다."

"하지만 당신은 이 사건에 대해 어떻게 생각하고 있죠?" 메리벨 양이 낮은 소리로 물었다. "혹시 가엾은 가지와 씨가……."

"저는 심리학자가 아닙니다, 메리벨 양. 사실 심리학자라 하더라도 동양인의 마음 속 깊은 곳에서 일어나는 일들을 알아낼 수는 없는 거지요. 경찰들은 그런 미묘한 문제에 대해서는 신경을 쓰지 않습니다. 그리고 저는 이 지역 경찰들이 금방 이 사건을 깨끗이 해결해 주리라 믿습니다. 그럼 안녕히 계십시오."

레티샤 양이 콧방귀를 뀌더니 거만한 자세로 치맛자락을 날리며 엘러리를 스쳐 지나갔다. 메리벨 양도 모자를 홱 집어 들더니 짜증스러운 얼굴로 그 뒤를 따랐다. 쿠퍼는 전화기 쪽으로 걸어갔고, 갤런트는 찌푸린 얼굴로 창 밖을 바라보았다.

"경찰 본부죠?" 쿠퍼가 목청을 가다듬으며 말했다. "서장님 좀 부탁합니다."

수화기 저편에서 상대가 나오기를 기다리는 동안 실내는 다시 그 짙은 이국적 침묵으로 빠져들었다.

"잠깐만요," 문간에서 엘러리가 말했다. "잠깐만 기다려요."

두 사내가 깜짝 놀라며 몸을 돌렸다. 엘러리가 미안하게 됐다는 표정으로 웃으면서 입을 열었다.

"방금 뭔가가 떠올랐습니다. 인간의 마음이란 정말 무섭군요. 한심하게도 제가 무시하고 넘어간 게 있지 뭡니까. 여러분, 아직은 다른 가능성이 남아 있습니다."

"잠깐만요, 전화 끊지 말아요."

쿠퍼가 전화기에 대고 말하더니, 다시 엘러리를 보며 물었다.

"가능성이라고요?"

엘러리는 점잖게 한 손을 흔들었다.

"혹시 제가 틀릴지도 모르겠군요. 여하튼 두 분 가운데 누가 제게 연감이 있는 곳을 알려 주시겠습니까?"

"연감이요?" 갤런트가 어리둥절한 얼굴로 말을 받았다. "그거야 얼마든지. 하지만 저로서는 이해가…… 서고 탁자 위에 하나 있어요. 퀸 씨, 여기 계세요. 제가 갖다 드리죠."

그는 옆방으로 들어가더니 금방 두툼한 표지의 책 한 권을 들고 다시 나타났다.

엘러리는 그 책을 받아 들고 콧노래를 부르며 요란스레 책장을 넘겼다. 쿠퍼와 갤런트가 눈길을 주고 받더니 이내 쿠퍼가 어깨를 으쓱하며 전화를 끊었다.

엘러리가 갑자기 콧노래를 멈추며 말했다.

"아! 그렇겠군. 역시 생각해 봐야겠어. 문(文)은 무(武)보다 강할 수도 있고, 또는 내가 틀릴지도 모르지."

그는 책을 덮고 코트를 벗으며 조용히 말을 이었다.

"하지만 분명히 상당한 가능성이 있단 말씀이야. 역시 연감은 유용해. 쿠퍼 씨!"

그의 목소리가 달라졌다.

"그 속달 영수증 좀 보여 주십시오."

엘러리의 카랑카랑한 목소리가 두 사람을 벌떡 일어나게 만들었다. 쿠퍼가 벌겋게 달아오른 얼굴로 벌떡 몸을 일으키며 불평조로 말했다.

"이것 보세요, 지금 내가 거짓말을 했다는 겁니까?"

"쯧쯧," 엘러리가 말했다. "빨리 영수증이나 주세요, 쿠퍼 씨."

빌 갤런트가 찜찜한 목소리로 끼어들었다.

"갖다 드리세요, 쿠퍼 씨. 퀸 씨가 시키는 대로 해요. 하지만 저로서는 그 영수증이 무슨 가치가 있는지······."

"가치란 내적인 것입니다, 갤런트 씨. 손이 눈보다 빠를 수도 있지만, 머리는 그 둘보다 더 빠르답니다."

쿠퍼의 눈이 번쩍하고 빛났다. 그는 조각이 된 책상 서랍을 열고 안을 뒤지기 시작했다. 내키지 않는 얼굴로 잡다한 영수증들을 모아둔 곳에서 종이 뭉치 하나를 꺼내 그것들을 한 장 한 장 넘겼다. 마침내 노란 색 조그만 종이 한 장을 꺼내 들었다.

"여기 있소." 쿠퍼가 못마땅한 얼굴로 말했다. "난 이게 무슨 상관이 있는지 모르겠군요."

"당신 생각은 중요하지가 않답니다, 쿠퍼 씨."

엘러리가 부드러운 목소리로 말을 받았다.

그는 쿠퍼가 건네준 노란색 영수증을 마치 고고학자가 탐색이라도 하듯 아주 신중하게 들여다보았다. 그것은 평범한 속달 우편물 영수증이었고, 거기에는 우편물의 배달 날짜, 발신지, 요금 따위가 적혀 있었다. 그러나 발신인의 이름은 없었다. 포장물은 일본 요코하마 항에서 우편 증기선으로 샌프란시스코의 속달 우편물 회사로 넘어갔고, 거기서 다시 웨스트체스터 주소지에 살고 있는 수신자 지토 가지와 씨 앞으로 배달되었다. 선적과 속달 요금은 꾐돌의 무게 20킬로그램에 근거해 요코하마에서 선불로 지급되었다고 나와 있었다. 꾐돌에 대해서는 가로 15센티미터, 세로 30센티미터, 높이 15센티미터의 활석으로 만들어졌으며, 윗면에 얕은 돋을새김으로 용들이 조각되어 있다고 간략하게 적혀 있었다.

"거기에 어지럽게 적힌 수치들이 당신에겐 중요한 모양이군요."

쿠퍼가 빈정대는 투로 말했다.

"여기 적힌 이 수치들은······."

엘러리가 영수증 쪽지를 주머니에 넣으며 진지하게 말을 이었다.

"제게는 몹시 소중한 것입니다. 이 쪽지를 잃어버리지 않았다는 게 천만다행이군요. 내겐 마치 로제타 석 (이집트 문자 해독의 열쇠) 같다고나 할 까요. 또 다른 신비로운 사실에 대한 열쇠인 셈이지요."

그는 혼자서 몹시 기뻐했다. 그리고는 갑자기 회색 눈동자에 경계의 빛을 띠며 덧붙였다.

"좀 전에 내가 말한 격언은 틀렸습니다. 이 숫자에서 당신이 찾을 수 있는 것은 안전이 아니라 해명이군요."

갤런트가 두 손을 들어올리며 말했다.

"정말 못 알아들을 소리만 하는군요, 퀸 씨."

"나는 허튼 소리는 하지 않는 사람입니다, 갤런트 씨." 엘러리의 얼굴에서 미소가 사라졌다. "물론 두 신사분의 양해를 얻어야겠지만, 어떻든 경찰서장을 불러야겠군요. 하지만 부르는 사람은 저입니다. 여러분이 나가 주신다면 저 혼자서."

그날 저녁 엘러리 퀸 선생이 발표를 했다.

"저는 결국 제 기이한 이야기에 속아 넘어가지 않았습니다."

침착하고 절제하는 말투였다. 엘러리 퀸은 서재 책상 한 귀퉁이에 걸터앉아 한 손으로 배가 볼록한 흑요석 상을 만지작거렸다.

쿠퍼, 메리벨 양, 두 명의 갤런트가 그를 노려보았다. 다들 초조가 극에 달해 있는 듯한 눈치였다. 다시 집이 흔들리고 있었다. 열린 창문으로 들어오는 바람에 용들이 비비 꼬인 몸을 사시나무처럼 떨어댔다. 사무라이 역시 마술처럼 또 한 번의 삶을 얻은 듯 그 불가해한 얼굴을 갑옷 속에 감춘 채 그들을 노려보고 있었다. 창 밖으로 보이는 하늘은 어두컴컴하니 검고 짙은 구름들로 얼룩덜룩했다. 달은 아직도 수평선 위로 떠오르지 않고 있었다.

엘러리는 경찰서장과 전화 통화를 한 다음 가지와 씨의 집을 나갔다가 저녁 무렵에야 다시 나타났다. 그것도 여러 사람들을 데리고. 건장한 체격을 지닌 그들은 집 안으로 들어오지 않았다. 그들은 두 명의 갤런트, 비서, 간호사, 하인들, 그 누구에게도 접근하지 않았다. 대신 그들의 대표자인 듯한 사내가 어둠 속으로 사라졌다. 서재 창문 밖 바다에서 이상하게 절그럭거리는 소리와 첨벙대는 물소리가 들려왔다. 그러나 그 누구도 감히 몸을 일으키고 밖을 내다보지 않았다.

엘러리가 말했다.

"'죽음이 찢어버린 것이 두 번 다시 합쳐지지 않는다면 이 세상은 어떻게 될까? 그 무게는 얼마나 무겁게 느껴질까?' 꽤 감명 깊은 말이군요. 특히 지금 같은 때는 더없이 적절하군요. 여러분, 우리는 오늘 밤 죽음과 만나게 될 것입니다. 게다가 더 놀라운 일은 그 무게도 사라질 것입니다. 사우디(Soutey, Robert, 영국의 계관 시인)의 예언처럼 말입니다."

그들은 완전히 얼빠진 사람처럼 입을 쩍 벌리고 있었다. 캄캄한 바깥에서는 계속 쇠사슬 절그럭거리는 소리와 물 첨벙대는 소리가 들려오고 있었다. 그리고 이따금 고함을 지르는 남자의 큰 목소리도 들려왔다.

엘러리는 담뱃불을 붙였다.

"저는⋯⋯."

그는 담배 연기를 깊이 들이마시며 말을 이었다.

"또 한 번 제가 실수를 범했다는 것을 알았습니다. 저는 오늘 오전 여러분에게 그 굄돌을 도둑맞은 가장 그럴듯한 이유가 그 안에 든 내용물 때문이라고 말했습니다. 하지만 제가 틀렸습니다. 안에 든 내용물 때문에 도둑맞은 것이 아니었습니다. 용의 뱃속을 빼돌릴 생각은 애초부터 없었습니다."

"하지만 5만 달러는……"

메리벨 양이 나직이 입을 열었다.

빌 갤런트가 고함을 질렀다.

"퀸 씨, 도대체 무슨 일을 벌이고 있는 거죠? 저 경찰들이 밖에서 뭘하고 있느냐 말이오? 그리고 저 소리는 뭐죠? 당신은……"

엘러리가 조용히 말을 받았다.

"논리란 어떻게 보면 매끈매끈하지요. 거의 활석처럼 말입니다, 갤런트 씨. 그 논리가 오늘은 제 손가락 사이로 빠져나갔습니다. 전 굄돌이 그 자체만으로는 도둑맞을 이유가 없다고 지적한 바 있습니다. 제가 또 한 번 틀린 거지요. 희박한 가능성이지만, 굄돌은 물건 자체만으로도 도둑맞을 수 있었습니다. 그 굄돌에는 돈으로 따질 수 없는, 어떤 감상적 이유나 상징적 중요성을 뛰어넘는 한 가지 가치가 있었습니다. 바로 굄돌의 용도였지요."

"용도?" 쿠퍼가 입을 쩍 벌리며 말했다. "그럼 당신은 누군가 그 물건을 그냥 굄돌로 쓰기 위해 훔쳐갔다는 말이오?"

"그거야 당연히 말도 안 되는 소리지요. 하지만 그 굄돌은 다른 용도로 사용될 수도 있습니다, 쿠퍼 씨. 용들이 조각된 그 특이한 돌의 특성이 뭐라고 생각하십니까? 물리적으로 어떻게 구성되어 있지요? 그 물건의 본질과 무게 말입니다. 그것은 돌이며 20킬로그램의 무게를 지니고 있습니다."

갤런트가 한 손으로 뭔가를 털어내듯 이상한 동작을 취하더니 마치 억지로 끌려가는 사람처럼 몸을 일으키고 창문으로 걸어갔다. 나머지 사람들은 머뭇거렸다. 그러나 금방 따라서 몸을 일으키고 그들을 짓누르는 듯한 공포와 호기심을 끝까지 억누르며 창문 쪽으로 다가갔다. 엘러리는 조용히 그들을 지켜보았다.

달이 떠오르고 있었다. 달 아래 펼쳐진 풍경은 검푸른 색깔의 날카로운, 움직이는 작은 동판화 같았다. 커다란 배 한 척이 가지와 노인의 집 뒤편 몇 야드 떨어진 곳에 닻을 내리고 있었다. 누군가 뱃전에 몸을 기댄 채 열심히 물 속을 들여다보고 있었다. 갑자기 수면이 살아 움직이는 듯 심하게 요동치기 시작했다. 그 안에서 물을 뚝뚝 흘리며 남자의 머리가 나타났고, 그는 입을 잔뜩 벌리고 공기를 들이마셨다. 반나체 차림의 그는 배로 올라가 뱃전에 기댄 사람에게 무슨 말인가를 했다. 그러자 배 위의 기계가 돌아가는 소리를 냈고, 검푸른 바닷물 속에서 밧줄이 드러났다. 작은 윈치(크랭크를 돌려 밧줄을 동체에 감아 무거운 것을 끌어올리는 기구)는 밧줄을 감아올리기 시작했다.

그 광경을 지켜보고 있는 그들 뒤에서 엘러리가 말했다.

"하지만 그 물건이 돌이며 20킬로그램의 무게를 지니고 있다는 이유로 도둑맞아야 했던 이유가 뭘까요? 이런 사실을 고려한다면, 그 이유는 명쾌해질 겁니다. 한 사람이 신비롭고 기이하게 실종되었습니다. 병약하고 무방비 상태인, 돈 많은 늙은 노인이 말입니다. 무거운 돌덩이도 없어졌습니다. 그리고 그 노인의 집 뒤에는 바다가 있습니다. 제가 말한 첫 번째 사실과 두 번째 사실, 그리고 세 번째 사실을 종합해 보면 여러분께서는……."

누군가 배에서 쉰 목소리로 고함을 쳤다. 보름달 아래 물 속의 밧줄 끝에서 커다란 물체 하나가 물을 뚝뚝 흘리며 나타났다. 배 위로 끌려 올라온 큰 덩어리는 은색 불빛에 모습을 드러냈다. 그것은 세 개의 뭉치로 이루어져 있었다. 하나는 옷가방이었다. 또 하나는 위에 조각이 되어 있는 직사각형 모양의 돌덩이였다. 그리고 또 하나는 누런 피부색에 눈이 위로 삐죽 올라간, 조그만 노인의 뻣뻣하게 굳은 알몸이었다.

엘러리가 날카롭게 말했다.

"여러분께서는……."

그는 책상 한쪽 귀퉁이에서 미끄러져 내려와 뻣뻣하게 굳어 있는 빌 갤런트의 등에 자동 권총의 총구를 갖다 대며 말을 이었다.

"지토 가지와 씨의 살인범을 알 수 있을 겁니다!"

선원들의 의기양양한 고함 소리가 일본 노인의 서재에 공허하게 울려 퍼지자 갤런트가 돌아보지도 움직이지도 않고 기진맥진한 목소리로 말했다.

"악마 같으니, 어떻게 알았지?"

레티샤 양의 독살 맞은 입이 제대로 말도 꺼내지 못한 채 벌렸다 닫혔다 했다.

엘러리가 자동 권총을 바짝 움켜쥐며 말했다.

"그 꾐돌은 절대로 속이 비지 않았다는 것, 속까지 딱딱한 돌덩이라는 사실을 알았기 때문이지."

"당신은 그런 사실을 알 리가 없어. 당신은 그 돌을 보지도 못했어. 추측이겠지. 게다가 당신은……."

"당신은 내가 추측밖에 할 수 없다는 이유로 벌써 나를 두 번째 비난하고 있군." 엘러리가 가시 돋친 목소리로 말을 이었다.

"친애하는 갤런트 씨, 분명히 말하지만 나는 그런 식으로 일하는 사람이 아니오. 나는 그 꾐돌의 속이 비지 않았다는 사실을 알았기 때문에 당신의 말──가지와 노인이 그 돌에서 용이 조각된 '마개'를 뽑았다는 것과, 그 '구멍'과 '돈'을 당신 눈으로 직접 보았다는 말이 거짓말이라는 것을 알았소. 그래서 나는 저렇게 멋진 신사분께서 왜 거짓말을 했을까 하고 스스로에게 물어 보았소. 그래서 생각해 보았는데 당신에게는 뭔가 숨겨야 할 사실이 있으며, 또한 꾐돌이 발견되지 않을 것이라는 확신이 있었기 때문에 그런 거짓말을 했다는 것을 알 수 있었소."

바다는 조용히 달빛을 받고 있었다.

"그 꾐돌이 절대로 다시 발견되지 않을 거라는 확신을 가진 사람이라면, 그것이 어디에 있는지도 알고 있다는 얘기가 되지요. 그리고 그 물건이 어디에 있는지를 아는 사람이라면 바로 그 물건을 없앤 사람이지요. 그렇다면 그 사람은 이 방에서 그 물건을 훔쳐갔을 것이고, 그 전에 메리벨 양의 머리를 때렸겠지요. 그렇다면 그 사람은 바로 당신이 되는 겁니다. 그때 메리벨 양이 들었다는 용이 미끄러지는 것 같은 그 소리는, 당신이 두꺼운 카펫 위에서 발을 끌 때 난 소리겠지요. 어쨌든 그 돌을 없앤 사람이 바로 그 작고 착한 지토 가지와 씨를 실종시킨 사람입니다. 다시 말해서 살인자지요. 아니, 아니오, 갤런트 씨, 우리 분명히 합시다. 이건 절대로 추측이 아니었소."

메리벨 양이 소름끼치는 목소리로 말했다.

"갤런트 씨, 전 도대체…… 왜 그런 끔찍한 짓을 했죠? 왜……."

"그건 제가 설명할 수 있을 것 같군요." 엘러리가 한숨을 쉬며 말을 이었다. "저는 그 돌 안에 비밀스런 공간이 있다는 이 사람의 말이 거짓말이라는 것을 알았을 때, 이 사람이 애초부터 교묘한 이야기를 꾸며 놓았으리라 생각했습니다. 그렇다면 왜 그랬을까요? 조각이 된 그 꾐돌을 훔쳐간 진짜 동기를 감출 수 있기 때문이지요. 다시 말해서, 단순히 죽은 시체를 가라앉히기 위한 용도에서 돈을 감춰 두는 용도로 전환시킴으로써 수사의 초점을 흐리게 하려 했던 거지요. 그래서 그 돌이 없어졌던 것입니다. 하지만 5만 달러라는 거짓말은 왜 했을까요? 왜 그렇게 상세히, 구체적으로, 신중하게 했을까요?"

엘러리는 갤런트를 날카롭게 노려보았다.

"당신은 당신 의붓아버지의 회사에서 5만 달러를 횡령했소, 갤런트 씨. 당신은 그 돈을 횡령한 사실이 머잖아 들통 나리라는 것을 알고 있었소. 그랬기 때문에 당신은 몇 달 전 당신이 횡령해 흥청망청 써 버린 그 액수만큼의 돈을 맞추기 위해 어젯밤 가상의 도둑을 만들었던 거요. 틀렸나요, 갤런트 씨?"

빌 갤런트는 말이 없었다.

"그리고 당신은 일련의 계획을 세웠고," 다시 엘러리가 나직이 말했다. "마치 그분이 직접 그렇게 한 것처럼 밤중에 그 노신사의 침구를 사람 모양으로 만들어 놓았소. 그리고는 마치 그분이 도망칠 계획을 세웠던 것처럼 그분의 옷가지 몇 개를 옷가방에 집어넣었소. 사실 당신이 그런 모든 일들을 꾸민 이유는 다른 사람들에게 가지와 씨가 자신의 남은 재산을 가지고 서구 사회를 벗어나 자신이 살던 동양으로 단호히 도망친 것 같은 인상을 주기 위해서였소. 당신이 횡령한 탓이 주된 이유이기는 하지만, 그분의 사업이 위태로웠다는 것은 누가 보아도 명백한 사실이었으니까 말이오. 당신이 계획한 대로만 일이 성사된다면, 노인을 찾는 일도, 살인자가 있으리라는 생각도, 더 나아가 당신이 의심받는 일조차도 없었을 거요. 그리고 당신은 당신이 처음 저지른 범죄 행위, 즉 사업 자금을 횡령한 중절도죄에서 풀려날 수도 있었겠지요. 당신은 당신에게 모든 것을 준 지토 가지와 씨가 명예를 소중히 여기는 분이라는 걸 잘 알고 있었습니다. 그분이 명예를 더럽힌 죄만큼은 절대 용서하지 않을 것이라는 사실을 알고 있었지요. 당신이 회사 돈을 횡령한 사실을 가지와 노인이 아는 순간 당신은 모든 것을 잃게 될 테니까요."

엘러리의 한 치의 오차도 없는 추측에도 빌 갤런트는 말이 없었다. 그는 여전히 잔잔한 물결 외에는 아무것도 볼 것이 없는 창 밖만 바라보고 있었다. 배, 돌, 옷가방, 시체, 사람들, 모두가 사라져 버렸다.

엘러리는 씁쓸한 표정을 지으며 갤런트의 뻣뻣하게 굳은 등을 향해 고개를 끄덕였다.

"그리고 유산을 상속받는 거지." 쿠퍼가 나지막이 중얼거렸다.
"상속자는 당연히 자신이니까. 영리해, 정말 영리해!"

"어리석은 짓이야." 엘러리가 부드럽게 말을 받았다. "범죄 행위
만큼 어리석은 짓은 없지."

갤런트가 기진맥진한 목소리로 말했다.

"그 꾐돌의 속이 비어 있지 않다는 사실, 난 아직도 당신이 그 사
실을 추측으로 알았다고 생각하고 있소."

그는 마치 정중하게 다른 의견을 제시하는 사람 같았다. 엘러리는
속지 않았다. 자동 권총을 들고 있는 그의 손에 힘이 더해졌다. 창문
은 열려 있었고, 바다는 모든 것을 포기한 사람——죽음 외에는 탈
출구가 없는 사람을 부르고 있는 것 같았다.

"천만에요." 엘러리가 거의 항변조로 말했다. 아무리 사소한 문제
라도 그렇게 넘어갈 수는 없는 법이지요. 당신도 아다시피 그 문제는
분명하지 않았소. 나는 이 집을 나가다가 그 꾐돌이 거의 정육면체에
가까운 모양을 하고 있다는 것을 생각해 냈소. 그리고 기본적인 계산
이 가능할 거라는 걸 알았지요. 그 꾐돌의 속이 비어 있다는 당신의
증언이 정확한지 시험해 볼 수 있겠다는 생각이 들었단 말이오. 그래
서 난 다시 안으로 들어와 연감을 찾았고, 거기서 보통 광물질의 무
게표를 찾은 다음 활석을 찾아보았소. 그랬더니 거기 있더군요."

"뭐가 말이오?"

갤런트가 거의 호기심에 가까운 어조로 물었다.

"연감에는 1세제곱피트(2만 8천 3백 16세제곱센티미터)의 활석은
73킬로그램에서 79킬로그램까지 나간다고 되어 있소. 그 꾐돌은
활석이었지요. 그 치수가 어떻게 된다고 했지요? 가로 15센티미
터에 세로 30센티미터, 높이가 15센티미터였습니다. 그렇다면 6천

7백 50세제곱센티미터입니다. 연감에 나와 있는 무게표의 수치를 계산하고, 거기다 얕은 돋을새김이 된 용의 무게를 약간 더하면, 그 돌의 무게는 약 20킬로그램이 됩니다."

"하지만 그건 영수증에 나와 있는 수치가 아닙니까?"

쿠퍼가 낮은 소리로 말했다.

"물론 그렇지요, 하지만 그 20킬로그램이라는 수치가 과연 무엇을 나타낼까요? 그것은 활석의 속이 비지 않았다는 것을 말하는 겁니다! 갤런트 씨는 그 꼼돌의 속이 비어 있었으며, 100달러짜리 지폐로 5만 달러의 돈이 들어갈 만큼 큰 공간이 있었다고 말했습니다. 그렇다면 지폐가 500장입니다. 지폐 500장을 집어넣을 정도의 큰 공간이라면, 제아무리 접고 꽁꽁 뭉친다 해도, 그 돌의 총 무게는 20킬로그램보다는 덜 나가야 하는 거지요. 그래서 저는 그 꼼돌이 속이 비지 않았으며, 갤런트 씨가 거짓말을 하고 있다는 사실을 알았던 거지요."

밖에서 쿵쾅대는 사람들의 발소리가 났다. 갑자기 실내가 사람들로 가득 찼다. 지토 가지와 씨의 시체가 소파 위에 놓여졌다. 노인의 알몸은 오래된 대리석처럼 노랬고, 자신의 횡사를 조상(弔喪)이라도 하듯 조용히 물을 흘리고 있었다. 빌 갤런트가 여전히 얼어붙은 얼굴로 몸을 돌렸다. 사람들은 그가 시체 같은 눈을 하고 있으며, 자신이 저지른 극악무도한 짓에 처음으로 놀라고 있다는 것을 알았다.

엘러리는 바닷물에 젖어 번들거리는 무거운 꼼돌을 경찰의 손에서 받아 들고 거꾸로 뒤집어 보았다. 그리고는 벽에 걸린 용을 올려다보며 빙긋 미소를 보냈다. 이제 그것은 분명 비단과 금색실로 만든 예쁜 장막이지 그 이상의 아무것도 아니었다.

암흑 집의 모험

"그리고 이건……."

마치 애원하듯 비비꼬인 콧수염을 기르고 있는 듀도네 듀발 씨가 선언하듯 말문을 열었다.

"그 어떤 것과도 비교가 되지 않을 만큼 독창적이라네, 친구. 굳이 내가 이렇게 말하지 않더라도 자네가 직접 한번 시험해 보면 알 수 있을 걸세. 거 왜, 군계일학이라는 말 있잖나?"

엘러리 퀸 선생은 목덜미에 흐르는 땀을 닦으며 유원지 오솔길에 놓인 벤치에 앉았다.

"물론 그렇겠지."

그는 한숨을 쉬며 말을 이었다.

"당연히 군계일학이지, 듀발. 나야 자네의 그 열정적인 창의성에 항상 전적으로 공감하는 사람 아닌가. 주나, 제발 좀 가만히 앉아 있어!"

뜨겁게 작렬하는 오후의 태양 아래 엘러리의 윗도리는 벌써부터 몸에 척 달라붙어 있었다.

"우리 계속 둘러봐요." 주나가 생기에 찬 목소리로 말했다.

"이제 둘러보는 건 그만두고 얘기나 하자꾸나."

퀸은 지친 두 다리를 쭉 뻗으며 불평조로 말을 받았다.

그는 이 즐거운 여름 동안 주나에게 유원지에 데려가겠다고 약속은 했지만, 한계 효용 체감의 법칙에는 당할 수가 없었다. 그는 이미 그가 알고 있는 놀라울 만큼 많은 각계각층의 수백 명의 인사들 가운데 하나이며 무대 배경 설계 전문가로 정력적인 활동을 펼치고 있는 듀발 씨의 열성적인 안내를 받으며 그 지겹고 괴로운 2시간 동안 조이랜드 유원지의 눈코 뜰 새 없는 유혹에 참여했었고, 지금은 모든 기력이 빠진 상태였다. 물론 주나는 너무도 감격하여 기쁨에 날아갈듯한 얼굴로 지칠 줄 모르는 젊음으로 자유롭게 뛰어다녔다. 아직은 바다에서 불어오는 미풍처럼 발랄하다고나 할까.

듀발이 하얀 이를 드러내 보이며 열정적으로 말했다.

"자네도 알게 되겠지만 여기가 제일 재미있는 곳이네. 이 조이랜드 유원지의 백미라고 할 수 있지."

꼼꼼한 솜씨로 아름답게 꾸며진 조이랜드는 대서양 연안 일대 그 어디에서도 찾아볼 수 없는 다양하고 독창적인 놀이 시설과 기계 장치들——주로 듀발이 기획한——을 갖춘 전형적인 유원지로 이곳 군민(郡民)들에게는 조금 생소한 곳이었다.

"'암흑 집'이라 부르지. 여보게, 그건 정말 기막힌 걸작일세!"

듀발이 말했다.

"그거 끝내 주겠는데요."

엘러리를 흘낏 보며 주나가 재빨리 말을 받았다.

"고운 말을 써라, 주나."

엘러리가 또 한 번 목덜미에 흐르는 땀을 닦으며 엄하게 말했다.

길 건너편에 있는 '암흑 집'은 건전한 가톨릭적 취미를 가진 신사라면 그다지 재미있어하지는 않을 것 같았다. 그 집은 실제와 상상 속에 존재하는 온갖 유령들을 한데 모아 놓은 집이었다. 그리고 악마적 상상력으로 흔들리는 벽과 금방이라도 내려앉을 듯한 지붕이 설계되어 있었다. 엘러리는 그 집을 보고——물론 듀발 씨에게 이런 이야기를 할 만큼 어리석지 않았지만——언젠가 본 〈칼리가리 박사의 밀실(Das Kabinett des Dr. Caligari)〉이라는 독일 영화의 무대 장치를 떠올렸다. 집은 뒤틀리고 기울어진데다 터무니없이 튀어나와 있었고, 모조 유리창과 문, 낡은 발코니는 모두 부서져 있었다. 무엇하나 제대로 되어 있는 것이 없었다. 큰 직사각형 모양으로 지어진 집은 3면이 안뜰에 둘러싸여 있었고, 안뜰에는 낡아빠진 가로등이 있는 음산한 좁은 자갈길이 나 있었다. 그리고 난간이 설치되어 있는 나머지 한 면이 매표소로 이용되고 있었다. 탁 트인 안뜰과 접해 있는 도로에는 공기뿐, 그야말로 아무것도 없었다.

"자, 그러면…….."

듀발이 몸을 일으키며 말을 이었다.

"난 잠시 실례해야겠네. 잠깐이면 되네. 금방 돌아오지. 그리고 나서 우리 저 집을 방문하자고. 실례!"

듀발은 작고 날씬한 몸을 굽혀 두 사람에게 인사를 한 다음 재빨리 매표소 쪽으로 걸어갔다. 그곳에는 조이랜드 유원지 직원복을 입은 젊은 사내 하나가 몇몇 사람들을 모아 놓고 뭐라 떠들어대고 있었다.

퀸 선생은 한숨을 내쉬며 눈을 감았다. 유원지는 늘 한산했지만 특히 더운 여름 날 오후에는 아예 사람 그림자조차 구경하기 어려웠다. 다니는 사람도 드문 통로와 보도에는 유원지 전체에 걸쳐 숨겨 둔 확성기를 통해 흥겨운 음악이 흘러나오고 있었다.

"우스워!"

팝콘의 분홍색이 감도는 뾰족한 부분을 아작아작 소리내어 씹으면서 주나가 말했다.

"뭐라고?"

엘러리가 침침한 한쪽 눈을 뜨며 물었다.

"저 사람은 어딜 저렇게 서둘러 가는 거죠?"

"누구 말이냐?"

엘러리는 한쪽 눈을 마저 뜨고 주나가 고갯짓으로 가리키는 쪽을 바라보았다. 큰 덩치에 숱이 많은 회색 머리의 남자 하나가 산책로 위쪽을 향해 열심히 걸어 올라가고 있었다. 사내는 검은색 옷에 챙이 있는 중절모자를 눈 바로 위까지 내려쓰고 있었는데, 얼굴이 땀으로 범벅이 되어 있었다. 그리고 그의 태도에는 서릿발 같은 단호함이 깃들어 있었다.

엘러리가 얼굴을 찡그리며 중얼거렸다.

"어휴, 난 대체 사람들이 어디서 저런 힘이 나는지 모르겠구나."

"우습잖아요." 주나가 여전히 아작아작 씹는 소리를 내며 말을 받았다.

"정말 그렇구나."

엘러리는 도로 눈을 감으며 졸린 목소리로 말을 이었다.

"네가 아주 제대로 봤어. 나야 방금 전까지도 그런 생각을 못했다만, 이 무더운 여름날 오후에 유원지에서 저렇게 바삐 걸어가는 걸 보니 뭔가 이상해 보이긴 하는구나. 어쩌면 저 친구가 토끼띠인지도 모르지. 그렇게 생각하지 않니, 주나? 그렇지 않고서야 저렇게 뛰다시피 걸어갈 리가 없잖니. 하지만 이런 유원지를 찾는 사람이라면, 그런 종(種)에 속하는 모든 동물들처럼 고질적인 방랑족이라고 할 수 있지. 거 참 신경 쓰이는 문제구나."

"미친 사람인가 보죠." 주나가 말했다.

"아냐, 그건 아닐 게다, 애야. 그렇게 나쁜 쪽으로 결론을 내려서는 안 되지. 우린 저 토끼 씨가 이 조이랜드 유원지의 즐거움 그 자체를 찾아 이곳에 오지 않았다는 사실을 알아야 정확한 추리를 시작할 수 있단다. 내 말 알아듣겠니? 그러니까 저 토끼 씨에게 이 조이랜드는 단순한 수단이라는 거지. 즉, 저 토끼 씨는……. 저 구깃구깃한 옷을 좀 보려무나, 주나. 아주 특이하잖니? 이 조이랜드에 관심이 없는 거야. 그에게 이 조이랜드는 존재하지 않는 거지. 저이는 단테의 지옥과 위험한 잠자리 비행기 그리고 팝콘과 냉동 커스터드를 그냥 지나쳐왔어. 마치 눈이 멀었거나 그런 것들을 보지 못한 사람처럼. 그렇다면 그 이유가 뭐겠니? 나라면 어떤 아가씨와 데이트가 있다고 말하겠구나, 그런데 늦은 거지. 이것 참, 내 말을 증명해 보일 방법도 없고……. 제발, 주나, 이제 날 좀 내버려 두고 그 딱딱한 팝콘이나 계속 씹으렴.”

“벌써 다 먹은 걸요.”

주나가 빈 봉지를 내려다보며 못내 아쉽다는 듯 말했다.

“갑시다!” 그때 듀발의 유쾌한 고함 소리가 들렸다.

엘러리는 달려오는 듀발을 보고 또 한 번 터져 나오는 불만의 소리를 삼켜야 했다.

“갈까요, 친구분들. 장담하건대 여기보다 더 재미있는…… 어이쿠!”

듀발이 갑자기 가쁜 숨을 내뱉으며 뒤로 비틀거렸다. 엘러리는 깜짝 놀라 자세를 바로잡았다. 챙이 달린 중절모자를 쓰고 있는 덩치 큰 사내였다. 그가 작고 날렵한 몸매의 프랑스 사내 듀발과 몸을 부딪쳤고, 그 바람에 듀발은 거의 넘어질 뻔했던 것이다. 사내는 낮은 소리로 뭐라고 미안하다는 뜻의 말을 하고는 서둘러 가 버렸다.

“미친놈!”

듀발이 나지막이 말했다. 그는 검은 눈동자를 번뜩이며 그 빈약한 어깨를 으쓱하더니 멀어져 가는 사내의 뒷모습을 쳐다보았다.

엘러리가 담담한 목소리로 말했다.

"우리의 토끼 씨께서는 분명히 자네가 만든 명작의 유혹을 뿌리치지 못할 걸세, 듀발. 틀림없이 자네 직원이 떠들어대는 말을 들으려고 걸음을 멈출 거라고."

"토끼 씨?" 듀발이 어리둥절한 얼굴로 계속 말했다. "어쨌든 상관없어. 저 사람은 손님인 걸. 보라고! 손님이 될 사람과 싸울 뻔했잖나! 자, 갑시다. 친구분들!"

덩치 큰 사내는 갑자기 걸음을 멈추더니 유원지 직원의 설명을 듣기 위해 몰려 서 있는 사람들 속으로 들어갔다. 엘러리는 숨을 내쉬며 몸을 일으켰다. 그리고는 듀발을 따라 건너편으로 느릿느릿 걸어갔다.

젊은 남자가 친근감이 있는 목소리로 말하고 있었다.

"신사 숙녀 여러분, 이 '암흑 집'에 들어가 보지 않고 조이랜드에 왔다갔다고 말할 수는 없을 것입니다. 일찍이 이런 전율은 없었습니다! 전혀 새롭고 다른 곳입니다. 이 세상 어느 유원지를 가더라도 이런 곳은 없을 겁니다. 무섭고, 오싹하고, 겁나고……."

엘러리 일행 앞에 있던 키가 큰 젊은 여자가 소리내어 웃으며 자기 팔에 기대고 있는 늙은 신사를 보며 말했다.

"아버지, 들어가 봐요! 아주 재미있을 것 같아요."

은근히 즐거운 듯 고개를 끄덕이는 밀짚모자 밑의 하얗게 센 머리가 엘러리의 눈에 들어왔다. 그러자 젊은 여자는 사람들을 헤치며 열심히 앞으로 나아갔다. 늙은 신사는 한사코 딸의 팔을 놓지 않으려 했다. 엘러리는 노인의 이상하게 뻣뻣한 움직임과 발을 끄는 듯한 걸음걸이를 보고 의아하게 생각했다. 젊은 여자는 매표소에서 표 2장을 산 다음 늙은 신사를 데리고 안쪽의 난간이 있는 통로로 들어갔다.

"'암흑 집'은 바로 저곳입니다." 젊은 직원은 목소리를 낮추어 연극조로 얘기하고 있었다. "저 안에는 여러분의 눈을 밝혀 주는 것이라고는 아무것도 없습니다! 여러분께서는 여러분의 감각에 의지해 길을 찾아야 하며, 혹시라도 그 감각이 잘못되었을 때는 하하! 암흑 속에서, 그야말로 절대적인 암흑 속에서······. 저기 갈색 트위드 양복을 입으신 분께서는 벌써 겁을 먹으신 것 같군요. 그렇지만 겁낼 것 없습니다. 우리는 심장이 약한 분들을 위한 대책도······."

"난 그런 겁쟁이가 아냐."

모여 선 사람들 앞쪽 어딘가에서 화난 듯한 남자의 굵직한 목소리가 새어나왔다. 사람들이 소리를 죽여 가며 킥킥댔다. 젊은 직원이 심장이 약하다고 지목한 사람은 힘이 무척 세 보이는 흑인 청년이었다. 그는 세련된 갈색 양복을 말끔히 차려 입고 머리에는 밀짚모자를 쓰고 있었다. 숯처럼 새카만 그의 피부와 대조적으로 밀짚모자가 눈부시게 빛났다. 그의 팔을 잡고 있던 예쁜 흑인 소녀가 깔깔거리며 말했다.

"그만둬요, 당신이 그렇지 않다는 걸 보여 주면 될 것 아녜요! 여기 표 2장 주세요, 아저씨!"

두 사람은 키가 큰 젊은 여자와 늙은 신사를 황급히 따라 들어가며 빙그레 웃었다.

젊은 직원이 다시 열광적으로 외쳤다.

"여러분께서는 저 어둠 속에서 나오는 길을 찾느라 몇 시간을 헤매게 될지도 모릅니다. 혹시 너무 무서운 나머지 빨리 나가야겠다는 생각이 들면, 조그만 녹색 화살표를 찾으십시오. 그 녹색 화살표는 길을 따라 여러 곳에 있을 것이며, 여러분을 보이지 않는 문으로 안내할 것입니다. 그 문을 통과하면 캄캄한 통로가 나올 것이고, 그 통로는 집을 완전히 한 바퀴 돌아 뒤쪽 집회실, 그러니까 유령이 나올 것 같은 지하실로 연결되어 있습니다. 하지만 밖으로 나가야겠다는 생각이 들지 않는 이상, 녹색 화살표를 따라가지는 마십시오. 왜냐하면 그 길은 한 쪽으로만 통하니까요. 하하하! 그때는 아시다시피, 다시는 '암흑 집'으로 돌아올 수 없게 되지요. 그런데 그 길을 이용하시는 분은 아무도 없습니다. 누구나 조그만 적색 화살표를 따라……."

검은 턱수염을 단정치 못하게 잔뜩 기르고, 챙이 넓은 꾀죄죄한 모자에 축 처진 넥타이를 한 사내 하나가 화구(畵具)처럼 보이는 납작한 가방을 들고 입장권을 사더니 서둘러 통로를 따라 내려갔다. 사내는 자신이 사람들의 이목을 끌고 있다는 것을 알고 뺨을 붉게 물들였다.

"이것 보게, 저건 또 무슨 표지지?"

엘러리가 물었다.

"화살표 말인가?"

듀발이 멋쩍게 웃으며 말을 이었다.

"노약자와 겁쟁이들을 위한 배려지. 여긴 정말이지 보통 무시무시한 곳이 아니라네, 친구. 내가 걸작이라고 했잖나. 그래서……."

그는 어깨를 으쓱했다.

"언제든지 밖으로 나갈 수 있는 통로를 만들어 놓았지. 그 표시가 없으면 어떤 사람이라도, 저 젊은 직원이 열심히 말한 것처럼 몇 시간을 헤매게 되어 있어. 그리고 녹색과 적색 화살표는 야광이 아니네. 그렇기 때문에 그게 방해가 되는 일도 없을 걸세."

이제 젊은 직원은 이렇게 말하고 있었다.

"적색 화살표를 따라가도 여러분께서는 밖으로 나오실 수 있습니다. 그런데 그 적색 화살표 가운데 몇몇은 바른 길을 가리키고 있지만 나머지는 그렇지가 않습니다. 도중에 맞닥뜨리게 되는 짜릿한 모험을 맘껏 즐겨보십시오. 자, 신사 숙녀 여러분, 이 모험의 가격은……."

"들어가요, 우리. 틀림없이 재미있을 거예요."

젊은 직원의 장삿속에 넘어간 주나가 엘러리를 졸라댔다.

"물론 그렇겠지."

엘러리가 기운 없는 목소리로 대답했다. 사람들이 술렁대며 왔다 갔다 하기 시작했다. 듀발이 환하게 웃는 얼굴로 정중히 머리를 굽히더니 두 사람에게 입장권 2장을 내밀었다.

"나는 여기서 기다리겠네, 친구. 내 보잘것없는 '암흑 집'에 대한 자네 의견을 빨리 들어 봤으면 좋겠군. 자, 들어가게나."

듀발이 껄껄 웃으며 덧붙였다.

"신의 가호가 있기를."

엘러리가 뭐라 투덜대자 주나는 재빨리 앞장서서 깡충대며 난간이 있는 통로로 내려가더니 이상한 각도로 기울어진 문으로 뛰어갔다. 안내원이 그들의 입장권을 받아 들고 엄지손가락으로 자신의 어깨 너머를 가리켰다. 한낮의 햇볕이 금방이라도 내려앉을 듯한 낡은 층계를 비추려 안간힘을 쓰고 있었다.

엘러리가 중얼거렸다.

"내려가라고? 아, 그래, 조금 전에 그 젊은 친구가 유령이 나올 것 같은 지하실이 있다고 그랬지? 좋아, 듀발, 잘 보라고, 내 기꺼이 즐겨 줄 테니까!"

그들은 가짜 거미줄이 얼기설기 얽혀 있고 전등이 희미하게 밝혀져 있는, 지하실 같이 좁고 기다란 방에 들어와 있었다. 벽이 푸석푸석하니 몹시 습해 보이는 그 방은 해골 복장을 한 예의바른 인간이 주관하고 있었다. 그 해골 인간은 엘러리의 모자를 받아 한쪽 구석에 있는 기다란 나무 선반에 얹었더니 그에게 놋쇠로 된 원반 하나를 건넸다. 나무 선반은 거의 비어 있다시피 했다. 그러나 엘러리는 선반 한 쪽 칸을 차지하고 있는 화구와 또 다른 칸을 차지하고 있는 머리가 하얗게 센 노인의 밀짚모자를 볼 수 있었다. 주나는 어쩐지 기분은 나빴지만, 황홀한 예감으로 몸을 떨었다. 쇠창살이 방을 두 구역으로 갈라놓고 있었다. 엘러리는 이곳으로 들어온 사람들이 모험을 끝내면 쇠창살 반대편으로 나와 창살에 붙은 창문을 통해 자신들의 소지품을 되찾은 다음, 오른쪽 층계를 밟고 반갑기 그지없는 햇빛을 찾아 지상 으로 올라가게 되어 있다는 사실을 알 수 있었다.

주나가 조급증을 참지 못하고 재촉했다.

"빨리 가요, 아휴, 왜 이렇게 느려요. 들어가는 길은 이쪽이에요."

입구라고 적혀 있는 다 찌그러진 왼쪽 문으로 달려가던 주나가 갑 자기 걸음을 멈추더니 뒤에서 미적대며 천천히 따라오는 엘러리를 기 다렸다.

"그 사람을 봤어요."

주나가 낮은 소리로 말했다.

"응? 누구 말이냐?"

"그 사람 말이에요, 토끼 씨!"

엘러리가 깜짝 놀라며 물었다.

"어디서?"

"방금 저 안으로 들어갔어요."

주나가 장난기 어린 눈을 가늘게 뜨며 말을 이었다.

"저 사람이 이런 곳에서 데이트를 한다고 생각하세요?"

"솔직히 데이트를 하기에는 조금 이상한 장소 같구나."

다 찌그러진 문을 걱정스런 눈으로 바라보며 엘러리가 말을 이었다.

"하지만 논리적으로…… 자, 주나. 그건 우리가 상관할 바가 아니 잖니. 이제부터 우린 남자답게 저 안으로 들어가서 악마를 쫓아내

자꾸나. 내가 먼저 들어가마. "

"제가 먼저 갈래요 ! "

"그건 절대로 안 돼. 난 네 할아버지께 너를 무사히 데리고 돌아가 겠다고 약속했다. 내 코트나 단단히 잡아 ! 자, 들어가자. "

이제부터가 역사에 남을 일이었다. 퀸 가문은 리처드 퀸 경감이 가끔씩 지적하듯 영웅적 기질이 다분한 집안이다. 그 중에서도 엘러리는 순수한 퀸 가문의 피가 누구보다 진하게 흐르는 인물이라 할 수 있는데, 그마저도 얼마 지나지 않아 절망적으로 몸을 떨며 그곳에서 적어도 천 광년 정도는 떨어져 있었으면 하는 마음으로 길을 더듬어 나갔다.

끔찍한 곳이었다. 삐걱대는 다 찌그러진 문 아래쪽으로 뻗어 있는 계단에 발을 디딘 순간부터 그들은 지독한 고문을 당하고 있다는 것을 알았다. 층계 밑에는 뭔가 물컹물컹하니 소름끼치는 것들이 있었고, 그것들은 그들의 발에 닿았다가 쏜살같이 뒤로 빠져나갔다. 도대체 어떻게 대응할 방법이 없었다. 불행히도 그곳은 지금까지 엘러리가 가본 곳 중 가장 깊고, 어둡고, 캄캄한 곳이었다. 그들이 할 수 있는 일이라고는 더듬거리거나 발을 움찔거리는 것, 그렇지 않으면 여기서 잘 나가게 해달라고 기도하는 것뿐이었다. 그야말로 바로 코 앞의 손도 보이지 않을 정도였다.

기분 나쁘게도 그들은 전기 충격이 오는 벽에 부딪쳤고, 온통 사람의 뼈다귀들이 덜거덕대는 소리와 찍찍대는 쥐소리가 나는 곳으로 들어섰다. 광택이 없는 작은 적색 화살표를 따라가자 막다른 벽이 나왔고, 그 벽에는 짐승처럼 기어서나 간신히 들어갈 수 있는 구멍이 하나 나 있었다. 그 구멍을 통과한다 해도 또 무엇이 그들을 기다리고 있을지 알 수 없는 일이었다. 아니나 다를까, 구멍을 통과하자마자 그들의 체중을 받치고 있던 바닥이 아래로 기울면서 그들을 아래쪽

방——방인지 아닌지도 확실치 않지만——으로 사뿐히 내려놓았다. 거기서 그들은 다시 1미터 아래쪽의 푸석푸석한 벽과 벽 사이를 통과했다. 그런데 이번에는 그들이 딛고 있던 층계가 갑자기 위로 불쑥 치솟으며 발을 디딜 곳조차 없게 만들었다. 다람쥐 쳇바퀴 돌 듯 끝없이 만들어진 층계였다. 머리에 부딪치는 천장, 덩치 큰 남자의 어깨 넓이 정도에 난쟁이가 서면 간신히 걸어갈 수 있을 정도의 높이로 된 미로, 하반신에 차가운 공기를 뿜어대는 창살, 지진이 일어난 것처럼 흔들리는 방, 그런 장난스러운 것들이 곳곳에 있었다. 그리고 이미 지칠 대로 지친 신경을 더욱 더 기진맥진하게 만드는 덜거덕대는 소리, 삐걱대는 소리, 절그럭거리는 소리, 휘파람 소리, 쿵쾅대는 소리들은 마치 정신 병원처럼 소란스러웠다.

갑자기 미끄러지는 바람에 엉덩방아를 찧은 엘러리가 반은 정신 나간 목소리로 투덜대며 물었다.

"재미있니, 얘야?"

그는 살짝 목소리를 낮추어 듀도네 듀발에 대해 뭐라 좋지 못한 소리를 하더니 다시 물었다.

"대체 여기가 어디냐?"

"세상에, 이렇게 깜깜할 수가!" 주나가 엘러리의 팔을 꼭 붙들며 만족스런 목소리로 대답했다. "전 아무것도 보이지 않아요, 뭐가 좀 보이세요?"

엘러리는 또 투덜대며 앞을 더듬기 시작했다.

"이쪽으로 좀 가보자."

엘러리의 손끝으로 매끈매끈한 표면이 느껴졌다. 그는 표면을 이리저리 만져 보았다. 좁다랗지만, 자신의 키보다 더 큰 창틀이었다. 모서리를 따라 나 있는 갈라진 틈이 그 창틀이 과거에 문이나 창문으로 사용되었음을 알게 했다. 그러나 아무리 찾아도 문고리나 빗장 같은 것은 없었다. 엘러리는 주머니칼의 날을 세워 유리를 긁어대기 시작했다. 왜냐하면 그 유리가 두꺼운 불투명 페인트로 칠해져 있는 것을 알 수 있었기 때문이다. 그러나 그 힘든 몇 분간의 노력 끝에 그가 얻은 것은 희미하니 보잘것없는 한 줄기 빛뿐이었다. 엘러리가 지친 목소리로 말했다.

"이게 아닌데, 여긴 문이나 창문이 있어야 해. 이 가느다란 불빛은 발코니나 어디 안뜰이 내려다보이는 곳에서 들어와야 맞아. 우린 거길 찾아야……."

"아야!"

그의 뒤에서 주나가 찢어지는 소리를 질렀다. 이어 뭔가 긁히는 소리가 났고, 쿵 하는 소리가 뒤따랐다.

엘러리는 재빨리 몸을 돌렸다.

"맙소사! 무슨 일이냐, 주나?"

그의 손이 닿을 듯한 어둠 속에서 주나의 징징대는 목소리가 들렸다.

"나가는 길을 찾다가 미끄러졌단 말예요!"

"저런!"

엘러리가 안도의 한숨을 내쉬며 말을 이었다.

"난 또 혹시 요정 같은 것이 널 공격한 줄 알았다. 그만 일어나렴. 이 복잡한 미로에서 처음 미끄러진 것도 아니잖니?"

"하지만 축축한 걸요."

주나가 우는 목소리로 말했다.

"축축하다고?"

엘러리는 고통스런 목소리가 나는 쪽으로 더듬어 가 떨고 있는 아이의 손을 잡았다.

"어디 말이냐?"

"바닥 말예요, 미끄러지면서 제 손에 조금 묻었어요. 그쪽 손이 아니에요, 이쪽 손이라고요. 축축하고 끈적거리는 게 미지근해요."

"축축하고, 끈적거리고, 미지근……."

엘러리는 아이의 손을 놓고 주머니를 뒤져 조그만 연필 크기의 손전등을 꺼냈다. 그는 너무도 궁금한 나머지 재빨리 손전등의 버튼을 밀어 올렸다. 전혀 현실적이지 못한, 그러면서도 결정적인 그 무엇이 어둠 속에서 드러났다. 주나는 그의 곁에서 숨을 헐떡이고 있었다.

그것은 단순한 입체적 윤곽을 띤, 위쪽 부분에 가로대를 댄 조그만 문손잡이가 있는 보통 크기의 문이었다. 그 문은 닫혀 있었다. 한 쪽 틈새에서 새어 나오고 있는 액체 비슷한 것이 바닥을 검붉은 색으로 물들이고 있었다.

"어디 손 좀 보자꾸나."

엘러리가 아무렇지도 않게 말했다. 주나는 그를 빤히 쳐다보며 그 작고 가냘픈 주먹을 내밀었다. 엘러리는 아이의 주먹 쥔 손을 뒤집어 손바닥을 들여다보았다. 진홍색이었다. 그는 아이의 주먹을 자기 코끝에 대고 킁킁거리며 냄새를 맡았다. 그리고는 거의 넋 나간 얼굴로 주머니에서 손수건을 꺼내 그 진홍색을 훔쳤다.

"글쎄! 이건 페인트 냄새는 아닌 것 같구나, 그렇잖니, 주나? 그렇다고 듀발 씨가 어떤 극적인 효과를 내기 위해 뭔가를 바닥에 부어 놓은 것 같지도 않고 말이다."

엘러리는 얼룩진 바닥과 서서히 공포감에 사로잡히는 주나의 얼굴을 번갈아 쳐다보며 부드럽게 말을 이었다.

"그래, 애야. 우리 이 문을 열어 보자꾸나."

엘러리는 힘껏 문을 밀었다. 그러나 문은 손가락 한 마디 정도만 움직일 뿐 꼼짝도 하지 않았다. 그는 입술을 깨물며 젖먹던 힘을 다해 힘껏 문을 밀어붙였다. 문을 가로막고 있는, 뭔가 크고 무거운 것이 있었다. 그것은 한 번에 1센티미터밖에 밀려나지 않을 정도로 완강하게 버티고 있었다.

엘러리는 문이 열리면서 드러나는 방 안 광경을 주나가 보지 못하게 희미한 손전등 불빛을 교묘하게 이리저리 흩어지게 했다. 아무런 시설도 되어 있지 않은 완벽한 8각형의 방이었다. 그냥 8개의 벽면과 바닥 그리고 천장이 있었다. 그들이 들어온 문 말고도 2개의 문이 더 있었다. 한쪽 문에는 적색 화살표가, 또 다른 문에는 녹색 화살표가 표시되어 있었다. 문은 둘 다 닫혀 있었다. 엘러리는 손전등으로 그가 들어온 문 양 옆과 아래를 훑어보고는 문을 가로막고 있던 물체를 비춰 보았다.

가느다란 불빛이 크고 시커먼, 바닥 위에서 꼼짝도 않고 있는 엉성한 뭔가를 비추었다. 그것은 문 쪽에 엉덩이를 댄 채 잭나이프처럼 접혀 있었다. 불빛이 그 물체의 뒤쪽 한가운데에 있는 시커먼 4개의 구멍을 비쳤다. 그 구멍에서는 작은 폭포처럼 피가 쏟아져 나오고 있었고, 그 피는 코트를 적시며 바닥으로 흐르고 있었다.

엘러리는 주나에게 무슨 말인가를 하고 무릎을 꿇고 그 물체의 머리를 들어올렸다. 덩치 큰 토끼 씨였다. 그는 죽어 있었다.

잠시 뒤 몸을 일으켰을 때 퀸의 얼굴은 하얗게 질려 넋 나간 사람 같았다. 그는 손전등으로 바닥을 천천히 비춰 보았다. 붉은색 띠는 죽은 사내에게서 방 건너편까지 이어져 있었다. 맞은편 대각선 방향에 총신이 짧은 연발 권총 한 정이 놓여 있었다. 방에는 아직도 화약 냄새가 진하게 배어 있었다.

"그 사람, 그 사람이죠?"

주나가 낮은 소리로 말했다.

엘러리는 소년의 팔을 낚아채 방금 그들이 나왔던 방으로 도로 힘껏 밀어 넣었다. 엘러리의 손전등이 조금 전에 그가 주머니칼로 긁어 놓은 유리 표면을 비추었다. 엘러리는 문을 힘껏 걷어찼다. 유리가 조금씩 깨지면서 한낮의 햇살이 쏟아져 들어오려 했다. 계속 유리를 걷어차자 그의 몸 하나 빠져나갈 수 있을 정도의 틈이 생겼다. 엘러리는 뱀처럼 몸을 꿈틀대며 깨진 유리 사이를 통과해 '암흑 집' 안뜰이 내려다보이는 작고 환상적인 발코니로 나갔다. 유리가 깨져 떨어지는 소리를 듣고 아래쪽에 사람들이 모여들었다. 엘러리는 매표소 옆에서 카키색 제복 차림의 조이랜드 유원지 상주 경찰 한 사람과 열띤 대화를 나누고 있는 단정한 모습의 듀발을 보았다.

"듀발!" 엘러리가 소리쳤다. "누가 이 집에서 나왔지?"

"뭐라고?"

키 작은 프랑스 사내 듀발이 침을 꿀꺽 삼키며 되물었다.

"내가 이 집에 들어간 다음에 말이야! 빨리, 이 사람아! 그렇게 멍청하게 서 있지만 말고!"

"누가 나왔지?" 듀발은 잔뜩 겁먹은 눈으로 엘러리를 쳐다보며 입술을 핥았다. "아무도 나온 사람이 없네, 퀸. 왜 무슨 일이라도 생겼나? 혹시 자네 머리가…… 태양때문에……."

"알았네!" 엘러리가 큰 소리로 그의 말을 잘랐다. "그렇다면 범인은 아직 이 복잡한 미로 속에 있는 거야. 경관님, 빨리 이 지역 담당 경찰을 불러요. 그리고 아무도 여기서 나가지 못하게 해요. 누구든 나가려고 하면 무조건 체포해요. 이 안에서 남자 하나가 살해됐어요!"

쪽지에는 가느다란 여자 글씨체로 휘갈겨져 있었다.

사랑하는 앤스…… 당신을 꼭 만나야겠어요. 중요한 일예요. 예전에 만났던 조이랜드 '암흑 집'에서 일요일 오후 3시에 만나요. 절대로 다른 사람들 눈에 띄지 않았으면 좋겠어요. 이번에는 특히 더 그래요. 그 사람이 의심하고 있어요. 저는 어떻게 해야 좋을지 모르겠어요. 당신을 사랑해요, 사랑해요.

매지

군 경찰서의 형사반장 지글러가 손가락 마디를 요란스레 꺾으며 말했다.

"이건 보복 행위요, 퀸 선생. 그 쪽지는 죽은 사내의 주머니에서 나왔어요. 그렇다면 매지는 누구며, 의심하고 있다는 그 사람은 도대체 누구지요? 남편이라고 생각하십니까?"

방이 수많은 불빛 세례를 받았다. 가리개를 제거한 랜턴을 죽은 사내 위로 높이 들어올리고 있는 경찰 하나를 중심으로, 경찰들은 방 모양만큼이나 기이한 방식으로 손전등 불빛을 교차시켰다. 8개의 벽면 가운데 한 면에 여섯 사람이 나란히 기대섰다. 그들 가운데 다섯 사람은 놀라 눈을 휘둥그레 뜬 채 방 한복판의 빛이 환하게 모인 곳을 바라보고 있었다. 여섯 번째 사람——키 큰 젊은 여자의 팔을 아직도 잡고 있는 머리가 하얗게 센 노인——은 자기 앞만 똑바로 보고 있었다.

"흠." 엘러리의 소리였다. 그는 실내에 갇힌 사람들을 재빨리 훑어보았다. "분명히 더 이상 숨어 있는 사람이 없습니까, 지글러 반장님?"

"이 사람들이 전부요. 듀발 씨가 기계를 작동시켜 문을 다 내렸으니까요. 우리는 듀발 씨와 함께 이 '암흑 집' 구석구석을 다 뒤졌습니다. 게다가, 이 끔찍한 곳을 빠져나간 사람은 아무도 없습니다. 그렇기 때문에 살인범은 분명 이 여섯 사람 가운데 있는 거지요."

형사 반장은 그들을 차갑게 노려보았다. 다들 찔끔해서 한 발짝 뒤로 물러섰다. 그러나 노인만은 예외였다.

"듀발."

엘러리가 나직이 불렀다.

듀발이 몸을 움찔했다. 그의 얼굴색이 백지장 같았다.

"여길 빠져나갈 수 있는 비밀 통로 같은 건 없겠지?"

엘러리가 물었다.

"오, 없네, 없어. 퀸, 내가 당장 이곳 설계도 사본을 가져오라 해서……."

"그럴 필요까지는 없네."

"그러니까 그 지하실이 밖으로 나가는 유일한 통로인데다……." 듀발은 말을 더듬었다. "어, 그러니까 그렇게 되려면……."

엘러리가 칙칙한 색깔의 가운을 걸친 채 벽에 바짝 붙어 서 있는 우아한 여성에게 조용히 말을 건넸다.

"당신이 매지군요, 그렇지요?"

그제야 엘러리는 이 여자가, 자신이 '암흑 집' 밖에서 주나와 듀발과 함께 젊은 직원의 설명을 듣고 있을 때 보았던 여섯 사람 가운데 하나가 아니라는 사실을 기억해 냈다. 여자는 그들보다 먼저 이 집으로 들어온 게 분명했다. 나머지 다섯 사람은, 키 큰 젊은 여자와 여자의 늙은 아버지, 예술가 넥타이를 맨 턱수염을 기른 사내, 그리고 체격 좋은 젊은 흑인과 그의 동반자인 예쁜 혼혈 아가씨였다.

"실례지만 이름이 어떻게 되시지요?"

"저는 매지가 아녜요."

여자가 뒷걸음질치며 낮은 소리로 대답했다. 슬퍼 보이는 그녀의 눈 밑에는 푸르스름하니 반달 모양의 그림자가 드리워져 있었다. 나이는 35살 정도로 보였고, 한때는 상당한 미인이었을 성싶었다. 엘러리는 여인의 아름다움을 갉아먹고 있는 것이 나이가 아니라 공포 때문이라는 기묘한 인상을 받았다.

"저 사람은 하디 박사예요!"

갑자기 키 큰 젊은 여자가 숨넘어가는 소리로 말했다.

여자는 하지 않아야 할 말을 했다는 듯 자기 아버지의 팔을 잡았다.

"누구요?"

지글러 반장이 재빨리 물었다.

"저 죽은 사람 말예요. 앤섬 하디 박사라고, 안과 전문의예요. 뉴욕에 살죠."

"맞습니다."

시체 옆에 말없이 무릎을 꿇고 있던 키 작은 남자가 말했다. 그는 형사 반장에게 뭔가를 건넸다.

"이 사람 신분증입니다."

"고맙소, 닥터. 아가씨 이름이 어떻게 되지요?"

"노라 리스예요."

키 큰 여자는 부르르 몸을 떨며 말을 이었다.

"이분은 제 아버지 매슈 리스예요. 우린 이 끔찍한 사건과는 전혀 상관이 없어요. 우린 그냥 이 조이랜드 유원지에 놀러 온 것뿐이라고요. 혹시라도 우리가……."

"애야, 노라."

여자의 아버지가 부드럽게 말했다. 그런데도 노인은 눈 하나 깜박하지도, 고개 한 번 까딱하지도 않았다.

"그럼 이 죽은 사람을 안다는 얘기요?"

지글러 반장이 매우 의심스럽다는 듯한 얼굴로 물었다.

"그렇게 말할 수 있지요."

매슈 리스가 대답했다. 그는 높낮이가 뚜렷한 목소리로 조용히 말을 이었다.

"우리, 그러니까 내 딸과 나는, 하디 박사를 알고 있소. 단지 그의 직업 때문이기는 하지만 말이오. 그건 확실합니다. 지글러 반장님. 그 사람은 나를 여러 해 치료해 왔고, 결국에는 내 눈을 수술했지요."

매슈 리스의 창백한 얼굴에 고통의 빛이 스쳐갔다.

"내가 백내장이라면서……."

"흠," 지글러 반장이 그의 말을 받았다. "그렇다면……."

"나는 완전히 시력을 잃었습니다."

놀라움 속에 잠시 침묵이 이어졌다. 그때서야 엘러리는 자신의 무지를 깨닫고 머리를 가로저었다. 그걸 모르고 있었다니! 노인의 무기력한 행동, 이상하게 고정된 시선, 희미한 미소, 떨리는 걸음걸이…….

"당신의 눈이 멀게 된 것이 하디 박사 책임입니까, 리스 씨?"

느닷없이 엘러리가 물었다.

"나는 그렇게 말하지 않았소," 노인이 읊조리듯 조용히 말했다. "그건 틀림없이 신의 뜻이었을 거요. 박사는 최선을 다했어요. 난 시력을 잃은 지 이미 2년이 됐어요."

"오늘 하디 박사가 이곳에 있었다는 사실을 알고 있었나요?"

"아니오. 난 그 사람을 본 지 2년도 넘었소."

"경찰이 이곳에 들어왔을 때 두 분께서는 어디에 계셨지요?"

매슈 리스는 어깨를 으쓱했다.

"앞쪽 어디쯤일 거요. 출구 근처거나."

"당신들은요?" 엘러리가 흑인 남녀를 보며 물었다.

"제 이름은……." 흑인 사내는 말을 더듬었다. "주주 존스입니다,

선생님. 프로 권투 선수지요, 체급은 라이트 헤비급이고요, 저는 이 의사 양반을 전혀 모릅니다. 저와 제시는 계속 저기 아래쪽의 요동치는 방에 있었어요, 저희들은…… ."

"오, 하느님."

예쁜 혼혈 아가씨가 그의 팔에 매달린 채 신음 소리를 냈다.

"그럼 당신은요?"

엘러리가 턱수염을 기른 사내를 보며 물었다. 그는 마치 프랑스 사람처럼 어깨를 으쓱했다.

"내가 뭘 어쨌다는 거요? 이건 나와는 전혀 상관없는 일이오, 나는 날만 새면 곳으로 나가 온종일 바위에 걸터앉아 바다 풍경을 그리는 사람이오, 나는 화가요, 이름은 제임스 올리버 아담스, 어디 용건이나 들어봅시다."

그의 빈정거리는 태도에서 적대감 비슷한 게 느껴졌다.

"저기 아래층 소지품 보관소로 내려가면 내 화구 가방 안에 물감과 스케치북이 들어 있을 거요, 나는 저기 죽어 있는 저런 인간은 몰라요, 그리고 정말이지 이런 유치하고 지저분한 장소에는 오고 싶지도 않았다구."

"지저분……." 듀발의 입이 벌어졌다. 그가 분통을 터뜨렸다. "당신, 무슨 말을 그렇게 하는 거요?"

그는 턱수염을 기른 사내 앞으로 다가갔다. "내 이름은 듀발……."

"진정하게, 듀발." 엘러리가 그를 말리며 부드럽게 말을 이었다. "두 예술가들의 논쟁에 끼어들고 싶지는 않지만 여하튼 지금은 참게나. 좋아요, 아담스 씨. 이 안의 기계 작동 장치가 멈췄을 때 당신은 어디에 있었지요?"

"앞쪽 어딘가에 있었소." 사내는 성대에 이상이 있는 사람처럼 목소리가 탁하게 갈라졌다. "이 지옥 같은 곳에서 나가는 길을 찾고 있었소. 질리기도 했고……."

"맞아요." 지글러 반장이 그의 말을 잘랐다. "이 사람은 내가 직접 봤어요. 어둠 속에서 자기 혼자 욕을 해대며 돌아다니고 있었어요. 나를 보더니 이렇게 말하더군요. '대체 여길 나가려면 어떻게 해야 하는 거요? 밖에서 떠들어대던 친구는 녹색 화살표를 따라가면 된다고 했는데 아무리 가도 실없는 장난만 쳐대는 방밖에 없잖소.' 자, 아담스 씨. 당신은 왜 그렇게 여기서 빨리 나가고 싶어했지요? 뭘 알고 있었던 거요? 어서 실토해요!"

화가는 대답 대신 같잖다는 얼굴로 콧방귀를 뀌었다. 그는 또 한번 어깨를 으쓱하더니 더 이상 말하고 싶지 않다는 듯 벽에다 어깨를 기댔다.

"제 생각에는 말입니다, 반장님."

벽에 기대고 있는 여섯 사람의 얼굴을 찬찬히 살펴보며 엘러리가 나직이 말을 이었다.

"반장님께서는 매지라는 여성이 쓴 쪽지의 '의심한다'는 사람을 찾는 데 더 신경을 쓰시는 것 같군요. 그렇다면 매지, 이제 털어놓는 게 어떻겠소? 더 이상 버틴다는 건 정말 바보 같은 짓이오. 이건 버틴다고 될 일이 아니오. 조만간……."

우아한 여자가 입술을 축였다. 힘이 없어 보였다.

"당신 말이 맞겠군요. 결국은 밝혀지겠지요."

여자가 나지막이 공허한 목소리로 말을 이었다.

"말하죠. 그래요, 제 이름이 매지예요. 매지 클라크. 그리고 잘 보셨어요. 그 쪽지는 제가 썼어요. 하디 박사님에게요."

갑자기 여자의 목소리가 격정적으로 떨렸다.

"하지만 그 쪽지는 제가 쓰고 싶어서 쓴 게 아녜요! 그 사람이 시

켰어요. 이건 함정이에요. 저는 알고 있었어요. 그렇지만 저로서는
……."

"누가 그 쪽지를 쓰라고 했지요?"

지글러 반장이 큰 소리로 물었다.

"제 남편예요. 하디 박사와 저는 친구 사이로…… 그래요, 친구였
어요, 순수하게. 제 남편은 처음에는 몰랐어요. 그런데 그이가……
그이가 알게 됐죠. 그이는 틀림없이 우리를 미행했을 거예요. 여러
번. 우린 예전에 여기서 만난 적이 있어요. 제 남편은 질투심이 무
척 강한 사람이에요. 그 사람이 제게 이 쪽지를 쓰라고 했어요. 나
를 협박했어요. 쪽지를 쓰지 않으면 나를 죽이겠다고요. 나는 몰라
요. 그 사람이 시켰어요! 그 사람이 살인범이라구요!"

여자는 두 손으로 얼굴을 가리고 흐느끼기 시작했다.

지글러 반장이 거친 목소리로 말했다.

"클라크 부인."

여자는 고개를 들더니 반장의 손에 들린 총신이 짧은 연발 권총을
내려다보았다. 다시 반장이 말했다.

"이게 당신 남편의 총입니까?"

여자는 몸을 떨며 한 발짝 뒤로 물러섰다.

"아녜요. 그 사람도 총을 가지고 있긴 하지만 총신이 길어요! 그
사람은 명사수예요."

"전당포에서 빌린 거로군."

지글러 반장이 총을 자기 주머니에 집어넣으며 중얼거렸다. 그는
엘러리를 보며 침통한 얼굴로 고개를 끄덕였다.

"클라크 부인," 엘러리가 부드럽게 말했다. "그러니까 부인께서는
남편이 협박을 했는데도 이곳에 오셨다는 얘기군요?"

"그래요, 맞아요. 저는 가만히 있을 수가 없었어요. 하디 박사에게

알려야겠다는 생각에……."

"정말 용기가 대단하시군요, 부인의 남편 얘긴데, 혹시 부인이 이곳에 들어오기 전에 이곳 조이랜드 유원지에서 보지 못하셨나요?"

"못 봤어요, 하지만 분명 톰이 그랬을 거예요, 그 사람은 앤섬을 죽이겠다고 말했어요!"

"그럼 부인께서는 이곳에 들어와서 하디 박사를 만났나요? 그가 살해되기 전에 말입니다."

여자는 몸을 떨고 있었다.

"아녜요, 찾을 수가 없었어요."

"그럼, 여기서 당신 남편을 보지 못했나요?"

"못 보았어요."

"그렇다면 당신 남편은 어디 있는 거지요?"

엘러리는 냉정하게 말을 이었다.

"연기처럼 사라질 수는 없는 거지요, 기적의 시대는 이미 지나갔으니까. 지글러 반장님, 그 총의 출처를 알아볼 수 없겠습니까?"

"해 보죠." 지글러 반장이 어깨를 으쓱하며 대답했다. "제조 번호는 이미 기록해 뒀습니다. 그렇지만 너무 오래된 총인데다가 지문도 없으니 검사 양반이 고생깨나 하겠죠."

엘러리는 성마르게 혀를 차며 시체 옆에 가만히 앉아 있는 사람을 내려다보았다. 주나는 조금 떨어진 뒤에서 숨을 죽이고 있었다. 갑자기 엘러리가 말했다.

"듀발, 이 방을 어떻게 좀 밝게 하는 방법이 없겠나?"

듀발이 깜짝 놀랐다. 그의 얼굴이 비수처럼 훑고 지나가는 불빛에 아까보다 더 창백해 보였다.

"이 건물에는 전선줄도 없고, 전기 장치 같은 건 전혀 되어 있지 않네, 퀸. 지하실만 빼고 말이야."

"그럼 길을 안내하는 화살표는 뭐지? 그건 보인다고 했잖나?"

"화학 약품이네. 어쨌든 난 이번 일로 완전히……"

"물론 그렇겠지. 살인이란 어떤 경우에도 즐거운 일은 못 되니까. 하지만 자네가 만든 이 지옥 같은 곳이 사건을 더 어렵게 만들고 있네. 어떻게 생각하세요, 반장님?"

"나로서는 간단한 문제 같군요. 여길 어떻게 빠져 나갔는지는 몰라도 남편이란 사람이 범인입니다. 우린 그 사람을 찾아서 신문할 겁니다. 그는 선생이 권총을 발견한 그 자리에서 박사를 쏘았어요."

엘러리가 얼굴을 찌푸렸다.

반장이 말을 이었다.

"그리고는 시체를 끌고 가 사람들이 지나가게 되어 있는 문 앞에다 기대 놓았지요. 도망갈 시간을 벌기 위해서 말입니다. 핏자국을 보면 알 수 있어요. 총소리는 이 망할 놈의 집에서 나는 온갖 희한한 소리 때문에 들리지 않았을 테고, 범인은 그것까지 계산했던 거지요."

"흠, 아주 훌륭하군요. 클라크가 사라진 방법만 제외하고는. 물론 범인이 클라크일 경우에 말입니다."

엘러리는 손톱을 잘근잘근 씹으며 지글러 반장의 분석을 곰곰이 생각해 보았다. 한 가지 잘못된 게 있었다.

"아, 검시가 끝났군요. 어때요, 박사?"

랜턴 밑에서 조용히 무릎을 꿇고 있던 키 작은 사내가 몸을 일으켰다. 벽에 기대고 있던 여섯 사람은 거짓말처럼 침묵을 지키고 있었다.

검시관이 말했다.

"아주 간단하군요. 거의 같은 위치에 네 발의 총알을 맞았습니다.

뒤에서 맞았는데, 두 발은 심장을 관통했어요. 명사수예요, 퀸 씨."

엘러리는 눈을 깜박였다.

"명사수라. 그래요, 정말 훌륭한 솜씨 같군요. 박사, 사망 추정 시간은요?"

"약 1시간 전쯤. 즉사했어요."

"그렇다면," 엘러리가 낮은 목소리로 말했다. "분명 내가 발견하기 몇 분 전에 총을 맞았겠군요. 그때까지도 몸이 따뜻했으니까요."

엘러리는 죽은 사내의 검푸른 얼굴을 자세히 들여다보았다.

"그렇다면 당신이 틀렸군요, 지글러 반장. 범인이 총을 쏜 위치 말입니다. 범인은 하디 박사에게서 그렇게 멀리 떨어져 있지 않았을 겁니다. 사실 제 생각으로는, 범인이 하디 박사와 아주 가까이 있었던 것 같습니다. 그렇다면 죽은 사람의 몸에 화약 자국이 남아 있어야 하는 거지요. 그렇지 않습니까, 박사?"

검시관이 당황한 얼굴을 했다.

"화약 자국이오? 아뇨, 없어요. 절대로 없어요. 화약이 탄 흔적은 전혀 없어요. 지글러 반장 말이 맞아요."

엘러리가 날카로운 목소리로 말했다.

"화약 자국이 없다고요? 설마, 그럴 리가! 분명합니까? 화약 자국은 틀림없이 있을 거요!"

검시관과 지글러 반장은 서로를 힐끗 쳐다보았다.

"이런 일에 전문가로서 말씀드리는 건데요, 퀸 선생님."

키 작은 남자가 싸늘한 목소리로 말을 이었다.

"피살자는 적어도 4미터, 어쩌면 4미터도 더 되는 거리에서 총을 맞았다는 것을 확신할 수 있습니다."

엘러리는 엄청나게 놀랍다는 표정을 지었다. 그는 입을 열고 무슨 말인가 하려다 다시 다물더니 한 번 더 눈을 껌벅거렸다. 그리고는 담배를 꺼내 불을 붙여 물고 천천히 담배 연기를 내뿜었다.

"4미터, 화약 자국이 없다."

엘러리는 쉰 목소리로 말을 이었다.

"이것 참. 글쎄, 정말 신기하군요. 듀웨이 교수의 흥미를 끌 만한 비논리적인 교훈이군요, 믿을 수가 없어. 아무리 생각해도 믿을 수가 없어."

검시관이 엘러리를 기분 나쁜 얼굴로 쳐다보았다.

"저는 논리적이고 이성적인 사람입니다, 퀸 선생님. 선생님은 제 말이 터무니없다고 생각하시는 것 같군요."

지글러 반장이 나섰다.

"대체 선생은 무슨 생각을 하고 계신 겁니까?"

엘러리가 막연히 되물었다.

"두 분 다 모르시겠어요? 좋아요, 어디 이 사람 옷 안에 뭐가 들어 있는지 한 번 봅시다."

반장은 바닥에 널린 피살자의 잡다한 소지품 쪽으로 고개를 돌렸다. 엘러리는 주위 사람들의 눈길은 아랑곳없이 바닥에 털썩 주저앉더니 심술궂게 뭐라 투덜대며 다시 몸을 일으켰다. 그는 자신이 찾으려던 것, 논리적으로 거기 있어야 할 것을 찾지 못했던 것이다. 그곳에는 어떤 종류의 흡연 용품도, 시계도 없었다. 엘러리는 피살자의 손목에 시계를 찼던 흔적이라도 있나 싶어 손목까지 다 조사해 보았다.

엘러리는 자신을 지켜보고 있는 의아한 눈길들도 잊은 채 손에 들고 있는 손전등으로 바닥을 샅샅이 비춰 가며 고개를 숙이고 실내를 열심히 왔다 갔다 했다.

마침내 지글러 반장이 분통을 터뜨렸다.

"이 방은 벌써 수색을 끝냈어요! 대체 뭘 찾는 거요, 퀸 선생?"

"이 세상이 제대로 돌아가고 있다면," 엘러리가 엄한 목소리로 나지막이 중얼거렸다. "분명 이곳에는 뭔가 있어야 해요. 어디 봅시다, 반장님. 당신 대원들이 뭘 찾아냈는지."

"우리 대원들 역시 아무것도 찾아내지 못했소!"

"나는 지금 형사들의 눈에 중요하게 보일 만한 물건을 말하는 게 아니오. 아주 사소한 것이오. 종이 쪽지나 나무 조각 같은 것, 아니면 그 어떤 것이라도."

어깨가 넓은 사내 하나가 정중한 목소리로 말했다.

"제가 다 찾아보았습니다, 퀸 선생님. 먼지 하나 없었어요."

"제발 우리가 아주 세심하게 설비를 해 놓았네." 듀발이 신경질적으로 말했다. "여긴 환기 시설과 진공 청소 시설까지 다 되어 있네. 이 안에 있는 먼지는 죄다 빨아들여서 이 '암흑 집'을 먼지 하나 없이 깨끗하게 해 놓는 시설 말이네."

"진공 청소 시설!" 엘러리가 큰 소리로 말했다. "빨아들인다……? 그렇다면 가능하지! 진공 청소 시설은 48시간 내내 가동하나, 듀발?"

"그렇진 않네. 밤에만 가동한다네. 이 '암흑 집'이 비었을 때 그러니까 손님이 없을 때 말일세. 그렇기 때문에 여기 계신 경찰들께서는 아무것도, 심지어는 먼지 하나 찾아내지 못했을 거네."

"낭패로군." 엘러리가 밑도 끝도 없이 중얼댔다. 그러나 그의 눈은 진지하기만 했다. "진공 청소 시설이 낮에는 작동하지 않는다. 그러니까 꺼져 있었다. 반장님, 제 고집을 용서해 주십시오. 분명히 모든 곳을 다 수색했다고 했지요? 아래층 회의실까지요? 여기 있는 누군가가……."

지글러 반장의 얼굴이 일그러졌다.

"저는 선생을 이해할 수가 없군요. 도대체 몇 번을 얘기하는 겁니까? 지하실에 근무하는 이곳 직원이 살인이 일어난 시간에는 그곳에 들어온 사람도 나간 사람도 없었다고 분명히 말했습니다. 그런데 뭡니까?"

"그렇다면……"

엘러리가 한숨을 내쉬며 말을 이었다.

"반장님께 저분들의 몸을 수색해 달라고 부탁드려야겠군요."

그의 목소리에는 일종의 체념이 담겨 있었다.

여섯 사람 가운데 마지막 사람의 소지품을 내려놓았을 때 엘러리 퀸의 찡그린 얼굴 표정은 절묘했다. 그는 그들의 소지품을 임의로 갈라놓았고, 주로 화가 아담스와 리스 양의 물건을 뒤적거렸다. 그러나 그는 분명히 거기 있어야 할 것을 찾을 수가 없었다. 그는 웅크린 자세를 풀고 일어서서 말없이 소지품들을 가리켰다. 주인들에게 돌려주라는 뜻이었다.

갑자기 듀발이 큰 소리로 말했다.

"그 생각을 못 했어! 대체 찾는 게 뭔지는 모르겠지만, 우리도 모르게 우리 몸에 숨겨져 있을 수도 있어. 그렇지 않나? 혹시라도 그게 위험한 성질의 것이라면 그럴 가능성이……"

엘러리가 야릇한 관심을 나타내며 고개를 들었다.

"멋진 생각이네, 듀발. 그건 미처 생각하지 못했는걸."

"그것 보라고."

듀발이 신이 나서 자기 주머니를 뒤집어 보이며 말을 이었다.

"이 듀도네 듀발의 머리도 나쁘지는 않다고. 자, 자네가 직접 확인하겠나, 퀸?"

엘러리는 그의 온갖 잡동사니를 대충 훑어보았다.

"없군. 고맙네, 듀발."

엘러리는 자기 주머니도 뒤지기 시작했다.

주나가 자랑스럽게 말했다.

"저도 다 꺼냈어요."

"됐습니까, 퀸 선생님?" 지글러가 참지 못하고 물었다.

엘러리가 아무것도 들지 않은 손을 내저으며 대답했다.

"곧 끝납니다, 반장님…… 가만!"

엘러리는 갑자기 초점 잃은 눈을 한 채 가만히 서 있었다.

"기다려요, 아직은 가능성이……."

아무 설명도 없이 그는 녹색 화살표가 표시된 문으로 뛰쳐나갔다. 문 밖은 그 방과 연결된 방만큼이나 컴컴하고 좁은 통로였다. 그는 손전등으로 주위를 비춰 본 다음 복도 맨 끝머리로 다시 돌아가더니 마치 꼼꼼함에 자신의 인생을 걸기라도 한 듯 바닥을 샅샅이 뒤지며 느릿느릿 걸어갔다. 모퉁이를 두 번 돌았을 때 그는 '회의실 출구'라고 적혀 있는 막다른 문에 다다랐다. 문을 밀고 안으로 들어간 그는 환하게 밝혀 둔 불빛 때문에 눈을 깜빡거렸다. 경찰관 하나가 그에게 거수경례를 했다. 그 옆에 있는 해골이 으스스한 느낌을 주고 있었다.

"왁스나 깨진 유리 조각, 또는 타다 남은 성냥개비도 하나 없군."

엘러리는 낮은 소리로 중얼거렸다. 뭔가 그의 머리를 스치는 게 있었다.

"이봐요, 경관님. 이 창살에 나 있는 문을 좀 열어 주겠소?"

경찰관이 창살에 나 있는 조그만 문을 열쇠로 열자 엘러리는 자신이 서 있는 곳보다 훨씬 넓은 방으로 들어가, 곧장 벽의 선반 쪽으로 다가갔다. 그곳 각각의 칸에는 엘러리를 포함해 지금 갇혀 있는 사람들이 '암흑 집' 안으로 들어오기 전에 맡긴 물건들이 있었다. 그는 그 물건들을 세밀하게 조사했다. 화가의 화구가 든 가방에 이르러서 그는 흘끗 안을 들여다보고 다시 가방을 닫았다. 그 안에는 물감과 붓 그리고 아주 평범하면서도 영감이라고는 전혀 없이 그린 서툰 솜씨의 그림 세 점——하나는 풍경화, 나머지 둘은 바다 경치——이 들어 있었다.

그는 먼지가 잔뜩 낀 전등알 밑에서 얼굴을 찡그린 채 왔다 갔다 했다. 몇 분이 지났다. '암흑 집'은 뜻하지 않은 죽음에 애도를 표하는 듯 고요하기만 했다. 경찰관은 입을 쩍 벌리고 있었다.

엘러리는 갑자기 걸음을 멈췄다. 그의 찡그린 얼굴에 희미한 미소가 떠올랐다.

"그래! 그래, 바로 그거야."

엘러리는 계속 혼자 중얼거렸다.

"내가 왜 진작 그 생각을 못 했지? 경관님, 여기 있는 이 잡동사니들을 모두 사건 현장으로 가지고 갑시다. 난 이 조그만 탁자를 가지고 가겠소. 필요한 물건은 다 갖췄으니, 어둠만 있으면 무시무시한 강신회(降神會)를 열 수 있을 거요!"

엘러리가 복도에서 8각형 방의 문을 두드리자 지글러 반장이 직접 문을 열었다.

"아니, 또 온 거요?"

반장이 투덜대며 말을 이었다.

"우린 지금 막 나가려던 참이오. 시체도 다 넣었고……."

"몇 분 정도는 더 기다려 줄 수 있겠지요?" 엘러리는 부드러운 동작으로 짐을 든 경찰관에게 먼저 들어가라는 시늉을 했다. "잠깐 연설을 좀 해야겠어요."

"연설?"

"영묘함과 교묘함으로 가득 찬 연설 말입니다, 친애하는 형사 반장님. 듀발, 나의 이 연설이 자네 프랑스 사람들의 영혼을 기쁘게 해줄 거네. 신사 숙녀 여러분, 잠시만 그대로 계십시오, 좋습니다, 경관님. 탁자 위에 올려놓아요. 자, 여러분, 죄송하지만 여러분이 들고 계신 손전등을 저와 이 탁자를 향해 비춰 주시면 실험을 시작하겠습니다."

방 안에서는 소리 하나 나지 않았다. 앤섬 하디 박사의 시신은 고리버들로 만든 갈색 자루에 들어 있어 보이지 않았다. 엘러리는 가느다란 불빛들이 덩어리를 이루고 있는 방 한가운데서 서서 마치 학자처럼 회의를 주관했다. 벽 쪽의 반짝이는 눈빛들이 그를 주시했다.

엘러리는 그곳에 갇혀 있는 사람들의 소지품이 얹힌 탁자 위에 한 손을 얹고 있었다.

"그럼, 신사 숙녀 여러분. 시작하겠습니다. 우리는 먼저 이 사건 현장이 어떤 한 가지 점에서 무엇보다도 중요한 의미가 있다는 특별한 사실을 알아야 합니다. 바로 암흑이지요. 그렇지만 보통 어둠과는 조금 다른 데가 있지요. 사건을 수사하려 할 때 이 사실은 그야말로 골치아픈 장애가 될 것입니다. 이곳은 말 그대로 '암흑 집'입니다. 그리고 이 성스럽지 못한 방에서 한 남자가 살해되었습니다. 그리고 지금 이곳에는 희생자와 저, 그리고 제가 데리고 온 어린 아이를 제외하고는 듀발 씨의 악마적인 상상력을 즐기기 위해 들어온 것으로 보이는 여섯 명의 사람이 있습니다. 이 집을 직접 설계한 듀발 씨의 말에 따르면, 사건이 일어난 시간에 이 집의 하나밖에 없는 출구를 통해 밖으로 나온 사람은 아무도 없었다고 했습니다. 그렇다면 여기 있는 여섯 명 가운데 한 사람이 하디 박사의 살인범이라는 것은 피할 수 없는 사실인 거지요."

잠시 술렁임과 한숨 소리가 났지만 이내 가라앉았다.

엘러리가 꿈을 꾸듯 몽롱한 목소리로 말을 이었다.

"자, 이제 어떤 못된 운명이 장난을 쳤는지 살펴보기로 하지요. 이 비극적인 암흑 속에는 그것과 연관된 인물이 적어도 3명은 등장합니다. 리스 씨, 이분은 앞을 보지 못합니다. 그리고 주주 존스 씨와 그의 여자 친구, 이들은 흑인입니다. 이게 의미심장하지 않습니까? 이 사실이 여러분에게는 아무렇지도 않게 보입니까?"

주주 존스가 으르렁댔다.

"나는 그런 짓을 하지 않았어요, 퀸 선생님."

그의 말에는 대꾸도 않고 엘러리가 말했다.

"게다가 리스 씨는 타당한 동기까지 지니고 있습니다. 희생자가 그의 눈을 치료했고, 치료를 하는 과정에서 그는 시력을 잃었으니까 말입니다. 그리고 클라크 부인에게는 질투심 많은 남편이 있다고 했습니다. 그렇다면 살해 동기가 두 가지는 나오는 셈이지요. 여기까지는 좋습니다. 그렇지만 이런 것들은 이 범행을 저지를 만큼 결정적이지는 않습니다."

"그렇다면" 지글러 반장이 거친 목소리로 물었다. "뭐가 결정적이란 말이오?"

"어둠이지요, 반장님. 이 어둠 말입니다." 엘러리가 부드러운 목소리로 대답했다. "아마 이 어둠 때문에 혼란을 겪은 사람이 있다면 아마 저 하나뿐일 겁니다."

그의 목소리에는 힘찬 기운이 담겨 있었다.

"이 방은 완벽하게 캄캄합니다. 전깃불도, 전등도, 랜턴도, 가스등도, 촛불도 없으며 창문 하나 갖춰져 있지 않습니다. 단지 3개의 문이 이 방만큼이나 캄캄한 다른 방으로 연결되어 있을 뿐입니다. 그 각각의 문에 표시되어 있는 녹색과 적색 화살표는 야광이 아니기 때문에 그것 자체로는 빛을 발하지 않습니다. 그런데 이 캄캄한 방의 가장 캄캄한 곳에서, 그것도 최소한 4미터는 떨어진 거리에서 누군가가 보이지도 않는 희생자의 등에 불과 몇 센티미터 간격으로 네 발의 총알을 박아 넣었습니다!"

누군가 숨을 헐떡였다. 지글러 반장이 중얼거렸다.

"말도 안 돼……."

"어떻게 그럴 수 있었을까요?" 다시 엘러리가 부드럽게 말했다. "사격 솜씨는 정확했습니다. 그게 사고였을 리는 없습니다. 처음에 저는 희생자의 코트에 분명히 화약자국이 있을 것이며, 살인자가 하디 박사 바로 뒤에 서서 그를 만져 보거나 움직이지 못하게 잡고서 그의 등에다 총부리를 대고 권총을 쏘았을 거라고 생각했습니다. 그러나 검시관께서는 아니라고 하셨습니다! 저는 정말 불가능한 일이라고 생각했습니다. 완벽하게 깜깜한 방에서? 그것도 4미터나 떨어진 거리에서? 살인자가 귀 하나에 의존해 움직임이나 발소리를 듣고 하디 박사를 쏠 수는 없었을 것입니다. 그렇게 생각하기에는 사격 솜씨가 너무도 정확했습니다. 게다가 비록 느리기는 했지만 살인자가 노리는 표적은 분명히 움직이고 있었을 것입니다. 저로서는 그 점을 이해할 수가 없었던 거지요. 그렇다면 그런 일이 일어날 수 있었던 유일한 해답은 살인범이 볼 수 있는 불빛이 있었다는 것입니다. 그렇지만 이곳에는 불이 없습니다."

매슈 리스가 노래하듯 말했다.

"아주 현명하시군요, 선생."

"아니죠, 그건 기본적인 사실이지요, 리스 씨. 우선 이 방에는 불이 없으니까 말입니다. 그건 그렇고, 이곳에는 듀발 씨의 진공 청소 시설 덕분에 조그마한 부스러기 하나 없습니다. 그렇기 때문에 만약 우리가 뭔가를 발견한다면, 그것은 용의자 가운데 한 사람의 것이라고 할 수 있을 것입니다. 그러나 경찰은 이 안을 샅샅이 뒤졌는데도 아무것도 발견하지 못했습니다. 저 역시 손전등을 들고 타다 남은 성냥개비나 양초 같은, 살인자가 하디 박사를 총으로 쏘아 맞힐 수 있을 정도의 빛을 내는 그 어떤 것을 찾아 이 방을 이 잡듯 뒤졌습니다. 저는 사실을 분석했기 때문에, 이 사실을 분석한 여느 사람이나 마찬가지로 제가 무엇을 찾아야 하는지를 알았습니다. 그렇지만 빛의 성질을 띤 그 어떤 것도 발견하지 못했을 때 저는 당황할 수밖에 없었습니다.

저는 이곳에 있는 6명의 용의자들의 주머니에 들어 있는 내용물까지 전부 살펴보았습니다. 그러나 빛을 만들만한 성분을 띤 물건은 없었습니다. 성냥개비 하나만 나왔더라도, 비록 그것이 좀처럼 사용되지 않는 방법이라는 걸 알고는 있었지만 도움이 되었을 겁니다. 왜냐하면 그건 미리 준비해 놓은 덫이었기 때문입니다. 살인범은 그의 희생자를 이 '암흑 집'으로 유인했던 게 분명합니다. 그는 이곳에서 살인을 할 계획을 세우고 있었습니다. 분명히 그는 이곳에 들어온 적이 있을 것이며, 이 안에 불이라고는 전혀 없다는 것까지 알고 있었습니다. 그렇기 때문에 그는 미리 빛의 성분을 띤 어떤 것을 준비해 왔을 것입니다. 성냥을 준비할 확률은 거의 없고, 손전등이 분명히 나왔겠지요. 그렇지만 이곳에는 아무것도, 아무것도 없었습니다. 타다 남은 성냥개비조차 없었습니다. 몸에 지니지 않았다면 버린 게 분명할 텐데 말입니다. 하지만 어디에? 성냥개비는 찾을 수 없었습니다. 방이나 복도 어느 곳에서도."

엘러리는 담배를 피우느라 잠시 말을 끊었다.

"그래서 저는 이런 결론에 다다랐습니다."

그는 담배 연기를 내뿜으며 천천히 말을 이었다.

"불빛은 희생자 본인의 몸에서 나온 것이라고."

"그럴 리가!" 듀발이 숨을 헐떡이며 말했다. "어느 바보가 그런 짓을…….”

"물론 일부러 그렇게 하지는 않았겠지. 그렇지만 그는 자신도 모르게 불빛을 발하고 있었을 거네. 나는 하디 박사의 시신을 살펴보았네. 그는 어두운 색 옷을 입고 있었고, 야광으로 된 시침이나 분침이 있는 손목시계도 차고 있지 않았네. 하다못해 끽연 도구도 없었네. 분명히 그는 금연가였던 거지. 그러니까 성냥이나 라이터도 없고, 손전등도 없었네. 빛을 낼 만한 성질의 것이 아무것도 없는 데 살인범이 어떻게 그를 겨냥할 수 있었을까? 그렇다면…….”

엘러리는 나직이 말을 이었다.

"남은 가능성이라고는 하나밖에 없는 거지.”

"그게 뭐지?”

"신사 여러분, 들고 계신 등불과 손전등을 꺼 주시겠습니까?”

잠깐 동안 이해할 수 없는 정적이 감돌았다. 그리고 하나, 둘 불이 꺼지기 시작했다. 마침내 방은 엘러리가 처음 이 방에 비틀대며 들어왔을 때와 같은 완전한 어둠 속으로 빠져들었다.

엘러리가 무뚝뚝하게 말했다.

"자리를 지켜 주십시오, 아무도 움직이면 안 됩니다.”

처음에는 뻣뻣하게 굳어 있는 사람들의 가쁜 숨소리 밖에는 아무 소리도 나지 않았다. 엘러리가 피우던 담뱃불이 점점 사그라들더니 마침내 꺼져 버렸다. 그러자 가볍게 부스럭대는 소리와 날카롭게 딸깍거리는 소리가 났다. 사람들의 놀란 눈앞에 각설탕 크기만 한, 희미한 진주색을 띤 불빛이 방을 가로질러 움직이기 시작했다. 불빛은 집을 찾아 날아가는 비둘기처럼 일직선으로 돌진했고, 또 하나의 작은 불빛을 만들더니 어딘가 부딪쳤다. 그러자 보시라! 또 하나의 불빛이, 세 번째 불빛이 생기는 것이 아닌가.

엘러리의 싸늘한 목소리가 들렸다.

"보시다시피 이것은 철없는 아이들을 위해 자연이 어떤 기적을 제공하는지 실제로 증명하게 될 겁니다. 물감 형태를 한 인, 가령 살인범이, 희생자가 이 '암흑 집'에 들어오기 전에——아마 사람들에게 떠밀렸을 때겠지요——그의 코트 뒤에다 이 물감을 칠해 놓았다면, 살인범은 자신의 범행을 위한 충분한 조명을 확보해 놓은 셈이지요. 살인범은 완벽한 어둠 속에서 인광만 찾으면 되었던 겁니다. 그렇기 때문에 캄캄하고 4미터나 떨어진 거리였지만, 명사수인 그가 4발의 총알로 희생자를 맞추기란 별로 어려운 일이 아니었던 거지요. 그리고 희생자의 몸에 묻어 있던 인은 총알이 박히는 순간 거의 없어져 버렸겠지요. 설사 조금 남아 있었다 하더라도 상처에서 뿜어져 나온 피가 덮어 버렸을 것이고, 그래서 살인범은 어디를 가더라도 안전할 수 있었던 것입니다. 그래요, 아주 영리했어요. 안 돼요, 움직이면 안 돼요!"

세 번째 불빛이 갑자기 난폭한 움직임을 보이더니 앞으로 뛰쳐나갔다. 불빛은 사라졌다 다시 나타나더니 녹색 화살표가 있는 문 쪽으로 나아갔다.

우당탕 쿵쾅 하는 소리와 함께 거칠게 싸우는 소리가 났다. 전등불이 미친 듯이 켜지며 서로가 서로를 비췄다. 경찰들은 절망적인 침묵 속에서 안간힘을 쓰고 있는 한 사내와 싸우고 있는 엘러리를 비추었다. 그들은 바닥에서 뒹굴고 있었고, 그들 옆에는 화구 가방이 열린 채 놓여 있었다.

지글러 반장이 그들에게로 뛰어가더니 곤봉으로 사내의 머리를 내려쳤다. 사내는 신음 소리를 내며 뒤로 고개를 젖히더니 의식을 잃어버렸다. 화가 아담스였다.

"범인이 아담스라는 것을 어떻게 알았지요?"

잠시 뒤, 어느 정도 정돈이 되었을 때 지글러 반장이 물었다. 아담스는 수갑이 채워진 채 바닥에 누워 있었다. 나머지 사람들이 조금은 안심이 된 듯 놀란 얼굴로 그들 주위로 몰려들었다.

"흥미로운 사실이 있었지요." 엘러리는 숨을 헐떡이며 옷의 먼지를 털었다. "주나, 이제 그만 잡아당기렴! 나는 살아 있으니까. 당신이 당신 입으로 직접 말했잖소, 반장. 당신이 아담스를 발견했을 때 그가 컴컴한 곳에서 더듬대며 이곳에서 나가는 출구를 찾지 못해 투덜대고 있었다고 말이오. 당연히 그랬겠지! 그는 녹색 화살표를 따라가야 한다는 사실을 알고 있었다고 말했습니다. 그렇지만 그는 그럴수록 미로 깊숙이 들어가기만 했지요. 녹색 화살표만 따라갔다면, 어떻게 그런 일이 일어날 수 있었을까요? 그 녹색 화살표 가운데 어느 하나만이라도 찾았다면 그는 출구로 통하는, 속임수라고는 전혀 없는 복도로 곧장 나갈 수 있었을 겁니다. 그렇다면 그는 녹색 화살표를 따라가지 않았다는 뜻이 됩니다. 하지만 그는 그 사실에 대해 거짓말을 할 이유가 없었고 또한 거짓말도 하지 않았습니다. 그래서 저는 그 이유를 알아낼 수 있었습니다. 그는 자신이 녹색 화살표를 따라간다고 생각하고 있었지만, 사실은 적색 화살표를 따라가고 있었던 것입니다. 그랬기 때문에 그는 방에서 방으로 헤매고 다녔던 것입니다."

"그런데 어떻게……."

"아주 간단합니다. 색맹인 거지요. 그는 사물의 녹색과 적색을 구분하지 못하는 평범한 유형의 색맹이었습니다. 의심할 나위 없이 그는 자신에게 그런 증상이 있다는 것을 모르고 있었을 것입니다. 그런 사람들이 많이 있으니까요. 그는 이 '암흑 집'으로 들어오기 전에 이곳 안내원에게 들은, 분명히 출구로 연결되어 있다는 녹색 화살표에 의존해 시체가 발견되기 전에 빨리 여기서 도망칠 수 있으리라 생각했던 겁니다.

하지만 그것은 중요한 문제가 아니었지요. 중요한 문제는 그가 자신이 화가라고 말한 사실입니다. 도대체 색맹인 사람이 화가가 될 수 있었을까요? 자기 꾀에 넘어가 적색 화살표를 잘못 따라갔다는 사실은 자신이 적록색맹이라는 것을 모르고 있었다는 것을 입증합니다. 그러나 저는 그의 화구 가방에 들어 있던 풍경화와 바다 그림을 보았고, 그 그림들이 정상적이라는 것을 알았습니다. 그때 저는 그 그림들이 그가 그린 그림이 아니며 그가 거짓말을 하고 있다는 것, 따라서 화가가 아니라는 사실을 알 수 있었습니다. 그렇기 때문에 그가 결정적인 용의자일 거라고 생각했던 거지요!

　그리고 저는 빛이 어디서 나왔느냐에 대한 최종적 연역을 종합해 보았고, 그때 갑자기 모든 해답이 떠올랐습니다. 화구 가방 속의 인광성 물감이었지요. 그리고 그는 곧바로 하디 박사를 뒤따라 이곳으로 들어왔을 것이고, 그 뒤는 영화의 한 장면처럼 된 거지요. 그는 자신이 인을 가지고 있다는 사실에 대해 조금도 위험성을 느끼지 않았습니다. 왜냐하면 화구 가방을 조사하는 사람이라면 누구든 밝은 곳에서 그것을 열어 볼 것이고, 밝은 곳에서는 화학 약품의 인성분이 드러나지 않을 테니까 말입니다. 그게 바로 저거지요."

　"그럼 제 남편은……."

　의식을 잃고 누워 있는 살인범을 내려다보며 클라크 부인이 질식할 듯한 목소리로 말했다.

　"그렇다면 그 동기가 뭔가, 친구? 동기가 없잖나! 저 친구가 아무런 이유도 없이 하디 박사를 죽이지 않았을 것 아닌가? 왜……."

　이마의 땀을 닦으며 듀발이 이의를 제기했다.

　"동기?" 엘러리는 어깨를 으쓱하며 말을 이었다. "자넨 이미 그

동기를 알고 있네, 듀발. 사실, 자네도 알다시피⋯⋯. ”

　엘러리는 말을 멈추더니, 갑자기 턱수염을 기른 사내 옆에 무릎을 꿇고 앉았다. 그리고 재빨리 뭔가를 낚아챘다. 사내의 얼굴에서 턱수염이 떨어져 나왔다. 순간 클라크 부인이 비명을 지르며 뒤로 물러났다.

　“이 친구는 목소리까지 변조했지. 안됐지만 이게 당신의 최후요, 클라크 씨！ ”

피 흘리는 초상화

꾸불꾸불한 길가의 울타리에 띄엄띄엄 덩굴장미가 피기 시작할 때면, 헛간이 붉은색으로 새롭게 단장되고 그래머튼이니 에임즈니 앵거스니 하는 그런 부류의 인간들이 눈에 띄는 곳이 바로 나치토크이다. 여름이면 그곳 한가로운 언덕에는 풍경화를 그리거나 나무 밑에서 타자기를 툭탁대거나, 자연의 무대 분장실인 밭이랑에 대고 미완성 시구를 웅얼거리는 아이 같은 어른들로 들끓었다. 이곳 식민지 사람들은 라이 위스키보다는 럼주를 더 좋아했고, 럼주보다는 애플잭(사과 브랜디)을 더 좋아했다. 그리고 그들은 거의가 유명한 사람들이었고, 매력적이며 대단한 달변가들이었다.

펄 앵거스의 초대로 갓 구운 빵도 맛볼 겸 〈캔디다〉도 보려고 나치토크를 방문한 엘러리 퀸이 채 윗옷도 벗기 전에, 애플잭 하이볼을 손에 들고 포치에 앉아 마크 그래머튼과 미미가 어떻게 만났는지 이야기하는 위대한 숙녀들의 수다를 듣게 되었다.

그래머튼이 맨해튼의 어느 높은 곳에서 수채화로 이스트 강을 그리고 있을 때 바로 눈앞에 있는 옥상에서 까무잡잡한 젊은 아가씨가 나

바호(아리조나 지방의 인디언) 담요를 깔더니 옷을 벗고 일광욕을 했던 모양이다. 이스트 강을 그린 수채화는 펄렁펄렁 날아가 15층 계단 아래 거리로 떨어졌다.

그리고 잠시 뒤 그래머톤이 아래쪽을 향해 소리쳤다.

"이봐요, 거기 아가씨!"

미미는 깜짝 놀라 일어나 앉았다. 자신이 누워 있는 지붕 바로 위쪽 난간에서 그래머톤이 그 무성한 금발 머리를 헝클어뜨린 채 화난 얼굴로 눈을 부라리고 있었던 것이다.

그래머톤은 끔찍한 목소리로 호령을 했다.

"돌아누워요! 그쪽 몸매는 다 그렸단 말이오!"

엘러리는 소리내어 웃었다.

"아주 재미있는 분이로군요."

"하지만 그게 중요한 게 아니죠."

앵거스 양이 이의를 제기하듯 말을 이었다.

"미미가 그래머톤의 손에 들려 있는 그림붓을 보고 순순히 돌아누웠다는 사실이에요. 그러니까, 그래머톤은 햇볕 아래 드러난 미미의 가무잡잡한 등을 보고…… 글쎄, 자기 아내와 이혼을 했지 뭐에요. 그의 아내도 몹시 현명한 여자였는데……. 그리고 그는 그 아가씨와 결혼했죠."

"이런, 그건 너무 충동적이군."

"마크를 몰라서 그래요. 그 사람은 한때 붓을 꺾었던 화가예요. 그러니까 그에게 미미는 미의 화신이었던 거죠."

게다가 제아무리 코라티누스(로마의 집정관)라 한들 그녀보다 더 정숙한 루클레티아(코라티누스의 아내)는 얻을 수 없다고 모두가 생각했다. 그러나 적어도 4명의 나치토크의 타르킨(루클레티아를 욕보여 자살케 한 남자) 귀족들은, 공공연하게 떠벌리고 다닌 것은 아니지만 비밀리에 그녀의 정절을 시험해볼 수 있는 지위에 있었다.

여배우 펄 앵거스가 말을 이었다.

"게다가 그들은 타고난 신사들이었어요. 그리고 그래머톤은 우람한 체구에 근육질의 몸을 지닌 남자였고요."

"그래머톤." 엘러리가 말했다. "그것 참 희한한 이름이군요."

"영국 사람이죠. 그의 부친은 귀족 집안의 맨 끄트머리에라도 붙어 있기를 원하는 요트 조종사였고, 모친은 앤 여왕이 후손을 남기지 않고 죽은 것을——스튜어트 왕조가 끝나게 되므로——영국의 큰 재앙으로 생각했을 정도로 정신적 무장이 대단했던 사람이에요. 적어도 이건 마크에게 직접 들은 얘기라고요!"

앵거스 양은 말을 끝내고 감정을 잔뜩 넣어 한숨을 내쉬었다. 엘러리가 물었다.

"그 사람이 전 부인에게 조금 심하게 한 건 아닐까요?"

엘러리는 조금은 보수적 성향을 지닌 사람이었다.

앵거스 양이 놀란 눈을 하며 대답했다.

"오, 그렇지도 않아요! 부인은 더이상 마크를 붙들 수 없다는 것을 알게 되었어요. 게다가 자기 일도 있었구요. 두 사람은 지금도 친구처럼 지내고 있어요."

다음 날 저녁 엘러리는 나치토크 극장에서 처음 보는, 너무도 아름다운 여인의 등을 홀린 듯이 바라보았다. 그 완벽한 살결은 비단이나 진주조차 엄두를 못 낼 정도였고, 그 가무잡잡하니 빛나는 등은 그로 하여금 무대와 앵거스 양, 그리고 쇼 씨의 오래된 대화까지 잊게 할 정도였다.

불이 켜지면서 엘러리는 공상에서 깨어났고, 그때서야 그는 자신의 앞좌석이 비어 있다는 것을 알았다. 그는 재빨리 몸을 일으켰다.

보도에서 그는 소설가 에밀리 에임즈를 만났다.

"이봐요," 엘러리가 먼저 말을 꺼냈다. "예전에 어느 파티에선가 당신을 소개받은 적이 있는 것 같은데, 에임즈 양 맞죠? 그 동안 잘 지내신 것 같군요. 그런데, 당신이라면 미국 안에 있는 사람 치고 모르는 사람이 없을 것 같은데, 그렇지 않나요?"

"레드위치 가문만 빼놓고는 다 알죠." 에임즈 양이 대답했다.

"불행하게도 그 여자 얼굴은 한 번도 보지 못했습니다. 담갈색 어깨에 황갈색으로 멋지게 태운 등을……. 당신은 분명히 알 텐데요."

"미미일 거예요." 에임즈 양이 반사적으로 말했다.

"미미?" 엘러리는 시무룩해졌다.

"절 따라오세요. 사람들이 가장 많이 모이는 곳에 가면 반드시 그 여자가 있을 거예요."

에임즈 양의 말대로 미미는 라운지에서 7명의 넋을 잃은 젊은 남자들에 둘러싸여 있었다. 칠흑 같은 머릿결에 어린아이 같은 눈, 몸에 착 달라붙는 등이 패인 부드러운 드레스를 입은 채 빨간색 벨벳 의자에 앉아 있는 여자는 폴리네시아의 여왕 같았다. 여자는 모든 것이 아름다웠다.

"좀 비켜서요, 짓궂은 양반들."

에밀리 에임즈 양이 주위의 남자들을 쫓아내며 말을 이었다.

"미미, 여긴 퀸이라는 분이야. 퀸 씨, 여긴 그래머톤 부인이에요."

"그래머톤 부인," 엘러리가 나지막이 말했다. "영광입니다."

"그리고 이쪽은" 에임즈 양이 덧붙였다. "악마 선생 볼커 씨."

이상한 소개 방법 같았다. 엘러리는 미소를 지어야 할지 헛기침을 해야 할지 몰라 어리둥절해하며 볼커라는 사내와 악수를 나누었다. 볼커 씨는 옛날 베니스 사람 같은 얼굴을 한, 창백하고 칼날 같이 날카로워 보이는 사람이었다. 그의 손에 삼지창만 쥐어 준다면, 영락없는 악마였다.

볼커 씨가 가지런한, 여우처럼 날카로운 이를 드러내 보이며 웃었다. "저는 에임즈 양의 열렬한 팬이지요."

에임즈 양은 그에게서 등을 돌렸다.

"퀸 씨가 네게 홀딱 반했나 봐, 미미."

"어머나, 제 남편을 아세요, 퀸 선생님?"

미미는 얌전하게 눈을 아래로 내리깔았다.

"이런!" 엘러리가 말했다.

"선생, 아무리 그래 봤자 아무 소용없어요."

볼커 씨가 다시 그 하얀 이빨을 드러내며 말을 계속했다.

"그래머튼 부인은 자기 남편을 끔찍하게 사랑하는, 보기 드물게 아름다운 부인이지요."

아름다운 부인의 아름다운 등이 둥글게 휘었다. 에임즈 양이 싸늘하게 말했다.

"저리 가세요, 당신은 정말 귀찮게 구는군요."

볼커는 에임즈 양의 말을 전혀 마음에 두지 않는 듯했다. 오히려 그는 경의를 표하듯 큰절을 했고, 그래머튼 부인은 더욱 딱딱한 자세로 조용하게 앉아 있었다.

〈캔디다〉 공연은 성공적이었다. 앵거스 가문 사람들은 마냥 즐거워했다. 엘러리는 햇살을 흠뻑 받으며 시골길을 돌아다녔고, 엄청나게 많은 민물 송어와 핫케이크를 먹어 치웠다. 그리고 미미 그래머튼을 몇 번이나 볼 수 있었기 때문에 그 주를 즐겁게 보냈다.

그가 미미를 두 번째 본 것은, 앵거스 가문 소유의 둑에 벌렁 드러누워 호수에서 꿈을 낚고 있을 때였다. 한 마리가 걸렸다가 운 좋게도 그의 낚싯바늘을 빠져나가는 순간 물 밑에서 물에 흠뻑 젖은 미미가 불쑥 올라왔다. 미미는 몸에 착 달라붙는, 아른거리며 빛나는 수영복을 입고 있었다.

미미는 그를 보고 큰소리로 웃으며 몸을 뒤틀더니 둑을 밀치고 호수 한복판에 있는 커다란 섬 쪽으로 헤엄쳐 갔다. 가슴에 털이 잔뜩 난 뚱뚱한 남자가 조각배에서 낚시를 하고 있었는데, 미미는 장난치듯 큰소리로 그를 불렀다. 남자가 미미에게 미소를 지었다. 그리고 미미는 햇살 아래 맨 등을 눈부시게 드러내며 있는 힘을 다해 헤엄쳐 나갔다.

갑자기 미미는 그물에라도 걸린 사람처럼 헤엄치기를 멈추었다. 엘러리는 미미가 급격히 몸을 돌리고 물에 선 자세로 수영을 하며 섬을 바라보고 있다는 것을 알았다.

섬의 모래사장에 볼커 씨가 이상하게 생긴 지팡이를 짚고 서 있었다.

미미는 물 속으로 들어갔다. 다시 물 위로 올라왔을 때 미미는 방향을 바꾸어 섬의 동쪽 끄트머리에 있는 작은 만 쪽으로 헤엄치고 있었다. 볼커 씨도 섬 동쪽 끝의 만 쪽으로 걸어가기 시작했다. 미미는 다시 수영을 멈추었다. 다음 순간 미미는 포기할 수밖에 없다는 듯 다시 모래사장 쪽으로 천천히 헤엄쳐 나갔다. 미미가 물을 뚝뚝 흘리며 모래사장으로 올라섰을 때 그 앞에는 볼커 씨가 서 있었다. 그는 가만히 서 있기만 했고, 미미는 마치 그를 보지 못한 것처럼 지나쳐 갔다. 그는 허겁지겁 미미를 따라 숲으로 난 길로 들어갔다.

"볼커 씨라는 사람은 누구지요?"

그 날 저녁 엘러리가 물었다.

"오, 그 사람을 만났나 보군요?"

앵거스 가족들이 잠시 말을 멈추었다.

"마크 그래머톤이 좋아하는 사람 가운데 하나지요. 정치 망명자예요, 조금 모호하긴 하지만. 그래머톤은 마치 노파가 고양이들을 모으듯 사람들을 모으지요. 볼커 씨는, 여하튼 아주 끔찍해요. 그 사람 얘기는 그만하기로 하죠."

다음 날 엘러리는 에밀리 에임즈의 집에서 미미를 다시 볼 수 있었다. 미미는 면으로 된 반바지에 화사한 색조의 팔과 등이 드러나는 운동복을 입고 있었고, 뻣뻣한 회색 머리를 한 시골 의사 배로우 박사와 테니스 3세트를 막 끝내고 있는 참이었다. 여자는 느릿느릿 테니스 코트에서 걸어 나오며 잔디밭에 누워 있는 엘러리와 에임즈 양을 보고 웃으면서 손짓하더니 라켓을 흔들며 호수 쪽으로 걸어갔다.

그런데 갑자기 미미가 달리기 시작했다. 엘러리는 일어나 앉았다.

미미는 정신없이 달렸다. 클로버 들판을 가로지르다가 라켓을 떨어뜨렸지만 멈춰 서서 집지도 않았다.

볼커 씨가 그 이상하게 생긴 지팡이를 겨드랑이에 끼고 숲 가장자리를 따라 빠른 걸음으로 미미를 따라가고 있었다.

엘러리가 천천히 말했다.

"누군가 저 친구에게 예절 교육을 시켜야지."

"그냥 계세요." 에임즈 양이 말했다.

배로우 박사가 목에 흐르는 땀을 닦으며 코트에서 걸어 나오다 우뚝 멈춰 섰다. 그는 달려가는 미미와 미미를 뒤쫓는 볼커 씨를 보고 입을 꼭 다물더니 두 사람을 따라갔다. 엘러리가 벌떡 일어섰다.

에임즈 양이 데이지 꽃 한 송이를 꺾으며 부드럽게 말했다.

"그래머톤은 모르고 있어요. 미미는 끔찍할 정도로 자기 남편을 사랑하는 용감한 여성이라고요."

"그런 소리 말아요." 엘러리는 세 사람을 눈으로 쫓으며 말을 이었다. "만약 저 친구가 골칫거리라면 그래머톤에게 얘기를 해야지요. 대체 어떻게 그렇게 모를 수가 있단 말이오? 나치토크에 있는 모든 사람들은……. ”

“마크는 특이한 사람이에요. 장점이 있는 반면 결점도 있어요. 혹시라도 이런 사실을 알게 되면 그는 아마 이 세상에서 가장 질투심 많은 인간으로 변할 거예요. ”

“잠깐 실례해도 되겠소? ” 엘러리가 말했다.

엘러리는 터덜터덜 숲으로 걸어가 나무 밑에서 걸음을 멈추고 귀를 기울였다. 어디선가 남자의 고함 소리가 들려왔다. 쉰 듯한 그 목소리는 절망적이었지만 사뭇 도전적이기도 했다. 엘러리는 손가락 마디를 꺾으며 고개를 끄덕였다.

돌아오는 길에 그는 비틀대며 숲에서 걸어 나오는 볼커 씨를 볼 수 있었다. 엘러리의 둥근 얼굴에는 경련이 일고 있었다. 그는 터덜대며 조각배에 올라타더니 어설픈 솜씨로 그래머톤의 섬 쪽으로 노를 저어 갔다. 그때서야 배로우 박사와 미미가 아무 일도 없었다는 듯 숲에서 걸어 나왔다.

엘러리가 돌아오자 에임즈 양이 조용히 말을 꺼냈다.

“나치토크에 있는 건장한 남자들은 모두 이번 여름에 볼커 씨와 한바탕했을 거예요. ”

“왜 그 친구를 이 마을에서 쫓아내지 않는 거죠? ”

“이상한 짐승 같은 사람인 걸요. 그는 몸쓰는 데는 아주 겁쟁이에요. 자기 방어도 하지 못해요. 그런데도 용기 하나는 대단하죠. 그걸 보면 열정이 보통은 아닌 것 같아요. ”

에임즈 양은 어깨를 으쓱하며 말을 이었다.

“이미 눈치챘는지 모르겠지만, 배로우 박사가 그를 때리지는 않나 봐요. 혹시 상처라도 났다면 마크가 그를 집요하게 추궁했을 거예요. ”

“무슨 말인지 모르겠군요. ” 엘러리가 말했다.

"만약 그가 이 사실을 알게 되면……." 에임즈 양이 아무렇지도 않은 목소리로 덧붙였다. "마크는 그 짐승 같은 인간을 죽여 버릴지도 몰라요."

엘러리는 그래머톤을 만났다. 그리고 피서를 즐기는 철인(illuminati)들이 주기적으로 모여 즐기는 듯한, 지극히 자연스러워 보이지만 참으로 용의주도하게 마련된 오락석상에서 제4대 그래머톤 경의 가슴에서 피가 뿜어져 나오는 현상도 처음으로 목격하게 되었다. 몸짓으로 단어 알아맞히기, 구겐하임 놀이, 스무고개가 그런 놀이들이었고, 그 놀이에는 여러 가지 재치 있는 풍자들이 담겨 있었다. 그리고 그 모든 일들은 일요일 저녁 배로우 박사의 집에서 일어났다.

배로우 박사는 진지한 태도로 이상한 장치를 보여 주고 있었다. 그것은 보이지 않는 선으로 연결된 관 모양의 쇠로 된 구조물이었는데, 아래쪽에 반짝이는 셀로판 심장이 달려 있었다. 그리고 그 심장 안에는 피처럼 보이기는 하지만 토마토 주스임이 분명한 용액이 들어 있었다.

배로우 박사가 몹시 음산한 목소리로 말했다.

"이 여자는 부정합니다."

그리고 그는 고무 펌프를 눌렀다. 그러자 심장이 저절로 박동을 시작하여 붉은 물줄기를 뿜어냈고, 그 물줄기는 바닥에 있는 놋쇠를 타고 가래침을 뱉는 그릇으로 기분 나쁠 정도로 정확하게 떨어졌다. 사람들은 모두 허리를 잡고 웃어댔다.

"초현실주의입니까?"

혹시 자신이 미치지 않았나 의아해하며 엘러리가 공손하게 물었다.

앵거스 집안 사람들이 한숨을 내쉬었다.

"저건 그래머톤의 피 흘리는 기계예요." 펄 앵거스가 숨을 헐떡이며 말을 이었다. "조니의 신경도 대단하죠! 물론 그는 그래머톤의 절친한 친구이니까."

"그것과 이것이 무슨 관계입니까?"

엘러리가 의아한 눈초리로 물었다.

"가엾은 양반! 피 흘리는 심장 얘기도 모르세요?"

앵거스 양은 엘러리를 끌고, 미미 그래머톤의 맨 어깨에 기대어 있는 몹시 덩치가 크고 못생긴 남자에게로 갔다. 그는 미미의 긴 머릿결에 얼굴을 파묻고 정신없이 웃고 있었다.

"마크," 앵거스 양이 말했다. "여긴 엘러리 퀸이에요. 그런데, 이분께서는 피 흘리는 심장 얘기를 모르고 있대요!"

그래머톤은 그의 아내에게서 떨어지면서 한 손으로는 눈을 닦고, 다른 한 손은 엘러리에게 내밀었다.

"안녕하세요! 저기 있는 저 친구 조니 배로우! 저 친구야말로 못된 취향을 이렇게 멋지게 보여줄 수 있는 유일한 사람이죠, 퀸? 나치토크에서는 뵙지 못한 것 같은데?"

"당연히 못 봤죠." 미미가 손으로 머리를 쓸어넘기며 말을 이었다. "왜냐 하면 퀸 선생님은 펄의 집에 묵은 지 며칠밖에 되지 않았고, 당신은 그림을 그리느라 집에만 붙어 있었으니까요."

"그럼 당신은 이분과 구면이라는 얘기군." 그래머톤은 히죽 웃으며 그 큰 팔을 자기 아내의 어깨에 둘렀다.

"마크," 앵거스 양이 졸랐다. "이분에게 그 얘기 좀 해 줘요."

"오, 그 얘길 들으려면 초상화를 먼저 봐야지. 댁은 화가십니까?"

"엘러리는 미스터리소설을 쓰고 있어요." 펄 앵거스 양이 대신 대답했다. "일반적으로 사람들은 미스터리소설을 쓴다고 하면 정말 이상하다고 하는데, 당신은 그렇게 말하지 말아요. 그러면 이분이 화를 내시니까 말예요."

"그렇다면 더더욱 우리 그래머톤 가문의 제4대 영주를 보셔야겠군요, 미스터리소설이라고요? 맙소사, 이건 분명히 선생 소설의 소재가 될 겁니다."

그래머톤은 낄낄거리며 말을 이었다.

"선생은 모든 걸 펄 양에게 일임하고 있습니까?"

"천만에요." 또 다시 앵거스 양이 대신 대답했다. "이분은 지금 저희 집에 묵고 계세요, 시작해요, 엘러리. 이제 엘러리가 당신에게 질문을 할 거예요, 항상 그러시니까요."

"어쨌든, 난 당신 얼굴이 맘에 들어요." 그래머톤이 말했다.

"무슨 말씀이냐면," 미미가 나직한 목소리로 나섰다. "이 사람이 당신 얼굴을 자기 벽화에 그리고 싶다는 얘기예요."

"하지만……." 엘러리가 힘없이 대답했다.

"물론 와 주시겠죠?" 미미 그래머톤이 물었다.

"좋습니다." 엘러리가 밝은 미소를 지으며 대답했다.

퀸은 자신이 별빛 아래 호수를 가로질러 그래머톤의 섬으로 가고 있다는 것을 알았다. 그는 발밑에 있는 자신의 옷가방과 노를 젓고 있는 덩치 큰 사내를 보고 자신이 어떻게 하다 이곳까지 오게 되었는지 정확히 기억해 내려고 했다. 고물 쪽에서는 미미가 황홀한 듯이 그를 쳐다보고 있었고, 그들 사이에서 그래머톤의 넓은 어깨가 시간의 도리깨처럼 오르락내리락하고 있었다.

어쩐지 이상했다. 그래머톤이 너무 친절하게 생각되었다. 그래머톤은 펄의 집에 들러 엘러리의 짐을 직접 가져왔고, 오는 도중에도 여러 가지 이야기를 꺼내면서 엘러리에게 평화로운 생활과 토끼 사냥, 공산주의에 관한 지적인 토론, 티벳과 탄자니아와 호수의 숲을 찍은 16밀리 필름 시사, 그리고 여러 가지 재미있는 놀이들을 약속했다.

"단순한 생활이지요." 그래머톤은 껄껄 웃으며 말을 이었다. "아시다시피 우린 이곳에서 원시인처럼 살고 있답니다. 섬과 연결된 다리도, 모터보트도 없어요. 다리는 우리의 자연스런 고립을 방해할 것이고, 게다가 난 시끄러운 걸 몹시 싫어하니까 말입니다. 혹시 미술에 관심이 있습니까?"

"그 분야는 잘 모르는 편입니다." 엘러리가 솔직히 시인했다.

"학자들이 뭐라고 하건, 미술 감상에 반드시 지식이 필요한 건 아닙니다." 그래머톤의 말이었다.

그들이 탄 배가 해변에 닿았다. 모래사장에서 커다란 사내의 그림자 하나가 나타나더니 그들을 맞았다.

숲 속으로 들어가며 그래머톤이 설명했다.

"제프라는 친구입니다. 그냥 직업처럼 이리저리 떠돌아다니며 살지요. 아, 감상이오? 미학의 기하학 이론 같은 걸 전혀 모른다 해도, 아마 우리 미미의 등은 감상하실 수 있을 겁니다."

"저 사람은 제 등을 내놓게 해요." 미미가 불평을 했다. 그러나 그다지 납득이 가는 말이 아니었다. "마치 구경거리라도 되는 것처럼 말예요. 게다가 저이는 제 옷까지 골라 주는 걸요! 저는 아예 반나절은 벗고 지내는 기분이에요."

그들은 집에 도착해, 엘러리가 그들의 집을 감상할 수 있게 잠시 멈춰 섰다. 온몸에 털이 많은 사내 뚱보 제프가 뒤에서 걸어오더니 엘러리의 가방을 들고 말없이 걸어갔다. 희한한 집이었다. 각도나 치수, 벽까지 이상했다. 그 집은 거친 암반 위에 통나무를 잘라 만든 것이었다. 그래머톤이 입을 열었다.

"그저 평범한 집입니다. 제 화실로 가시지요. 선생께 그래머톤의 영주를 소개시켜 드리겠습니다."

2층 맨 끄트머리가 화실이었다. 북쪽 벽은 온통 작은 네모꼴의 유리창으로 되어 있었다. 그리고 다른 벽에는 유화, 수채화, 파스텔화, 동판화, 석고, 목각, 판화 등이 가득 걸려 있었다.

"안녕하십니까?"

천으로 덮어 둔 커다란 액자 앞에 서 있던 볼커가 그들에게 몸을 돌리며 인사를 했다.

"오, 볼커가 있군요." 그래머톤이 웃으면서 말을 이었다. "예술을 호흡하고 계시는군, 이교도 양반. 퀸, 이쪽은……."

"우린 만난 적이 있습니다."

엘러리가 정중하게 말했다. 그는 그 액자에 어떤 그림이 그려져 있는지 몹시 궁금했다. 액자의 덮개가 조금 비뚤어져 있었다. 그들이 들어와 놀라게 했을 때, 그는 그 액자 속을 열심히 들여다보고 있었던 것 같았다.

"저는 퀸 선생님이 묵을 방을 준비해야겠어요."

미미가 작은 목소리로 말했다.

"그러지 않아도 돼요. 제프에게 맡겨요. 여기 제 벽화가 있습니다." 액자에서 덮개를 벗겨내며 그래머톤이 말을 이었다. "그냥 한쪽 귀퉁이를 장식할 준비 작품이죠. 새 예술관 입구에 붙일까 합니다. 물론 미미란 걸 알 수 있겠지요?"

엘러리 역시 당연히 알아볼 수 있었다. 그들은 엄청나게 큰, 가무잡잡한 피부에 멋진 곡선미를 지닌 여자의 등을 보고 있었다. 그는 볼커 씨를 쳐다보았다. 그러나 볼커는 그래머톤 부인을 보고 있었다.

"바로 이분입니다."

그래머톤이 말했다.

오래된 초상화는 북쪽 창문을 통해 들어오는 햇살이 여간해서는 닿지 못할 곳에 놓여 있었다. 그것은 어두운 당밀색의 실물 크기만한 캔버스였는데, 바닥에 똑바로 세워져 있었다. 그래머톤의 제4대 영주는 17세기의 의상에 묻혀 눈을 번뜩이고 있었다. 뚱뚱한 배와 번들대는 코가 이색적이기는 했지만, 엘러리는 지금까지 이렇게 형편없는 그림은 본 적이 없다고 생각했다.

그래머톤이 씩 웃으면서 말을 꺼냈다.

"꽤 아름답지 않습니까? 저 의자 근처에 한 아름쯤 되는 시시한 그림 따위 발밑에도 못 미칠 겁니다. 굉장히 성실하고, 보다시피 재주라곤 찾아볼 수 없는 어떤 호가스^(18세기 영국의 풍속화가)의 선구자가 그린 것이지요."

"하지만 그래머톤의 영주님과 배로우 박사의 그 작은 장난감과 무슨 연관이 있다는 거지요?" 엘러리가 물었다.

"여보, 이쪽으로 오구려." 그래머톤이 말했다.

미미는 자기 남편에게 가더니, 검은 머리를 남편의 어깨에 기대며 그의 무릎에 올라앉았다. 볼커 씨가 바닥에 놓여 있던 팔레트 나이프에 걸려 비틀대더니 뒤로 돌아섰다.

"볼커, 퀸 씨에게 술 한 잔 드리게." 그래머톤은 엘러리에게 눈을 돌리며 말을 이었다. "귀족 출신인 내 조상님께서는, 자기 아버지 영토에서 3킬로미터 이상은 벗어나 본 적이 없는, 몹시 곱게 자란 랭커스터의 처녀와 결혼하셨지요. 그 늙은 양반은 자신의 아내를 아주 자랑스럽게 여겼답니다. 그렇게 미인일 수 없었으니까요. 당신께서는 노예 시장에 검둥이를 선보이듯, 당신의 아내를 자주 법정으로 데리고 나가 사람들에게 선을 보였답니다. 그래머톤의 귀부인은 금세 런던의 많은 젊은이들에게 선망의 대상이 되었지요."

"스카치 드시겠소, 퀸 선생?" 볼커 씨가 나지막이 물었다.

"아뇨." 엘러리가 대답했다.

그래머톤은 말을 하다 말고 자기 아내의 목에 입을 맞추었다. 그러자 볼커 씨는 스카치를 연거푸 두 잔이나 들이켰다.

"그러니까," 다시 그래머톤이 말했다. "자신의 자손들에게 책임감을 느껴서였는지 그래머톤의 영주께서는 결혼 직후 어떤 사람에게 돈을 주고 자신의 초상화를 그리게 했습니다. 보시다시피 이런 고약한 작품을 남기게 된 거죠. 그렇지만 그 양반께서는 이 그림을 보고 너무도 기뻐서 그림을 이 성안에서도 가장 눈에 잘 띄는 벽난로 위에 걸어 놓았답니다. 어쨌든 이야기에 의하면, 그분은 관절염을 심하게 앓고 있었는데, 어느 날 밤 잠을 이루지 못해 다리를 절룩대며 뭔가를 가지러 아래층으로 내려왔다가 자기 초상화의 조끼에서 피가 뚝뚝 떨어지는 것을 보고 기겁을 했다고 합니다."

"오, 설마!" 엘러리가 이의를 제기했다. "무슨 옛날 얘기 같은 농담이겠지요."

"아닙니다. 그건 분명히 피였어요." 그래머톤은 낄낄대고 웃으며 말을 이었다. "그 늙은 양반은 초상화를 보는 순간 금세 피라는 것을 알았어요! 그래서 절룩거리며 다시 위층으로 올라갔지요. 자신의 아내에게 기적을 알리기 위해서 말입니다. 그런데, 내가 앞서 말했던 그런 젊은 친구와 재미를 보고 있던 가엾은 여자를 보게 된 거지요. 물론 그 양반은 두 사람을 칼로 찔러 죽였지요. 그리고 내가 기억하는 바에 의하면 그 양반은 재혼해서 둘째 부인에게서 후손을 다섯씩이나 보고 아흔살까지 사셨답니다."

"하지만 피가……." 엘러리가 제4대 그래머톤 영주의 먼지 하나 묻어 있지 않은 조끼를 응시하며 덧붙였다. "그분 아내의 부정과 무슨 상관이 있다는 거지요?"

"그거야 아무도 모르지요." 미미가 명확하지 못한 목소리로 대답했다. "그래서 그게 이야기가 되는 거지요."

"그런데, 그분이 칼에 묻은 피를 닦으며 다시 아래층으로 내려왔을 때는," 그래머톤이 자기 아내의 귀를 만지작거리며 설명을 계속했다.

"초상화의 피가 말끔히 없어졌더라는 겁니다. 아시다시피 전형적인 영국의 상징주의지요. 음침하니 괴기스럽고 말입니다. 그 뒤로 그래머톤 가문의 며느리가 싱싱한 풀을 찾아 옆길로 새면, 제4대 그래머톤 영주의 심장에서 피가 흐른다는 전설이 내려오고 있지요."

"가문의 비밀을 누설하신 셈이군요." 엘러리가 냉정하게 말했다.

미미가 자기 남편의 무릎에서 훌쩍 내려섰다. "마크, 전 좀 피곤해서요."

"괜찮소." 그래머톤은 그 기다란 팔을 쭉 내뻗었다. "럼주는 어떻소? 그 술은 괜찮을 텐데…… 아무래도 선생 방으로 안내해 드려야겠군요. 볼커, 미안하지만 불 좀 꺼 주겠나?"

미미는 마치 쫓기는 사람처럼 재빨리 나가 버렸다. 실제로 볼커가 보기에도 그랬다. 그들이 나갈 때 그래머톤은 한 손에 스카치 병을 든 채 찬장 옆에 서 있었다.

"이것 참 미안하게 됐는데," 아침 식사 시간에 그래머톤이 말했다. "저를 용서해 주시기 바랍니다. 방금 건축가에게 전보를 받았는데, 오후에 시내로 나가 봐야 할 것 같군요."

"제가 같이 가 드리지요." 엘러리가 제안했다. "너무도 친절히 대해 주셨는데……."

"아니, 괜찮습니다. 내일 아침까지는 돌아올 테니까, 그때 운동이나 같이하시지요."

엘러리는 그래머톤의 섬을 답사하기 위해 숲으로 들어갔다. 그는 섬이 땅콩 모양으로 생겼다는 것을 알 수 있었다. 섬은 최소한 30에이커는 되는 듯했고, 가운데 부분만 빼고는 숲이 우거져 있었다. 그러나 자연적으로 그렇게 된 것인지는 그로서도 알 수 없었고, 어쩐지 섬이 그를 울적하게 만들었다.

엘러리는 거의 눈에 띄지 않는 오래된 오솔길을 발견하고 호기심에 그 길을 따라갔다. 길은 바위투성이 지형을 지나, 울창하게 숲이 우거진 섬의 동쪽 공터까지 가서야 끝이 났다. 그곳 공터에는 통나무로 지은 집이 하나 있었다. 지붕은 반 정도 내려앉아 있었고, 벽에 댄 통나무는 부러진 뼈처럼 튀어 나와 있었다.

"버려진 오두막이군."

엘러리는 그 집을 탐사하는 환상에 사로잡혔다. 오래된 곳이라면 뭐가 있어도 있는 법이니까.

그러나 엘러리는 이내 딜레마에 빠져버렸다. 허름한 돌층계를 올라가던 그는 어두운 안쪽에서 새어 나오는 목소리를 들었던 것이다. 동시에 그는 뒤쪽 숲에서 희미하게 커져 오는, '미미!'라고 부르는 그래머톤의 목소리를 들었던 것이다.

엘러리는 가만히 서 있었다.

오두막에서 미미의 화난 목소리가 들렸다.

"감히 이럴 수가 없어. 내게 손대지 말아요. 이런 짓 하라고 당신을 여기까지 불러낸 줄 알아요?"

볼커 씨의 호소하는 듯한 목소리가 들렸다.

"미미, 미미, 미미."

그것은 마치 레코드판이 튀는 소리 같았다.

"돈 여기 있어요. 이걸 가지고 당장 여기서 사라져 버려요. 받아요!"

여자의 목소리는 신경질적이었다.

그러나 볼커 씨는 같은 말만 되풀이할 뿐이었다.

"미미."

그리고 꺼칠꺼칠한 바닥에 발이 질질 끌리는 듯한 소리가 났다.

"볼커, 당신은 발광한 짐승이야! 볼커! 소리를 지르겠어! 그때는 내 남편이……."

"당신을 죽여 버리겠어." 볼커가 지친 목소리로 말했다. "이젠 더 이상 참을 수가……."

"그래머톤!" 덩치 큰 남자의 모습이 눈에 들어오자 엘러리가 소리쳤다. 갑자기 오두막 안에서 나던 소리가 뚝 그쳤다.

다시 엘러리가 말했다.

"그렇게 걱정하실 것 없습니다. 제가 부인을 잠시 납치해서 숲을 구경시켜 달라고 했습니다."

"아, 그랬군요." 이마의 땀을 닦으며 그래머톤이 말했다. "미미!"

미미가 웃으면서 오두막 밖으로 나오더니 엘러리의 팔짱을 꼈다.

"퀸 선생님께 오두막을 구경시켜 드릴까 해요. 저 때문에 걱정을 많이 하셨거든요."

미미는 엘러리의 팔을 놓고 달려가 그래머톤의 목을 끌어안았다.

"그런데, 미미. 오늘 아침 당신은 내 모델이 되어 준다고 했잖소?"

그래머톤은 마음이 편하지 않아 보였다. 그 큰 금발 머리를 이쪽저쪽으로 몇 번이나 두리번거리다가 멈췄다.

"제가 깜빡했어요, 마크. 너무 언짢아하지 마세요!"

미미는 마크 그래머톤의 손을 잡아 그를 한 바퀴 빙그르르 돌리더니 웃으면서 그를 데리고 갔다.

"멋진 곳이군요." 우두커니 서서 엘러리가 멍청하게 말했다.

그래머톤이 뒤돌아보며 그에게 미소지었다. 그러나 그래머톤의 잿빛 눈에는 뭔가 이상하다는 눈치가 역력했다. 미미가 그를 숲으로 끌어당겼다.

엘러리는 자신의 아래쪽을 내려다보았다. 오솔길에 볼커 씨의 이상하게 생긴 지팡이가 떨어져 있었다. 그래머톤은 그것을 보았던 것이다.

엘러리는 지팡이를 집어 들고 오두막 안으로 들어갔다. 그러나 오두막 안에는 아무도 없었다.

엘러리는 밖으로 나와 지팡이를 자기의 무릎에 대고 부러뜨린 다음 호수 쪽으로 던져 버렸다. 그리고는 그래머톤과 미미가 걸어간 오솔길을 따라 천천히 걸어갔다.

그래머톤을 배웅하러 읍내로 나간 미미는 에밀리 에임즈, 배로우 박사와 함께 집으로 돌아왔다.

배로우 박사가 엘러리를 보며 설명했다.

"저는 청진기를 들고 있는 시간보다 그림붓을 들고 있는 시간이 더 많은 사람이랍니다. 회화에 상당한 매력을 느끼고 있지요. 그리고 이곳 사람들은 제가 생각해도 기분 나쁠 만큼 건강하답니다."

미미가 한 마디 했다.

"우리 오늘은 수영이라도 좀 해요. 그리고 밤에는 야외에서 비엔나 소시지와 마시멜로도 구워 먹고요. 선생님에게 진 빚도 갚을 겸 말예요, 퀸 선생님."

그렇게 말하면서도 미미는 그를 쳐다보지 않았다. 엘러리는 미미의 생기발랄함이 어색하게 느껴졌다. 미미의 볼은 검붉은 색을 띠고 있었던 것이다.

그들이 호숫가에 앉아 놀고 있을 때 볼커 씨가 모래사장에 나타났다. 그는 말없이 앉아 있었다. 미미의 얼굴에서 명랑함이 사라졌다. 한참 뒤 그들이 호숫가를 떠나오자 볼커 씨는 일어서서 어디론가 가 버렸다.

저녁 식사 뒤 제프가 불을 피웠다. 미미는 추위를 타는지 에임즈 양 옆에 바짝 붙어 앉아 있었다. 뜻밖에도 배로우 박사가 기타를 치면서 잘 알려지지 않은 뱃사람들의 노래 같은 것을 불렀다. 그제서야 엘러리는 미미가 맑고 아름다운 소프라노의 목소리를 가졌다는 사실을 알았다. 미미는 노래를 부르다가 자신을 지켜보고 있는 번득이는 눈빛을 보고 갑자기 노래를 그쳤다. 엘러리는 볼커 씨가 밤이 되면 늑대로 변할지도 모른다는 생각에 그를 자세히 관찰했다.

가랑비가 내리기 시작했다. 사람들은 재미있어하며 집안으로 뛰어들어갔다. 불은 제프가 발로 비벼 껐다.

"그냥 묵고 가세요, 마크도 멀리 가고 없는데……."

미미가 졸랐다.

"나를 우리 집까지 태워다 줄 수는 없겠지? 사실 당신 집에 있는 침대가 좋긴 한데 말이야." 배로우 박사가 신이 나서 말했다.

"미미, 내가 같이 자 줄까?" 에임즈 양이 물었다.

"아냐, 그럴 필요까지는 없어." 미미가 천천히 대답했다.

엘러리가 막 재킷을 벗고 있을 때 누군가 그의 방문을 두드렸다.

"퀸 선생님."

누군가 속삭이듯 말했다.

엘러리는 문을 열었다. 컴컴한 바깥에 미미가 등이 팬 실내복을 입고 서 있었다. 미미는 더 이상 말을 하지 않았다. 그러나 그 커다란 눈에는 애원의 빛이 담겨 있었다.

"아무래도 부군의 화실에서 이야기를 나누는 게 좋을 것 같군요."

엘러리가 제안했다.

엘러리는 다시 재킷을 입었다. 미미는 말없이 그를 화실로 안내해 전등 하나를 켰다. 주위가 환하게 드러났다. 이글대는 눈길로 노려보고 있는 그래머톤의 제4대 영주의 초상화가 유리로 된 북쪽 벽에 걸려 있고, 바닥에는 팔레트 나이프가 나뒹굴고 있었다.

"설명을 해야 할 것 같아서요."

미미가 의자에 깊숙이 허리를 묻으며 낮은 소리로 말을 시작했다.

"그리고 뭐라 말할 수 없을 정도로 너무 감사하다는 말씀도 드려야 겠기에……."

"제게 해명할 것까지는 없습니다." 엘러리가 부드럽게 대꾸했다. "그러나 부인에게는 충분한 해명이 필요할 겁니다. 대체 이 일을 얼마나 오랫동안 감출 수 있다고 생각하십니까?"

"역시 당신도 알고 있었군요!" 미미는 손으로 얼굴을 가리고 소리 없이 흐느끼기 시작했다. "그 짐승 같은 인간은 5월부터 이곳에 있었어요. 그런데 저는 어떻게 해야 하죠?"

"부군께 말씀하십시오."

"안 돼요, 절대로 그럴 수 없어요! 그건 마크를 몰라서 하는 말이에요. 이건 제 자신의 문제가 아녜요. 만약 마크가 알게 되면 그이는 볼커를 당장 목 졸라 죽일 거예요! 마크가 그런 짓을 못하게 제가 막아야 한다고 생각하지 않으세요?"

엘러리는 어떻게 대답해야 좋을지 몰라 잠자코 있었다. 볼커를 죽이지 않는 이상 그녀를 도울 길은 없는 것이다. 미미는 다시 소리 없이 흐느끼며 의자에 몸을 묻었다.

"그만 가세요. 그리고 정말 감사했어요." 여자가 울먹이며 말했다.

"여기 혼자 있어도 괜찮으시겠습니까?" 엘러리가 물었다.

미미는 대꾸하지 않았다. 엘러리는 자신이 완벽한 바보가 된 듯한 심정으로 화실을 나왔다. 그때 투실투실한 몸집의 제프가 바깥 어둠 속에서 모습을 드러냈다.

"놀라지 마십시오, 퀸 선생님. 접니다." 제프가 말했다.

엘러리는 안심하고 잠자리에 들었다.

다음 날 아침 그래머톤이 잠을 한숨도 못 잔 사람처럼 푸석푸석한 얼굴에 벌겋게 충혈된 눈으로 나타났다. 그런데도 그는 몹시 활기차 보였다.

그래머톤이 달걀을 먹으면서 말했다.

"이제 두 번 다시 나가지 않는다고 약속하겠소. 왜 그래, 미미? 감기라도 들었소?"

그날 아침은 덥기도 했지만 계속 더 더워질 것 같았기 때문에 그가 그렇게 묻는 것도 당연했다. 미미가 두꺼운 옷에다 기다란 낙타 털 코트를 입고 얼굴까지 이상하게 찡그리고 있었던 것이다.

"몸이 좋지 않아서 그래요." 미미가 창백한 미소를 지으며 물었다. "시내로 나간 일은 잘 됐어요, 마크?"

그래머톤은 얼굴을 찡그렸다.

"계획이 바뀌었어. 설계도를 변경해야 할까 봐. 그리고 당신 뒷모습을 다시 그려야겠어."

"오, 여보." 미미는 들고 있던 토스트를 내려놓았다. "만약, 만약 제가 당신의 그림을 위해 포즈를 취하지 않겠다고 한다면 화내실 건가요?"

"제길! 좋다고. 그럼 내일부터 시작하지 뭐."

"제 말은," 포크를 집어 들며 미미가 작은 목소리로 말을 이었다. "제가 더 이상 당신 그림의 모델이 되지 않겠다는 뜻이에요."

그래머톤은 갑자기 팔에 심한 통증이라도 느낀 사람처럼 잔을 천천히, 아주 천천히 내려놓았다. 아무도 말을 하는 사람이 없었다.

"물론 그렇겠지, 미미." 그래머톤의 대꾸였다.

엘러리는 신선한 공기를 쐬고 싶다는 생각이 들었다. 에밀리 에임즈 양이 밝은 목소리로 말했다.

"조금 심했어, 미미. 만약 내가 남편에게 그런 말을 했더라면 뭐가 날아와도 날아왔을 거야."

엘러리로서는 모든 것이 혼란스러웠다. 그래머톤은 미소를 지었다. 미미는 오믈렛을 조금씩 먹었고, 배로우 박사는 조심스런 얼굴로 냅킨을 접었다. 제프가 짧게 깎은 턱수염을 긁적대며 요란스레 안으로 들어왔을 때 엘러리는 너무도 반가워 하마터면 그를 껴안을 뻔했다.

"도대체 스컹크가 보이지를 않아요." 제프가 불평조로 말했다. "어젯밤 자기 방에서 자지도 않았나 봐요, 그래머톤 씨."

"누가 어쨌다고?" 그래머톤이 멍한 얼굴로 물었다.

"볼커 씨 말입니다. 당신이 그림을 그려야 한다며 그 양반을 찾지 않았습니까? 그런데 아무 곳에도 보이지를 않아요."

그래머톤은 금빛 눈썹을 한곳에 모으고 미간을 찌푸리며 생각에 잠겼다. 에밀리 에임즈 양이 활기차게 한마디 했다.

"그 사람이 호수에 빠져 익사라도 했다고 생각하세요?"

"오늘 아침은 정말 실망스럽군." 그래머톤이 몸을 일으키며 말을 이었다. "제 화실로 같이 좀 가 주시겠습니까, 퀸 씨? 괜찮다면 제 그림의 사람들 얼굴에다 선생의 얼굴을 그려 넣었으면 합니다."

그는 뒤도 돌아보지 않고 밖으로 나갔다.

"두통까지 오려나 봐요." 미미가 기운 없는 목소리로 말했다.

엘러리가 화실로 들어갔을 때 그래머톤은 주먹 쥔 손으로 뒷짐을 진 채 다리를 벌리고 서 있었다. 방이 이상하게 혼잡스러웠다. 의자 두 개가 뒤집혀져 있었고, 캔버스가 바닥에 떨어져 있었다. 그래머톤은 자기 조상의 초상화를 노려보고 있었다. 더운 바람이 그의 머리카락을 날렸다. 유리로 된 북쪽 창문 하나가 열려 있었던 것이다.

"이건 도저히 참을 수가 없군요."

그래머톤이 침통한 목소리로 말했다.

그의 목소리가 으르렁대는 소리로 변해 갔다. 그는 고통에 몸부림

치는 사자 같은 소리를 냈다. "배로우! 에밀리! 제프!"

엘러리는 초상화로 다가가서 그림자 부분을 살펴보았다. 막상 보기는 했지만 그는 자신의 눈을 믿을 수가 없었다. 밤사이 그래머톤의 4대 영주의 가슴에서 피가 흘러나왔던 것이다.

영주의 왼쪽 가슴에 적갈색 자국이 선명하게 나 있었다. 그 적갈색 가운데 일부분은 채 굳지도 않은 액체 상태로 3, 4센티미터로 넓게 떨어져 있었다. 그래머톤의 제4대 영주의 조끼와 배에는, 뭔지 몰라도 여하튼 꽤 많은 자국이 나 있었다.

그래머톤은 코를 쿵쿵대며 영주의 초상화를 벽에서 떼어 내더니 환한 불빛 아래로 내던졌다.

"누가 이런 짓을 했지?" 그가 갈라지는 목소리로 물었다.

미미는 자기 입을 가렸다. 배로우 박사가 빙그레 웃었다.

"어린 사내녀석들은 오물을 아무 곳에나 발라 놓는 못된 버릇이 있지, 마크."

그래머톤이 숨을 몰아쉬며 박사를 쳐다보았다.

"너무 그렇게 화내지 말아요, 마크." 에임즈 양이 나섰다. "이건 어떤 짓궂은 양반이 그냥 장난으로 한 짓일 거예요. 여긴 온통 그림물감 투성이잖아요."

엘러리가 바닥에 떨어진, 부상당한 영주의 초상화 쪽으로 몸을 구부리고 코를 쿵쿵대더니 다시 몸을 세우며 말했다.

"하지만 이건 물감이 아닌 걸요."

"물감이 아니라고요?"

에임즈 양이 떨리는 목소리로 같은 말을 되풀이했다. 순간 그래머톤의 얼굴이 창백해졌고, 미미는 눈을 감고 의자를 더듬어 찾았다.

"저는 폭력의 흔적에 꽤나 익숙한 사람입니다. 그런데 이건 말라붙은 핏자국 같군요."

"피!"

그래머톤이 소리내어 웃었다. 그는 발뒤꿈치로 그래머톤 영주의 얼굴을 짓이기더니 액자까지 발로 밟아 산산조각을 냈다. 캔버스를 손으로 구겨 난로 속으로 던져 넣었다. 그는 성냥갑 하나를 통째로 불을 붙여 부서진 조각들 밑으로 조심스레 밀어 넣고는 비틀대며 밖으로 나가 버렸다.

엘러리는 미안한 마음에 멋쩍은 웃음을 지었다. 그는 몸을 구부리고 벽난로 안에서 그래머톤 영주의 초상화가 완전히 불타버리기 전에 적갈색으로 물든 캔버스의 샘플을 가까스로 꺼냈다. 그가 몸을 바로 세웠을 때 화실에는 배로우 박사 혼자 남아 있었다.

"볼커, 볼커." 배로우 박사가 갈라지는 목소리로 중얼거렸다.

"영국의 옛 속담이 정말인가 보군요." 이번에는 엘러리가 중얼거렸다. "그건 전혀 농담이 아니었어요. 당장 이걸 시험해 봐 주시겠소, 배로우 박사?"

배로우 박사가 나가자 엘러리는 혼자 있게 되었다. 집안은 놀라울 만큼 조용해졌다. 그는 그래머톤의 화실에 앉아 생각에 잠겼다. 그때 뭔가 생각나는 게 있었다. 어제까지도 화실 바닥에 놓여 있던 뭔가가 보이지 않았다. 그는 그것을 생각해 냈다. 그 자리에는 그래머톤의 끝이 뾰족한 팔레트 나이프가 있었던 것이다.

그는 유리로 된 북쪽 벽으로 다가가 열려 있는 창문으로 고개를 내밀었다.

그때 뒤에서 제프의 목소리가 들렸다.

"그는 아무 곳에도 없습니다."

"아직도 볼커 씨를 찾고 있었소? 아주 현명하군요, 제프."

"그냥 도망쳤나 봅니다. 잘도 없어졌지, 개만도 못한 놈."

"그건 그렇다 치고, 그 양반이 묵던 방을 좀 보여 주시겠소?"

뚱뚱한 사내는 영리해 보이는 눈을 껌벅이며 털이 잔뜩 난 가슴을 긁적대더니 엘러리를 1층 방으로 안내했다. 그 방은 적막감이 감돌고 있었다.

"아니오." 잠시 뒤 엘러리가 결론을 내렸다. "볼커 씨는 그냥 도망친 것이 아니오, 제프. 그의 물건들이 어질러지지 않은 채 그냥 있는 것으로 보아, 그는 없어진 그 순간까지 남아 있으려는 의지가 있었어요. 하지만 신경은 몹시 예민해졌던 것 같군요, 여기 담배 꽁초들을 봐요."

엘러리는 볼커 씨의 방문을 살짝 닫고 밖으로 나가 그래머톤의 화실 북쪽 창 아래까지 터벅터벅 걸어갔다. 그곳에는 꽃밭이 있었고, 부드러운 옥토에는 팬지꽃이 화려하게 피어 있었다.

그러나 뭔가가 꽃을 엉망으로 만들어 놓았다. 그래머톤의 화실 북쪽 창문 밑에는 제법 무게가 나가는 것이 떨어지기라도 한 듯, 팬지가 부러지고 꺾어진 채 땅에 처박혀 있었다. 꽃밭이 시작되는 벽 쪽에 두 개의 깊게 팬 자국이 나 있었다. 그 자국은 평행으로 좁게 나 있었고, 그 자국 맨 밑 부분에는 남자의 구두 발자국 같은 게 찍혀 있었다.

구두 발자국은 끝 부분이 벽 쪽에서 바깥으로 나 있었고, 이상하게 양쪽 발끝이 마주 보듯 안쪽으로 모아져 있었다.

"볼커 씨가 이렇게 생긴 구두를 신고 있었지."

엘러리가 혼자 중얼거렸다. 그는 가만히 서서 아랫입술을 빨았다. 팬지 꽃밭 너머에는 자갈이 깔린 산책로가 있었다. 움푹 팬 자리에서 산책로를 가로질러 사람 몸 크기 모양의 자국이 불규칙적으로 희미하게 남아 있었다.

갑자기 제프가 하늘로 날고 싶은 사람처럼 양팔을 퍼덕거리더니 어깨를 축 늘어뜨리고 터벅터벅 걸어가 버렸다.

펄 앵거스와 에밀리 에임즈 양이 집을 돌아 그에게 서둘러 다가왔다. 여배우의 얼굴은 몹시 창백했다.

"혹시 당신에게 도움이 될까 해서 왔어요. 에밀리에게 그 무서운 이야기를 듣고……."

"그래머톤 부인은 어떻습니까?" 엘러리가 멍한 얼굴로 물었다.

"이제야 그런 생각을 하셨어요!" 에임즈 양이 큰소리로 대답했다. "오, 마크는 덩치만 컸지 아직도 멍청한 바보란 말이에요! 그 사람은 자기 성질을 죽이느라 곰처럼 방을 왔다갔다하고 있어요. 어쨌든 그는 자신이 즐겨 말하던 그 농담 같은 이야기 때문에 고민에 빠져 있다고요."

"피야, 피, 에밀리." 앵거스 양이 기운 없는 목소리로 말했다.

"미미는 완전히 기진맥진해 있어요." 에임즈 양이 벌컥 화를 냈다. "오, 마크는 바보야! 그건 터무니없는 농담일 뿐인데!"

"죄송하지만," 엘러리가 말을 받았다. "그건 아가씨 생각처럼 장난이 아닌 것 같군요."

엘러리는 팬지 꽃밭을 가리켰다.

앵거스 양이 더듬대며 말했다.

"저게……," 앵거스 양은 자기 친구 쪽으로 뒷걸음질치며 한 손으로 꽃밭에 난 희미한 자국을 가리켰다. "뭐, 뭐죠?"

엘러리는 대답하지 않았다. 그는 돌아서서 허리를 굽히고 산책로를 자세히 살피며 자국을 따라갔다.

에임즈 양은 입술을 축이며 2층 그래머톤 화실의 열려 있는 창문에서부터 그 아래쪽 팬지 꽃밭의 뭔가 짓눌린 듯한 자국까지 자세히 살폈다.

여배우 펄 앵거스가 엘러리가 따라가고 있는 자국을 보며 신경질적으로 웃어댔다.

"이건 마치……." 숨이 끊어질 듯한 목소리였다. "마치 누군가 사람을 끌고 간 자국 같아."

두 여자는 어린아이들처럼 손을 잡고 엘러리의 뒤를 따랐다.

불규칙한 이상한 자국은 갈짓자(之)가 되었다가 원을 그렸다 하면서 뜰을 가로지르고 있었다. 계속 따라가니 신발을 질질 끌고 갔는지 그 자국은 좁은 폭으로 나 있었고, 수평을 이루며 패어 있었다. 자국을 따라 낙엽과 나무 뿌리, 나뭇가지가 뒤섞인 숲 속으로 들어가자 따라가기가 더 어려워졌다.

두 여자는 마치 몽유병 환자처럼 소리 없이 엘러리를 뒤따랐다. 오솔길을 따라가는 그들 뒤쪽에서 마크 그래머톤이 따라붙었다. 그는 튼튼한 무쇠 같은 다리로 그들을 뒤따랐다.

숲 속은 몹시 더웠다. 그들의 코에서 땀방울이 떨어졌다. 그리고 잠시 뒤, 감기든 사람처럼 옷을 잔뜩 껴입은 미미가 남편의 뒤를 따랐다. 그러나 그래머톤은 자기 아내에게 아무런 관심도 보이지 않았다. 미미는 훌쩍대며 우느라 뒤로 처졌다.

작은 나무들이 심하게 엉켜 있는 곳에 이르자 자국을 추적하기가 훨씬 더 어려워졌다. 맨 앞에서 소리 없는 행렬을 인도하던 엘러리는 여러 곳을 지나쳐 썩은 통나무를 건너뛰었다. 넓은 범위에 걸쳐 들장미가 빽빽하게 자라고 있는 곳으로 발자국이 나 있어서 아무리 땅바닥을 긴다 해도 따라갈 수 없을 것 같았다. 잠깐 동안 엘러리는 자신이 쫓고 있는 단서를 완전히 놓쳐 버린 듯했다. 그런데 한 순간 그의 눈이 이상하게 빛났고, 그는 넓은 숲 옆으로 돌아나가는 길에서 다시 자국을 찾아냈다.

얼마 가지 않아 그는 멈춰 섰다. 그를 뒤따르던 사람들 모두가 멈춰 섰다. 그 발자국 가운데에 금으로 된 커프스 단추 하나가 떨어져 있었다. 엘러리는 그것을 주워 들고 유심히 살피더니──알파벳 'B'

자가 정교하게 새겨져 있었다──그것을 자기 주머니에 집어넣었다.

그래머톤 섬은 복판이 허리처럼 잘록했다. 잘록한 부분은 아주 넓었고, 자칫하면 발목을 다치기 쉬운 돌투성이였다. 그리고 그 부분을 호수가 양쪽에서 에워싸고 있었다.

그곳에서 엘러리는 다시 자국을 놓쳤다. 그는 잠시 돌들을 살펴보았지만, 그곳에서는 후각이 예민한 경찰견에게나 희망을 걸 수 있을 뿐이었다. 그러나 그는 이상하리만큼 관심 없다는 태도로 무슨 생각에 빠져 걸어갔다.

그때 펄 앵거스가 놀란 목소리로 부르짖었다.

"어머나, 저것 봐요!"

에임즈 양은 양쪽 팔로 미미가 쓰러지지 않게 붙잡고 있었다. 그래머톤은 혼자 외따로 서서 무표정한 얼굴로 그들을 바라보고만 있었다. 엘러리는 앵거스 쪽으로 걸어갔다. 펄 앵거스는 잘록한 돌밭의 불쑥 튀어나온 부분에 위험하게 웅크리고 앉아 겁먹은 얼굴로 호수를 가리키고 있었다.

물이 얕게 고인 곳. 그곳 물 속 모래 위, 팔이 닿을 만한 거리에 누군가 멀리 내던진 것이 분명한 그래머톤의 팔레트 나이프가 반짝이며 떨어져 있었다.

엘러리는 둥근 바위에 자리잡고 앉아 담뱃불을 붙였다. 그는 팔레트 나이프를 주우려고도 하지 않았다. 호수의 물은 어젯밤에 일어났던 일의 단서들을 이미 오랜 전에 씻어내 버렸던 것이다.

앵거스 양은 뚫어져라 호수를 쳐다보며 팔레트 나이프보다 더 큰 뭔가가 있는지 찾아내려 애썼다.

"퀸! 퀸!" 멀리서 누군가의 목소리가 들렸다.

"여깁니다!" 엘러리가 소리쳤다.

그는 지친 목소리로 몇 번을 크게 대답한 다음 다시 담배를 빨았다.

이어 누군가 숲을 헤치고 그들을 향해 정신없이 뛰어오는 소리가 들렸다. 몇 분 뒤, 그들을 향해 있는 힘을 다해 달려오는 배로우 박사의 모습이 보였다.

"퀸," 박사는 숨을 헐떡이며 말했다. "그건 분명히 피였소! 사람의 피!"

박사는 그래머튼을 보고 계면쩍은 듯 말을 멈췄다.

엘러리가 고개를 끄덕였다.

"피라고요?"

앵거스가 끔찍한 목소리로 같은 말을 하더니 덧붙였다.

"볼커가 실종됐어요. 그리고 선생님은 이 무서운 발자국을 따라오다 볼커의 커프스 단추를 발견했어요."

앵거스 양은 부르르 몸을 떨었다.

"어젯밤 누군가 그 사람을 화실에서 찔러 죽인 거예요." 그러자 에임즈 양이 낮은 목소리로 말했다. "그리고 싸우는 도중 그의 피가 영주의 초상화에 떨어진 거구요."

"그렇다면 누군가 그의 시체를 창 밖으로 던졌거나, 아니면 그가 싸우는 도중에 밖으로 떨어진 거예요." 여배우 펄 앵거스가 간신히 들릴 정도의 목소리로 끼어들었다. "그리고 누군지는 몰라도…… 아래로 내려와 그 시체를 끌고 숲을 지나 여기 이 끔찍한 곳까지 와서……."

"어쩌면" 배로우 박사가 갈라지는 목소리로 말했다. "우리가 이 호수에서 그 시체를 찾을 수 있을지도 모르지요."

그래머튼이 느릿느릿 말했다. "우린 경찰을 불러야 합니다."

그의 말에 놀란 사람들이 엘러리를 쳐다보았다. 그러나 엘러리는 말없이 담배만 피우고 앉아 있었다.

"설마 당신은" 에임즈 양이 더듬대며 물었다. "이 살인 사건을 은폐하길 바라는 건 아니겠죠?"

갑자기 그래머톤이 자기 집 쪽으로 터벅터벅 걸어갔다.

"아, 잠깐만요."

엘러리가 피우던 담배를 호수로 던지며 말했다. 그래머톤이 멈춰섰다. 그러나 그는 고개도 돌리지 않았다.

"그래머톤, 당신은 바보요."

"무슨 뜻이오?"

그래머톤이 여전히 돌아선 채 화난 목소리로 물었다.

"당신은 겉보기처럼 착한 사람입니까?" 엘러리가 말했다. "아니면 당신의 지금 아내와 옛날 아내, 또는 친구들이 생각하고 있는 것처럼 살인광입니까?"

그래머톤은 그때서야 고개를 돌렸다. 그의 못생긴 얼굴이 빨갛게 달아올랐다.

"그래, 좋아!" 그래머톤이 큰소리로 말했다. "내가 그놈을 죽였어!"

"안 돼," 미미가 바위에서 몸을 조금 일으키다가 울부짖었다. "마크, 안 돼요!"

"쯧쯧," 엘러리가 말했다. "그렇게 감정적으로 말하지 않아도 됩니다. 그래머톤, 당신이 당신의 아내를 보호하기 위해 그런 말을 한다는 것은 어린아이라도 알 수 있는 일이니까요. 당신 자신이야 당연히 알고 있고 말입니다."

그래머톤은 털썩 바위에 주저앉았다.

엘러리가 여전히 동요 없는 목소리로 말했다.

"그게 바로 당신의 성격이지요. 아내를 믿어야 할지 말아야 할지 판단도 내리지 못한 채, 아내가 저질렀다고 생각되는 살인을 자신이 했다고 고백한 것입니다."

"그놈은 분명히 내가 죽였소."

그래머톤이 침통한 목소리로 말했다.

"누굴 죽였다는 겁니까, 그래머톤?"

엘러리의 말에 모두들 그를 쳐다보았다.

"퀸 선생님, 아녜요!" 미미가 고함치듯 말했다.

"이젠 소용없습니다, 그래머톤 부인." 엘러리가 말했다. "처음부터 당신이 현명하게 남편을 믿었더라면 이 일은 피할 수도 있었을 것입니다. 남편이란 이름을 가진 사람들, 그 불쌍한 친구들은 그래서 존재하는 것이니까요."

"하지만 볼커는……." 배로우 박사가 입을 열었다.

"아, 네, 볼커요, 그래요, 우린 분명히 볼커에 대해 말해야 합니다. 하지만 우린 여기 계신 이 아름다운 부인의 매력적인 등에 대해 먼저 얘기해야 합니다."

"제 등이오?" 미미가 가냘픈 목소리로 되물었다.

"내 아내의 등이 어쨌다는 거요?" 그래머톤이 거칠게 소리쳤다.

"거의 모든 것을 말해 줄 수 있지요."

엘러리는 담배 한 대를 더 붙여 물고 빙그레 웃으며 말을 이었다.

"담배 피우십니까? 담배가 몹시 피우고 싶으실 텐데…… 아시다시피 당신 아내의 등은 아름답다 못해 감동적이기까지 합니다, 그래머톤.

저는 이곳 나치토크에 1주일 넘게 머물렀습니다. 그리고 여러 가지 귀중한 기회들을 통해 이곳에 대해 알게 되었습니다. 아름다움이라는 게 그렇듯, 그것들은 세상에 알려지게 마련이지요. 그리고 사실 그래머톤 부인이 내게 직접 말하기를, 자신이 입을 옷을 당신이 자랑스레 골라 준다고 했습니다. 물론 당신 아내의 등을 항상 내놓게 하기 위해서였겠지요."

에임즈 양이 숨넘어가는 소리를 냈고, 미미는 아픈 얼굴을 하고 있었다.

엘러리는 느릿느릿 말을 이었다.

"오늘 아침 그래머톤 부인은 갑자기 온몸을 감싸는 두꺼운 의상을 입고 나타났습니다. 그 위에는 기다란 코트까지 걸치고 있었습니다. 그리고 더 이상 당신 그림의 모델이 되지 않겠다고까지 말했습니다. 당신이 그리고 있는 벽화의 주제는 당신 부인의 아름다운 맨등입니다. 그런데 의문이 생기는군요. 우선, 하필이면 오늘같이 더운날 그런 일이 일어났다는 겁니다. 그리고 둘째는, 어젯밤 늦은 시간에 활짝 드러난 부인의 맨등을 보았는데, 여전히 아름다웠던 점입니다. 세 번째로는 부인이 갑자기 아무 설명도 없이 새로운 미술관의 벽화라고 하는 야심적인 예술 기획에 더 이상 협조할 수 없다는 태도로 거절하게 되면 당신에게 어떤 영향을 주게 될지 너무도 잘 알면서 그런 행동을 취했다는 겁니다. 게다가 부인은 갑자기 자기의 등을 가리고 나타나 당신 그림의 모델이 되기를 거부했습니다. 왜 그랬을까요?"

그래머톤이 미간을 찌푸리며 자기 아내를 쳐다보았다.

엘러리는 부드럽게 말을 이었다.

"제가 말해 볼까요, 그래머톤 부인? 당신은 분명히 당신의 등을 감추려 했던 것입니다. 어젯밤 제가 그 자리를 떠나 오늘 아침 식사 시간이 되기 전 그 사이에 당신의 등을 감추게 만든 어떤 일이 일어난 거지요. 어젯밤 당신 등에는 당신 남편이 봐서는 안 될, 평소처럼 남편의 모델이 된다면 남편이 보게 될 뭔가가 생겼기 때문이지요. 맞습니까?"

미미 그래머톤은 입술을 움찔거렸지만 아무 말도 하지 않았다.

그래머톤과 나머지 사람들은 어리둥절한 얼굴로 엘러리를 쳐다보았다.

엘러리는 미소를 지었다.

"물론 제 말이 맞을 겁니다, 부인. 그래서 저는 혼자 생각해 보았지요. 어젯밤 당신 등에 과연 무슨 일이 일어났을까? 혹시 무슨 단서가 없을까? 물론 있었지요. 그래머톤의 제4대 영주의 초상화가 말입니다!"

"초상화요?"

에임즈 양이 코를 찡그리며 되물었다.

다시 엘러리가 말했다.

"어젯밤 그래머톤의 제4대 영주의 가슴에서 피가 흘렀습니다. 대단한 얘기지요! 저는 화실에 당신을 남겨 두고 갔고, 영주께서는 피를 흘리셨고, 그리고 오늘 당신은 등을 가리고 나타났습니다. 분명히 제가 잘못된 말을 하는 건 아니겠지요? 피 흘리는 초상화는 못된 장난일 수도 있습니다. 그리고 어쩌면…… 용서하십시오. 초자연적인 현상일 수도 있습니다. 하지만 어쨌든 피였습니다. 사람의 피, 배로우 박사께서 입증해 주셨지요. 그런데 사람의 피가 흘렀다면 상처가 났을 거라는 얘깁니다. 그렇다면 누구의 상처일까요? 그래머톤 영주의 상처라고요? 쳇! 피는 그냥 피일뿐입니다. 그리고 캔버스에는 절대로 상처가 날 수 없습니다. 그건 당신의 피입니다, 그래머톤 부인. 그리고 분명히 당신이 상처를 입었던 것입니다. 그렇지 않다면 왜 등을 내놓기를 꺼려 하겠습니까?"

"맙소사! 미미, 여보……."

그래머톤의 탄성이었다.

미미가 흐느끼기 시작했다. 그래머톤은 못생긴 얼굴을 자기 두 손에 파묻었다.

엘러리가 조용히 입을 열었다.

"사건이 어떻게 일어났는지 재구성해 보는 것은 쉬웠습니다. 화실에는 격투의 흔적이 있었습니다. 당신은 물론, 팔레트 나이프로 공격을 받았습니다. 우리는 버려진 나이프를 발견했습니다. 당신은 영주의 초상화에 등이 닿았고, 등의 상처에서는 피가 흐르고 있었습니다. 실물 크기만한 그래머톤 영주의 초상화는 바닥에 똑바로 세워져 있었습니다. 그랬기 때문에 당신 등의 상처는, 그 무시무시하게 전해 내려오는 이야기처럼 그래머톤 영주의 가슴에 정확하게가 닿았던 것입니다. 당신은 기절을 했고, 제프——내가 화실을 나갈 때 밖에 있었으니까 분명히 당신과 볼커가 싸우는 소리를 듣고 달려왔겠지요——가 당신을 발견해 방으로 옮기고 당신 상처를 치료한 다음 충성스런 신하처럼 입을 다물어 주었겠지요. 물론 당신의 부탁으로 말입니다."

미미가 흐느끼며 고개를 끄덕였다.

"미미!" 그래머톤이 자기 아내 쪽으로 달려갔다.

"하지만 볼커는…… 도대체 이해가 가질 않는군요."

배로우 박사가 중얼거렸다.

"상상력이란 정말 멋진 거지요." 엘러리는 담뱃재를 털었다.

그는 씩 웃으며 말을 이었다.

"피, 볼커의 실종, 충분한 살인 동기, 숲 속으로 난 사람 몸 크기의 흔적……. 그리고 살인! 너무도 비윤리적이며 또한 너무도 인간적이지 않습니까?"

엘러리는 담배 연기를 내뿜었다.

"물론 저는 볼커가 공격을 했다고 생각합니다. 어제 그가 그래머톤 부인에게 죽여 버리겠다고 협박하는 소리를 저도 직접 들었으니까요. 그는 질투심과 좌절된 열정으로 제정신이 아니었습니다. 그렇다면 볼커에게 무슨 일이 일어난 걸까요? 아, 창문 하나가 열려 있었지요? 어젯밤 제가 보았을 때 그 창문은 분명히 닫혀 있었습니다. 그러나 지금은 열려 있습니다. 그 창문 아래쪽 팬지 꽃밭에는 사람이 떨어진 평평한 자국, 발이 닿은 것이 분명해 보이는 두 개의 움푹 패인 자국이 나 있었습니다. 간단히 말하자면, 당황한 겁쟁이는 아마 자기가 살인을 했다고 생각했겠지요. 그는 제프가 달려오는 소리를 듣고 창문으로라도 뛰어내려야 한다는 충동을 느꼈겠지요. 그래서 2층에서 뛰어내린 겁니다."

"하지만 그가 뛰어내렸다는 것을 어떻게 알 수 있죠?" 앵거스 양이 얼굴을 찌푸리며 물었다. "제프가 그를 잡아 죽인 다음 시체를 밖으로 내던져 끌고 간 게 아니라는 것을 어떻게 알 수 있느냐고요?"

"알 수 있지요." 엘러리가 빙그레 웃었다. "자국은 숲을 지나 꽤 먼 곳까지 나 있습니다. 아까 보셨겠지만, 자국은 배를 땅에 대고 기어가지 않는 이상 빠져나갈 수 없는 빽빽한 장미 덤불 밑으로 이어져 있습니다. 그러나 이 자국은 그곳을 통과했습니다. 그렇지요? 만약 볼커가 죽었다고 생각한다면, 누군가 그의 시체를 끌고 갔을 것입니다. 그렇다면 그 가시덤불을 통과할 수 있을까요? 사실 그렇게 할 필요도 없지요. 살인범이 시체를 끌고 그곳으로 기어가지 않았다는 것은 분명합니다. 우리가 그랬던 것처럼 옆으로 돌아가는 것이 훨씬 쉬울 테니까 말입니다."

엘러리는 몸을 일으키더니 바위가 있는 지협 쪽으로 걸어갔다.

"그렇기 때문에 볼커는 분명히 누가 끌고 간 것이 아니라 혼자서 기어간 것입니다. 따라서 그는 살아 있으며, 살인은 일어나지 않았습니다."

사람들이 천천히 엘러리의 뒤를 따랐다. 그래머톤은 겸허한 얼굴로 고개를 떨어뜨린 채 팔로 미미를 두르고 있었다.

"그렇다면 그는 그 먼 거리를 왜 기어갔을까요 ? " 배로우 박사가 물었다. "숲까지라면 사람 눈에 띌까봐 그랬다손 치더라도 일단 숲으로 들어가버리면 될 텐데 더구나 그때는 밤인데, 그럴 필요가……. "

"분명히 그럴 필요가 없었습니다. " 엘러리가 그의 말을 받았다. "그런데도 그는 기어갔습니다. 그렇다면 그는 그렇게 해야만 했던 거지요. 그는 2층에서 뛰어내렸습니다. 당연히 발이 먼저 땅에 닿았을 겁니다. 하지만 팬지 꽃밭에 나 있는 발끝이 안쪽으로 모아진 흔적으로 보아, 그의 발은 땅에 닿는 순간 안쪽으로 꺾어진 것입니다. 그래서 저는 그의 양쪽 발목이 부러졌다고 생각한 겁니다. 아시겠습니까 ? "

엘러리가 걸음을 멈추자 다들 멈춰 섰다. 엘러리는 사람들을 섬 동쪽으로 나 있는 오솔길 맨 끝으로 이끌고 갔던 것이다. 그들은 나무 사이로 황폐한 오두막을 볼 수 있었다.

"양다리가 부러진 사람은——한쪽 발로 땅을 밀며 기어간 게 아니라, 구두 양쪽을 평행으로 질질 끈 흔적이 있기 때문에 두 발이 다 부러졌다고 봐야죠——수영도 할 수 없지만, 발이 지렛대 역할을 해 주지 못하기 때문에 노를 저을 수도 없습니다. 그리고 이 섬에는 모터보트도 다리도 없습니다. 그래서 저는 분명히……. "

엘러리는 낮은 목소리로 말을 이었다.

"그가 아직도 이 섬에 있다고 생각합니다. "

그래머톤이 사냥개처럼 목젖을 울렸다.

다시 엘러리가 말했다.

"오늘 아침 제프가 볼커 씨를 찾지 못한 것으로 보아, 그는 분명 저 오두막 안에 피신해 있을 것입니다. "

엘러리는 그래머톤의 잿빛 눈동자를 들여다보며 말을 이었다.

"그 인간은 저 안에서 12시간도 넘게 떨고 있었던 것입니다. 극심한 고통 속에서 자신이 살인자라는 생각을 하며, 자신이 받게 될 엄청난 죄의 대가를 기다리며 말입니다. 저는 그가 이제 충분히 벌을 받았다고 생각합니다. 그렇지 않습니까, 그래머톤 씨?"

그래머톤은 눈만 껌벅일 뿐 대답을 하지 않았다. 잠시 뒤 그가 낮은 목소리로 입을 열었다.

"미미!"

여자가 그래머톤을 올려다보며 그의 팔을 잡았다. 그래머톤은 미미를 조심스레 돌려세우더니 섬의 서쪽 끄트머리를 향해 걸어갔다.

호수 앞쪽에 제프가 배를 타고 주의 깊은 부처처럼 앉아 있었다.

"두 분도 돌아가시는 게 좋겠군요."

엘러리가 두 여자를 보며 부드럽게 말했다.

엘러리는 조각배에 앉은 제프를 보고 손을 흔들었다.

"배로우 박사와 저는 성가시지만 마무리해야 할 일이 있어서요."

인간이 개를 물면

저명한 탐정 엘러리 퀸은 10월 초순 할리우드에서 매일같이 안절부절못하면서 호랑이처럼 어슬렁거리고, 입술을 깨물며 눈썹을 찌푸렸다. 그리고 더없이 침통한 표정을 하고 있어서, 그를 본 사람이라면 누구든지 이 위대한 사나이의 지성이 또다시 모든 악과 거창한 전투를 벌인 게 분명하다고 짐작했을 것이다.

"폴라, 난 미칠 것 같소."

퀸이 폴라 패리스에게 말했다.

"그게 저에 대한 사랑 때문에 그랬으면 좋겠군요."

패리스가 부드럽게 말했다.

퀸은 깊은 생각에 잠긴 채 천천히 걸었다. 여왕처럼 아름다운 패리스가 그를 촉촉한 눈빛으로 지켜보았다. 그는 유명한 영화배우 블라이스 스튜어트와 잭 로일 연쇄 살인 사건을 조사하다가 정신 질환을 앓고 있는 패리스를 처음으로 알게 되었다. 그녀는 군중에 대해 극도의 공포감을 갖고 있었고, 의사들은 그 병을 '대중 공포증'이라고 불렀다. 퀸은 자신도 알 수 없는 감정에 이끌려 정신병에 걸린 그 아가씨를 치료해 주어야겠다고 마음먹었다. 그가 생각하고 있던 치료법은 충격적이면서도 보완적이었다. 그런 과정에서 그는 패리스와 사랑에 빠졌던 것이다.

그런데, 보라! 패리스는 회복되었지만, 끔찍하게도 퀸은 치료가 때로는 병보다 더 심각한 문제를 가져올 수 있다는 사실을 알았다. 그에게 치료를 받던 패리스가 금세 자신의 치료사를 사랑해 버린 것이다. 그리고 치료사 역시 어떤 참기 어려운 감정 때문에 자신의 환자에게서 빠져 나오지 못하게 된 것이다.

"제 말이 맞나요?"

패리스가 열정이 가득 담긴 눈으로 물었다.

"응? 뭐라고? 오, 그게 아니오. 난 월드 시리즈 때문에 그렇다는 얘기요." 퀸은 흥분조로 말을 이었다. "내 말을 못 알아듣겠소? 뉴욕 자이언트와 양키즈가 월드 시리즈 챔피언을 결정하기 위해 일대 혈전을 벌이고 있는 판에 난 5천 킬로미터나 떨어진 이곳에 있단 말이오!"

"오, 가엾은 양반."

패리스가 야무진 목소리로 말했다.

"나는 뉴욕 시리즈를 한 번도 놓친 적이 없단 말이오." 퀸은 탄식조로 말을 이었다. "이러다가 내가 미치지, 정말 멋진 시합인데! 지금까지 있었던 시합 가운데 가장 훌륭한 시합이란 말이오. 무어와 디마지오가 외야에서 기적을 일으켰고, 자이언트가 트리플 플레이를 해냈소. 구피 고메즈는 14명을 삼진 아웃시키면서 첫 게임을 이겼고, 허벨은 1안타 완봉승을 거두었소. 그리고 오늘은 딕키가 3점을 뒤지고 있던 9회 투 아웃 만루에서 오른쪽 스탠드 너머로 홈런을 때렸지 뭐요!"

"그게 그렇게 좋으세요?"

패리스가 물었다.

"좋다마다! 이제 겨우 시리즈 일곱 번째 시합으로 들어간단 말이오!"

퀸이 악쓰듯 말했다.

"가엾은 양반!"

패리스는 또 한 번 같은 말을 되풀이하더니 전화기를 들었다. 전화기를 내려놓으며 패리스는 이렇게 말했다.

"동부는 내일 날씨가 좋지 않대요. 뉴욕 기상청에서 폭우가 내릴 것 같다는군요."

퀸은 흥분해서 패리스를 빤히 쳐다보았다.

"그럼 당신은……."

"오늘 밤 당신이 비행기를 타고 동부로 가게 될 거라는 뜻이에요. 모레면 당신은 그렇게 보고 싶어하는 일곱 번째 시합을 볼 수 있을 거예요."

"폴라, 당신이 최고요!"

갑자기 퀸의 얼굴이 침울해졌다.

"하지만 사무실과 입장권은…… 빌어먹을! 사무실에는 상피병(象皮病 : 풍토병의 한 가지)으로 드러누웠다고 말하고, 아버지에게 전보를 쳐서 자리를 잡아 놓으라고 해야지. 아버지는 시청에 아는 분이 많으니까 분명히…… 폴라, 그런데 당신은 어떻게 하지?"

"제게 잘 있으라는 키스만 해 주시면 돼요."

패리스가 말했다.

퀸은 아무 생각 없이 그렇게 하려다가 갑자기 말을 꺼냈다.

"천만에! 당신도 나와 함께 가는 거야!"

"제가 바라던 바예요."

패리스가 흡족한 목소리로 말했다.

그리하여 패리스와 퀸은 목요일 폴로 그라운드의 양키즈 덕아웃 뒤편 관중석에 나타났던 것이다.

엘러리는 신이 났고, 그의 얼굴에는 기쁨이 넘쳐흘렀다. 여느 다른 아버지들처럼 퀸 경감이 노파심에 패리스와 탐색적인 대화를 나누고 있는 동안, 엘러리는 땅콩 껍질로 자기 무릎과 패리스의 무릎을 가득 채웠고, 핫도그와 소다수를 엄청나게 먹어댔으며, 선수들이 나올 때마다 신경질적인 평을 해댔고, 양키즈에게는 야유를, 자이언트에게는 칭찬을 보냈고, 경감의 부하 직원 벨리 경사와 복잡한 50센트짜리 내기를 시작했고, 그가 좋아하는 자이언트의 밥줄인 칼 허벨이 양키즈의 에이스 투수 구피 고메즈와 마운드에서 대결을 벌일 것이라는 소식이 흘러나오자 다른 5만여 명의 열광적인 관중들과 함께 껑충껑충 뛰면서 고함을 질러댔다.

못 말리는 양키즈 숭배자인 경사가 예언하듯 말했다.

"오늘 양키즈가 저 공을 칠 거야! 그리고 구피는 자이언트를 전부 잡을 거고."

퀸이 냉정하게 말을 받았다.

"양키즈가 칼 허벨을 상대로 3점 이상 내지 못할 것이라는 데 50센트 걸겠소."

"얼마든지!"

경사가 신이 나서 말했다.

그들 앞좌석에 앉아 있던 잘생긴 사내가 껄껄 웃으며 끼어들었다.

"나도 그쪽에 걸겠소, 경사. 안녕하십니까, 경감님? 시합하기에는 아주 좋은 날이군요, 그렇지 않습니까?"

퀸 경감이 소리를 질렀다.

"지미 코너! 왕년의 뮤지컬 배우 양반. 이봐요, 지미, 내 아들 엘러리는 한 번도 보지 못했을 거요. 인사나 해요. 실례합니다, 패리스 양, 이쪽은 신께서 브로드웨이에 내린 선물, 그 유명한 지미 코너입니다."

지미는 자신의 난초색 윗도리의 옷깃 냄새를 맡으며 빙그레 웃었다.

"만나서 반갑습니다, 패리스 양. 당신의 '스타 탐방' 기사는 날마다 읽고 있습니다. 주디 스타를 소개하지요."

패리스가 웃어 보이자 지미 코너 옆에 앉아 있던 여자가 따라 웃었다. 그때 양키즈 선수 3명이 그들이 앉은 관중석 쪽으로 걸어오더니 코너에게 야유를 보냈다. 양키즈를 그렇게 싫어하는 그가 그들 대기실 바로 뒤에 자리잡고 앉았다는 이유 때문이었다.

주디 스타는 이상하리만치 조용히 앉아 있었다. 플로렌즈 지그필드 감독에 의해 발탁된 주디 스타는 유명한 영화배우였고, 평론가들이 제2의 마릴린 먼로라고 부르던 여자였다. 자신만만한 옆모습과 그지없이 달콤한 색깔의 눈을 가진 주디는 춤과 노래로 자신의 야망을 표출하며 뉴욕의 중심부로 들어왔다. 그러나 지금 주디는 전성기가 거의 끝나 가고 있었다. 패리스는 주디의 옆모습을 바라보며, 여배우의 작은 입술과 슬퍼 보이는 눈가의 주름살, 얼굴에서 느껴지는 긴장감들이 그런 것들을 설명해 주고 있다고 생각했다.

그렇겠지. 그러나 패리스는 확신할 수가 없었다. 주디 스타의 긴장된 표정에서는 어쩐지 눈앞으로 다가온 직접적이며 정체 모를 보이지 않는 위험에 대처하는 보호 본능 비슷한 것이 어른거렸다. 패리스는 주위를 둘러보았고 곧 눈을 가늘게 떴다.

관중석 가로대 너머, 그들의 왼쪽 관중석에 구릿빛 피부를 지닌 키 큰 사나이가 말없이 앉아 열심히 시합을 지켜보고 있었다. 사나이는 그 커다란 근육질의 손을 가로대 너머로 뻗으면 여배우에게 닿을 수 있을 정도로 가까운 곳에 있었는데, 주디 스타처럼 이상한 자세로 경기장만 바라보고 있었다.

사나이의 옆에는 패리스가 금세 알아볼 수 있는 여자가 앉아 있었다. 로터스 번, 영화배우였다!

로터스 번은 짙은 은백색 눈을 지닌, 빨간색 머리를 잔뜩 부풀리고 다니는 멋쟁이 여자였다. 북이탈리아 루도비카 베르니치 출신인 로터스는 이름을 바꾸고, 위험하리만치 가무잡잡하고 풍만한 몸매를 얼마나 정성들여 관리했는지를 아낌없이 보여 준 〈발리의 여인〉이라는 총천연색 영화에서 할리우드 하늘의 별로 떠올랐다. 인기를 얻게 되자 로터스는 언론사와 한 쌍의 러시아산 보르조이 사냥개, 그리고 근육질의 한 남자에 대한 사랑을 키워 가기 시작했다. 샛노란 옷을 차려 입고 있었는데, 그 때문에 경기장 관중석에 앉아 있는 수많은 여자들 가운데서도 애벌레 속의 한 마리 나비처럼 유달리 눈에 띄었다. 이와 대조적으로 주홍색 옷을 입은 작은 체구의 주디 스타는 늙고 초라해 보이기만 했다.

패리스는 엘러리를 팔꿈치로 쿡쿡 찔렀다. 엘러리는 배팅 연습을 하고 있는 양키즈 선수를 열심히 지켜보고 있었다.

패리스가 조그만 목소리로 말을 꺼냈다.

"엘러리, 저기 옆 관중석에 있는 큰 키에 구릿빛 피부의 매력적인 남자가 누구죠?"

로터스 번이 구릿빛 피부의 남자에게 무슨 말인가를 했다. 그러자 갑자기 주디 스타도 지미 코너에게 무슨 말인가를 했다. 그리고 두 여자는 서로 비수처럼 싸늘한 눈길을 주고받았다.

엘러리가 건성으로 말했다.

"누구? 아! 저 친구는 빅 빌 트리야."

"트리! 빅 빌 트리?"

패리스가 되물었다.

"지금까지 메이저 리그가 낳은 선수 가운데 가장 위대한 왼손 투수지."

엘러리는 구릿빛 피부의 사내를 존경하는 눈길로 쳐다보았다.

"190센티미터의 키에 황소 같은 근육, 그의 커브와 변화구는 예측 불가능했기 때문에 15년간이나 위대한 타자들을 한 손에 넣고 주물렀지. 대단한 인물이지!"

"그래요, 정말 그렇죠?"

패리스가 웃으면서 말했다.

"그게 무슨 말이오?"

"로터스 번 같은 여자를 데리고 경기장에 나타난 것도 그렇지만, 자기 아내와 저렇게 가까운 자리에 앉아 시치미를 뚝 떼고 있는 것도 정말 대단하다는 뜻이에요."

"맞아, 주디 스타는 빌 트리의 현재 부인이지."

퀸이 조그만 소리로 말을 받았다.

조 디마지오가 깨끗한 안타로 탈의실 큰 시계를 맞추자 퀸은 신음 소리를 냈다.

패리스가 그 영리해 보이는 눈으로 자기 앞에 앉은 4사람——할리우드의 미녀 로터스 번과 왕년의 투수 빅 빌 트리, 트리의 아내 주디 스타와 뮤지컬 배우 지미 코너——을 교대로 살피며 말했다.

"재미있어."

두 쌍의 남녀, 두 관중석……. 그리고 모르는 척하기.

패리스가 다시 나지막이 말했다.

"재미있군요. 트리가 주디에게 어떤 식으로 구혼했는지 알면 당신은 아마 결혼이 영원보다 더 오래 지속되리라 생각했을 거예요. 어느 날 밤 그는 윈터 가든 코너에서 주디를 낚아채 자신의 차에 태우고 시속 130킬로미터로 달려 그리니치로 데려간 다음 주디에게

숨 돌릴 틈도 주지 않고 결혼식을 올려 버렸죠."

"그래, 맞아."

퀸은 패리스의 말에 건성으로 대답하며 배팅 연습을 하러 나오는 자이언트 선수를 보고 고함을 질렀다.

"힘내요, 자이언트!"

패리스가 진지하게 말했다.

"그리고 사건이 터진 거죠. 트리가 야구 영화를 만들겠다고 할리우드로 건너갔는데, 거기서 로터스 번을 만난 거예요. 저 음탕한 여자는 시골 출신의 덩치 큰 저 사내를 그가 주디 스타를 사로잡았던 것과 똑같은 방법으로 사로잡아 버렸죠. 트리는 그렇게 넘어간 거예요, 야구에 미친 양반."

"안타!"

멜 오트가 오른쪽 담장을 때리는 안타를 치자 퀸이 열광적으로 고함을 질렀다.

다시 패리스가 조용히 말했다.

"그리고 트리는 이혼을 요구했는데 주디가 거부했죠. 제 생각엔 주디가 그를 사랑하고 있었던 것 같아요. 그런데 저런 상황이 벌어졌으니 재미있다고 할 수밖에요."

빅 빌 트리가 자리에서 약간 몸을 돌렸다. 그런데도 주디 스타는 꼼짝도 하지 않았고, 그 창백한 얼굴과 슬픔을 띤 감미로운 눈길로 양키즈의 배트 보이를 바라보며 그로 하여금 엉뚱한 환상에 빠지게 했다. 지미 코너는 양키즈 선수들에게 야유를 보내고 있었지만 눈만은 계속 주디의 얼굴 쪽으로 향하고 있었다. 그리고 미녀 로터스 번의 팔은 트리의 어깨에 착 달라붙어 있었다.

"마음에 안 들어요." 잠시 뒤 패리스가 나직이 말했다.

"마음에 안 든다고?" 엘러리가 말했다. "시합은 이제 시작인데?"

"시합을 말하는 게 아녜요. 저는 지금 우리 앞에 펼쳐져 있는 사각 관계를 말하는 거예요."

"이봐요, 폴라," 엘러리 퀸이 말했다. "난 이 시합을 보기 위해 5천 킬로미터를 날아왔소. 내 관심을 끄는 건 딱 하나, 지금 이 자리에서 보이는 가장 위대한 시합뿐이오. 나는 이 시합을 보기를 얼마나 열망했는지 몰라요. 그러니 당신은 당신의 사각 관계에 신경을 쓰고, 나는 이 시합을 볼 수 있게 그냥 내버려두란 말이오."

"내 예감은 언제나 맞았어요." 엘러리의 말은 아랑곳없이 패리스가 말했다. "이런 상황은 좋지 않아요. 무슨 일인가 일어날 것 같아요."

퀸이 히죽 웃었다.

"알 만하군, 밀어닥치는 일이지. 보라고, 저기 오고 있잖소."

특별석에 있던 누군가가 이 유명인들을 알아보았다. 그러자 수많은 사람들이 그들이 앉은 관중석으로 밀려 내려왔다. 관중석 뒤쪽 통로로 모여든 사람들은 그들을 향해 종이와 연필을 흔들며 애원했다. 빅 빌 트리와 로터스 번은 그들의 사인 요청을 무시해 버렸다. 그러나 주디 스타는 이상하리만치 열심히, 가로대 너머에서 자신을 찔러대는 노란 연필들로 종이 하나하나에 자신의 사인을 해 주었다. 사람 좋은 지미 코너 역시 자신의 사인을 끄적였다.

패리스가 입을 열었다.

"가엾은 주디……."

사인을 받으러 가던 사람 하나가 패리스의 모자를 건드렸다. 패리스는 눈 위로 모자를 올려 쓰며 한숨을 내쉬었다.

"마음이 상해서 그런지 기분이 좋지 않은가 봐요. 사인을 하면서 연필심에 침을 바르는 것은 마음의 평정을 잃고 있다는 얘기예요. 로터스에게로 도망친 남편이 그 여자와 함께 자기 옆에 앉아 있으니, 지금 자신이 무슨 짓을 하고 있는지도 모르고 있을 거예요. 가엾은 사람."

"마음에 들지 않기는 나도 마찬가지요."

그들을 향해 선수 일람표를 내밀며 사인을 부탁하는 여덟 사람의 팔을 피하며 퀸이 투덜댔다.

빅 빌이 재채기를 하며 손수건을 더듬어 찾더니, 빨갛게 부어오른 코로 가져갔다.

"이봐, 맥." 빅 빌이 재빨리 빨간색 옷을 입은 안내원을 불렀다. "이 사람들 좀 어떻게 해줄 수 없나?"

빅 빌은 다시 재채기를 했다. "이 지겨운 놈의 감기!"

"가엾은 백성들이군요." 패리스 양이 말했다. "그렇지만 분명히 매력은 있어요."

벨리 경사가 패리스를 보고 껄껄 웃으며 말했다.

"당신도 저 양반이 월드 시리즈 결승전에서 타이거즈를 맞아 싸우는 모습을 봤어야 하는 건데. 저 양반이 그날처럼 멋있던 날도 없었지. 안타 하나 주지 않고 완봉승을 기록했으니까."

퀸 경감이 끼어들었다.

"혹시 그 결승전에 얽힌 얘기를 알고 있소, 패리스 양? 결승전이 있기 전날 밤, 족집게 맥코이라는 이름의 도박사——당시 도박 집단의 우두머리였는데——가 빌 트리를 찾아와 다음 날 경기를 포기하겠다는 약속을 하면 5만 달러를 현찰로 주겠다고 제안했다는 거요. 빌 트리는 그 돈을 받았고, 자신의 매니저에게 그 사실을 얘기한 다음, 그 더러운 돈을 병마와 싸우고 있는 야구 선수들을 위한 기금으로 내놓았소. 그리고는 다음 날 타이거즈를 깨끗이 이겨

버린 거요."

"정말 낭만적이군요." 패리스가 중얼거렸다.

"그런데 족집게 맥코이가 복수를 하겠다고 거나하게 취해 트리를 찾아왔는데," 퀸 경감은 씩 웃으며 말을 이었다. "트리가 그 녀석을 때려 층계 아래쪽에 뻗게 만들었다지 뭐요."

"그 정도로 대단한 사람이었던가요?"

패리스가 눈을 동그랗게 뜨며 물었다.

"그렇게 물을 줄 알았소." 퀸 경감은 또 한 번 미소를 지었다. "바로 그런 이유 때문에 저 친구, 저기 트리의 뒤쪽 오른편에 앉아 있는 코가 일그러진 프로 권투 선수가 있는 거요. 폭한 터크라는 사나운 친구인데, 그날 밤 이후로 빌 트리의 그림자가 되었소. 아마 저 친구의 오른손이 보이지 않을 거요. 왜냐하면, 그쪽 손은 항상 재킷 속에 들어가 권총을 잡고 있으니까 말이오. 아가씨도 잘 보면 알 수 있을 거요. 그가 여덟 줄 위쪽에 앉아 있는 창백한 사나이에게서 잠시도 눈을 떼지 않고 있다는 것을. 그 사나이의 이름이 바로 족집게 맥코이라오."

패리스가 퀸 경감이 말한 사나이를 쳐다보며 말했다.

"트리가 정말 어리석은 짓을 했군요."

"글쎄, 그렇다고 봐야겠죠." 퀸 경감이 천천히 대답했다. "나중에 빌 트리는 스스로 자신의 손목뼈를 부러뜨리고 야구 인생에 종지부를 찍었으니 말이오."

빅 빌 트리가 양다리를 바짝 오므리며 로터스 번에게 뭐라 귓속말을 했다. 그러자 로터스는 수줍은 듯 미소를 지었다. 그리고 빌 트리는 자리를 떴다. 그의 경호원 터크가 몸을 일으켰다. 그러나 트리는 그에게 고개를 흔들어 보이더니, 몰려든 군중들을 헤치며 특별석 뒤

쪽으로 난 콘크리트 층계를 뛰어올라갔다.

그러자 주디 스타가 가로대 너머로, 자기 남편이 데리고 온 여자에게 뭐라고 지독한 말을 했다. 로터스 번 역시 은백색 눈을 이글거리며 모욕적인 언사로 대꾸했고, 빌 트리의 아내를 자리에서 발딱 일어서게 만들었다. 그러자 지미 코너가 주디 스타에게 월터 윈첼과 일곱 난쟁이 이야기를 하기 시작했다. 빠르고 큰 목소리로.

로터스 번이 화난 얼굴로 자신의 도톰한 입술에 오렌지색 립스틱을 그어대자 주디 스타는 그들을 갈라놓고 있는 가로대에 자신의 빨간색 키드 가죽 장갑을 묶었다.

잠시 뒤 빌 트리가 돌아와 다시 자기 자리에 앉았다. 주디가 지미 코너에게 뭐라 말했다. 그러자 지미 코너는 자기 오른쪽 자리로 옮겨 앉았고, 주디는 그의 자리로 옮겨 앉았다. 이제 주디와 주디의 남편 사이에는 관중석 가로대와 빈 의자까지 있게 되었다. 로터스 번이 트리의 어깨에 다시 팔을 둘렀다.

빌 트리의 아내가 빨간색 스웨이드 핸드백 속에 손을 넣고 더듬거리더니 갑자기 말했다.

"지미, 나 핫도그 좀 사 줘요."

지미는 핫도그 12개를 주문했다. 빌 트리가 얼굴을 찌푸렸다. 빌 트리는 벌떡 일어나 핫도그 몇 개를 주문했다. 지미는 상인에게 1달러짜리 지폐 2장을 건네주고 나서 가라는 손짓을 했다.

다시 많은 사람들이 양쪽 관중석으로 모여들었다. 빌 트리가 성가시다는 듯 몸을 돌리며 말했다.

"좋아, 좋다고, 맥."

빌 트리는 몰려드는 사람들을 밀어내며 빨간색 옷을 입은 안내원에게 화난 목소리로 말했다.

"너무 몰려들면 곤란해. 6명만 해 주겠어, 딱 6명만. 그렇게 하자고."

갑자기 사람들이 안내원에게 몰려들었다. 그는 너무 당황해 어떻게
해야 할지를 몰랐다. 흔들어대는 손, 팔, 선수 일람표가 관중석 뒤쪽
가로대에 일렬로 늘어선 것이다.

"트리 씨가 6명만 해 드린다고 했습니다!"

안내원은 숨을 헐떡이며 자신 쪽으로 가장 가까이 뻗어 있는 손에
서 선수 일람표와 연필을 받아 들고 빌 트리에게 건넸다. 사인을 받
으려는 사람들은 옆 관중석으로도 손을 뻗었다. 주디 스타는 자신의
가장 매력적이라고 생각되는 미소를 지으며 그들이 내미는 연필과 선
수 일람표 쪽으로 손을 뻗었다. 시합장에 있던 선수 몇 명이 그 광경
을 보고 가로대를 넘어왔고, 그들 역시 사인을 받으려고 주디에게 선
수 일람표와 연필을 내밀었다. 이제 주디는 반쯤 먹다 만 핫도그를
자기 옆 빈 자리에 내려놓아야 했다. 빌 트리가 먹다 내려놓은 핫도
그 역시 그 빈 자리에 놓여 있었다. 트리는 멍청하니 연필에 침을 묻
혀 가며 그 뻣뻣하니 글쓰기에 익숙하지 못한 손으로 자기의 이름을
휘갈겨대고 있었다.

안내원이 소리를 질렀다.

"6명입니다! 트리 씨는 6명만 약속했어요, 이게 마지막입니다!"

안내원은 마치 신이 6이란 숫자를 말한 것처럼 외쳤다. 그러자 사
람들이 불평을 해댔고, 빌 트리는 그 큰 손을 조금 전에 먹다 만 핫
도그를 놓아 둔 자기 옆 빈 자리로 뻗었다. 그러나 그곳에는 자기 아
내의 손이 먼저 더듬거리고 있었고, 그 손은 트리의 핫도그에 가 닿
았다. 트리는 자기 아내에게 뭐라 말하려다 말고 그 옆의 핫도그로
손을 뻗어 말없이 입에 집어넣고는 맛도 음미하지 않고 꾸역꾸역 씹
어 삼켰다.

엘러리 퀸은 자기 앞에 앉은 네 사람을 걱정스레 놀란 얼굴로 바라

보다가 폴라 패리스의 재미있어하는 듯한 눈길을 보고는 노여움에 얼굴을 붉혔다.

운동장 관리인들이 구장을 벗어나기가 무섭게 주심은 고함을 질러대는 관중들을 보며 홈 플레이트의 먼지를 털어 냈다. 로터스 번은 더블 플레이가 유진 오닐의 무슨 작품 같다는 생각을 하다 말고 빌 트리의 안색이 좋지 않다는 것을 알았다.

"빌, 어디 안 좋아요?"

위대한 왕년의 투수는 그 구릿빛 피부가 아픈 사람처럼 새파래지고 있었다. 빌 트리는 손으로 눈을 비비며 머리를 맑게 하려는 듯 머리를 흔들었다.

"핫도그 때문일 거예요, 이제 그만 먹어요."

로터스 번이 말했다.

트리는 눈을 껌벅이며 무슨 말인가 하려 했다. 그러나 그때 칼 허벨이 준비 운동을 끝냈고, 크로세티가 타석으로 들어섰다. 동시에 포수 해리 대닝이 2루수에게 공을 던졌고, 2루수는 그 공을 다시 허벨에게 던진 다음 개처럼 껑충대며 자기 자리로 돌아갔다.

관중들이 귀가 멍멍해질 정도로 고함을 질러댔다. 그리고 고요가 왔다.

크로세티는 허벨이 던진 첫 번째 공을 조 무어의 머리 너머로 넘기는 3루타를 기록했다.

지미 코너는 누가 칼로 심장을 찌르기라도 한 듯 숨을 헐떡였고, 벨리 경사는 고함을 질러댔다.

"내가 말했지? 완승으로 끝날 수도 있다고!"

"왜 다들 고함을 질러대는 거죠?"

패리스가 물었다. 대닝이 투수 쪽으로 반쯤 걸어가자 퀸은 손톱을 물어뜯었다. 그러나 허벨은 씩 웃으며 바지를 치켜 올렸다. 타석에서는 레드 롤프가 커다란 배트를 휘둘러대고 있었다. 대닝은 자기 자리로 돌아갔다. 빌 테리 감독은 주먹으로 턱을 받친 채 한쪽 발을 자이언트 덕아웃 가장자리에 올려놓고 있었다. 걱정스런 얼굴이었다. 내야수가 주자의 도루를 막기 위해 안으로 들어섰다.

5만 명의 관중들이 또 한 번 숨을 죽였다.

그러자 허벨은 롤프, 디마지오, 게릭을 차례로 삼진 아웃시켰다.

퀸은 자이언트 선수들이 고함을 지르면서 덕아웃으로 돌아오자 다른 수천 명의 관중들과 함께 기쁨에 겨워 고함을 질러댔다. 지미 코너는 자기 자리에서 인디언 춤을 추어댔다. 벨리 경사는 불만스런 표정이었다. 구피 고메즈가 연습구를 던지기 시작하자 주심이 솔로 또 한 번 홈 플레이트를 털어 냈다. 그러자 말라깽이 조 무어가 야구 배트를 들고 천천히 걸어 나왔다.

그는 포볼로 1루에 진출했고, 바텔은 삼진 아웃 당했다. 그러나 지프 리플이 플래시 고든의 정강이를 비켜 가는 1루타를 쳤다. 결국 무어는 3루에 섰고, 리플은 1루에 섰다. 스코어는 원 아웃, 그리고 리틀 멜 오트가 타석에 들어섰다.

빌 트리가 놀란 얼굴로 자기 자리에서 반쯤 일어서더니 마치 뒤편에서 날아온 빠른 공에 맞은 사람처럼 관중석 아래쪽 콘크리트 바닥으로 나가떨어졌다.

로터스 번이 비명을 질렀다. 트리의 아내 주디가 재빨리 그쪽을 돌아보더니 부르르 몸을 떨었다. 근처에 있던 사람들이 뛰어올라왔다. 빨간색 옷을 입은 안내원 3명이, 딱딱하게 얼굴이 굳은 터크 씨를 선두로 황급히 달려왔다. 양키즈 후보 선수들이 대기실 가로대 너머로 목을 빼고 그 광경을 지켜보았다.

"기절했어요."

얼굴을 박고 쓰러진 빌 트리 옆에 무릎을 꿇고 앉아 터크가 소리쳤다.

"셔츠 깃을 풀어요." 로터스 번이 겁에 질려 소리쳤다. "얼굴색이 너무 창백해요!"

"여기서 데리고 나가야겠어요."

"그래요, 그렇게 해 줘요."

안내원들과 터크가 몸집이 큰 빌 트리를 힘겹게 들고 나갔다. 그의 긴 팔이 이상하게 덜렁거렸다. 로터스는 신경질적으로 입술을 물어뜯으며 그들 뒤를 힘없이 따라갔다.

"제 생각에는……." 주디가 몸을 일으키며 떨리는 목소리로 무슨 말인가 하려 했다.

지미 코너가 주디의 팔에 손을 얹었고, 주디는 다시 자리에 앉았다.

바로 옆자리에 앉아 있던 엘러리 퀸은 빌 트리가 쓰러지는 순간부터 일어서서, 어리둥절하니 뭔가에 홀린 듯한 눈으로 계속 쓸쓸한 행렬을 지켜보았다. 그때 관중석 쪽에서 누군가 고함을 꽥 질렀다.

"앉아요!"

엘러리 퀸은 자리에 앉았다.

"저는, 무슨 일이 일어날 줄 알았다고요."

패리스가 낮은 소리로 말했다.

"무슨 소리!" 퀸이 간단하게 대꾸했다.

"저 친구는 그냥 기절했을 뿐이오."

그의 부친인 퀸 경감이 끼어들었다.

"저기 족집게 맥코이가 있는데 혹시 저 친구가?"

그의 아들이 말을 가로챘다.

"핫도그를 너무 많이 먹어서 그런 거예요. 대체 왜들 이러는 거죠? 조용히 앉아 시합을 볼 수가 없잖아요."

갑자기 엘러리 퀸은 소리를 질렀다. "힘내요, 멜!"

멜 오트는 오른쪽 다리를 치켜들며 배트를 휘둘렀다. 공은 외야 쪽으로 멀리멀리 날아갔고, 셀커크가 공을 쫓아 정신없이 달려갔다. 그는 공중으로 1미터 이상이나 뛰어올라 담장에 부딪치며 공을 잡았다. 그때 무어가 홈 플레이트를 향해 돌진했고, 셀커크가 빌 딕키에게 던진 공보다 한 뼘 앞서 홈 플레이트로 들어섰다.

"야호!"

퀸이 외쳤다.

1회 말로 들어가자 1대 0으로 앞서고 있는 자이언트 선수들이 자기 자리를 찾아 운동장으로 들어갔다.

위쪽 보도석의 보도진들은 이번 경우와 비슷했던, 올스타 게임에서 아메리칸 리그 최우수 선수 5명을 연속 삼진 아웃시킨 칼 허벨의 훌륭한 경기를 이야기하며 상대편의 형편없는 시합을 비난했고, 퉁클토스 셀커크의 곡예 같은 볼 캐치를 칭찬했다. 그리고는 느닷없이 왕년의 내셔널 리그 투수 빌 트리가 1회 경기가 진행되고 있는 도중 관중석에서 정신을 잃었다는 이야기를 했다. 〈월드 텔레그램〉 신문사의 조 윌리엄스는 그가 너무 흥분한 나머지 기절했다고 말했고, 하이프아이고는 태양 때문이라고——실제로 빌 트리는 모자를 쓰지 않고 있었다——말했다. 그리고 〈선〉 신문사의 프랭크 그레이엄은 그가 핫도그를 너무 많이 먹어서 그렇다고 말했다.

폴라 패리스가 조용히 말했다.

"엘러리, 당신의 그 탐정 기질이 빌 트리 씨의 '기절'에 대해 강한 의문을 품을 것 같은데, 그렇지 않은가요?"

퀸은 잠시 머뭇거리더니 낮은 목소리로 말했다.

"아무리 탐정 기질이 있다 하더라도 아무 말이나 할 수는 없는 거요, 벨리 경사, 그 사람이 어떻게 됐는지 한 번 가 봐요."

"난 시합을 봐야 한단 말이오. 대가께서 직접 가 보시지 그래요?"

"그렇다면 아버지도 같이 가 보셔야겠군요. 제 생각에는 그들이 아버지 관할 구역에 있는 사람들인 것 같은데요."

퀸 경감은 잠시 아들을 쳐다보다 한숨을 내쉬며 일어섰다.

"따라오게, 경사."

벨리 경사는 어딜 가나 항상 남의 흥을 깨는 사람들이 있다면서 도대체 왜 자기가 경찰이 되었는지 모르겠다고 투덜댔다. 그러면서도 순순히 일어나 퀸 경감을 따라갔다.

엘러리 퀸은 손톱을 깨물며 패리스의 비난하는 눈총을 피했다.

2회는 별로 재미가 없었다. 어느 팀도 득점이 없었다.

자이언트가 다시 수비로 들어갔을 때 안내원 하나가 콘크리트 층계를 달려 내려오더니 지미 코너의 귀에 대고 뭐라 속삭였다. 지미 코너는 눈을 껌벅이며 천천히 일어섰다.

"나 좀 봐, 주디."

주디가 가로대를 잡았다.

"빌 때문이군요. 지미, 말해 봐요."

"이봐, 주디……."

"빌에게 무슨 일이 생겼지요?"

주디가 떨리는 목소리로 말하며 벌떡 일어섰다.

"저도 같이 갈래요."

지미는 마치 내기에서 진 사람처럼 멋쩍게 웃어 보이더니 주디의 팔을 잡고 서둘러 밖으로 나갔다.

폴라 패리스는 괴로운 듯 숨을 몰아쉬며 그들을 지켜보았다.

퀸이 안내원을 손짓으로 불러서 물었다.

"대체 어떻게 된 거요?"

"빌 트리 씨가 의식을 찾지 못하고 있습니다. 관중석에 있던 어떤 젊은 의사 양반이 달려와 온 힘을 기울여 돌봤는데, 어렵다는 생각이 드는지 걱정스런 표정을 지으며……."

패리스가 안내원이 말을 끝내기도 전에 소리를 질렀다.

"이럴 줄 알았어! 엘러리, 정말 이렇게 가만히 앉아 있을 거예요?"

그러나 퀸은 꼼짝도 하지 않았다. 그 누구도 자이언트의 시합을 보고 있는 그를 방해할 수는 없는 것이다.

투 아웃에 크로세티가 타석에 들어섰고, 그는 볼 카운트 투 앤 투에 오트의 머리 너머로 날아가는 멋진 안타를 때렸다.

그때 벨리 경사가 여전히 운동장 쪽에 눈을 둔 채 층계를 천천히 내려왔다.

"대가 양반, 나가 보는 게 좋겠소. 부친께서 당신한테 할 말이 있는 모양이던데…… 아, 크로세티가 1루에 있군. 날려 버려, 롤프!"

엘러리는 배트를 휘두르는 롤프의 모습을 지켜보며 간단히 대꾸했다.

"그래요?"

그의 무심한 태도에 패리스의 입이 벌어졌다.

다시 벨리 경사가 말했다.

"빌 트리는 방금 숨을 거두었소. 2회는 어떻게 됐소?"

"그 사람이 죽어요?"

패리스가 숨을 헐떡였다.

퀸은 내키지 않는 태도로 일어서더니 다시 자리에 앉았다.

"제길, 이건 불공평해. 나는 가지 않겠어!"

"마음대로 해요."

경사가 대꾸했다.

롤프가 바텔의 정강이를 살짝 비켜 가는 1루타를 때리고 크로세티가 2루로 달려가자 벨리는 고함을 질러댔다.

"잘한다, 롤프!" 벨리 경사가 엘러리 쪽으로 눈을 돌리며 말을 이었다. "내가 볼 때 이건 뻔한 일이오. 틀림없이 그 약은 여자의 짓이오."

"주디 스타 말인가요?" 패리스가 물었다.

"빌 트리의 아내가? 그게 무슨 말이오?"

이번에는 엘러리가 물었다.

"그 자그마한 체구의 주디란 여자가 트리의 핫도그에 독을 넣은 게 분명해요. 인간이 개를 문 셈이지."

벨리 경사가 낄낄대며 대답했다.

"그 여자가 자백했소?"

엘러리가 물었다.

"아니오. 하지만 여자들이란 게 다 그렇잖소? 이건 그 여자 짓이 틀림없어요. 힘내라, 조! 잘한다!"

엘러리는 패리스를 쳐다보지도 않고 입술을 깨물었다.

"이봐요, 벨리 경사, 잠깐만."

디마지오가 멀리 타구를 날렸으나 라이버가 자기 자리에 그대로 서서 공을 받아냈다. 양키즈는 득점 없이 물러났다.

"역시 허벨은 잘 던진단 말이야."

엘러리의 말이었다.

자이언트가 들어가자 엘러리는 주머니에서 지폐 한 뭉치를 꺼내 들고 자기 의자 위에 올라서더니 뒤쪽 관중석의 구경꾼들을 보며 지폐를 흔들어대기 시작했다. 벨리 경사와 패리스가 놀라서 그를 쳐다보았다.

엘러리는 지폐를 흔들며 고함을 질렀다.

"오늘 시합이 시작되기 전에 빌 트리가 해 준 사인 한 장에 5달러를 드리겠소. 지금 이 자리에서 당장! 5달러요, 신사 여러분. 자, 어서들 와서 받아 가세요!"

"당신 제정신이오?"

경사가 말했다.

관중들은 멍하니 입을 벌리고 있다가 소리내어 웃기 시작했다. 잠시 뒤 남자 2명이 쑥스런 표정을 지으며 내려왔다. 그리고 2명이 더 내려왔고, 또 1명이 내려왔다. 전부 5명이었다. 안내원 하나가 무슨 일이 일어났는지 알아보려고 그들 쪽으로 달려왔다.

"당신이 시합이 시작되기 전에 빌 트리의 사인을 받기 위해 몰려든 사람들을 정리한 그 안내원이오?" 퀸이 그를 보며 물었다.

"그렇습니다만, 선생님, 이런 일을 하시면 안……."

"여기 이 다섯 사람을 잘 봐요. 아, 트리의 사인을 가졌소? 네, 분명히 그의 사인이 맞군요. 자, 5달러 받아요, 다음 분!"

엘러리는 빌 트리의 글씨가 휘갈겨진 지저분한 선수 일람표 5장을 차례로 받아 들고는 그들에게 잠시도 망설이지 않고 5달러짜리 지폐를 나눠 주었다.

"또 없습니까?"

엘러리는 지폐 뭉치를 흔들며 소리쳤다.

그러나 더 이상 아무도 나타나지 않았고, 대신 관중석 쪽에서 점잖지 못한 야유가 흘러 나왔다. 벨리 경사는 그 큰 머리를 절레절레 흔들었고, 패리스는 몹시 궁금한 얼굴을 했다.

"누구 더 내려온 사람은 없나요?" 엘러리가 물었다.

"뭐라고요?" 안내원의 입이 벌어졌다.

"사인은 6장이었어요. 그런데 나타난 사람은 5명뿐이잖소. 여섯 번째 사람은 누구였지요? 말해 봐요!"

"아!" 안내원은 귀를 긁적거렸다. "어른이 아니었어요. 어린아이가 하나 있었죠."

"사내아이?"

"네, 반바지를 입은 꼬마였어요."

퀸의 얼굴이 어두워졌다.

벨리 경사가 불평하듯 말했다.

"가끔씩 당신은 세상을 너무 모르고 철없는 모험을 한단 말이야."

그리고 그들은 관중석을 떠났다. 패리스가 눈을 반짝이며 그들을 뒤따랐다.

"이 사건을 빨리 해결해야 다음 회를 볼 수 있을 거야."

퀸이 나직이 말했다.

벨리 경사는 엘러리를 경찰관 하나가 어슬렁대고 있는 어떤 사무실로 안내해 가더니 문을 열었다. 퀸 경감이 그 안에서 왔다갔다하고 있었다. 터크는 신문지로 덮여, 꼼짝도 하지 않고 소파 위에 누워 있는 기다란 물체를 바라보며 인상을 쓰고 있었다. 지미 코너는 두 여자 사이에 앉아 있었다. 세 사람은 하나같이 꼼짝 않고 앉아 창백한 얼굴로 거친 숨을 내쉬고 있었다.

"이분은 필딩 박사다." 퀸 경감이 창문 옆에 조용히 서 있는 백발의 노인을 가리켰다. "트리의 주치의지. 시합을 보러 운동장에 오셨다가 우연히 트리가 쓰러졌다는 소식을 듣고 도울 일이 있을지도 모른다 싶어 급히 이리로 오셨다는구나."

엘러리는 소파로 다가가 뻣뻣한 빌 트리의 머리를 덮고 있는 신문지를 들췄다. 패리스는 재빨리 주디 스타 쪽으로 걸어갔다.

"뭐라 드릴 말씀이 없군요, 트리 부인."

그러나 여자는 눈을 감은 채 꼼짝도 하지 않았다. 잠시 뒤 엘러리가 신문지를 원래대로 해놓으며 성급하게 말했다.

"자, 말씀해 보시지요."

"필딩 박사께서 오시기 전에" 퀸 경감이 입을 열었다. "젊은 의사 하나가 여기서 빌 트리에게 응급 조치를 취했는데, 내 생각에는 그 양반이 실수로……."

"천만에요." 필딩 박사가 날카로운 목소리로 그의 말을 잘랐다. "그가 내게 말한 걸로 미뤄 보면, 트리 씨의 초기 증세는 거의 졸도 상태였어요. 그 젊은 친구는 의식을 회복시키는 일상적인 방법을 시도한 겁니다. 카페인과 피크로톡신까지 주사했죠. 환자에게 심한 경련이 없었기 때문에 쓰디쓴 아몬드 냄새를 맡지 못했던 거지요."

"청산가리!" 엘러리가 물었다. "입으로 들어간 겁니까?"

"그렇소. HCN(시안화수소산), 당신 말대로 하자면 청산가리지요." 필딩 박사가 침울한 목소리로 대답했다. "난 즉각 그 약이라고 의심했는데, 왜냐하면 바로 며칠 전에 제 사무실에서 생긴 일 때문이지요."

"어떤 일이었지요?"

"그 날 저는 제 책상 위에 5온스짜리 시안화수소산 1병을 놓아두었지요. 저는 그 약의 극소량을 가끔씩 심장 자극제로 사용합니다. 그런데 그때 트리 부인이……."

의사는 말없이 앉아 있는 주디 쪽으로 눈을 돌리며 말을 이었다.

"제게 신진 대사 검사를 받느라 제 사무실에서 쉬고 있었지요. 저는 부인을 혼자 두고 사무실을 나갔습니다. 우연히도 같은 날 아침 빌 트리도 신체 검사를 받겠다며 저를 찾아왔더군요. 저는 다른 방에서 환자들을 진료하고 돌아와 트리 부인을 검사했고, 검사가 끝난 다음 부인을 배웅하고 트리와 함께 제 사무실로 돌아왔습니다. 그때서야 저는 제 책상 위에 올려 둔 약병이 없어졌다는 것을 알았지요. 그 병에는 그냥 평범하게 '위험—극약'이라고만 표시되어 있었습니다. 저는 그걸 어디 잘못 두었다고 생각했는데, 지금 와서 생각해 보니……."

"저는 가져가지 않았어요. 그런 약병은 보지도 못했어요."

주디가 여전히 눈을 감은 채 기운 없는 목소리로 말했다.

그러자 지미가 주디의 맥빠진 손을 잡고 가볍게 토닥거렸다.

"그의 몸에 주사 자국은 없었습니다." 필딩 박사는 덤덤한 얼굴로 말을 이었다. "그런데 저는 트리 씨가 쓰러지기 15분에서 30분 전쯤에 핫도그를 먹었다는 얘기를 들었습니다. 그것도 아주 특이한 상황에서."

주디가 고함을 질렀다.

"나는 그러지 않았어요, 절대로!"

주디는 두 손으로 얼굴을 감싸고 지미의 어깨에 기대어 흐느꼈다.

로터스 번이 부르르 몸을 떨었다.

"이 여자가 자기 핫도그를 그 사람이 집게 만든 거예요. 제가 봤어요. 두 사람 다 핫도그를 자기 옆 빈 자리에 올려놓고 있었는데, 이 여자가 저이의 핫도그를 집어 들었어요. 그래서 저이는 이 여자의 핫도그를 집을 수밖에 없었죠. 이 여자가 자기 핫도그에 독을 집어넣고 저이가 실수로 먹게 만든 거라고요, 살인마!"

"나쁜 여자 같으니!" 패리스가 로터스를 밉살스런 눈길로 바라보며 혼자만 알아들을 수 있는 목소리로 말했다.

"결국" 엘러리가 성급하게 끼어들었다. "트리 부인은 평범한 두 가지 사실, 즉 동기와 기회 때문에 혐의를 받고 있습니다. 트리 부인이 남편을 살해할 만한 동기, 즉 로터스에 대한 질투심과 증오심은 어디까지나 가정입니다. 그리고 기회란, 필딩 박사의 사무실에서 약병을 가져갈 기회와, 두 사람이 선수 일람표에 사인을 하는 동안 부인이 자신의 핫도그에 독약을 넣을 기회, 그 두 가지를 말하는 것입니다."

"이 여자는 그이를 증오했어요." 로터스가 가시 돋친 목소리로 소리쳤다. "그이를 빼앗은 나까지 증오했고요!"

"조용히 하세요!"

엘러리가 말했다. 그는 복도로 난 문을 열고 밖의 경찰관을 불렀다.

"이봐요, 맥길리커디. 당신 이름이 이게 맞는지는 모르겠지만, 당장 경기장 아나운서에게 달려가 확성기로 방송 좀 해 달라고 해요. 그런데 지금 스코어가 어떻게 됐소?"

"아직 1대 0입니다. 허벨과 고메즈가 막상막하의 시합을 벌이고 있죠."

"아나운서에게 시합이 시작되기 직전에 빌 트리의 사인을 받아 간 사내아이를 이 사무실에서 찾고 있다는 방송을 해 달라고 해요. 이 사무실로 오기만 하면, 그 꼬마는 공, 배트, 투수 글러브, 그리고 그 아이의 조그만 침대 위에 걸어 놓을 트리의 유니폼을 입고 찍은 사진을 받을 수 있을 거라고 말이오. 어서 뛰어가요!"

"알겠습니다."

엘러리는 문을 닫으며 투덜댔다.

"허벨이 전력을 다해 공을 던지고 있을 텐데, 이런 골치 아픈 일로 목을 졸리고 있으니. 그런데 아버지, 아버지도 여기 계신 트리 부인이 핫도그에 독약을 넣었다고 생각하세요?"

"그럼 달리 누가 있겠니?"

경감이 별 생각 없이 말했다. 그는 시합장에서 들려오는 희미한 고함 소리에 귀를 쫑긋 세우고 있었다.

"트리 부인이" 그의 아들이 대꾸했다. "자기 남편을 독살하지 않았다는 것은 제가 그런 짓을 하지 않았다는 것만큼이나 명백해요."

주디가 입 근육을 실룩이며 천천히 고개를 들었다. 패리스가 신난다는 듯 말했다.

"역시 당신은 멋쟁이야!"

"부인 짓이 아니라고?" 퀸 경감이 긴장된 얼굴을 하며 물었다.

"그 핫도그 얘기는," 엘러리가 대답했다. "말 그대로 너무 이상해요, 부인이 자기 남편을 독살하려면, 그 자리에서 병뚜껑을 열고 자기가 먹던 핫도그에 청산가리를 뿌려야 합니다. 그러나 부인 옆에는 지미 코너가 앉아 있었고, 그 핫도그에 독약을 넣었을 가능성이 있다고 생각되는 유일한 시간에는 양키즈 선수들이 사인을 받기 위해 가로대 너머 부인의 바로 앞에 서 있었어요, 그렇다면 그들 모두가 공범일까요? 그리고 부인은 자기 남편이 핫도그를 그 빈 자리에 놓을 것이라는 것을 어떻게 알았을까요? 전부 터무니없는 얘기죠."

관중석 쪽에서 함성이 들려오자 엘러리는 서둘러 말을 이었다.

"제게 사실과 들어맞는 그럴 듯한 이론이 하나 있습니다. 트리가 독살됐다는 소식을 듣고 저는 6장의 선수 일람표에 사인을 하던 트리의 모습을 떠올렸습니다. 그는 사람들이 선수 일람표와 함께 건네준 연필로 사인을 하면서 계속 그 연필 끝에 침을 묻혔습니다. 그렇다면, 그가 침을 묻혔던 그 연필심에 독이 묻어 있을 수도 있다는 것입니다. 바로 그런 이유 때문에 제가 그 6장의 사인을 사겠다고 제안한 거지요."

패리스가 엘러리를 부드러운 눈길로 바라보았다.

그러자 벨리 경사가 말했다.

"아드님이 트리의 사인이 든 선수 일람표를 사는 모습을 제 두 눈으로 똑똑히 보았습니다."

다시 엘러리가 말했다.

"저는 그 살인범이 나타나리라는 생각은 하지 않았습니다. 그러나 어떤 무고한 사람이 그랬을 수도 있다고 생각했습니다. 트리의 사인을 들고 나타난 5명은 제게 돈을 요구했습니다. 여섯 번째 사람은 아직 찾지 못했습니다. 하지만 안내원의 말에 따르면 그는 어린 사내아이였습니다."

"어린아이가 트리 씨를 독살했다는 거요? 날씨가 너무 덥다 보니 정신이 어떻게 된 모양이군."

터크가 처음으로 입을 열었다.

"솔직히 좀 그런 것 같구나."

경감의 말이었다.

"그럼 그 사내아이는 왜 나타나지 않았죠? 대답해 봐요, 엘러리!"

패리스가 재빨리 끼어들었다.

엘러리가 또렷한 목소리로 말했다.

"그 소년은 죄책감 때문이 아니라 빌 트리의 사인을 그 어떤 것과도 바꾸고 싶지 않기 때문에 나타나지 않았던 것입니다. 그래요, 빌 트리를 영웅처럼 떠받드는 소년은 그 위대한 투수를 절대로 독살하려 하지 않았을 것입니다. 그렇다면 소년은 분명히 자기가 무슨 짓을 했는지 모르고 있을 것입니다. 따라서 소년은 단순한 꼭두각시에 불과했다는 것이 분명합니다. 그렇기 때문에 의문점은 여전히 남아 있는데 그 소년이 누구의 꼭두각시였느냐는 거죠."

"족집게 맥코이야." 경감이 천천히 말했다.

로터스 번이 눈을 번득이며 벌떡 일어났다.

"주디 스타가 그이의 핫도그에 독약을 넣은 게 아니라면, 그 사내가 아이를 시켜서 트리에게…… ."

엘러리가 가차없이 말을 막았다.

"트리 부인께서는 자리를 뜬 적이 없습니다."

그때 누군가 복도 쪽 문을 두드렸고, 엘러리가 문을 열었다. 엘러리가 처음으로 미소를 지었다. 문이 닫혔을 때 그들은 갈색 머리에 영리해 보이는 눈을 지닌 사내아이의 어깨에 팔을 두르고 있는 엘러리를 볼 수 있었다. 사내아이는 손에 선수 일람표를 꼭 쥐고 있었다.

"이 사무실로 오면" 소년이 머뭇거리며 말했다. "빌 트리의 사진을 받을 수 있을 거라는 방송을 들었는데…… ."

소년은 이상하게 번뜩이는 사람들의 눈을 보고 당황해서 말을 잇지 못했다.

"물론 받게 될 거다. 이름이 뭐지, 꼬마야?"

엘러리가 따뜻한 목소리로 물었다.

"페니모어 피겐스펀이요. 여기 트리의 사인이 된 선수 일람표가 있어요. 준다고 약속한 사진은 어떻게 됐죠?"

소년은 말을 하면서 문 쪽으로 슬슬 움직였다.

"어디 보자, 페니모어. 트리 씨가 언제 네게 이 사인을 해 주었지?"

엘러리가 물었다.

"시합 시작 바로 전에요. 딱 6명만 해 주겠다고 했는데…… ."

"네가 사인을 해 달라고 건네 준 연필은 어디 있지, 페니모어?"

소년은 미심쩍어하는 눈치였다. 그러나 이내 불룩한 주머니를 뒤져 시합장에서 선수 일람표와 함께 팔고 있는 평범한 노란색 연필 가운데 네 번째 것을 꺼냈다. 엘러리는 소년에게 연필을 조심스레 받아 들었고, 필딩 박사는 엘러리가 내미는 연필을 코끝에 대고 연필심 냄새를 맡았다. 박사는 고개를 끄덕였고, 그제야 주디 스타의 조용한 얼굴에 처음으로 안도하는 기운이 감돌았다. 주디는 피곤한 듯 지미의 어깨에 머리를 기댔다.

엘러리는 페니모어 피젠스펀의 머리카락을 흩뜨렸다.

"이건 정말 굉장하구나, 페니모어. 자이언트 선수들이 배팅 연습을 하고 있을 때 누군가 네게 이 연필을 줬을 거야, 그렇지?"

"맞아요." 소년은 그를 똑바로 쳐다보았다.

"그게 누구였지?" 엘러리가 부드럽게 물었다.

"몰라요. 콧수염이 나고 키가 큰 사람이었는데, 코트 차림에 모자를 눌러쓰고 커다란 검은색 선글라스까지 끼고 있었어요. 얼굴은 잘 보이지가 않았어요. 제게 준다던 사진은 어디 있죠? 저는 빨리 가서 시합을 봐야 한단 말예요!"

"그럼 그 사람이 네게 연필을 준 장소가 어디니?"

"그건……." 페니모어는 당황하는 얼굴로 여자들을 흘낏 쳐다보더니 다시 말했다. "저는 그만 갈래요. 그런데 그 아저씨가 말하길, 자기도 그 여자에게 사인을 받고 싶은데 창피해서 그렇다며 제게 대신 받아줄 수 있겠느냐고……."

"뭐? 뭐라고 했지? 지금 '그 여자'라고 말했니?"

엘러리가 놀란 목소리로 물었다.

"그래요. 빨간 모자에 빨간 옷을 입고 빨간 장갑을 낀, 양키즈 선수 대기실 근처 관중석에 앉아 있던 아줌마 말예요. 그 사람은 나를 밖으로 데리고 나가 그 아줌마가 앉아 있는 곳을 손가락으로 가리키기까지 했어요. 그래요!"

페니모어는 눈을 동그랗게 뜨며 소리를 질렀다.

"저 아줌마예요! 바로 저 아줌마라고요!"

소년은 지저분한 둘째손가락으로 주디 스타를 가리켰다.

주디는 몸을 떨며 망연히 뮤지컬 배우의 손을 더듬어 찾았다.

퀸이 부드럽게 말했다.

"이제 정리를 해 보자, 페니모어. 그 선글라스를 낀 남자가 저 아줌마의 사인을 받아 달라며 네게 연필과 선수 일람표를 줬다는 말이겠지?"

"그래요, 제게 2달러까지 주면서 시합이 끝난 다음 아줌마의 사인이 된 선수 일람표를 받으러 오겠다고 했어요. 그런데……."

"그런데 넌 그 사람에게 줄 저 아줌마의 사인을 받지 않았어, 그렇지? 처음에 너는 저 아줌마의 사인을 받으러 내려갔고, 그 근처에서 네 차례가 오길 기다렸어. 그런데 거기서 너는 그 아줌마의 옆자리에 앉아 있는 너의 영웅 빅 빌 트리를 보게 된 거야. 그래서 너는 저 아줌마에게 사인을 받는 일을 잊어 버렸던 거야, 그렇지?"

소년은 비실비실 뒤로 물러났다.

"일부러 그랬던 건 아녜요. 정말예요, 아저씨. 그 2달러는 돌려줄 거란 말예요!"

"너의 영웅 빅 빌 트리를 보고, 너는 사인을 받으러 그쪽으로 갔어, 그렇지?"

페니모어는 겁에 질린 얼굴로 고개를 끄덕였다.

"너는 그 선글라스를 낀 남자가 네게 준 연필과 선수 일람표를 안내원에게 건넸고, 안내원은 그 연필과 선수 일람표를 너의 영웅 빌 트리에게 건넸고, 그런 식으로 된 것 아니니?"

"마, 맞아요. 그런데……."

페니모어는 엘러리의 손을 빠져나가려고 몸을 틀었다.

"그런데, 전 그만 갈래요!"

누가 붙잡을 틈도 없이 소년은 바람처럼 복도로 달려 나가 버렸다.

밖에 있던 경관이 소리쳤다.

그러나 엘러리가 말했다.

"그냥 둬요, 경관님."

그는 문을 닫았다. 그러더니 다시 문을 열고 밖에다 대고 말했다.

"시합이 어떻게 돼갑니까?"

"저도 확실히 모르겠습니다. 방금 무슨 일이 일어난 것 같은데, 제 생각에는 양키즈가 득점을 한 것 같군요."

"제길." 퀸은 혼자서 중얼대며 도로 문을 닫았다.

"그러니까, 정작 목숨이 위험했던 사람은 빌 트리가 아니라 그의 부인이었군." 경감이 얼굴을 찡그리며 말했다. "죄송합니다, 주디 스타. 코트 차림에 모자를 눌러 쓰고 콧수염에 선글라스를 낀 키가 큰 사내라. 아주 그럴 듯하군!"

"변장을 했을 거예요." 벨리 경사가 말했다.

"변장을 했다면 그것들을 어딘가에 버렸겠지." 퀸 경감은 깊이 생각하는 얼굴을 했다. "벨리 경사, 우리가 앉아 있던 자리 뒤쪽에 있는 남자 화장실로 한 번 가 보겠나? 그리고…….."

그는 귓속말로 덧붙였다. "점수가 어떻게 됐는지도 알아보라고."

벨리는 씩 웃으며 달려 나갔다.

퀸 경감은 얼굴을 찌푸렸다.

"5만 명의 관중 가운데 1명을 찾아내려면 고생깨나 하겠군."

"어쩌면," 그의 아들이 갑자기 입을 열었다. "그렇게 고생하지 않아도 될 것 같아요. 살인에 사용된 게 뭐였죠? 시안화수소산입니다. 누구를 죽이려 했던 거죠? 빌 트리의 아내입니다. 이 사건의 누군가와 시안화수소산 사이에 무슨 연관이 있습니까? 있습니다. 필딩 박사는 의심스런 상황에서 그 약병을 잃어버렸습니다. 그렇다면 그걸 누가 가져갔을까요? 빌 트리의 아내가 그 약을 가져갔거나 아니면 빌 트리 자신이 가져갔겠죠."

"빌 트리군요!" 패리스가 숨을 헐떡였다.

"빌이?" 주디 스타가 나지막이 말했다.

"그래요! 그 약병은 필딩 박사가 주디 스타 당신을 배웅하러 나갈 때까지도 없어지지 않았습니다. 나중에 필딩 박사는 당신 남편과 함께 사무실로 들어왔습니다. 트리는 사무실로 들어오자마자 그 약병을 슬쩍 집어넣을 수도 있었을 것입니다."

"그래요, 가능한 얘기군요." 필딩 박사가 중얼거렸다.

"저로서는" 엘러리 퀸이 말했다. "그 어떤 방법으로도 다른 결론에 도달할 수가 없군요. 우리는 오늘 그의 아내가 희생되기로 되어 있었다는 사실을 알았고, 그렇기 때문에 그의 아내는 분명히 그 독약을 훔치지 않았습니다. 그 독약을 훔칠 기회가 있었던 다른 유일한 사람은 바로 빌 트리 자신이었습니다."

로터스 번이 발딱 일어섰다.

"믿을 수 없어요! 그건 이 여자를 보호하기 위해 짜 맞춘 논리일 뿐예요. 이제 빌은 자기 자신을 변호할 수 없게 됐으니까요!"

"아, 하지만 그에게 주디를 죽일 만한 동기가 없었을까요?" 엘러리 퀸이 역습을 했다. "분명히 있었습니다. 주디는 그가 그렇게도 바라던 이혼을, 물론 당신과 결혼하기 위해서였겠지만 해 주지 않으려 했으니까요. 제 생각에는, 번 양, 조용히 계시는 게 현명할 것 같은데요. 트리에게는 필딩 박사의 사무실에서 독약이 든 병을 훔칠 기회가 있었습니다. 그리고 또한, 오늘 페니모어 소년에게 돈을 주고 사인을 받아 오라고 부탁할 기회도 있었습니다. 왜냐하면 독살자가 주디 스타에게 독을 묻힌 연필을 건네 줄 누군가를 찾았을 그 시간에, 여러분 세 사람 가운데 자기 자리를 떠난 유일한 사람이 빌 트리였으니까 말입니다.

이 모든 것들이 빌 트리가 해야만 했던 일과 잘 들어맞습니다. 변장 도구는 아마 어제쯤 감춰뒀겠지요. 그는 변장 도구를 감춰 둔 장소로 가서 적당한 꼭두각시가 될 페니모어를 찾았고, 소년에게 연필을 주며 이렇게 저렇게 하라고 부탁했겠지요. 그리고는 변장을 벗어버리고 자기 자리로 돌아와 앉은 거지요. 빌 트리는 연필심에 침을 묻히는 아내의 버릇을 그 누구보다도 잘 알고 있지 않았을까요? 어쩌면 자신에게 배웠을, 그 버릇을 말입니다."

"가엾은 빌." 주디 스타가 가슴이 미어지는 듯 신음 섞인 소리로 말했다.

"여자들은 바보예요." 패리스의 말이다.

"또 다른 웃지 못할 일들이 있습니다." 퀸이 말했다. "만약 트리가 감기만 들지 않았더라도, 그는 자기가 준 바로 그 독이 묻은 연필을 받았을 때 쓰디쓴 아몬드 냄새를 맡고 자신의 그 보잘것없는 목숨을 구하기 위해 사인을 그만두었을 것입니다. 그리고 그가 페니모어 소년이 숭배하는 영웅만 아니었더라도, 페니모어가 만사 제쳐 두고 독이 묻은 연필을 그에게 건네지 않았을 것입니다."

엘러리 퀸은 재빨리 말을 이었다.

"이 모든 사실들을 종합해 볼 때, 빅 빌 트리는 자신의 아내를 살해하려던 교묘한 방법으로 자신을 살해했던 것입니다."

"너에게는 아주 확실한 건지 모르지만" 경감이 쓸쓸한 목소리로 말했다. "내게는 증거가 필요하구나."

"저는 이 사건이 어떻게 일어났는지 이미 모두 말씀드렸어요." 엘러리는 문으로 걸어가며 화난 목소리로 대답했다. "저보다 더 자세히 설명할 수 있는 사람이 또 있을까요? 안 갈 거요, 폴라?"

그러나 패리스는 이미 전화기를 들고 자신이 몸담고 있는 회사의 뉴욕 지부 사무실에 조심스럽게 통화를 하고 있었고, 그가 마치 벌레라도 되는 듯 더 이상 신경도 쓰지 않았다.

"점수가 어떻게 됐죠? 지금 어떻게 된 거요?" 다시 관중석에 자리잡은 엘러리는 정신없이 이것저것 마구 물어댔다. "3대 3! 도대체 허벨은 뭘 하는 거야? 양키즈가 어떻게 득점한 거요? 지금 몇 회지요?"

"9회말이오!" 누군가 꽥 소리를 질렀다. "양키즈는 8회에 3점을 냈소. 포볼 하나, 2루타 하나, 6회에 오트가 2루에 나갔을 때 디마지오가 그대로 홈런을 날린 거지. 이제 좀 조용해요!"

바텔이 고든의 머리 위쪽으로 안타를 날리자 엘러리는 신이 났다.

벨리 경사가 허겁지겁 그의 옆자리로 와 앉았다.

"찾았소!" 경사는 숨을 헐떡거렸다. "남자 화장실에서 전부 찾아냈어요, 코트, 모자, 가짜 콧수염, 선글라스, 모두 다. 점수가 어떻게 됐죠?"

"3대 3. 희생타를 날려, 리플!" 엘러리가 소리쳤다.

"그 코트 주머니에서 어제 있었던 여섯 번째 시합의 우천시 입장권이 나왔는데, 거기에 빌 트리의 이름과 좌석 번호가 적혀 있었소. 당신 아버지가 필요로 하는 증거를 찾은 거지. 그러니까 당신은 또 한 번 승리한 거요!"

"누가 뭐랬소? 야호!"

리플이 희생타를 쳐서 바텔을 무사히 2루로 진출시켰다.

"억세게도 운이 좋군." 옆자리의 양키즈 팬인 벨리 경사가 말했다. "저건 실수야. 보라고, 그렇잖소?"

"그리고" 경사는 홈 플레이트를 향해 성큼성큼 걸어가는 오트를 보며 말을 이었다. "빌 트리가 저지른 모든 일은 결국 자기 자신을 옭아매기는 했지만, 그 자신만 빼고는 어느 누구에게도 해를 입히지 않았소. 게다가 빌 트리는 하는 일마다 어긋나기만 해서 남에게는 전혀 해를 입히지 못하고 스스로만 옭아맸지. 야구는 범인이 사라져도 잘만 진행되었고, 페니모어 피젠스펀 같은 수천 명의 어린애들은 그 남자가 걸어온 길을 존경하고 있으니 말이지."

"끝내 버려, 멜!" 엘러리가 소리쳤다.

"그리고 신문 기자들은 빌이 혼수 상태에 빠져 죽은 사실 외에는 모두 무슨 일이 일어났는지 아무도 모르고, 한결같이 쉬쉬하고 말들을 않으니⋯⋯."

엘러리는 갑자기 너무도 심각한 사태가 발생했다는 것을 알았다.

"뭐라고? 지금 뭐라고 했소?"

"삼진 아웃 시켜, 구피!" 경사는 그의 말은 듣지도 않고 고래고래 고함을 질렀다. "내 말은 도무지 공명정대하지가 않다는 소리요. 상부에서 듣고 나서면 경감님은 물러나셔야 하는데."

누군가 그들 뒤에서 가쁜 숨소리를 냈다. 그들이 뒤돌아보자 퀸 경감이 급하게 달려왔는지 시뻘건 얼굴로 폴라 패리스의 부축을 받으며 그들 쪽으로 기다시피 올라오고 있었다. 패리스는 침착하고 차분했으며 평소처럼 맑은 눈망울을 굴리고 있었다.

엘러리가 퀸 경감을 쳐다보며 말했다.

"아버지! 살인 사건을 마무리 지으셔야지 여긴 어떻게?"

퀸 경감은 숨을 헐떡거렸다.

"살인 사건? 무슨 살인 사건?"

경감이 패리스에게 눈을 찡긋하자 패리스도 같이 눈을 찡긋했다.

"하지만 폴라가 전화로 그 사건에 대해 얘기를⋯⋯."

"제가 통화하는 내용을 못 들었나요?" 패리스는 기가 차다는 얼굴로 밀짚모자를 바로 쓰며 엘러리 옆자리에 앉았다. "당신 아버님과 제가 다 마무리 짓고 왔어요. 오늘 밤 세상 사람들은 빌 트리 씨가 심장마비로 사망했다는 사실을 알게 될 거예요."

　그러자 그들은 모두 껄껄 웃어댔다. 멍청하니 입을 쩍 벌리고 있는 엘러리만 빼고.

　패리스가 말했다.

　"그렇기 때문에 당신 아버지는 지금 당신과 함께 이 중요한 시합을 끝까지 보실 수 있게 된 거예요, 이 얌체 같은 사람!"

　그러나 퀸은 이미 넋 나간 얼굴로 뒤로 힘껏 젖혀진 멜 오트의 배트와 고메즈의 손을 떠나 홈 플레이트로 날아가는 공을 바라보고 있었다.

대박의 꿈

"잠깐만! 제가 아주 좋아하는 잠자리가 한 마리 지금 막 거실로 날아들었어요." 폴라 패리스는 연한 장밋빛 전화기에 대고 큰소리로 말했다. "오, 엘러리! 앉아서 잠시만 기다려줘요……. 아녜요, 당신은 알 것 없어요. 은백색 눈동자에 성실한 신사분이신데 제가 좀 좋아지려고 그래요……. 그럼 내일 가르보가 흥분한 모습을 전화로 알려주시고, 클로포드의 새 헤어스타일이 미스 아메리카 선발대회에서 각광을 받거든 급히 연락해 주세요."

패리스는 자기가 쓰고 있는 할리우드의 가십란과 관계된 중요한 업무를 끝내자 전화를 끊고 퀸 쪽으로 숨가쁘게 입술을 돌렸다.

인간혐오증이라고도 할 수 있는, 사람이 번잡한 곳을 병적으로 싫어하던 패리스를 퀸은 오히려 사람을 사랑하게 만드는 심리요법으로 병을 고쳐주었다. 그러나 주도면밀한 그 계획의 결과는 뜻밖이었다. 환자는 얼마 안 가 새 치료법의 효과에 굴복하였으나, 혼자가 아니라 의사마저 함께 붙들고 넘어갔던 것이다.

그 사랑스러운 환자는 귀에 대고 속삭였다.

"전 아무래도 더 특별한 치료가 필요한가 봐요, 퀸 선생님 ! "

그러자 가엾은 친구는 마지못해 패리스의 입술을 받아들이고는 입에 묻은 립스틱을 닦아냈다.

"아이, 그런 얼굴 하지 마세요. "

그에게서 떨어지며 그의 어두운 표정을 살피던 패리스가 비판적으로 말을 이었다.

"엘러리 퀸, 당신은 또 궁지에 몰렸군요. "

"할리우드는" 퀸이 중얼거렸다. "신이 잊어버린 땅이라오. 논리가 존재하지 않는, 질서도 없고 혼돈만 가득하지. 폴라, 당신의 할리우드는 나를 정말 힘들게 하는구려. "

"오, 가엾은 사람 ! " 패리스는 달콤한 콧소리로 퀸을 위로하며, 단풍나무로 된 널따란 소파로 그를 끌어 앉혔다. "이 폴라에게 그 지겨운 얘기를 모두 털어놔 봐요. "

그리하여 퀸은 패리스의 부드러운 팔에 안긴 채 마음속의 짐을 털어놓게 되었다. 그는 매그너 스튜디오(유명한 영화사)에 자신의 영혼을 임대했고, 그 영화사는 전속 작가로서 참신한 경마 이야기를 써 오라고 그에게 명령했다. 영화사에서는 퀸이 범죄에 대해서 많은 지식이 있다고 생각했기 때문에 당연히 미스터리물을 요구했다.

"모든 시간과, 심지어는 재산까지도 모조리 경마에 쏟아부은 작가들이 영화사에는 50명도 넘을 텐데 말이오. " 퀸이 씁쓸하게 불평을 했다. "영화사 녀석들은 전속작가들 중에서 일부러 말발굽의 털과 어깨의 혹도 구별 못하는 노예를 골랐을 게 틀림없소. 나 같은 건 아무것도 모르는 글쟁이처럼 보았을 터이고…… . "

"경마에 대해서 전혀 모르세요 ? "

"난 경마에는 전혀 관심이 없소, 본 적도 없고. "

내뱉듯 퀸이 말했다.

"저런 ! 어떡해요 ? "

패리스는 걱정스레 말하더니 침묵에 잠겼다. 잠시 뒤 퀸이 패리스의 품 안에서 몸을 틀며 절망적인 목소리로 말했다.

"폴라, 무슨 생각을 하는 거요 ? "

패리스는 그에게 키스를 하고 의자에서 발딱 일어섰다.

"걱정할 것 없어요, 제게 좋은 생각이 있어요 ! "

초록과 황금색으로 펼쳐진 목장 지대로 차를 몰고 들어가면서 패리스는 존 스콧 노인에 관하여 퀸에게 모두 이야기해 주었다.

스콧은 덩치가 커다란 스코틀랜드 인으로 그의 고향 황무지에 자라는 키작은 나무처럼 거칠고 험상궂은 얼굴을 하고 있는데 성격도 그에 못지않게 고집불통이다. 그의 마음 속은 마치 황량한 들판 같지만 말들이 풀을 뜯어먹는 장소만큼은 그렇지 않다. 그러나 말들에 대한 그런 애정이 목장을 영락시키는 결정적 약점으로도 작용했다. 왜냐하면 경주마를 사육함으로써 두 번이나 큰 재산을 모았지만, 경주에 내보내 돈을 걸게 되면서 두 번 다 전 재산을 날리고 말았기 때문이다.

"존 할아범은 경마 사기꾼들이 정말 싫어하는 존재죠, "

패리스가 얘기를 계속했다.

"덕분에 윌리엄스는 지금 안장 만드는 일을 하고 있다든가 그러더군요. 그런데 왜 그런 일이 생겼냐 하면, 다른 말주인과 윌리엄스가 은근히 눈인사를 하더라는 게 이유였다고 해요. 기가 막히죠 ? 그래도 원체 변덕이 심하고 괴짜다 보니 3년 후엔 윌리엄스의 아들에게 일자리를 마련해 주었어요. 그러니까 윌리엄스의 아들 화이티가 다음 화요일에 있을 핸디캡 경주에서 존의 말 가운데 가장 우수한 데인저를 타게 된 거죠, "

"십만 달러의 상금이 걸려 있다고 사람들이 난리법석을 떨어대는 그 산타 아니타 레이스 말이오？"

"그래요. 어쨌든 존 할아범에게는 형편없이 작은 목장과 데인저, 딸 캐티, 그리고 쓸모없는 말들이 있는 마구간과 늘어만 가는 실망 외에는 사실상 아무것도 없어요."

"지금까지는 B급 영화의 도입부 같군." 엘러리 퀸이 말했다.

"재미없는 영화라는 것만 빼고 말이죠." 패리스는 한숨을 내쉬었다. "존은 지금 몹시 곤란한 처지에 놓여 있어요. 만약 화이티가 이번 레이스에서 데인저를 타고 우승을 하지 못한다면, 존 스콧은 막다른 길로 들어서게 되고…… 길 얘기를 하다 보니 다 왔군요."

그들은 비포장 도로로 들어가, 금방이라도 쓰러질 것 같은 목장 주인의 집 쪽으로 먼지를 날리며 나아갔다. 도로는 구멍이 패어 울퉁불퉁했고, 담장이 무너진 목초지는 돌보지 않아 풀이 드문드문 나 있었다.

엘러리가 씩 웃으며 말했다.

"그런 골칫거리를 안고 있는 사람이라면 경마에 대한 기초적인 것을 물으러 온 우리를 친절하게 맞이하지는 않을 것 같군."

"당신 같이 다 큰 남자가 경마에 대해 아무것도 모른다고 말하면, 아마 그 할아범은 큰소리로 웃을 거예요. 하긴, 이따금 큰소리로 웃을 일도 있어야겠지만."

멕시코 인 요리사가 그들에게 스콧의 개인 트랙이 있는 곳을 가리켜 주었고, 그들은 휘어진 난간에 바짝 붙어 서 있는 그의 모습을 볼 수 있었다. 살 속에 파묻힌 그의 작은 눈은 멀리 트랙 모퉁이를 따라 일고 있는 자욱한 흙먼지 쪽으로 가늘게 향해 있었고, 마디가 굵은 손에는 스톱워치가 들려 있었다.

2미터 정도 떨어진 난간 위에 굽 높은 말 장화를 신은 사나이 하나가 걸터앉아 있었고, 그 사나이의 무릎 위에 얹힌 엽총은, 스콧의 덥수룩한 뒤통수에 대고 뭐라 말하고 있는 이국적 분위기의 지나치게 옷을 잘 차려 입은 어떤 신사의 머리 쪽으로 무심코 향해 있었다. 잘 차려 입은 사나이는 번쩍번쩍 윤이 나는 로드스터(승용차 종류) 안에 앉아 있었는데, 그의 옆자리 운전석에는 딱딱한 표정의 사나이가 앉아 있었다.

"내 제안을 알겠소, 존?" 옷을 잘 차려 입은 사나이는 이빨을 드러내 보이며 웃었다. "알겠느냐고?"

"내 농장에서 당장 사라져, 산텔리!"

존 스콧이 고개도 돌리지 않고 말했다.

"그러지." 산텔리는 여전히 웃음을 잃지 않았다. "이봐, 내 제안을 잘 생각해 보라고. 그러지 않았다간 당신 말에 무슨 일이 생길지도 모른다고."

그들은 노인이 몸을 떨고 있다는 것을 알았다. 그러나 노인은 뒤돌아보지 않았다. 산텔리가 운전사를 향해 짧게 고갯짓을 했다. 커다란 로드스터는 요란한 소리를 내며 멀어져 갔다.

트랙에서 자욱한 흙먼지가 밀려왔다. 그들은 스웨터 차림에 모자를 쓴, 땀으로 번들대는 커다란 검은색 야생마 위에 바짝 달라붙어 있는 자그마한 사람의 모습을 볼 수 있었다. 말은 활모양으로 목을 굽힌 채 거대한 고양이처럼 땅을 울리며 멋지게 질주했다.

"2분 2초 5분의 4."

스콧이 스톱워치에 대고 중얼대는 소리가 들렸다.

"49년 핸디캡 경주에서 벌컨 퍼지가 기록한 2000m 기록대야. 나쁘진 않군! 화이티……." 그는 검은 야생마를 세우고 있는 기수를 향해 소리쳤다. "그놈 땀 좀 닦아줘!"

기수는 빙그레 웃으며 데인저를 가까운 마구간으로 끌고 갔다.

엽총을 들고 있던 사내는 하품을 했다. "또 손님이 오셨군요, 존."

노인은 얼굴을 잔뜩 일그러뜨리며 몸을 돌렸다. 그의 울퉁불퉁한 얼굴에 갑자기 자글자글한 주름이 잡혔고, 그 꺼칠꺼칠한 손으로 패리스의 가녀린 손을 덥석 잡았다.

"폴라! 정말 반갑구나. 그런데, 이 사람은?"

스콧이 싸늘한 눈으로 엘러리를 날카롭게 노려보며 물었다.

"엘러리 퀸 씨예요. 캐티는 잘 있어요? 그리고 데인저는 어때요?"

"방금 뛴 놈이 데인저야." 스콧은 춤추듯 걸어가는 말의 뒷모습을 바라보며 말을 이었다. "물건이지! 토요일 경주에서 핸디캡 무게 55킬로그램을 얹고 뛰어야 하는데, 별 문제는 없겠어. 방금도 납덩이를 얹고 뛴 거요. 그런데 폴라, 그 못된 불한당 같은 녀석 봤소?"

"방금 차를 타고 떠난, 잘 차려 입은 사람 말예요?"

"그 놈이 산텔리요. 녀석이 데인저에게 뭘 바라는지 당신도 알고 있지?"

노인은 씁쓸한 얼굴로 땅을 내려다보았다.

"산텔리!"

패리스의 평온한 얼굴에 놀란 표정이 나타났다.

"빌, 가서 데인저나 돌봐 줘."

엽총을 들고 있던 사내가 난간에서 내려오더니 터덜대며 마구간으로 걸어갔다.

"방금 놈이 내게 이 목장을 팔라고 제안했소. 제길, 그 사기꾼 같은 불한당 마권업자는 록키 산맥 서쪽에서는 가장 큰 목장을 가지고 있는 놈인데 그러면서 도대체 이 보잘것없는 마구간을 사서 뭘 하겠다는 거지?"

패리스가 낮은 소리로 물었다.

"그 사람이 바로 이번 레이스의 유력마 브룸스틱의 주인이 아니에요? 그리고 데인저가 이번 경주에서 상대가 되리라고 생각하는 것이고요, 그렇죠?"

"지금은 5대 1 정도이지만, 경주일에는 그들의 승률은 더욱 떨어져 데인저와는 2대 5가 되겠지." 스콧은 신음하듯 말했다.

"그렇다면 아주 간단한 문제군요, 당신 말을 사게 되면 가장 잘 달리는 말 두 필을 모두 갖게 되니까 산텔리는 경기를 마음대로 조작할 수 있겠군요."

그러자 스콧은 한숨을 내쉬며 말했다.

"오, 아가씨. 나도 닳고 닳은 사람이니 그 정도 술책은 알고 있어요. 이번 레이스의 상금은 십만 달러, 그런데 산텔리는 내게 십만 달러를 주겠다며 목장을 팔라고 했단 말이오!"

패리스가 휘파람을 불었다.

"어쩐지 구린내가 나! 이곳을 다 팔아도 그만한 가치가 없을뿐더러 데인저가 반드시 우승한다는 보장도 없는데……. 경주에 나갈 다른 말들을 전부 사 버리겠다는 건가? 그렇게 많은 말들을? 분명히 말하지만 이건 뭔가 있어. 무슨 사기라고."

스콧은 그 묵직한 어깨를 으쓱하며 말을 이었다.

"이런, 그러고 보니 내 걱정만 늘어놓았군. 그런데 여긴 무슨 일이지?"

"여기 있는 퀸 씨는 저, 제 친구인데……."

패리스는 얼굴을 붉히며 말을 이었다.

"영화로 만들 경마 이야기를 구상하고 있어요, 그래서 당신한테 도움을 받으려고 온 거죠. 이 사람은 경마에 대해 아무것도 모르거든요."

스콧은 겸연쩍게 헛기침을 해대는 퀸을 쳐다보았다.

"그랬군. 그렇지만 내가 분명히 얘기해 줄 수 있는 것은, 당신은 그다지 운이 좋지 못해서 사람을 제대로 못 골랐다는 얘기 정도겠지. 하지만 목장을 둘러보는 건 맘대로 하시구려. 가서 화이티와 얘기해 봐요, 그 아이는 경마에 얽힌 뒷얘기들을 많이 알고 있을 테니까. 나도 금방 건너 가겠소."

노인이 발소리도 요란하게 걸어가 버리자 패리스와 엘러리는 마구간으로 천천히 걸어갔다.

"그 불한당 같다는 산텔리라는 작자는 어떤 사람이오?"

엘러리가 얼굴을 찡그리며 물었다.

"전국적 조직망을 가진 도박사며 마권업자죠."

패리스는 살짝 몸을 떨며 덧붙였다.

"가엾은 존. 전 그런 사람들이 싫어요, 엘러리."

두 사람은 커다란 마구간 모퉁이를 돌아가다, 벽의 그늘진 곳에서 마치 영원히 헤어지기라도 하는 듯 서로를 절망적으로 껴안고 키스를 하고 있는 젊은 남녀와 부딪칠 뻔했다.

"우리가 실례를 했군요."

엘러리를 잡아당기며 패리스가 말했다.

젊은 아가씨는 수정 같은 눈에 눈물을 글썽이며 눈을 깜박였다. "어머! 폴라 패리스 양이군요?" 젊은 아가씨는 코를 훌쩍거렸다.

"맞아, 캐티." 패리스는 미소를 지었다. "퀸 씨, 여긴 스콧 양이에요. 그런데 무슨 일이지?"

스콧 양이 슬픈 목소리로 대답했다.

"오, 폴라. 우린 너무도 끔찍한 곤경에 빠져 있어요!"

스콧 양의 연인이 멋쩍은 듯 뒤로 물러섰다. 더럽고 냄새나는 작업복을 걸친 젊은이는 몸매가 가냘펐다. 그는 귀리 껍질이 잔뜩 묻은 안경을 쓰고, 감성적으로 보이는 한쪽 코에 기름때를 묻히고 있었다.

"패리스 양…… 퀸 씨, 여긴 행크 할러데이. 제 남자 친구예요."

캐티는 흐느껴 울었다. 패리스가 안됐다는 투로 말했다.

"무슨 일인지 알겠다. 아빠는 캐티가 목장 고용인과 사귀는 것이 마음에 안 드시는가 보구나? 옛날 사람이어서 그래, 흔한 비극이지."

"행크는 그냥 일꾼이 아녜요!" 캐티는 분노로 빨개진 볼에서 눈물을 닦아내며 큰소리로 덧붙였다. "이 사람은 대학교를 졸업했고……."

"캐티!" 몸에서 냄새를 풍기는 젊은이가 위엄 있게 나섰다. "제가 설명하죠. 패리스 양, 제겐 부족한 점이 많습니다. 저는 허약한 겁쟁이니까요."

"저런, 나도 그래요!"

"하지만 남자란 아시다시피…… 전 유별나게 동물을 무서워합니다. 특히 말을 말입니다."

할러데이는 부르르 몸을 떨며 말을 이었다.

"그래서 저는 이 일을 떠맡았습니다. 어쩌면 원인 모를 그 두려움을 극복할 수 있을까 하고……."

할러데이의 민감해 보이는 턱이 딱딱해졌다.

"아직은 그 두려움을 극복하지 못했지만, 그렇게만 된다면 저는 정말 일다운 일을 찾아 나설 겁니다. 그리고……."

그는 캐티의 들먹이는 어깨를 껴안으며 단호하게 덧붙였다.

"저는 캐티와 결혼할 겁니다. 아버님이 허락하든 않든."

"저는 아빠가 그렇게 고지식한 분인 줄 정말 몰랐어요!"

캐티는 흐느껴 울었다.

"그리고 저는……." 할러데이가 울적한 목소리로 뭐라 말하려 할 때 마구간에서 고함 소리가 들려왔다.

"행크, 이 수다쟁이야! 내가 널 공짜로 부리는 줄 알아? 혼나기 전에 당장 여기 어질러진 것 치우지 못해 ! ”

“알겠습니다, 월리엄스 씨. ”

깜짝 놀란 수다쟁이는 용서를 빌듯 허리를 반쯤 굽히고 서둘러 달려갔다. 그의 연인은 흐느껴 울며 집 쪽으로 사라졌다.

퀸과 패리스는 서로를 마주 보았다. 퀸이 입을 열었다.

“구상이 떠오르긴 하는데, 원하는 방향은 아니군. ”

패리스가 한숨을 쉬었다.

“저 아이들이 안됐군요. 어쨌든, 화이티 윌리엄스와 애기를 해 보고 영감의 불꽃이 타오를지 어떨지 보자고요. ”

그로부터 며칠 동안 퀸은 스콧의 집 주위를 어슬렁대며 기수 윌리엄스, 경마에 대해 엘러리만큼이나 모르고 관심조차 두지 않는 안경잡이 할러데이, 끊임없이 울어대는 캐티, 한 손에 엽총을 든 채 마구간의 데인저 곁에서 잠을 자는 빌이라는 경비원, 그리고 존 노인과 직접 이야기를 나누었다. 덕분에 그는 기수와 경마 예상가, 경주 절차, 마구, 핸디캡 경주, 상금, 벌금, 주최자, 마권업자들이 쓰는 방법, 유명한 경마, 말, 말주인, 경마장 등에 관한 많은 것을 배울 수 있었다. 그러나 영감의 불꽃은 완강하게 타오르기를 거부했다.

그런데 금요일 해질 무렵, 스콧의 집에서 자신이 이유 없이 무시당하고 있다는 것을 알아챈 퀸은, 질레드 강물에 그 모욕감을 씻어 버리기 위해 울적한 마음으로 할리우드 언덕으로 차를 몰고 나갔다.

그는 자기 집 정원에서 고민에 빠진 두 젊은이를 위로하고 있는 패리스를 볼 수 있었다. 캐티는 여전히 훌쩍대고 있었고, 자기 스스로 겁쟁이라고 시인한 할러데이는 처음으로 냄새나지 않는 옷을 입고 자기 연인의 금발 머리를 어색하게 만지작거리고 있었다.

퀸이 물었다.

"상황이 더 나빠졌나요? 그건 또 몰랐군. 나는 방금 목장에서 오는 길인데, 집안 분위기가 몹시 어둡더군요."

캐티는 큰소리로 말을 받았다.

"그럴 수밖에요! 제가 아버지한테 죽어 버리라고 했으니까요. 행크한테 그런 식으로 대할 수는 없어! 전 이제 죽을 때까지 아버지하고 말도 하지 않을 거예요! 아버지는, 아버지는 제정신이 아녜요!"

할러데이가 타이르듯 말했다.

"그만해, 캐티. 아버지한테 그런 식으로 말하면 못 써."

"행크, 당신한테 조금만 남자다운 기질이 있었더라도……."

할러데이는 마치 그의 연인이 전기가 통하는 전선 끝을 갖다 대기라도 한 것처럼 뻣뻣하게 몸이 굳어졌다.

"그런 뜻이 아녜요, 행크."

캐티는 흐느껴 울며 그의 품으로 뛰어들었다.

"당신이 어쩔 수 없이 겁쟁이가 됐다는 건 나도 알아요. 하지만 아버지가 그렇게 때릴 때는 당신도……."

할러데이는 턱을 왼쪽으로 조심스레 움직였다.

"퀸 선생님, 제가 스콧 씨에게 얻어맞으면서 무슨 생각을 했는지 아십니까? 잠깐이지만 이상한 감정…… 그러니까 살의 같은 걸 느꼈어요. 정말 내 손에 권총만 쥐어졌더라면…… 그리고 그걸 내가 다룰 줄만 알았더라면 살인 같은 건 우습게 할 수 있을 거라고 생각했죠. 전 그때…… 상투적인 말이긴 하지만 흥분했으니까요."

"행크!"

캐티가 무섭다는 듯 소리를 질렀다.

행크는 그늘진 푸른 눈에서 살기를 누그러뜨리며 한숨을 내쉬었다. 패리스가 엘러리에게 윙크를 하며 설명했다.

"존 노인이 이 두 사람이 마구간에서 껴안고 있는 걸 또 본 거예요. 노인은 이들의 그런 행동이 내일 경주에 나가야 하는 데인저에게 좋지 않다고 생각했겠죠. 그래서 행크를 해고했고, 캐티는 자기 아버지에게 화를 내고 집을 나와 버린 거예요."

할러데이가 싸늘한 목소리로 말했다.

"저를 해고하는 것은 그분의 권리지만, 저도 이젠 그분에 대해 충성을 할 필요가 없다고 생각해요. 사실 이번 핸디캡 경주에서 데인저가 우승한다고 장담할 수도 없다고요!"

캐티가 흐느껴 울었다.

"나는 그 커다란 짐승이 져 버렸으면 좋겠어!"

패리스가 엄한 목소리로 말했다.

"그만해, 캐티. 그런 말도 안 되는 소리는 이제 들을 만큼 들었어. 자꾸 그러면 내가 화낼 거야."

캐티는 계속 흐느꼈다.

퀸이 딱딱한 목소리로 말했다.

"할러데이, 우린 어디 가서 술이나 한 잔 하자."

"캐티!"

"행크!"

퀸과 패리스는 두 연인을 갈라놓았다.

패리스의 흰색 목조 가옥을 빠져 나온 캐티는, 더 이상 울지는 않았지만 얼굴에 여전히 눈물 자국을 남긴 채 자신의 작고 지저분한 차에 올랐다. 열 시가 조금 지나 있었다.

캐티가 시동을 걸고 액셀을 밟았을 때 차 뒷좌석 컴컴한 곳에서 쉰 듯한 굵은 목소리가 들렸다.

"소리치지 마. 한 마디도 하지 말고, 차를 돌려서 내가 세우라고 할 때까지 계속 가."

"악!"

캐티는 비명을 질렀다.

크고 두툼한 손이 캐티의 떨리는 입을 틀어막았다.

잠시 뒤 차는 사라져 갔다.

다음 날 퀸은 패리스를 데리러 갔고, 그들은 느린 속도로 차를 몰고 아르카디아 동쪽으로 향했다. 아름다운 산타 아니타 경마장이 바로 그 근처에 있는 것이다.

"어젯밤 울보 캐티는 어떻게 됐소?"

퀸이 물었다.

"아, 집으로 돌려보냈어요. 열 시 조금 넘어서 나갔는데, 그렇게 안됐을 수가 없더군요. 당신은 그를 어떻게 했죠?"

"간신히 달래서 숙소까지 데려다 줬지. 할리우드의 하숙집에 방을 하나 구해 뒀더군. 내 어깨에 기대서 계속 울어대는데…… 존 노인이 그 친구 엉덩이 어딘가를 발로 찬 모양이야. 거기서 피가 제법 나더군."

"가엾은 행크! 그렇게 정직한 청년도 없는데."

"말을 무서워하긴 나도 마찬가지요."

퀸이 재빨리 말했다.

"어머나! 정말 어쩔 수 없는 분이군요. 그리고 오늘은 제게 키스도 한 번 않는군요?"

66번 고속도로를 따라 달리는 동안 패리스가 그 시원한 박하향 냄새를 풍기는 립스틱을 가끔씩 입술에 칠하지만 않았더라도 퀸은 노여움을 터뜨렸을 것이다. 도로는 차로 막혀 거북이걸음을 하고 있었다. 경마장 근처는 더욱 심했다. 마치 남캘리포니아에 살고 있는 사람 모두가 갖은 교통 수단——지저분한 농부들의 흙먼지 묻은 구닥다리 T자형 포드에서부터 영화배우들의 번쩍거리는 대형 승용차에 이르기까지——을 이용해 한꺼번에 산타 아니타로 모여든 것 같았다. 웅장한 스탠드는 색색가지로 움직이는 모자이크처럼 시끄러운 수천 명의 사람들로 들끓었다. 하늘은 푸르고, 햇빛은 따뜻했으며, 서풍이 불었다. 그리고 말들은 빨랐다. 경기가 진행중이었다. 날렵한 몸매의 말들은 작고 빨랐으며 밝은 햇살을 받아 선명하게 보였다.

"레이스를 하기엔 더없이 좋은 날씨예요!"

패리스는 엘러리를 잡아끌며 소리를 질렀다.

"어머, 저기 빙 크로스비가 있어요! 딘 마틴과 밥 호프도!……안녕하세요! 그리고 조앤과 클라크……."

지나치게 들뜬 패리스 때문에 가끔씩 멈추기는 했지만, 엘러리는 무사히 트랙 축사에 도착했다. 그들은 마부가 데인저의 부드러운 앞다리를 주무르는 동안 레드 인디언(아메리카 인디언을 경멸해 부르는 말) 같은 눈길로 주위를 경계하고 있는 존 스콧 노인을 볼 수 있었다. 딱딱하게 굳은 노인의 얼굴을 보고 패리스가 고함을 질렀다.

"존! 데인저한테 무슨 일이라도 생겼나요?"

"데인저는 아무 일 없어."

노인은 무뚝뚝하게 말을 이었다.

"캐티 때문이지. 어제 내가 할러데이라는 녀석에게 손찌검을 했더니, 그 아이가 집을 나가 버렸지 뭐요."

"무슨 소리예요, 존? 어젯밤 제가 직접 집으로 돌려보낸 걸요."

"그 아이가 당신 집에 있었단 말이오? 집에는 들어오지도 않았소."

"안 들어와요?"

패리스의 작은 코에 주름이 잡혔다.

스콧이 투덜거렸다.

"그 겁쟁이 할러데이와 도망친 것 같소. 그 녀석은 사내도 아냐, 겁쟁이에다……"

"남자라고 다 영웅이 될 수는 없어요, 존. 그는 착한 청년이고 캐티를 사랑하고 있어요."

노인은 고집스레 자기 말만 쳐다보았다. 잠시 뒤 두 사람은 자기 자리를 찾아 그곳을 떠났다.

패리스가 겁먹은 목소리로 말했다.

"말도 안 돼요. 캐티는 행크와 달아날 수가 없었어요. 행크는 당신과 같이 있었잖아요. 그리고 장담하지만, 그 애는 어젯밤 분명히 집으로 돌아가려 했다고요."

퀸이 부드럽게 말했다.

"그만해요, 폴라. 괜찮을 거요."

그러나 그의 눈은 생각에 잠겨 있었고, 조금은 불안한 기미가 보였다.

그들의 자리는 패독(paddock, 레이스에 앞서 출장/마틀 팬들에게 선보이는 장소)에서 그다지 멀지 않았다. 예선전이 진행되고 있는 동안 패리스는 망원경으로 계속 관중석을 둘러보았다.

"이럴 수가!"

갑자기 퀸이 말했다. 그때서야 패리스는 그들 주위의 스탠드에서 일고 있는 우레같은 고함 소리를 의식했다.

"왜 그래요? 무슨 일이죠?"

"브룸스틱! 가장 인기 있는 말이 출전을 포기했소."

퀸이 무뚝뚝하게 대답했다.

"브룸스틱? 산텔리의 말이잖아요?"

패리스는 창백한 얼굴로 그를 쳐다보았다.

"하지만 왜죠? 엘러리, 이건 뭔가……."

"근육을 무리하게 썼는지 제대로 뛰지를 못하는 것 같소."

"캐티가 집에 가지 않은 것과 산텔리와 무슨 관계가 있는 것 아녜요?"

패리스가 낮은 소리로 물었다.

"가능한 얘기요. 하지만 난 그 두 사건 사이에 뭐가 있는지……."

엘러리가 중얼거렸다.

"나온다!"

고함 소리가 스탠드를 뒤흔들었다. 당당한 말들이 줄을 지어 하나하나 패독으로 나오기 시작했다. 패리스와 엘러리 역시 끊임없이 고함을 질러대는 다른 수천 명의 관중들과 함께 일어나 목을 길게 뺐다. 출전마들은 출발선으로 행진해 갔다!

출전마 가운데는 2년 전 더비(Derby, 영국에서 행해지는 큰 경마대회)에서 다리를 다친 뒤 한 번도 출전하지 않았던 하이토르가 있었다. 이 시합이 하이토르의 재기전인 셈이었다. 그러나 경마 소식통이나 일반 대중들은 그리 탐탁치 않게 생각했는지 하이토르의 배당률은 50대 1이었다. 조그만 말 파이팅 빌리도 있었다. 이크웨이터는 부즈 히키를 따라 조용히 걸어갔다. 데인저도 있었다! 반들반들 윤이 나는 검은색의 크고 당당한 데인저는 긴장해 있었다. 화이티 윌리엄스는 데인저를 다루느라 애를 먹었고, 마부가 데인저의 재갈을 잡고 씨름을 했다.

존 스콧 노인의 볼품없이 큰 덩치는 먼 거리에서도 금방 알아볼 수 있었다. 그는 패독에서 나와 길길이 뛰고 있는 자신의 애마 쪽으로 터벅터벅 걸어갔다. 말을 달래려는 게 분명했다.

패리스가 깜짝 놀라며 입을 벌렸다. 엘러리가 재빨리 물었다.

"왜 그래요?"

"저 사람들 가운데 행크 할러데이가 있어요, 저기 위쪽! 데인저가 지나가고 있는 바로 위쪽 말예요, 스콧 할아범과 약 15미터 정도 떨어져 있군요, 그런데 캐티는 보이질 않아요!"

엘러리는 패리스의 망원경을 받아 들고 할러데이를 찾았다.

패리스가 자리 깊숙이 들어앉으며 말했다.

"엘러리, 정말 이상한 생각이 드는군요, 이건 뭔가 잘못됐어요, 저 청년의 얼굴 좀 봐요, 얼마나 창백한지……."

성능 좋은 망원경은 할러데이를 엘러리의 바로 눈앞에 있는 것처럼 보이게 했다. 청년의 안경에는 온통 김이 서려 있었고, 그는 추운 듯 몸을 떨고 있었다. 게다가 엘러리는 그의 볼에 맺혀 있는 땀방울까지 볼 수 있었다.

순간 퀸은 갑자기 몸이 굳는 듯했다.

존 스콧 노인은 막 데인저의 머리로 손을 뻗고 있었다. 그의 굵다란 팔이 말의 머리를 끌어 내리려 했다. 그와 때를 같이하여 순간 겁쟁이 할러데이가 자기 옷을 더듬었다. 다음 순간 할러데이의 손에는 총신이 짧은 권총 하나가 들려 있었다. 퀸은 하마터면 고함을 지를 뻔했다. 할러데이의 떨리는 손에 쥐어진 짧은 총신의 총구가 머뭇거리며 존 스콧 쪽으로 향했고, 폭발이 있었고, 총구에서 연기가 뿜어져 나왔기 때문이다.

패리스가 벌떡 일어서더니 급기야는 소리를 질렀다.

"저런, 미친 녀석!" 퀸이 얼빠진 목소리로 말했다.

총소리에 놀란 데인저가 미친 듯이 날뛰며 뒷발로 섰다. 다른 말들 역시 발로 차며 날뛰기 시작했다. 순식간에 경기장에는 놀란 경주마들로 야단법석이 났다. 스콧은 데인저의 머리에 매달린 채, 너무 놀랐는지 몸을 반쯤 돌리고 의아한 얼굴로 관중석을 쳐다보았다. 화이티는 놀란 말을 달래느라 필사적으로 애쓰고 있었다.

그때 할러데이가 다시 총을 쏘았다. 그리고 한 번 더. 이윽고 네 번째 총성. 총성에서 다음 총성이 들리기까지의 짧은 순간, 뒷발로 일어선 말이 존 스콧과 할러데이의 떨리는 손에 쥐어진 권총 사이로 뛰어들었다.

데인저의 네 발이 공중에 떴다. 그리고 데인저는 고통스런 울음소리를 내며 옆구리를 드러낸 채 털썩 땅으로 쓰러졌다.

"오, 맙소사, 세상에!"

패리스는 자신의 손수건을 물어뜯었다.

"가 봐요!"

퀸은 고함을 지르며 그곳으로 달려갔다.

그들이 도착했을 때는 겁에 질린 안경잡이 할러데이가 이미 권총을 버리고 도망친 뒤였다. 그때까지도 할러데이 주위에 서 있던 사람들은 너무 놀라 움직이지도 못하고 있었다. 다른 스탠드 역시 아수라장이었다.

이런 혼란 속에서 쓰러져 있는 데인저와 미친 듯이 날뛰는 라이벌 경주마들 주위로 재빨리 투입된 턱없이 모자라는 경기장 경찰 저지선을 뚫고 엘러리와 패리스는 가까스로 안으로 들어갔다. 그들은 검은색 말 옆에 무릎꿇고 앉아 있는 존 노인을 볼 수 있었다. 그는 그 큰 손으로 반들대는 말의 줄무늬 목 부분을 계속 쓰다듬고 있었다. 화이티는 새파랗게 질린 얼굴로 데인저의 말안장을 벗겨냈고, 경기장 수의사는 데인저의 어깨에 가까운 옆구리의 총상을 살폈다.

"이 녀석이 내 목숨을 구했어," 존 노인이 누구에게라고 할 것 없이 작은 목소리로 말했다. "내 목숨을 구했다고!"

수의사가 고개를 들었다. "안됐습니다, 스콧 씨."

그는 우울한 목소리로 덧붙였다.

"데인저는 이번 시합에 출전할 수 없습니다."

"그래요……, 그렇겠지요." 스콧은 꺼칠꺼칠한 입술을 핥았다. "그런데 말은…… 중태입니까?"

"총알을 꺼내기 전까지는 뭐라고 말씀드릴 수가 없군요. 우선은 말을 당장 병원으로 옮겨야 합니다."

한 경기장 직원이 말했다.

"정말 운이 없었소, 스콧. 하지만 믿어도 될 거요. 우리가 최선을 다해 당신 말을 쏜 악당을 찾아내겠소."

노인의 입술이 일그러졌다. 그는 천천히 일어서서 쓰러져 있는 말의 부풀어 오른 옆구리를 내려다보았다. 화이티 윌리엄스는 고개를 떨군 채 데인저의 마구를 들고 터벅터벅 걸어가 버렸다.

다음 순간 확성기에서 5번 말 데인저가 출전을 포기했으며 레이스가 곧 진행될 것이니 다른 출전마들은 조용히 출발 준비를 해 달라는 안내 방송이 나왔다.

"자, 여러분. 정리들 합시다."

병원차가 기중기 달린 트럭을 달고 들어오자 경기장 담당 경찰이 말했다.

"말을 쏜 사람은 어떻게 할 거요?" 퀸이 꼼짝 않고 서서 물었다.

"엘러리." 패리스가 그의 팔을 잡아끌며 신경질적으로 말했다.

"우리가 잡을 겁니다. 인상착의를 알고 있으니까요. 자, 가세요."

경기장 경찰의 대꾸였다.

"저," 퀸이 느릿느릿 말했다. "난 그게 누군지 알고 있습니다."

"엘러리!"

"그 사람을 봤는데, 내가 아는 사람이었어요."

그들이 막 경마장 사무실로 안내되었을 때, 배당률 50대 1인 하이 토르가 산타 아니타 레이스에서 2와 2분의 1마신(馬身) 차이로 우승, 10만 달러의 상금을 타게 되었다는 방송이 나왔다. 그러자 퀸은 전혀 이길 승산이 없는, 어떻게 보면 가엾은 데인저만큼이나 이길 승산이 없었던 말이라고 패리스만 들을 수 있는 목소리로 말했다.

"할러데이가?" 존 스콧이 잔뜩 경멸이 담긴 목소리로 말했다. "그 겁쟁이 녀석이 날 쏘려 했단 말이오?"

"제가 잘못 보았을 리가 없습니다, 스콧 씨." 엘러리가 말했다.

"저도 보았는걸요, 존." 폴라가 한숨을 내쉬며 거들었다.

"그 할러데이란 친구가 누굽니까?" 경기장 파출소장이 물었다.

스콧이 퉁명스런 목소리로 어제 있었던 그들의 싸움 얘기를 했다.

"내가 그 녀석을 때려서 쫓아내 버렸지요. 그러니까 그 녀석이 날 찾아올 유일한 방법은 총을 들고 오는 것뿐이었을 거요. 그런데 그 화살이 데인저에게 돌아간 거요, 가엾은 짐승."

처음으로 그의 목소리가 떨렸다.

"어쨌든 우린 그 친구를 잡을 겁니다. 아직은 경마장을 빠져 나가지 못했을 테고," 소장이 단호하게 말했다. "우린 이곳을 물샐틈없이 봉쇄하고 있습니다."

퀸이 중얼거렸다. "스콧 씨의 딸 캐티가 어젯밤 실종됐다는 걸 알고 계십니까?"

존 노인의 얼굴이 조금씩 붉어졌다. "어쩌면 내 딸 캐티도 이번 일과 관계가 있을지도……."

"바보같은 소리 말아요, 존!" 패리스가 말했다.

"아무튼," 퀸이 진지한 목소리로 입을 열었다. 캐티의 실종과 오늘 이곳에서 있었던 총격은 절대로 우연의 일치가 아닙니다. 저는 당신에게 즉각 스콧 씨의 따님을 찾는 수색 작업을 시작하라고 충고하고 싶군요. 그리고, 참, 데인저의 마구를 좀 가져오라고 해 주십시오. 제가 조사할 게 있어서요."

"이봐요, 당신이 도대체 뭐요?" 소장이 큰소리로 물었다.

퀸이 그에게 대충 신분을 밝혔다. 소장은 깜짝 놀라 경의를 표했다. 그는 각 경찰 본부로 전화를 했고, 마침내 데인저의 마구를 가져오게 했다.

여전히 기수복 차림을 한 화이티 윌리엄스가 높고 조그만 말안장을 가지고 들어와 바닥에 털썩 내려놓았다.

"존, 이런 일이 생겨서 정말 죄송합니다."

화이티가 낮은 목소리로 말했다.

"자네 잘못이 아냐, 화이티."

존 노인의 커다란 어깨가 아래로 축 처졌다.

"아, 윌리엄스, 고마워요." 퀸이 활발하게 말했다. "이게 몇 분 전 데인저에게 얹혀 있던 그 안장이오?"

"그렇습니다."

"아까 사건이 있은 다음 당신이 벗겨 둔 그대로겠지요?"

"그렇습니다."

"혹시 누가 이걸 만지지는 않았나요?"

"아닙니다. 계속 제가 가지고 있었는 걸요. 그리고 저 외에는 안장 근처에 아무도 오지 않았어요."

퀸은 고개를 끄덕이며 무릎을 꿇더니 안장을 조사했다. 플랩(안장의 양쪽으로 늘어진 부분)에 나 있는 시꺼먼 총알 구멍을 살피던 그는 당황스러운 듯 미간을 찌푸렸다.

"그런데 화이티," 엘러리가 물었다. "당신 몸무게는 얼마나 나가지요?"

"48킬로그램입니다."

퀸은 얼굴을 찡그렸다. 그는 몸을 일으키고 자기 무릎에 묻은 먼지를 꼼꼼하게 털어 내더니 손짓으로 소장을 불렀다. 두 사람은 낮은 목소리로 뭐라 말을 나누었다. 소장은 당혹스런 얼굴로 어깨를 으쓱해 보이더니 서둘러 밖으로 나갔다.

잠시 뒤 그는 그야말로 완벽하게 옷을 차려 입은, 이국적 분위기의 낯익은 신사 한 사람을 데리고 돌아왔다. 신사는 짐짓 슬픈 표정을 짓고 있었다.

그가 몹시 안됐다는 투로 말했다.

"어떤 미친놈이 당신한테 총을 쏘았는데, 대신 당신 말이 맞았다고 들었소. 존, 당신은 운이 지독히도 없구려."

약간은 짓궂은 유머가 들어 있는 그의 모호한 인삿말에 존 노인은 당장 얼굴에 적의를 나타내며 홱 고개를 들었다.

"이 더러운 불한당……."

"산텔리 씨," 퀸이 노인의 말을 자르고 들어왔다. "브룸스틱이 출전을 포기해야 한다는 걸 언제 아셨지요?"

"브룸스틱?" 그의 엉뚱한 질문에 산텔리 씨는 조금 놀란 듯했다. "그거야 지난 주지."

"그래서 당신은 스콧 씨의 목장을 사겠다고 제안했군요, 데인저를 손에 넣기 위해서 말입니다."

"그렇소." 산텔리는 부드럽게 웃으며 말을 이었다. "데인저는 대단한 말이오. 내 말이 출전을 포기한다면, 그 말이 유력한 우승 후보니까."

"산텔리 씨, 당신은 소문대로 정말 대단한 거짓말쟁이군요."

산텔리의 얼굴에서 웃음이 가셨다.

"당신은 데인저를 사서 이기려 했던 게 아니라 지려 했던 거요!"

산텔리가 언짢다는 표정을 지으며 소장에게 물었다.

"이 사람은 뭐요? 조금 미친 사람 아니오?"

"지난 며칠 동안 저는 유치하지만" 퀸이 말했다. "제 나름대로 몇 가지 조사를 해 왔습니다. 그런데 제가 얻은 정보에 따르면, 당신의 마권 영업 조직은 데인저의 배당률이 5대 1이었을 때 그 말에 엄청난 위험수당을 걸었더군요."

"당신, 알고보니 상당한 소식통이구려!"

갑자기 솔직해지기로 작정이라도 한 듯 산텔리 씨가 말했다.

"당신은 약 이십만 달러를 걸었더군요, 그렇죠?"

"와, 이 친구가 뭔가 알아냈나 본데, 안 그래요?"

"그렇기 때문에" 퀸은 빙그레 웃었다. "데인저가 이번 레이스에서 우승하게 되면 당신은 수십만 달러의 돈을 잃게 되는 거지요, 그렇지 않습니까?"

"하지만 그 친구가 죽이려 했던 것은 말이 아니라 존 영감이었다네." 산텔리 씨는 부드럽게 덧붙였다. "어디 다른 곳에 가서 알아보시지, 정신 나간 친구."

존 스콧 노인은 어리둥절한 얼굴로 도박사와 퀸을 번갈아 쳐다보았다. 그의 턱 근육이 빳빳하게 뭉쳐지며 실룩거렸다.

바로 그때 특별 수사관 한 사람이 그들 사이로 겁쟁이 할러데이를 밀어 넣었다. 청년의 안경은 뒤틀려 있었고, 칼라도 활짝 열려 목젖이 그대로 드러났다.

존 스콧이 청년에게 달려갔지만 엘러리가 도리깨 같은 그의 두 팔을 즉각 잡았기 때문에 간신히 폭행은 막을 수 있었다.

"살인자! 이 나쁜 놈! 내 말을 죽였어!" 존 노인이 고함을 질렀다. "내 딸은 어떻게 한 거야?"

할러데이가 진지하게 말했다.

"스콧 씨, 그건 제가 묻고 싶은 말입니다."

노인의 입이 쩍 벌어졌다. 할러데이는 자신을 데리고 온 특별 수사관을 노려보며 그 앙상한 팔을 천천히 팔짱꼈다.

"절 그렇게 거칠게 다룰 필요는 없습니다. 저는 제 행동에 대한 대가를 받을 준비가 되어 있으니까요. 하지만 저는 어떤 물음에도 대답하지 않을 겁니다."

"이 친구는 총을 가지고 있지 않았습니다, 소장님."

소장 옆에 있던 경찰이 말했다.

"자네, 그 총은 어떻게 했지?" 소장이 물었다. "자넨 그 총으로 스콧 씨를 죽이려 했어. 인정하나?"

대답이 없었다.

"스콧 양은 어디 있나?"

"아시다시피" 할러데이가 무뚝뚝하게 입을 열었다. "물어 봤자 소용없습니다."

엘러리가 나직이 말했다.

"할러데이, 겁쟁이치고는 정말 훌륭한 태도군. 하지만 자넨 캐티가 어디 있는지 모르고 있어, 그렇지?"

순간 그는 깜짝 놀라는 듯했다.

"이봐요, 퀸 선생님, 저한테 말 좀 시키지 마세요, 제발!"

"하지만 자넨 캐티가 이리로 올 거라고 믿고 있어, 그렇지?"

할러데이의 얼굴이 창백해졌다.

경찰이 말했다.

"이 녀석은 바보예요. 도망치려 하질 않았어요. 저항도 않았고요."

"행크! 아빠!" 캐티 스콧 양의 목소리였다.

헝클어진 머리에 지저분한 얼굴을 한 캐티가 사무실로 뛰어 들어오더니 할러데이의 빈약한 가슴에 안겼다.

"캐티!"

패리스가 고함을 지르며 달려가더니 캐티를 껴안았다. 그리고 세 사람——패리스와 캐티와 행크——은 합창이라도 하듯 동시에 울음을 터뜨렸다. 그러자 존 노인의 입이 더 쩍 벌어졌고, 빙그레 웃고 있는 퀸만 제외하고는 모두가 어안이 벙벙한 얼굴로 한참 동안 가만히 서 있기만 했다.

갑자기 스콧 양이 자기 아버지에게 달려가 매달렸다. 그러자 여전히 당황스런 표정이 남아 있기는 했지만, 존 노인의 어깨가 조금씩 들먹대기 시작했다. 스콧 양은 자기 아버지의 넓고 깊은 가슴에 더 깊이 얼굴을 파묻었다.

이런 믿을 수 없는 장면이 연출되고 있을 때 경기장 수의사가 왈칵 뛰어 들어오며 말했다.

"기쁜 소식입니다, 스콧 씨. 총알을 빼냈습니다. 상처가 깊기는 하지만, 회복되면 데인저는 다시 예전처럼 건강해질 겁니다."

그리고 그는 다시 뛰어나갔다.

퀸이 활짝 웃으며 말했다.

"자, 자, 실수가 빚어낸 작은 코미디였어요."

존 노인이 딸의 금발 너머로 무섭게 말했다.

"코미디! 내 목숨을 노린 일을 어떻게 코미디라고 할 수 있소?"

존 노인은 경찰에게 눈물을 닦을 손수건을 빌리고 있는 행크 할러데이를 무서운 눈으로 노려보았다.

퀸이 대답했다.

"친애하는 스콧 씨, 당신의 목숨을 노린 일은 없었습니다. 총알은 당신을 향해 발사된 것이 아닙니다. 처음부터 데인저를, 데인저만 희생물로 삼으려 했던 겁니다."

"그게 무슨 말이죠?"

패리스가 큰소리로 물었다. 퀸은 되레 싱글벙글 웃으며 말했다.

"이보게 화이티, 안 되지 안 돼! 내 분명히 말하지만 문은 철저히 지키고 있다구."

기수가 비웃으며 대꾸했다.

"그래, 아마도 그럴 테지. 하지만 당신은 미쳤어. 이제 당신은 내가 말에게 총을 쏘았다고 말하려는 거지? 어떻게 내가 15미터나 떨어져 있는 관람석과 데인저의 등에 동시에 앉아 있을 수 있지? 저 미친놈이 총을 쏘는 걸 수많은 사람들이 봤단 말야!"

퀸이 허리를 굽히며 대답했다.

"어려운 문제군요. 하지만 제가 기꺼이 그 문제를 해결해 보이죠. 신사 숙녀 여러분, 데인저는 산타 아니타 레이스에서 공식적으로 55킬로그램의 핸디캡 무게를 지니게 되어 있습니다. 이 말은 경기 직전 안장을 든 기수가 체중계에 올라 무게를 쟀을 때, 기수와 안장을 합친 무게가 정확히 55킬로그램이어야 한다는 뜻입니다. 그렇지 않으면 화이티 윌리엄스 씨는 경기장 직원에 의해 자신의 말에 오를 수 없게 됩니다."

"그게 무슨 상관이 있다는 거죠?"

딱딱하니 감정 없는 얼굴을 한 화이티 윌리엄스를 보며 소장이 물었다.

"상관이 있지요. 왜냐 하면, 윌리엄스 씨는 불과 몇 분 전에 자기 몸무게가 겨우 48킬로그램밖에 나가지 않는다고 말했기 때문입니다. 따라서 총격을 받았을 때 데인저 위에 얹혀 있던 경주용 안장에는, 안장의 무게와 함께 납의 무게가 포함되어야 합니다. 그래야만 윌리엄스 씨의 몸무게 48킬로그램과 핸디캡 무게 55킬로그램 사이에 무게 차이가 나지 않게 되니까요. 맞습니까?"

"물론입니다. 그거야 누구나 다 알지요."

"그래요. 홈즈 씨의 그 유명한 말처럼 초보적인 거지요. 그런데……"

퀸은 뚜벅뚜벅 걸어가더니 화이티 윌리엄스가 사무실에 갖다 놓은 안장을 발끝으로 쿡쿡 찌르며 말을 이었다.

"제가 이 안장을 조사해 보았을 때 여기 주머니 안에는 납이 들어 있지 않았습니다. 그리고 윌리엄스 씨는 자신이 데인저의 등에서 안장을 벗겨 낸 이후 그것을 만진 사람이 아무도 없다고 제게 자신 있게 말했습니다. 그러나 그것은 불가능한 일입니다. 왜냐하면, 무게를 잴 때 납의 무게가 없이는 윌리엄스 씨와 안장을 합친 무게가 55킬로그램이 나갈 수 없기 때문입니다.

그래서 저는 알았던 거지요, 윌리엄스 씨가 다른 안장을 가지고 무게를 쟀다는 것을. 총격을 받았을 때 데인저가 하고 있던 안장은 다른 안장이었다는 것을, 부상당한 말에서 윌리엄스 씨가 벗겨 낸 안장은 다른 안장이었다는 것을 말입니다. 그리고 그는 그 안장을 이곳 경기장 어디엔가 감추고, 우리의 요청에 따라 적당한 위치에 정교하게 총알 구멍을 내놓은 그가 미리 준비해 둔 제 2의 안장──여기 바닥에 있는 이것을 이리로 가져온 것입니다. 그렇다면 그의 이런 짓에는 분명히 이유가 있을 것입니다. 처음 안장에는 어느 누구도 보아서는 안 될 그 무엇인가가 있는 거지요. 그렇다면 그게 권총이 든 특수 주머니가 아니고 무엇이겠습니까? 할러데이가 쏜 첫 신호 총성에 혼란이 일고, 윌리엄스 씨는 놀란 말을 진정시키는 척 슬쩍 몸을 굽히며 안장의 특수 주머니에 손을 넣고, 15미터 밖의 할러데이가 나머지 세 발의 총알을 쏘아대는 동안 데인저의 몸속에 총알을 박아 넣은 거지요. 아시다시피 할러데이가 그렇게 먼 거리에서 데인저를 맞춘다는 것은 있을 수 없는 일입니다. 왜냐하면 할러데이는 총기류에는 문외한이기 때문입니다. 만약 그가 뭔가를 맞추려 했다면 윌리엄스 씨가 대신 맞았을지도 모르는 일이지요. 그래서 저는 할러데이가 공포탄을 쏘고 그 총을 버렸다고 생각한 것입니다."

기수가 겁에 질려 쉰 목소리를 냈다.

"미쳤군! 특수 안장이라니? 그런 말은 들어 보지도…… ."

퀸이 여전히 미소를 띤 채 걸어가더니 문을 열었다.

"아, 찾았군요! 어디 봅시다. 데인저의 마구간? 이런, 서툴기도 하지."

그가 경주용 안장 하나를 들고 돌아오자 욕을 해대던 화이티의 목소리가 점점 낮아졌다. 퀸과 소장, 존 스콧이 그 안장을 조사했다. 정말이었다. 플랩 안쪽의 쇠 받침대 위에 실로 꿰맨 특수 주머니 하나가 붙어 있었고, 그 안에 총신이 짧은 권총 한 정이 들어 있었다. 그리고 특수 주머니를 꿰뚫은 총알구멍에는 그을은 탄약 자국이 남아 있었다.

소장이 낮은 소리로 말했다.

"그렇다면 할러데이의 행동은 어떻게 받아들여야 하는 거죠? 전 그 점을 이해할 수 없군요."

퀸이 대답했다.

"아마 그걸 이해할 수 있는 사람은 거의 없을 겁니다. 왜냐 하면 할러데이는 두 발 달린 짐승 가운데서도 특이한 사람이기 때문입니다."

"뭐라고요?"

"이 친구는 화이티의 공범입니다. 그렇지 않나, 행크?"

할러데이가 침을 꿀꺽 삼키며 대답했다.

"그래요. 아니, 틀려요. 그러니까 저는…… ."

"아니예요. 그럴 리 없어요. 절대 행크는…… ."

캐티는 울음을 터뜨렸다.

퀸이 얼른 말을 이었다.

"화이티는 캘리포니아에 있는 그 어떤 사람보다 자신이 데인저를 쏠 사람이 아니라는 사실을 사람들에게 확신시키기 위해 그럴듯한 인물이 필요했던 것입니다. 존 스콧과 행크 사이에 있었던 싸움이 그에게는 이미 준비된 소도구였지요. 스콧 씨에게 분명한 동기를 가지고 있는 행크가 총을 쏜 것처럼 보이게만 할 수 있다면, 이 사건에서 그를 의심할 사람은 아무도 없을 테니 말입니다.

하지만 행크의 의지를 꺾자면 그는 행크의 급소를 쥐고 있어야 했습니다. 행크의 아킬레스건이 무엇이겠습니까? 바로 캐티 스콧에 대한 사랑이었습니다. 그래서 어젯밤에 일어난 일은 화이티의 아버지 위드 윌리엄스가 저질렀다는 게 제 생각인데…… 수년 전 당신이 미국 경마장에 발붙이지 못하게 하는 바람에 지금은 안장을 만들고 있다는 바로 그 기수지요. 캐티 스콧 양을 납치, 행크에게 연락을 취해 애인을 산 목숨으로 다시 만나보고 싶으면 오늘 그가 어떤 일을 해야 할 것이라고 말했습니다. 그래서 행크는 그들이 준 총을 받았고, 그들의 이야기를 귀담아 들었고, 그들이 시키는 어떤 짓이라도 하겠다고 동의했고, 비록 그 일로 자신이 감옥에 가는 한이 있더라도 그 사실에 대해 한 마디도 하지 않겠다고 약속했습니다. 왜냐하면 만약 그가 입을 열었다가는, 여러분도 아시다시피 그 무엇과도 바꿀 수 없는 캐티에게 끔찍한 일이 일어날 것이기 때문이었습니다."

할러데이가 목젖에서 요란한 소리를 내며 마른침을 삼켰다.

존 스콧이 잔뜩 움츠리고 있는 기수를 노려보며 으르렁댔다.

"그럼 지금까지 저 스컹크 같은 놈과 족제비 같은 아비가 뒤에 앉아 저 용감한 친구를 농락했다는 거요? 그 아무것도 아닌 원한 때문에 날 파멸시키려고?"

존 노인은 할러데이를 향해 곰처럼 비틀비틀 걸어갔다.

"자네를 볼 면목이 없네. 행크 할러데이, 난 여태 이렇게 용감한 행동은 본 적이 없네. 비록 내가 이번 레이스에서 우승할 기회를 놓치긴 했지만, 그건 절대 자네 잘못이 아니네. 날 변덕쟁이 영감이라 욕하지 말고 우리 악수나 한 번 하세."

할러데이는 멍하니 그의 손을 잡으며 다른 한 손으로 자기 주머니를 뒤졌다.

"그보다 이번 레이스에서 어느 말이 우승했는지 물어 봐도 되겠습니까? 아시다시피, 아까는 제가 너무 바빠서……."

"하이토르."

누군가 재빨리 말했다.

"정말입니까? 그렇다면 이 마권을 현찰로 바꿔야겠군."

할러데이가 희미한 미소를 머금고 말했다.

"2천 달러!"

패리스가 그의 마권을 보고 눈이 휘둥그레지더니 숨을 헐떡였다.

"배당률 50 대 1인 하이토르에 2천 달러를 걸었어!"

"그래요, 어머니가 남겨 주신 돈이 조금 있었죠."

할러데이가 말했다. 그는 쩔쩔매는 듯했다.

"죄송합니다, 스콧 씨. 당신한테 얻어맞고는…… 저어…… 얼마나 화가 나는지…… 그래서 데인저한테 걸지 않았어요. 그리고 하이토르라는 이름이 너무 멋있기도 했고요."

"오, 행크!"

캐티가 그를 숨막힐 정도로 껴안으며 흐느껴 울었다.

그러자 겁쟁이 행크가 위엄있게 말했다.

"스콧 씨, 캐티와 결혼해 당신을 모시고 다시 경마 사업을 해 보고 싶은데, 허락해 주시겠습니까?"

"이렇게 좋을 수가!"

존 노인이 장래의 사윗감을 갈비뼈가 으스러지도록 껴안으며 소리쳤다.

"잘 됐군."

퀸이 패리스를 잡고 가까운 바로 가며 중얼거렸다.

이런, 위험한걸(데인저)!

육체보다 정신을

뉴욕에 도착한 폴라 패리스는 살인 전담반의 리처드 퀸 경감이 울적해 있다는 것을 알았고, 그의 심정을 이해할 수 있을 것 같았다. 왜냐하면 그날 저녁 경기장에는 현재 세계 헤비급 챔피언 마이크 브라운과 도전자 짐 코일의 15라운드 타이틀전이 열릴 예정이었고, 패리스는 그 시합을 취재하기 위해 할리우드에서 서둘러 비행기를 타고 날아왔기 때문이다.

"가엾은 양반. 그런데 당신은 어때요? 위대한 지능의 소유자도 아버님처럼 시합 입장권을 구하지 못해서 풀이 죽었나요?"

패리스가 엘러리 퀸에게 물었다.

위대한 사내는 침울한 목소리로 대답했다.

"내겐 징크스가 있어요. 경기장에만 가면 반드시 무슨 끔찍한 일이 일어난단 말이오. 그런데도 왜 또 가고 싶은지 원!"

"저는 사람들이 끔찍한 광경을 보기 위해 권투 시합을 보러 간다고 생각하는데요?"

"아니, 난 선수가 정신을 잃고 쓰러지는 그런 시시한 일을 말하는 게 아니오, 좀 더 잔인한 광경 말이오."

"이 녀석은 누군가가 또 다른 누군가를 녹아웃(죽이다)시키지나 않을까 걱정하는 거라오."

경감이 말했다.

"하지만 그런 일은 언제든지 일어날 수 있잖아요?"

경감이 성급하게 말을 잘랐다.

"엘러리의 얘기는 신경 쓸 것 없어요, 폴라. 이봐요, 당신은 신문 기자 아니오? 그러니까 내 입장권이나 한 장 구해 줘요."

"그렇다면 당연히 내 것도 있어야지."

퀸이 볼멘 소리로 말했다.

패리스는 미소를 지으며 유명한 스포츠 신문의 편집장 필 맥과이어에게 전화를 걸었고, 그를 설득해 그날 저녁 그의 작고 볼품없는 로드스터 스포츠로 그들을 태우러 오게 했으며, 다 같이 경기장이 있는 주택 지구로 권투 시합을 보러 갔다.

"오늘 시합을 어떻게 보십니까, 맥과이어 씨?"

경감이 정중하게 물었다.

"이런 미묘한 시합에 대해서는 뭐라 말하고 싶지가 않지만, 챔피언이 도전자 코일을 물리칠 거라고 생각합니다."

맥과이어는 어깨를 으쓱했다.

"필은 챔피언을 싫어해요."

패리스가 소리내어 웃으며 말을 이었다.

"필과 마이크 브라운은, 마이크가 타이틀을 획득한 이후로 그다지 좋은 사이가 아녜요."

필 맥과이어가 나섰다.

"개인 감정은 아니니까 오해하지 마십시오. 혹시 키드 베레즈라는 쿠바 출신의 선수를 기억하십니까? 이건 올리 스턴이 마이크 브라운을 사탕발림으로 꾀여 들였을 때의 일입니다. 결국 그 시합은 조작이었죠. 아시겠어요? 마이크는 그 시합이 조작이라는 걸 알고 있었고 키드 역시 알고 있었어요. 모두가 알고 있었던 거죠. 키드 베레즈가 6라운드에서 쓰러질 것이라는 사실을 말입니다. 어쨌든 마이크는 예정대로 시합에 나갔고 키드를 반죽음 상태로 만들어 놓았지요. 지옥이 따로 없더군요. 나중에 키드는 한 달이나 병원 신세를 졌는데 퇴원했을 때도 여전히 얼이 빠져 있었죠."

맥과이어는 입가에 비웃음을 흘리며 거리를 지나는 노인에게 가볍게 경적을 울리더니 다시 입을 열었다.

"아무래도 난 챔피언을 싫어하나 봅니다."

"조작 승부라면……."

퀸이 말하려 했다.

"우리가 그런 말을 했던가요?"

맥과이어는 시침을 뗐다.

퀸이 울적한 목소리로 예언하듯 말했다.

"공정한 시합이 된다면, 코일이 챔피언을 죽여 놓을 거야. 링을 휩쓸어 버리는 거지. 그 덩치 큰 친구는 타이틀을 원하니까 말이야."

"아, 물론이죠."

경감이 히죽 웃으며 나섰다.

"제길, 그럼 오늘 밤 누가 이긴다는 거야?"

맥과이어 씨가 같이 웃으며 그의 말을 받았다.

"글쎄요, 승률이란 게 있으니까. 3대 1로 챔피언이 유리하죠."

경기장 맞은편 주차장으로 차를 몰고 들어가며 맥과이어가 투덜댔다.

"호랑이도 제 말 하면 온다더니."

그는 피처럼 빨간 12기통 대형 리무진 승용차가 주차되어 있는 옆

빈자리로 자신의 작은 로드스터를 후진시켰다.

"그게 무슨 말이죠?"

폴라 패리스가 물었다. 맥과이어가 낄낄대며 대답했다.

"지금 깡통 같은 우리 차 옆에 있는 궁전 같은 붉은 차가 챔피언의 차요. 아니, 차라리 그의 매니저 올리 스턴의 차라고 해야 맞겠군. 저 차는 올리가 마이크에게 빌려 준 차요. 마이크의 차는 강 속에 처박혔으니까."

"난 챔피언이라면 돈이 많을 줄 알았는데……?"

퀸이 말했다.

"지금은 그렇지 않아요. 전부 법정 소송에 휘말렸어요. 수십 가지도 넘는 법원 판결로 지금 그에겐 한 푼도 없어요."

"하지만 오늘 밤만 지나면 부자가 될 것 아니오?"

경감이 부럽다는 듯 덧붙였다.

"자기 몫으로 50만 달러 이상 챙길 테니까!"

편집장 맥과이어가 말했다.

"그는 대전료에서 한 푼도 챙기지 못할 거요. 그의 사랑스런 아내는 아이비라고 멋진 몸매를 자랑하는 전직 스트립걸인데 아십니까? 대전료는 아이비와 마이크의 빚쟁이들이 전부 챙겨 갈 거요. 자, 내립시다."

퀸은 차에서 내리는 패리스를 도와주고는 자신의 낙타털 코트를 팽개치듯 뒷좌석으로 던져 넣었다.

그러자 패리스가 말했다.

"코트를 거기 두면 안 돼요, 엘러리. 누가 훔쳐 갈지도 몰라요."

"훔쳐 가라지. 이미 다 낡았는걸. 이 더운 날씨에 내가 왜 저 코트를 들고 나왔는지 모르겠다니까."

"자, 서둘러요."

필 맥과이어가 재촉하듯 말했다.

링사이드의 기자석에서 볼 때 관중석은 불평을 해대는 인격체들의 집단 그 자체였다. 링에서는 밴텀급 선수 두 명이 난타전을 벌이고 있었다.

"관중들이 왜 저러는 거요?" 퀸이 조심스레 물었다.

"그들은 화끈한 중량급 시합을 보러 왔지 저런 시시한 시합을 보러 온 게 아니오." 맥과이어 씨가 설명했다. "대전표를 봐요."

"오픈 게임이 여섯 번이나 있군." 퀸 경감이 중얼거렸다. "다들 훌륭한 선수 같은데, 왜 저렇게 불평들을 하지?"

"밴텀급, 웰터급, 라이트급, 그리고 미들급 시합이 있을 거요."

"그게 어떻다는 거요?"

"너무 경량급들이니까. 관중들은 두 덩치가 치고받는 싸움을 보러 왔어요. 저런 경량급 선수들 시합은 한 다발로 보여 줘도 싫다는 거요. 그들 역시 훌륭한 선수들이긴 하지만. 안녕하십니까, 해피."

"누구죠?" 패리스가 궁금하다는 듯 물었다.

"해피데이요." 맥과이어 대신 경감이 대답했다. "도박으로 돈을 버는 친구. 그쪽 계통에서는 거물급에 속하죠."

해피데이는 그들과 몇 줄 떨어진 곳에 앉아 있었는데, 그의 살찐 목에 걸려 있는 값비싼 목걸이가 눈에 들어왔다. 그의 얼굴은 쌀로 만든 식은 푸딩처럼 창백하고 퉁퉁했다. 그리고 두 눈은 까만 건포도 같았다. 그는 맥과이어를 향해 고개를 끄덕여 보이고는 다시 고개를 돌리고 시합을 주시했다.

"평상시 해피의 얼굴색은 덜 익힌 스테이크 색인데," 맥과이어가 말했다. "뭔가 걱정거리가 있나 보군요."

퀸이 은밀하게 한마디 했다. "무슨 낌새를 알아차렸는지도 모르죠."

맥과이어는 곁눈질로 엘러리를 흘낏 보더니 미소를 흘렸다. "저기 챔피언 부인께서 나타나시는군. 아이비 브라운이죠. 어때요, 대단하지 않아요?"

여자는 기다란 녹색 시가를 신경질적으로 씹어대는 늙고 주름살이 많은 작은 사내의 팔에 의지해 통로를 걸어 내려왔다. 챔피언의 부인은 피렌체 산의 카메오(돌을새김을 한 차
돌 따위의 장신구) 같은 얼굴을 지닌 한 마리의 완숙한 동물이었다. 작은 사내는 여자를 자리에 앉히고 정중히 인사를 하더니 황급히 사라졌다.

"저 작은 사내가 브라운의 매니저 올리 스턴 아닌가요?"

경감이 물었다.

"맞습니다." 맥과이어가 대답했다. "조금 전의 그 행동거지 보셨죠? 아이비와 마이크 브라운은 지금 2년째 별거중이에요. 그런데 올리는 그게 마이크의 인기에 좋지 않다고 생각해요. 그렇기 때문에 공공연히 챔피언 부인에게 상당한 관심을 기울이는 거죠. 저 여자 어때요, 폴라? 여성들의 견해는 색다를 법한데."

"좋지 않게 들릴지 모르지만," 패리스가 낮은 소리로 말했다. "화장은 제대로 못했으면서 옷만 화려하게 입었군요. 성질은 암늑대를 닮았을 것 같고요. 천박해요. 한 마디로 싸구려죠."

"비싼, 아주 값비싼 여자요. 마이크는 벌써 오래 전부터 이혼을 원했는데 저 여자는 계속 흥청대며 돈만 써댔지. 마이크도 전성기 때는 제법 많이 벌었으니까. 자, 난 일을 해야 해요."

맥과이어는 자신의 타자기 앞으로 몸을 숙였다.

밤이 깊어 갈수록 관중들은 더욱 술렁거렸고, 유명한 탐정 엘러리 퀸은 어쩐지 자꾸만 불안해졌다. 특히 1미터 80센티미터나 되는 그의 몸은 마치 바이올린의 현처럼 잔뜩 긴장되었다. 늘 험악한 사태가

일어나려 하면 이런 느낌이 들었던 것이다. 결국 지금 이곳에 살인의
기운이 감돌고 있다는 뜻이기도 했다.

도전자가 먼저 모습을 드러냈다. 홍수 진 강물이 댐을 부수듯 요란
한 함성이 일었다.

감탄한 패리스가 입을 쩍 벌렸다.

"저 사람예요!"

짐 코일은 1미터 90센티미터가 넘는 키에 덩치가 몹시 큰, 아주 잘
생긴 사내였다. 어깨는 터무니없을 정도로 넓었고, 근육은 길고 부드
러웠으며 피부는 구릿빛이었다. 그는 면도하지 않은 뺨을 쓱 문지르
며 열광적인 관중들을 향해 소년 같은 미소를 지어 보였다.

매니저인 바니 호크스가 그를 따라 링으로 올라왔다. 호크스 역시
큰 덩치였지만 그의 선수 옆에서는 왜소하게 보였다.

"헤라클레스가 따로 없군요." 패리스가 숨을 들이쉬며 말했다.
"저런 몸을 본 적이 있나요, 엘러리?"

퀸이 질투하듯 말했다.

"저 몸으로 과연 링에서 뛸 수 있을까 하는 게 좀더 적절한 질문이
아닐까요, 아가씨?"

"몸집에 비해서는 상당히 민첩한 편이오." 맥과이어가 나섰다.
"저런 황소 같은 몸집을 고려한다면, 아마 당신 생각보다는 훨씬 민
첩할 거요. 마이크 브라운만큼 빠르진 않겠지만, 짐은 키와 팔길이에
서 유리해요. 그리고 황소처럼 강인하죠."

"챔피언이 나온다!" 경감이 소리쳤다.

큰 덩치의 못생긴 사내 하나가 몸을 좌우로 흔들며 통로를 내려오
더니 링 위로 훌쩍 뛰어올라갔다. 그의 매니저——작고 늙은, 주름
투성이의 사내가 뒤따라 올라가더니, 여전히 불붙이지 않은 시가를

질겅대며 링 바닥에서 제자리 뛰기를 했다.

"우우……."

"관중들이 챔피언을 야유하는군요, 왜 그러는 거죠, 필?"

패리스가 큰소리로 물었다.

"관중들은 그를 미워해요."

맥과이어는 미소를 지으며 말을 이었다.

"노새의 발길질과 프레첼(독일인을 속되게 부르는 말)의 영혼을 지닌, 비열하고 잔인하고 비뚤어진 성격의 더러운 녀석이기 때문에 그러는 거요, 아가씨."

신장 185센티미터의 마이크 브라운은 해부학상으로 넓은 털북숭이 가슴과 기다란 팔, 불쑥 튀어나온 어깨, 그리고 크고 평평한 발을 지닌 한 마리의 고릴라였다. 그의 얼굴은 위압적이고 잔인해 보였다. 그는 적대적인 관중들과 자신보다 더 크고 몸집이 좋은 젊은 상대 선수에게 조금의 관심도 보이지 않았다. 한마디로 초연하고 내성적인, 인간이라고는 볼 수 없는 싸움 기계 같았다.

그러나 세세한 것 하나하나까지 감지할 수 있는 특별한 천재적 기질을 지닌 퀸은, 브라운의 강인한 턱뼈가 그의 꺼칠꺼칠한 뺨 밑에서 가볍게 움직이고 있다는 것을 알았다.

그리고 퀸의 몸은 다시 경직되었다.

3라운드 시작을 알리는 공이 울렸을 때 챔피언의 왼쪽 눈은 푸른색으로 멍들어 반쯤 감겨 있었고, 입술은 터져서 피투성이가 되어 있었다. 그리고 유인원 같은 가슴은 숨차게 헐떡대고 있었다.

30초 뒤 챔피언은 두들겨 맞아 녹초가 된 짐승처럼 관중석에서 올려다 보이는 코너로 몰렸다. 관중들은 그의 복부에 솟아나는 울퉁불퉁한 반점과 팬티 위에 만발하는 진홍색 꽃을 볼 수 있었다.

브라운은 잔뜩 웅크린 자세로 얼굴을 가리고 자신의 턱을 보호했다. 짐 코일이 앞으로 내달았다. 그의 글러브가 브라운의 몸을 파고들었다. 챔피언은 앞으로 쓰러지며 도전자의 무자비한 구릿빛 두 팔을 껴안았다.

심판이 두 사람을 갈라놓았다. 브라운은 다시 코일을 껴안았다. 그들은 춤추듯 움직였다.

관중들이 〈푸른 다뉴브 강〉을 부르기 시작했다. 심판이 두 선수 사이로 다시 뛰어들었고, 브라운에게 날카롭게 무슨 말인가를 했다.

"더러운 배신자 같으니."

필 맥과이어가 웃음을 흘리며 말했다.

"누구 말이오? 그게 무슨 소리요?"

경감이 어리둥절한 얼굴로 물었다.

"결과를 보면 알 거요."

챔피언이 두들겨 맞아 울퉁불퉁한 얼굴을 들더니 코일을 향해 왼쪽 주먹을 힘없이 내뻗었다. 거구의 도전자는 조롱하듯 그에게 다가섰다.

챔피언이 쓰러졌다.

"한 폭의 그림이군."

맥과이어가 감탄조로 말했다.

카운트 9에서 마이크 브라운은 그의 납작해진 귀를 때리는 관중들의 고함 소리를 듣고 비틀대며 일어섰다. 거대한 몸집의 코일이 그림자처럼 그에게 다가섰고, 열두 차례에 걸친 강하고 치명적인 주먹이 그의 몸을 파고들었다. 챔피언의 무릎이 꺾어졌다. 휘파람 소리를 내면서 15센티미터를 날아간 어퍼컷이 그의 턱에 작렬했고, 챔피언은 휘청거리며 링 바닥으로 쓰러졌다.

그는 다시 일어서지 못했다.

"아주 진짜 같은데 그래?"

맥과이어가 질질 끄는 목소리로 말했다.

경기장은 피를 부르는 욕망과 환희의 소리로 가득했다. 패리스는 속이 좋지 않은 듯했다. 몇 줄 떨어진 곳에 앉아 있던 해피데이가 벌떡 일어서서 거칠게 주위를 둘러보더니 사람들을 헤치며 앞으로 나갔다.

"해피데이는 더 이상 행복하지 않겠군."

맥과이어가 노래하듯 말했다.

링 안은 경찰과 트레이너 그리고 관계자들로 들끓었다. 짐 코일은 고함을 질러대는 관중들의 물결에 묻힌 채 소년 같은 미소를 짓고 있었고, 챔피언 코너에서는 의식을 잃고 꿈틀대는 브라운의 몸을 올리스턴이 천천히 주물러대고 있었다.

필 맥과이어가 일어서서 기지개를 하면서 말했다.

"정말 대단하군! 지금껏 사기극이야 수없이 보았지만 이토록 실감 나는 시합은 처음인걸."

퀸이 화난 목소리로 말했다.

"이봐요, 맥과이어 씨. 내게도 눈이 있어요. 당신은 무슨 근거로 자꾸 브라운이 타이틀을 포기했다고 말하는 거요?"

맥과이어가 히죽 웃으며 대답했다.

"센터 거리에서는 당신이 아인슈타인일지 몰라도 여기서는 그렇지 않아요, 퀸 선생. 당신은 그저 한 사람의 문외한일 뿐이오."

그 소란 속에서 경감이 반박하고 나섰다.

"내 생각에는 브라운이 너무 많은 강타를 허용한 것 같군요."

맥과이어가 조롱하듯 말했다.

"물론 그렇겠죠. 이봐요 순진한 양반들, 마이크 브라운은 예전 경기에서 더없이 위력적인 오른 주먹을 휘둘러댔어요. 그런데 그가 오늘 밤 코일에게 단 한 번이라도 그 주먹을 사용하는 걸 봤습니까?"

"글쎄? 못 본 것 같군요."

퀸이 수긍했다.

"당연히 못 봤겠죠. 단 한 번도 휘두르지 않았어요. 특히 2라운드에서는 여러 번의 기회가 있었어요. 그리고 지미 코일은 방어가 허술했어요. 그런데 마이크가 어떻게 했죠? 그 위력적인 오른 주먹은 냉장고에 넣어 둔 채 맥없이 왼손 잽만 계속 내뻗으며——그런 잽으로는 패리스도 뉘질 못해요!——방어만 하고 클린치를 하다가 제대로 된 주먹 한 방에…… 물론, 아주 그럴듯했죠. 하지만 패자가 된 저 챔피언은 시합을 조작했단 말이오!"

사람들이 고릴라 같은 패자를 부축해 링에서 내리고 있었다. 그는 시무룩하니 피곤해 보였다. 관중 몇 명이 그를 뒤따라가며 야유를 보냈다. 작은 몸집의 올리 스턴은 귀찮다는 듯 그들을 옆으로 밀어냈다. 퀸은 슬쩍 브라운의 아내를 훔쳐보았다. 아이비는 창백하니 화난 얼굴로 서둘러 그들을 따라갔다.

"제가 잘못 본 것 같군요."

퀸이 한숨을 쉬며 말했다.

"뭐라고요?"

패리스가 물었다.

"흠, 아무것도 아니오."

그때 맥과이어가 입을 열었다.

"여러분, 나는 관계자들을 만나야 하니까 이따 코일의 탈의실에서 만나 마저 이야기합시다. 지금쯤 지미 코일은 신문 기자들에게 화끈한 기사 거리를 제공하느라 정신없을 거요."

패리스가 소리쳤다.

"나도 봤으면 좋겠어! 그런데 거길 어떻게 들어가죠, 필?"

"경찰 친구들 뒀다 어디 쓸 거요? 안내해 주시죠, 경감님."

맥과이어의 마른 몸이 휘청대며 멀어져 갔다. 위대한 사내의 머리가 갑자기 쑤셔대기 시작했다. 그는 얼굴을 찡그리며 패리스의 팔을 잡았다.

새로운 챔피언의 탈의실은 담배 연기, 사람들, 그리고 소음으로 가득했다. 젊은 코일은 선수용 탁자에 엎드려 마치 소인국의 걸리버처럼 안마를 받고 있었다. 그는 기자들의 질문에 몹시 장난스럽게 대답했고, 어깨 근육을 자랑하며 카메라를 향해 미소를 지어 보였다. 바니 호크스는 윗도리 칼라를 풀어헤친 채 이리저리 돌아다니며 마치 처음으로 아빠가 된 사람처럼 사람들에게 시가를 나눠 주고 있었다.

사람들이 너무 많이 들어오는 바람에 코일의 탈의실은 옆의 샤워실까지 사람들로 가득했다. 바닥에는 빈 병들이 뒹굴고 있었고, 샤워실 창문 근처 구석에서는 다섯 명의 사내들이 소변을──그것도 맨 정신으로──보고 있었다.

경감이 바니 호크스에게 말을 건넸고, 코일의 매니저는 그들을 챔피언에게 소개했다. 그러자 챔피언이 패리스에게 눈을 주며 말했다.

"이봐요, 바니, 이젠 좀 조용히 쉬었으면 하는데요."

"아무렴! 자넨 이제 챔피언이야, 지미!"

"자, 여러분, 이제 사진은 평생 쓸 수 있을 만큼 찍었겠죠? 당신 이름이 뭐라고 했더라, 귀여운 아가씨? 패리스(Paris, 프랑스의 수도 / 파리를 빗대어 한 말)? 이름 한번 요란하군."

"당신 이름은 코지(기다란 의자란 뜻으로 키다리를 빗댄 말)였던가요?"

패리스가 싸늘하게 대꾸했다.

"훌륭해!"

그는 아이처럼 큰소리로 웃어댔다.

"그만들 나가 주시죠, 여러분. 저는 이 아가씨와 스파링을 좀 해야 하니까요. 이봐, 루이, 약 좀 그만 바르게. 챔피언은 내 몸의 털끝 하나도 건드리지 못했으니."

코일이 안마를 받던 침대에서 내려오자 바니 호크스가 샤워실에서 사람들을 몰아내기 시작했다. 코일은 타월 몇 장을 집어 들더니 패리스에게 윙크를 하고는 샤워실 안으로 들어가 문을 닫았다. 샤워기에서 뿜어져 나오는 홍겨운 물줄기 소리가 그들에게까지 들렸다.

그리고 5분 뒤 필 맥과이어가 어슬렁거리며 들어왔다. 그는 땀을 흘리고 있었고, 조금은 불안해 보였다.

"하일 히틀러!" 필이 소리쳤다. "챔피언은 어디 있나?"

"여기 있어요." 코일이 타월로 맨가슴을 닦으며 샤워실 문을 열었다. 그의 허리 부분은 다른 타월로 가려져 있었다. "어서 와요, 필. 잠시만 기다려요, 금방 옷을 갈아입을 테니까. 그보다 이 인형 같은 아가씨는 당신 여자요? 아니면 내가 한 번 친해 봤으면 하는데."

"서둘러, 챔피언. 52번가에서 인터뷰가 있다고."

"알았다고요! 바니, 어떻게 할 거요? 우리와 같이 갈 건가요?"

"자네나 가서 즐기라고." 그의 매니저가 아버지 같은 말투로 대답했다. "난 이곳 운영회와 돈 문제를 해결해야 해."

그는 춤추듯 샤워실로 들어가 팔에다 모자와 낙타털 코트를 걸고 나오더니 코일에게 애정 어린 키스를 보내고는 밖으로 나갔다.

퀸이 패리스를 보며 뿌루퉁한 목소리로 말했다.

"저 친구가 옷을 다 입을 때까지 여기서 기다릴 작정이오? 그러지 말아요, 당신의 영웅은 복도에서 기다리면 되는 거요."

패리스가 복종하듯 군인처럼 말했다.

"알겠습니다."

코일이 낄낄대며 웃었다.

"걱정 말아요, 선생. 내가 저 아가씨를 어떻게 하진 않을 테니까. 세상에 쌔고 쌘 게 여자란 말이오."

퀸은 패리스를 굳이 탈의실에서 데리고 나왔다.

"이따 차에서 보면 될 거요."

그가 무뚝뚝하게 말했다.

"그러죠."

패리스가 중얼거렸다.

그들은 조용히 복도 끝으로 걸어가서 모퉁이를 돈 다음 경기장에서 거리로 이어지는 작은 통로로 들어갔다. 작은 통로를 걸어가면서 퀸은 샤워실 창문을 통해 탈의실을 볼 수 있었다. 맥과이어가 술병을 든 채 코일과 엘러리의 아버지 퀸 경감과 함께 축배를 들고 있었다. 코일은 트렁크스 차림이었다……. 이런!

퀸은 패리스를 재촉해 작은 통로를 나와 건너편 주차장으로 갔다. 차들이 서서히 빠져 나가고 있었다. 그러나 올리 스턴 소유의 붉은색 대형 리무진 승용차는 그때까지도 여전히 맥과이어의 로드스터 옆에 주차되어 있었다.

"엘러리, 당신은 정말 바보예요."

패리스가 부드럽게 말했다.

"폴라, 나는 더 이상 얘기하고 싶지가……."

"지금 내가 무슨 얘기를 한다고 생각하세요? 당신 코트 말예요. 어리석은 사람! 내가 도둑맞을지도 모른다고 경고했죠?"

퀸은 로드스터 안을 쳐다보았다. 그의 코트가 보이지 않았다.

"아, 난 또! 그렇지 않아도 버리려던 참이었소. 폴라, 당신도 잠깐만 생각해 보면 내가 설마 저 덩치 큰 녀석을 질투한다고는……. 폴라! 왜 그래요?"

패리스의 둥글고 밝은 뺨이 회색으로 변해 있었다. 패리스는 떨리는 손가락으로 피처럼 붉은 리무진을 가리켰다.

"저기…… 저 안에…… 저게…… 마이크 브라운 아닌가요?"

퀸이 재빨리 리무진 뒤쪽을 살피더니 말했다.

"맥과이어 차 안에 들어가 있어요, 폴라. 그리고 이쪽은 보지 말아요."

패리스는 덜덜 떨며 로드스터 안으로 들어갔다.

엘러리는 올리 스턴의 차 뒷문을 열었다.

마이크 브라운이 그의 발 앞으로 굴러 떨어지더니 움직이지 않았다.

그리고 잠시 뒤, 경감과 코일이 맥과이어의 거친 말소리에 뭐라 낄낄대며 한가롭게 걸어왔다.

맥과이어가 멈춰 섰다. "이봐, 저게 누구지?"

코일이 재빨리 말을 받았다. "마이크 브라운 아닙니까?"

경감이 말했다. "비켜 보게, 짐." 그는 엘러리 옆에 무릎을 꿇고 앉았다.

그러자 퀸이 그의 머리를 들어올렸다. "그래요, 마이크 브라운이에요. 칼로 난자를 당했군요."

필 맥과이어가 비명을 지르며 전화기 쪽으로 달려갔다. 폴라 패리스가 로드스터에서 내리더니 자신의 직업을 의식한 듯 재빨리 맥과이어의 뒤를 따라갔다.

"호…… 혹시…… 마이크는?"

짐 코일이 간신히 말을 이으려 했다.

"완전히 뻗었군!" 경감이 침울한 목소리로 말했다. "애야, 그 아가씨는 가 버렸니? 자, 나를 도와서 이 친구를 바로 눕히자꾸나."

그들은 마이크를 바로 눕혔다. 그는 멀거니 눈을 뜨고 천장의 둥근 불빛을 바라보고 있었다. 옷은 다 입고 있었다. 중절모는 귀 근처까지 내려와 있었고, 회색 트위드 코트는 단추가 채워진 채 그의 몸을 감싸고 있었다. 그는 코트를 입은 채 복부와 가슴을 칼로 10회 정도 찔린 듯했다. 피를 엄청나게 많이 흘려서 코트가 끈적끈적하게 젖어 있었다.

"아직도 몸이 따뜻해." 경감이 입을 열었다. "불과 몇 분 전에 당한 거야."

그는 몸을 일으키고 건성으로 주위에 모여든 사람들을 둘러보았다.

"어쩌면……." 챔피언이 입술을 핥으며 말을 꺼냈다.

"어쩌면이라니? 그게 무슨 말인가, 짐?"

경감이 그를 쳐다보며 물었다.

"아녜요, 아무것도 아녜요."

"집으로 가지 그래? 괜히 이 일로 자네 기분까지 상할 것은 없네, 짐."

코일은 어금니를 단단하게 물었다. "전 여기 있겠어요."

경감이 경찰 호각을 불었다.

경찰들이 출동했고, 필 맥과이어와 폴라 패리스도 돌아왔다. 그리고 올리 스턴과 다른 사람들은 길 건너편에서 나타났다. 구경꾼들이 점점 더 모여들자 엘러리 퀸은 올리 스턴 소유의 승용차 뒷좌석으로 기어들어갔다.

붉은색 리무진의 뒷좌석은 마치 도살장 같았다. 앙고라 염소털 등받이와 깔개는 온통 구겨진 채 피로 얼룩져 있었다. 커다란 코트 단추 한 개가 작은 천 조각을 붙인 채 등받이에 얹혀 있었고, 그 옆에 구겨진 낙타털 코트가 있었다.

퀸은 코트를 들었다. 단추는 거기서 떨어져 나간 것이었다. 코트

앞부분은 살해된 사내가 입고 있던 코트의 앞부분처럼 심하게 피로 얼룩져 있었다. 그러나 그 얼룩진 피는 일정한 무늬를 그리고 있었다. 퀸은 코트를 좌석 위에 올려놓고 앞을 연 다음, 등받이에 떨어져 있던 단추를 그곳 단춧구멍에 맞춰 보았다. 얼룩진 핏자국이 일치했다. 그는 코트 단추를 열고 코트 앞을 양쪽으로 벌렸다. 그러자 핏자국도 같이 갈라졌다. 단추가 끼워져 있던 자리 옆쪽, 일렬로 단춧구멍이 나 있는 곳에서 3센티미터 정도 떨어진 지점에 일직선으로 핏자국이 나 있었다.

경감이 차 안으로 불쑥 머리를 들이밀었다.

"그건 뭐지?"

"살인범의 코트요."

"어디 보자꾸나!"

"이 옷의 주인이 누군지 알 수가 없어요. 상표도 뜯겨져 나갔고 아주 싸구려 같은데……. 어떤 확실한 흔적은 하나도 없어요. 여기서 무슨 일이 있었는지 짐작하시겠죠, 아버지?"

"뭐라고?"

"물론 살인은 여기서 일어났어요. 브라운과 살인범이 차 안으로 동시에 들어왔거나, 브라운이 먼저 차에 타고 있는데 나중에 살인범이 들어왔거나, 아니면 살인범이 여기 숨어서 브라운이 타기를 기다렸겠죠. 어떤 경우든 살인범은 이 코트를 입고 있었어요."

"그걸 어떻게 알지?"

"여기 차 안에 격렬하게 싸운 흔적이 있으니까요. 얼마나 격렬하게 싸웠는지 브라운은 자신을 공격한 자의 코트에서 단추까지 하나 뜯어냈어요. 그런 난투 과정에서 브라운은 몇 번이나 칼에 찔렸던 거죠. 그의 몸에서 피가 맹렬하게 뿜어져 나왔을 것이고, 그 피는 자신의 코트뿐만 아니라 살인범의 코트까지 피로 젖게 만들었겠죠.

여기 얼룩진 핏자국의 위치로 보아 이 코트는 단추가 잠긴 상태였어요. 즉, 그가 코트를 입고 있었다는 뜻이죠."

경감은 고개를 끄덕였다.

"사람들이 코트에 묻은 피를 볼까 봐 여기 뒷좌석에 버리고 갔군. 증거가 될 만한 흔적은 모두 제거해 버리고 말이야."

경감의 뒤에서 패리스의 떨리는 목소리가 들려왔다.

"그거 혹시 당신의 낙타털 코트 아닌가요, 엘러리?"

퀸은 이상한 눈길로 패리스를 쳐다보았다. "아니오, 폴라."

"그건 또 무슨 소리냐?" 경감이 물었다.

"엘러리는 자기 코트를 맥과이어 씨 차 뒷좌석에 두고 시합을 보러 들어갔어요." 패리스가 설명했다. "내가 도둑맞을지 모른다고 말했는데 진짜 도둑맞았더라구요. 그런데 저기 낙타털 코트가 있잖아요, 저기 차 안에?"

"이건 내 코트가 아니오." 퀸이 침착하게 말했다. "내 코트에는 내가 알아 볼 수 있는 어떤 특징이 있어요. 둘째 단춧구멍에 담뱃불 자국이 있고, 오른쪽 주머니에 구멍이 뚫려 있어요. 그런데 이 코트에는 그런 자국이 없어요."

경감은 어깨를 으쓱하고 가 버렸다.

"그럼 당신 코트를 도둑맞은 것과 이 사건이 연관이 없다는 말인가요?" 패리스는 부르르 몸을 떨었다. "엘러리, 담배 한 대 피울 수 있을까요?"

퀸은 패리스에게 은혜를 베풀었다. "아니요, 오히려 내 코트는 이 사건과 많은 연관이 있지요."

"무슨 말인지 모르겠군요. 당신은 방금 말하길……."

퀸은 패리스의 담배에 불을 붙여 주고 마이크 브라운의 시체를 뚫어져라 쳐다보았다.

험상궂게 생긴 올리 스턴의 운전사가 자신의 모자를 비틀며 말했다.

"시합이 끝난 뒤 마이크는 제가 필요 없다면서 나중에 그랜트 광장에서 보자고 했어요. 자기가 직접 운전하겠다면서 말예요."

"그래서요?"

"저는 조금 이상하다고 생각했죠. 그래서 저기 보이는 가판대에서 핫도그를 하나 사 들고 지켜보았지요. 그랬더니 마이크가 차에서 내려 뒷좌석으로 올라갔는데……."

"혼자서 말이오?" 경감이 물었다.

"그래요. 그냥 차에 타고 앉아 있었어요. 그때 술 취한 사람 두 명이 제게로 다가오는 바람에 전 자세히 볼 수가 없었어요. 단지 누군가 다가와 마이크를 따라 차 안으로 들어갔던 것 같아요."

"누가? 그게 누구요? 그 사람을 보지 못했소?"

운전사는 고개를 저었다. "잘 보이지가 않았어요. 모르겠어요. 잠시 뒤 전 저와는 상관없는 일이라는 생각에 여기서 나갔죠. 나중에 경찰 사이렌 소리가 나기에 이리로 달려왔다니까요."

"마이크 브라운을 따라 차 안으로 들어갔다는 사람이" 퀸이 몹시 진지한 투로 물었다. "코트를 입고 있지 않았습니까?"

"그런 것 같아요, 맞아요."

"그리고는 아무것도 보지 못했다는 얘기군요?"

퀸이 또 한 번 확인했다.

"그래요."

"흠! 아무래도 상관없지." 위대한 사내가 중얼거렸다. "사실 윤곽은 잡혔으니까. 하늘에 떠 있는 태양만큼이나 분명히. 이건 틀림없이……."

"혼자서 뭘 중얼거리고 있어요?"

패리스가 그의 귀에 대고 물었다.

퀸은 패리스를 빤히 쳐다보았다.

"내가 중얼거렸던가?"

그는 머리를 저었다.

그때 본부 소속의 경찰 하나가, 맵시 있게 옷을 차려 입은 키 작은 사내 하나를 데리고 나타났다. 사내는 겁먹은 눈으로 자신은 아무것도 모른다는 말만 앵무새처럼 되풀이했다.

경감이 말했다.

"이봐 웨첸스, 그 싸구려 술집에서 자네가 떠들어대는 소리를 들었다는 사람들이 있어. 대체 뭐라고 말했지?"

그러자 키 작은 사내가 떨리는 목소리로 말했다.

"전 문제를 일으키려고 그랬던 게 아녜요. 전 단지……."

"그래서?"

"마이크 브라운이 오늘 오전에 절 찾아왔었죠."

웨첸스는 더듬대며 말을 이었다.

"그는 제게 이렇게 말했어요. '하이미, 해피데이가 자네를 잘 알고 있더군. 자네가 자기한테 많은 돈을 건다고 말이야. 그러니까 해피데이에게 달려가서 코일이 날 KO로 이기는 데 5만 달러를 걸란 말이야'. 마이크는 또 이렇게 말했어요. '자넨 나를 대신해 5만 달러를 거는 거야, 알겠어? 만약 해피데이나 다른 누구에게 자네가 날 대신해서 5만 달러를 걸었다는 사실을 발설했다간 자네 손에 자네 심장이 쥐어질 거야'. 그리고 제게 더 심한 말을 하기에 저는 코일이 KO로 승리할 것이라는 데 5만 달러를 걸었죠. 해피데이는 12대 5로 제 내기를 받아 주었고요. 그는 그 이상의 비율로는 받아 주지를 않으니까요."

짐 코일이 고함을 질렀다.

"네놈 목을 부러뜨려 놓겠어, 망할 자식！"

"참아, 짐……."

챔피언이 소리 질렀다.

"저 자식은 지금 브라운이 승부를 조작했다고 말하는 거요！ 난 분명히 정당하게 브라운을 때려 눕혔어요, 그 망할 자식을 분명히 정당하게 혼을 내줬단 말입니다！"

필 맥과이어가 중얼거렸다.

"자네야 그에게서 정당하게 승리를 뺐었다고 생각하겠지. 하지만 그는 승부를 조작했네, 짐. 내가 말했죠, 경감님？ 오른 주먹은 쓰지 않았다고……."

코일이 고함을 질렀다.

"거짓말！ 내 매니저는 어디 있죠？ 바니는 어디 있냐고요？ 그들은 이번 시합에 돈을 걸려고도 하지 않았단 말이오！ 난 정당한 승리를 했어요, 정당하게 타이틀을 따냈다고요！"

경감이 나섰다.

"진정하게, 짐. 모든 사람들이 오늘 밤 자네가 정당한 시합을 펼쳤다는 걸 알고 있네. 이봐, 하이미. 마이크가 자기 대신 내기를 걸라며 자네한테 현찰을 주던가？"

웨첸스는 몸을 움찔했다.

"마이크는 파산할 처지라 돈이 없었어요, 전 외상으로 내기를 걸었죠, 돈이야 내일까지만 갚으면 되니까요, 그래서 저는 그 내기가 괜찮다는 걸 알았죠, 왜냐하면 마이크가 직접 코일에게 돈을 걸 때는 결과가 뻔하니까."

다시 코일이 고함을 질렀다.

"네 녀석을 절름발이로 만들어 놓겠어, 이 거짓말쟁이！"

경감이 그를 달랬다.

"진정하게, 짐. 그래서 자넨 5만 달러를 외상으로 내기에 걸었고, 해피데이는 12대 5의 비율로 그 내기를 받아들였어. 그리고 자네는 모든 일이 잘되리라고 생각했어. 마이크가 시합을 조작할 테니까 말이야. 그리고 자넨 12만 달러를 수금해 마이크에게 갖다 주는 거지, 맞나?"

"그래요, 맞아요. 그게 전부예요. 전 맹세코……."

"자네가 해피데이를 마지막으로 본 게 언제지, 하이미?"

웨첸스는 겁먹은 얼굴로 뒷걸음질을 쳤다. 경찰 수행원이 그의 몸을 살짝 흔들었다. 그러나 그는 완강하게 고개를 가로저었다.

경감이 부드러운 목소리로 물었다.

"그렇다면 마이크 대신 자네가 5만 달러를 내기에 걸었다는 사실을 해피데이는 어떤 방법으로든 알 수가 없어, 그렇지? 해피데이는 이 시합이 조작이었다는 사실을 전혀 몰랐을 거고 의심도 하지 않았을 거야, 그렇지 않나?"

경감이 형사 한 명에게 날카롭게 말했다.

"해피데이를 찾아."

"난 여기 있소."

사람들 틈에서 굵직하니 낮은 음성이 들렸다. 그리고 뚱뚱한 몸집의 도박사가 사람들을 헤치고 걸어 나와 경감에게 화난 목소리로 말했다.

"그래서 내가 범인이라는 거요? 나더러 죄를 뒤집어쓰라고?"

"당신은 마이크가 시합을 조작하려 한다는 걸 알고 있었소?"

"몰랐소!"

필 맥과이어가 낄낄대며 웃었다.

그러자 작은 키의 올리 스턴이 자신의 죽은 선수만큼이나 창백한 얼굴로 고함을 질러댔다.

"해피데이가 그랬어요, 경감! 그는 그 사실을 알고 시합이 끝날 때까지 기다린 거요. 마이크가 차 안으로 혼자 들어가자 그에게 다가가 손을 봐 준 거요. 바로 그렇게 된 거요!"

도박사가 응수했다.

"더러운 쥐새끼 같으니! 당신이라고 마이크를 죽이지 않았다는 보장이 있어? 그는 시합을 조작했고 당신은 그걸 모르고 있었어! 어쩌면 마이크의 귀여운 부인 때문에 당신이 마이크를 죽였는지도 모르지. 시침 떼지 말라고! 난 당신과 아이비의 관계를 다 알고 있어. 난……."

경감이 만족한 웃음을 띠며 말했다.

"이봐요 신사분들,"

그때 찢어질 듯한 비명 소리가 들리더니 아이비 브라운이 팔꿈치로 구경꾼들을 헤치고 나와, 기자들의 시선을 의식한 듯 남편의 시체 위로 몸을 던졌다.

사진 기자들이 신났다는 듯 사진을 찍고 있는 동안 해피데이와 올리 스턴은 서로를 증오의 눈빛으로 쳐다보았다. 사람들이 그 주위를 둘러싸자 경감이 아들에게 명랑한 목소리로 말했다.

"그다지 어려운 문제는 아니군. 사건은 해결됐어. 범인은 해피데이야. 이제는 증거만 찾으면 되겠지."

위대한 사내가 빙그레 웃으며 말했다.

"잘못 짚으셨어요."

"뭐라고?"

"시간 낭비만 하고 계시는군요."

경감의 행복하던 표정이 딱딱하게 굳어졌다.

"그럼 넌 내가 어떻게 했으면 좋겠니? 말해 보렴. 넌 마치 모든 걸 알고 있는 것 같구나. "

"물론 알고 있죠. 그리고 알려 드리죠. 아버지가 어떻게 했으면 좋겠느냐고요? 제 코트를 찾으세요. "

"애야, 이 사건과 네 그 낡은 코트가 무슨 상관이 있다는 거냐? " 경감이 툴툴댔다.

"제 코트를 찾으세요. 그러면 제가 살인범을 찾아 드리죠. "

이번 사건은 조금 특이했다. 처음 그는 경기장까지 차를 타고 갔고, 필 맥과이어가 왜 마이크 브라운을 싫어하는지를 듣게 되었고, 그리고 링사이드에서의 잡담들, 오픈 게임들, 메인 게임, 챔피언의 패배, 그리고 별로 중요하지 않은 자잘한 일들이 있었다. 그리고 퀸은 패리스와 함께 주차장으로 걸어갔고, 거기서 두 가지를 발견했다. 퀸은 코트를 잃어버렸다는 사실과 마이크 브라운의 시체를. 그것은 분명 아주 치밀하게 이루어진 중대한 살인 사건이었다.

그리고 위대한 사내는 즉각 뭔가를 알아차리고 마치 도둑맞은 그의 낡고 보잘것없는 코트가, 주차장 자갈밭 위에 버려진 타이어처럼 온몸을 칼로 난자당한 채 누워 있는 마이크 브라운보다 더 중요하기라도 한 듯 자신의 코트에 대해 중얼거렸다. 그리고 마이크의 부인 아이비는 자신이 남편——불쌍하게 죽은 고릴라——을 얼마나 사랑했는지 하늘과 뉴욕 신문들이 알아 달라는 듯 스톰 킹 고속도로보다 더 굴곡이 진 몸매로 죽은 남편의 가슴에 엎드려 흐느껴 울었다. 마이크 브라운은 올리 스턴의 운전사를 따돌린 걸로 보아, 시합이 끝난 뒤 누군가와 은밀히 접촉을 한 것 같았다. 그리고 그 접촉은 올리 스턴의 붉은색 리무진 안에서 이루어졌던 듯했다. 그리고 누군지는 몰라도 이리로 왔고, 마이크와 같이 차로 들어갔고, 그 안에서 격렬한 싸움이 있었고, 길고 뾰족한 뭔가로 열 번도 더 마이크를 찔렀고, 그리고 얼룩진 핏자국 때문이겠지만 자신의 낙타털 코트를 버리고 재빨리 도망친 것이다.

이런 사실이 범인이 사용한 무기 문제를 부각시켰고, 퀸을 비롯한 모든 사람들이 그 흉기를 찾기 시작했다. 왜냐하면 범인이 그것을 버리고 도망쳤다는 것은 너무도 자명한 일이었기 때문이다. 이윽고 무선 경찰차의 경관 하나가 주차되어 있는 차 밑의 흙먼지 속에서 그 흉기를 찾아냈다. 그 길고 끔찍하게 생긴 단검에는 경관의 지문을 제외하고는 그 어떤 흔적도 남아 있지 않았다. 그러나 퀸은 그 흉기를 찾아낸 뒤에도 계속 뭔가를 찾고 있었다. 마침내 경감이 그에게 짜증스런 목소리로 물었다.

"지금 뭘 찾고 있는 거냐?"

퀸이 설명했다.

"제 코트요, 누가 혹시 제 코트 입고 있는 것 못 보셨어요?"

그러나 구경꾼들 가운데 코트를 입은 사람은 하나도 없었다. 그날 저녁은 따뜻했던 것이다.

마침내 퀸이 수색 작업을 포기하며 말했다.

"아버지께선 뭘 하실지 몰라도, 전 다시 경기장으로 가 볼까 해요."

"도대체 왜 그러는 거예요?"

패리스가 큰소리로 물었다.

"혹시 내 코트를 찾을 수 있을까 해서 그래요."

퀸이 침착하게 말했다.

"그래서 제가 코트를 가져가라고 했잖아요!"

"오, 아니오. 가져가지 않길 잘했어요. 맥파이어의 차 뒤에다 두길 잘했단 말이오. 잘 도둑맞았지."

"그렇다면 왜 그렇게 바보처럼 안절부절못하는 거죠?"

퀸이 싱긋이 웃으며 대답했다.

"왜냐하면 지금 당장 그걸 찾으러 가야 하니까요."

시체 공시소 차량이 마이크 브라운의 시체를 옮겨 싣는 동안, 퀸은 다시 먼지투성이 주차장을 가로질러 경기장 탈의실로 통하는 작은 통로로 터덜터덜 걸어갔다. 그러자 경감은 당혹스런 얼굴로 모두를 불러 모아——해피데이 씨와 올리 스턴 씨, 그리고 아이비 브라운 부인에 대해 각별한 주의를 기울이며——이들의 뒤를 따랐다. 그는 달리 어떻게 해야 할지를 몰랐던 것이다.

마침내 그들은 짐 코일의 탈의실에 모두 모였다. 아이비는 더 많은 사진 기자들을 향해 슬피 울어대고 있었고, 퀸은 단지처럼 보이는 패리스의 붉은 밀짚모자를 침울한 눈길로 지켜보고 있었다. 그때 문에서 소란이 일더니 새로운 챔피언의 매니저 바니 호크스가 여러 명의 권투 관계자들과 함께 나타났다.

"무슨 일인가?"

바니 호크스는 어리둥절한 눈길로 주의를 둘러보았다.

"아직도 안 갔나, 챔피언? 무슨 일이 있는 거야?"

챔피언이 험악한 목소리로 대답했다.

"많은 일이 있었죠. 바니, 마이크가 오늘 밤 승부를 조작했다는 사실을 알고 있었나요?"

"뭐라고? 그게 무슨 소리야?"

바니 호크스는 위엄 있게 주위를 둘러보았다.

"어떤 더러운 거짓말쟁이가 그런 소리를 해? 내 선수는 죽을힘을 다해 타이틀을 따냈다고! 신사 양반들, 마이크를 공정하고 정당하게 이겼단 말이오."

호크스와 같이 들어온 권투 위원 하나가 물었다.

"마이크가 시합을 조작했다고? 그런 증거가 있나요?"

경감이 정중하게 대답했다.

"그 얘긴 그만둡시다. 바니, 마이크 브라운이 죽었소."

호크스는 큰소리로 웃기 시작했다. 그러더니 갑자기 웃음을 멈추고 다급하게 말을 뱉었다.

"무슨 소리야? 무슨 소리냐고? 이게 무슨 음모지? 마이크가 죽어?"

짐 코일이 짜증스럽게 그 큰 손을 내저었다.

"그는 오늘 밤 살해됐어요, 바니. 길 건너편 주차장에 있는 스턴 씨의 리무진 안에서 말입니다."

"이런, 정신이 하나도 없군."

그의 매니저는 그를 똑바로 쳐다보았다.

"그래, 마이크는 자기 몫을 챙겼나? 정말 대단해. 타이틀을 잃고 생명까지 잃어? 그런데, 누가 그런 짓을 했지?"

"내 선수가 죽은 걸 몰랐다고?!"

올리 스턴이 몸을 떨었다.

"정말 연기력이 대단하군, 바니! 당신이 마이크와 시합을 조작했겠지. 그래야 당신 선수가 타이틀을 따게 될 테니까 말이야! 그리고……."

"오늘 밤 이곳에서 또 다른 범죄 행위가 있었습니다."

모든 사람들이 부드러운 목소리가 들려온 쪽을 향해 의아한 얼굴로 고개를 돌렸다. 엘러리 퀸이 호크스 씨에게 다가가고 있었다.

"뭐라고 했소?"

코일의 매니저가 멍청한 얼굴로 그를 쳐다보며 말했다.

"제 코트를 도둑맞았습니다."

"그래서?"

호크스는 여전히 입을 벌리고 있었다.

"제 눈이 절 속이지 않았다면……,"

위대한 사내는 바니 호크스 앞에서 멈춰 서며 말을 이었다.

"저는 그것을 다시 찾았습니다."

"무슨 소리야?"

"당신 팔 위에 있지요."

그리고 퀸은 호크스 씨의 팔에서 낡은 낙타털 코트를 점잖게 집어들더니 양쪽으로 펼치고 안을 조사했다.

"맞군요, 틀림없는 제 물건입니다."

바니 호크스의 얼굴이 조용히 회색으로 변했다.

퀸의 은빛 눈에 뭔가가 날카롭게 스쳐 지나갔다. 그는 다시 낙타털 코트로 몸을 숙이고 소매를 펼쳐 실로 꿰맨 부분을 조사했다. 솔기 부분이 터져 있었다. 코트 뒷부분 솔기 역시 마찬가지였다. 그는 고개를 들고 책망하는 눈길로 호크스 씨를 쳐다보았다.

"최소한 당신은 내 소유물을 원래 상태대로 해서 돌려줘야지요."

"당신 코트라고?"

바니 호크스가 가라앉은 목소리로 말했다. 갑자기 그는 고함을 질렀다.

"대체 무슨 소릴 하는 거요? 이건 내 코트란 말이오! 내 낙타털 코트!"

퀸이 정중하게 반박했다.

"아닙니다. 전 이게 제 물건이라는 것을 증명할 수 있습니다. 보시다시피 이 코트는 둘째 단춧구멍에 담뱃불 자국이 있어요. 그리고 오른쪽 주머니에 구멍이 나 있고요."

"하지만…… 난 그걸 내가 두었던 곳에서 찾아 입었소! 그건 계속 여기 있었단 말이오! 난 시합이 끝난 뒤 그걸 들고 나갔고, 여기 있는 이 신사분들을 만나기 위해 사무실로 올라갔소. 그리고 계속

……."

그는 갑자기 말을 멈추었다. 그의 얼굴색이 하얗게 변했다.

"그럼 내 코트는 어디 있지?"

그가 느린 말투로 물었다.

"이걸 한 번 입어 보시겠습니까?"

퀸이 한 형사에게 올리 스턴의 차에 버려져 있던 피로 얼룩진 코트를 받아 들고 의류 판매상 같은 태도로 말했다.

퀸은 그 코트를 호크스 씨의 코앞으로 들어올렸다. 그러자 호크스가 굵직한 목소리로 말했다.

"좋소, 이게 내 코트요. 당신이 그렇게 말하니까 맞는 것 같군. 그런데 그게 어쨌다는 거요?"

퀸이 대답했다.

"그러니까…… 누군가 마이크 브라운이 파산한 걸 알고 있었어요. 그가 많은 빚을 지고 있으며, 오늘 밤의 제법 큰 대전료로도 그 빚을 갚을 수 없다는 사실을 말입니다. 누군가 마이크 브라운을 설득해 오늘 밤 시합을 조작하게 한 겁니다. 시합을 조작하는 대신, 제 추측이지만 엄청난 액수의 돈을 주겠다고 제안했겠지요. 그렇다면 그 돈에 대해서는 아무도 모를 것이고, 그 돈이 마이크 브라운의 빚쟁이들이나 사랑스런 부인의 손으로 넘어가지 않아도 되는 거지요. 그 돈은 마이크 브라운 개인의 돈이 될 테니까 말입니다. 그래서 마이크 브라운은 승낙을 했고, 웨첸스라는 중개인을 통해 해피 데이에게 큰 내기를 하면 더 많은 돈을 벌 수 있다는 것을 알았지요. 그리고 이런 이중의 속임수로 그는 자신에게 적대적인 세상 사람들을 조롱할 수 있었던 거지요.

그리고 마이크와 그를 꼬드긴 인간은 각자의 몫을 챙기기 위해 시합이 끝나는 즉시 스턴 씨의 차에서 만나기로 약속했겠지요. 왜냐하면 마이크가 그렇게 고집을 피웠을 테니까요. 그래서 마이크는 운전사를 따돌리고 차 안에 앉아 있었고, 그를 꼬드긴 인간이 약속을 지키러 왔겠지요. 마이크 몫의 돈 대신 날카로운 단검을 들고 말입니다. 단검을 사용함으로써 살인범은 상당한 액수의 돈——그가 마이크에게 약속한 몫을 절약할 수 있었을 것이고, 또 마이크 브라운이 이 사악한 세상에 이런 사악한 일을 발설하는 것을 방지할 수 있었을 것입니다."

바니 호크스는 자신의 마른 입술을 축였다.

"나를 그런 눈으로 보지 말아요, 선생. 당신은 나에 대해서 아무것도 모르잖소? 나는 이번 사건에 대해서 아무것도 몰라요."

그러자 퀸은 호크스 씨에게 조금도 관심을 두지 않고 말했다.

"대단한 일이 있었지요. 여러분 아시다시피 살인범은 낙타털 코트를 입고 살인 현장에 나타났습니다. 그런데 그 코트를 버리고 현장을 떠나야 했습니다. 왜냐하면 코트가 피로 얼룩졌기 때문이지요. 그런데 살인 현장 옆의 어느 차 안에 제 싸구려 낙타털 코트가 전혀 무방비 상태로 들어 있었습니다. 그 코트가 사람의 피로 얼룩져 있지 않다는 것이 그렇게 다행일 수 없었겠지요.

우리는 스턴 씨의 차에서 버려진 코트 하나를 발견했고, 그 옆차에 있던 제 코트는 도둑을 맞았습니다. 우연의 일치일까요? 천만에요. 살인범은 어쩔 수 없이 버려야 했던 자신의 코트 대신 기꺼이 제 코트를 가져갔습니다."

퀸은 정신을 가다듬기 위해 잠시 말을 멈추고 담배를 피우며, 존경스러운 눈초리로 자신을 바라보고 있는 패리스를 의미심장한 눈길로 쳐다보았다. 육체보다는 정신이지! 퀸은 짐 코일의 근육을 쳐다보던 패리스의 눈길을 떠올리며 은근한 만족감에 도취된 채 마음속으로 생각했다. 그래 선생, 육체보다는 정신이라고.

경감이 입을 열었다.

"그래, 그 범인이라는 작자가 네 코트를 가져갔다고 가정하자. 그래서 뭐가 어떻다는 거냐?"

퀸이 낮은 소리로 말했다.

"바로 그게 중요한 점이죠. 범인은 제 낡고 보잘것없는 싸구려 코트를 가져갔어요. 왜 그랬을까요?"

"왜 그랬지?"

경감이 멍청하게 같은 말을 했다.

"그래요, 왜 그랬을까요? 이 세상에 있는 모든 것은 이유 없이 움직이지 않습니다. 그렇다면 범인은 왜 제 코트를 가져갔을까요?"

"글쎄, 내 생각에는 그걸 입으려고 그랬겠지."

"맞습니다."

퀸은 패리스에게 늠름한 눈길을 보내며 박수를 쳤다.

"정확히 보셨어요. 그걸 가져갔을 때는 이유가 있었을 것이고, 어떤 경우든 코트의 기능은 사람의 몸에 걸쳐진다는 것입니다. 말하자면 입기 위해서 가져간 거지요."

그는 잠시 말을 끊었다가 다시 낮은 소리로 말했다.

"그러나 범인은 왜 그 코트를 입어야 했을까요?"

경감이 화난 얼굴을 했다.

"애야, 엘러리……."

그는 무슨 말인가 하려 했다.

그러자 퀸이 점잖게 그의 말을 잘랐다.

"아녜요, 아버지. 아녜요. 저는 목적을 가지고 이야기를 하고 있어요. 핵심이 있다고요, 핵심이. 어쩌면 아버지는 범인의 코트 안에 입고 있던 옷에 피가 묻었기 때문에 그걸 가리기 위해 그랬을 거라고 말씀하실 수도 있겠지요, 그렇지 않은가요?"

"글쎄, 그런 것 같군요. 맞아요."

경감 대신 필 맥과이어가 재빨리 대답했다.

"스포츠 계에서는 당신이 아이슈타인일지 모르지만 이 분야에서는 그렇지 않아요, 맥과이어 씨. 여기서 당신은 한 사람의 문외한일 뿐이오. 틀렸어요."

퀸은 침울한 표정으로 고개를 흔들었다.

"그게 아니오. 범인이 코트 안에 입고 있던 옷에 피를 묻혔을 리가 없어요. 이 코트가, 그가 마이크를 공격했을 때 단추를 채우고 있었다는 사실을 증명하고 있어요. 범인이 코트 단추를 채우고 있었다면 그 안에 입고 있던 옷에 마이크의 피가 묻을 수가 없지요."

"절대로 날씨 때문에 코트가 필요했던 것도 아니야."

경감의 말이었다.

"그래요. 저녁 내내 따뜻했으니까요."

퀸이 미소를 지으며 말을 이었다.

"이게 얼마나 고마운 물건인지 여러분은 모르실 겁니다. 범인은 상표와 다른 증거가 될 표시들을 제거한 다음 자신의 코트를 버리고 갔습니다. 발견되더라도 걱정할 것 없다는 생각에서였겠죠. 그렇지 않았다면 그걸 숨기거나 어디 먼 곳에 감춰 버렸겠죠. 이런 상황이 되면, 여러분께서는 단순히 범인이 코트 안에 입고 있던 옷을 입고 도망쳤다고 생각하시겠지요. 그렇지 않습니다. 범인은 다른 코트, 즉 제 코트를 훔쳐 입고 도망쳤습니다."

퀸은 가볍게 기침을 했다.

"그렇기 때문에, 범인이 도망치기 위해 제 코트를 훔친 것이 분명하다면, 범인은 도망치기 위해 제 코트가 필요했던 것입니다. 즉, 제 코트를 훔치지 않고 도망쳤더라면 눈에 띌 수도 있었다는 거지요."

경감이 한 마디 했다.

"이해가 가질 않는구나. 눈에 띌 거라고? 만약 범인이 평범한 옷을 입고 있었다면?"

"그렇다면 제 코트가 전혀 필요가 없었겠지요."

퀸은 고개를 끄덕이며 말을 이었다.

"아니면…… 보세요! 만약 범인이 어떤 제복, 예를 들면 경기장 종사자의 제복 같은 것을 입고 있었다면 그 경우에도 제 코트는 여전히 필요가 없는 셈이지요. 제복은 사람들의 눈에 띄지 않고 지나갈 수 있는 완벽한 신분증이 되니까요."

퀸은 머리를 흔들었다.

"그렇습니다. 이 문제에는 오직 한 가지 답만이 존재합니다. 물론 저는 이미 그 답을 알고 있습니다."

그는 경감의 표정을 살피며 말을 계속했다.

"바로 이것입니다. 만약 범인이 피로 얼룩진 코트 안에 자신의 몸을 가릴 수 있는 어떤 평범한 옷을 입고 있었다면, 그는 그 옷을 입은 채 도망쳤을 것입니다. 그러나 그는 그렇게 하지 않았고, 그렇다는 것은 곧 그가 옷을 입고 있지 않았다는 사실을 의미합니다. 아시겠습니까? 그래서 범인은 올 때도 코트가 필요했지만, 그곳에서 도망칠 때도 코트가 필요했던 것입니다."

또 한 번 침묵이 흐르자 패리스가 입을 열었다.

"옷을 입고 있지 않았다고요? 그렇다면 발가벗은 남자? 어머나, 그건 마치 포(미국의 단편 소설 작가이자 시인)의 소설에서 나온 것 같군요!"

퀸이 웃으면서 대답했다.

"아니오. 단순히 경기장에서 나온 거요. 알다시피 오늘 밤 우리는 이곳에서 옷을 입지 않은, 거의 입지 않은 사람들을 여러 명 보았습니다. 한 마디로 투사들이지요. 쉽게 말하자면 권투 선수들 말입니다. 잠깐만요!"

그는 재빨리 말을 이었다.

"이 사건은 매우 특이합니다. 왜 특이하냐면, 살인이 일어나자마자 제가 바로 사건의 가장 어려운 부분을 쉽사리 알아챘기 때문이지요. 매우 드문 경우라 할 수 있겠지요. 저는 마이크가 칼로 난자를 당했다는 사실과, 자신의 코트를 버리고 간 살인범이 제 코트를 훔쳐갔다는 사실을 알아챈 순간 범인이 열세 명의 남자 가운데 하나라는 것을 알았습니다. 마이크 브라운이 살해된 뒤 열세 명의 권투 선수들이 이곳 경기장을 떠났습니다. 여러분께서는 오늘 밤 시합을 펼친 선수가 열네 명이었다는 것을 기억해야 할 것입니다. 여섯 번의 오픈 게임과 메인 게임이었지요.

그렇다면 열세 명의 선수 가운데 누가 마이크를 살해했을까요? 제겐 처음부터 그 점이 문제였습니다. 그래서 저는 제 코트를 찾아야 했습니다. 왜냐하면 그 코트만이 제가 살인범과 그가 저지른 범죄를 연결시킬 수 있는 유일하고도 확실한 단서였기 때문이니까요. 이제 저는 제 코트를 찾았습니다. 그리고 열세 명의 선수 가운데 누가 마이크 브라운을 살해했는지 알고 있습니다."

바니 호크스는 할 말을 잃은 채 입을 굳게 다물고 있었다.

다시 위대한 사내가 말했다.

"저는 큰 키에 몸집도 좋은 편입니다. 실제로 제 키는 1미터 80센티미터입니다. 그런데 도망가면서 제 코트를 입고 간 범인은 코트의 소매 솔기를 뜯어 놓았습니다. 뒷부분까지! 그 사실은 범인이 거구라는 것, 저보다 키가 훨씬 더 크다는 것, 저보다 훨씬 더 몸집이 좋다는 것을 말해 주고 있습니다.

오늘 저녁 대전표에 올라 있던 열세 명의 선수들 가운데 어느 선수가 저보다 더 크고 몸집이 좋을까요? 아, 하지만 다들 경량급이었군요…… 밴텀급, 웰터급, 라이트급, 미들급! 그렇다면 오픈 게임을 치른 이 열두 명의 선수들은 어느 누구도 마이크 브라운을 살해하지 않았습니다. 그러고 보니 딱 한 선수가 남았군요. 190센티미터가 넘는 키에 유난히 넓은 어깨와 등을 가지고 모든 동기, 아니 가장 큰 동기를 지닌, 마이크 브라운을 오늘 밤의 승부 조작에 끌어들인 사람이 남았군요!"

이번에는 의미심장한, 오싹한 침묵이 흘렀다. 그 침묵은 짐 코일의 느리고 큰 웃음소리로 깨졌다.

"지금 당신이 말하는 게 나라면, 당신은 미친 게 분명해. 왜냐고? 마이크가 살해됐을 때 나는 저 샤워실에서 샤워를 하고 있었으니까!"

"그래요, 내가 말한 건 당신이었소, 짐 코일 씨. 주먹 대신 단검을 휘두르는 키다리 양반."

퀸은 분명한 목소리로 말을 이었다.

"그래요, 샤워실은 당신이 세운 계획 가운데 가장 뛰어난 부분이었소. 당신은 우리 모두가 보는 앞에서 타월을 가지고 샤워실로 들어갔고, 문을 닫고 샤워기를 틀었고, 그 남성미가 넘치는 맨다리에 걸치고 있던 바지를 벗었고, 그곳 옷걸이에 걸려 있던 바니 호크스 씨의 낙타털 코트와 모자를 집어 들었고, 그리고는 샤워실 창문을 통해 작은 통로로 빠져 나갔어요. 거기서부터 길 건너편의 주차장까지는 몇 초면 갈 수 있는 거리지요. 당연히 당신은, 살인을 저지르느라 호크스 씨의 코트를 피로 얼룩지게 했기 때문에 사람들의 눈에 띌 위험을 감수하면서까지 그 코트를 입고 돌아올 수가 없었소. 그래서 당신은 샤워실로 돌아올 때까지 당신의 알몸을 가려 줄 코트——단추가 채워진 코트가 필요했어요. 그래서 당신은 내 코트를 훔쳤고, 그 점은 내가 몹시 고맙게 생각하고 있소. 그렇지 않

았더라면…… 저 사람 좀 잡아 주겠소? 난 그다지 힘이 센 사람이
아니라서요."

퀸은 자신을 향해 갑작스럽게 살인적으로 돌진해 오는 코일을 피하
느라 잠시 세련되고 우아한 발놀림을 선보였다.

그리고 코일이 사람들의 주먹과 발길질 아래 쓰러지는 동안, 퀸은
패리스에게 미안한 듯이 속삭였다.

"방금 내가 세계 헤비급 챔피언을 꺾었나 보군!"

트로이의 목마

다리가 휘어질 정도로 잘 차려 놓은 식탁 건너편에서 폴라 패리스가 물었다.

"당신은 누구를 좋아하세요, 퀸 씨?"

즉시 퀸이 입을 우물대며 대답했다.

"당신."

퀸은 덩굴월귤(cranberry) 소스에 밤이 든 버몬트 칠면조 요리를 한 입 가득 물고 있었던 것이다.

"그런 말이 아녜요, 실없기는."

패리스는 결코 듣기 싫은 소리는 아니라고 생각하며 말을 이었다.

"하지만 당신이 말을 꺼냈으니까 하는 얘긴데, 우리 두 사람이 결혼할 때도 당신은 제게 그런 달콤한 얘기를 해 줄 건가요?"

엘러리 퀸의 얼굴이 하얘졌다. 그는 꺽꺽대며 나이프와 포크를 내려놓았다. 그의 소중한 자유가 황홀한 위협에 직면해 있는 것이다. 퀸은 지금 단풍나무와 사라사 무명으로 장식된 패리스의 아늑한 식탁에서 패리스가 그 가녀린 손으로 직접 솜씨 있게 요리해 차려 놓은 음식을 앞에 두고 목이 메일듯한 난감한 처지를 되돌아보았다.

"오, 진정해요." 패리스가 입을 삐죽대며 말을 이었다. "농담이었어요. 내가 왜 살인범이나 연구하고 도둑이나 뒤쫓는 걸 재미로 여기는 당신 같은 사람과 결혼하겠어요?"

퀸이 재빨리 맞장구를 쳤다.

"여자한테는 끔찍한 팔자지. 게다가 당신은 나한테 너무 과분해요."

"말도 안 돼. 그렇진 않아요! 하지만 당신은 아직 제 질문에 대답하지 않았어요. 다음 주 일요일에 캐롤라이나 대학이 USC(남캘리포니아 대학)를 이길 것 같아요?"

"아, 로즈 볼(로스앤젤레스의 로즈 볼 스타디움에서 매년 1월 1일 거행되는 대학 대항 미식축구 경기) 경기 말이군." 퀸은 기적적으로 식욕을 되찾으며 말을 이었다. "칠면조 고기 조금 더 주겠소? 아마 오스터무어가 자기 명성만큼만 뛰어 준다면, 스파르타 팀이 쉽게 이길 거요."

"그래요?" 패리스가 낮은 소리로 말했다. "로디 크로켓이 트로이 팀의 후위를 도맡고 있다는 걸 잊고 있는 건 아니겠죠?"

"남캘리포니아 대학의 트로이 팀과 캐롤라이나 대학의 스파르타팀이라!" 퀸은 음식을 소리내어 씹으며 생각하는 얼굴을 했다. "스파르타 대 트로이…… 마치 트로이 전쟁(트로이의 왕자 파리스가 그리스 왕비 헬레네를 유괴한 데서 일어난 그리스와 트로이의 10년 전쟁)을 현대 미식축구 경기장으로 옮겨 놓은 것 같군."

"엘러리 퀸, 남의 말을 도용하지 말아요. 그건 표절이라고요! 당신, 내 기사를 읽었군요?"

"그 친구들이 명분을 걸고 싸울 헬레네(스파르타 왕의 아내로, 트로이 왕자 파리스에게 잡혀가는 바람에 트로이 전쟁이 일어나게 만든 장본인)는 있는 거요?" 퀸이 빙그레 웃었다.

"당신은 정말 낭만적이군요, 퀸. 딱 한 사람, 아주 예쁘고 부유하고 똑똑한 조안 윙이라는 이름의 여성이 그 경기와 관련이 있어요.

하지만 그 여성이 스파르타의 납치된 애인은 절대로 아니라고요."

"유감이군." 퀸이 브랜디로 맛을 낸 건포도 푸딩 쪽으로 손을 뻗었다. "난 또 잠깐 뭔가 있겠거니 생각했지."

"하지만 프리아모스(트로이 전쟁 때의 트로이의 왕, 파리스의 아버지) 같은 사람은 있어요. 왜냐하면 로디 크로켓이 조안 윙과 약혼한 사이니까요. 그러니까 조안의 아버지 팝 윙이 바로 그 위대한 트로이 사람이 되는 거죠."

"당신은 지금 무슨 말인지 알고 하는 얘기겠지만, 아름다운 아가씨, 나는 하나도 모르겠소."

"그야말로 당신은 캘리포니아에서 가장 소식이 늦은 사람이군요! 팝 윙은 남캘리포니아 대학 최고의 열성 동문이라고요."

"그 사람이?"

"팝 윙에 대해 전혀 들은 적이 없다는 얘기예요?" 패리스가 믿어지지 않는다는 듯 물었다.

"그게 뭐 잘못됐소?" 퀸이 말했다. "건포도 푸딩이나 좀더 줘요."

"남캘리포니아 대학의 그 영원한 동문을 몰라요? 결코 어른이 되지 않는 소년 같은 그 사람을?"

"고마워요." 퀸이 말했다. "그런데 뭐라고 했소?"

"박람회장과 로스앤젤레스 경기장의 유령, 남캘리포니아 대학이 참가하는 모든 미식축구 경기의 평생 좌석권을 가진 그 사람을 모른다고요? 트로이 팀 선수 11명의 비공식 코치이자 안마사, 주전자 담당이며 격려자, 후원자에 열렬한 옹호자인 그 사람을? 퍼시 스콰이어스 팝 윙, 남캘리포니아 대학 4학번, 오로지 트로이 팀의 승리만을 위해 먹고 자고 숨쉬는 사람. 결혼해서 아들 낳기에 실패해서 딸을 낳았지만 늙어서라도 남캘리포니아 대학 미식축구 선수 가운데 최고의 풀백(미식축구에서 공격시 후위를 담당한 선수)을 사위로 삼는 것이 유일한 목표인 그 사람을 모른다고요?"

"알았어요, 알았어." 퀸이 앓는 소리를 냈다. "당신의 그 잔인할 정도로 세밀한 인물 묘사에는 내가 졌소. 이제 퍼시 스쾨이어스 윙에 대해서는 다른 사람에게 두 번 다시 듣고 싶지 않을 정도로 충분히 알았소."

"미안해요!" 패리스는 갑자기 몸을 일으켰다. "왜냐하면 당신의 그 밑 빠진 배에 건포도 푸딩을 가득 채우는 즉시 우리는 그 위대한 양반 집에 크리스마스 인사를 하러 갈 거니까요."

"안 돼!" 퀸이 몸서리를 치며 말했다.

"당신, 로즈 볼 경기 보고 싶다고 했죠, 그렇죠?"

"누가 보기 싫다고 했소? 하지만 사랑이나 돈으로도 나는 그 입장권을 구할 수 없었단 말이오."

"불쌍한 양반." 패리스가 퀸을 두 팔로 안으며 코맹맹이 소리로 덧붙였다. "당신은 구제불능이에요. 가서 내가 팝 윙을 구슬려 입장권 두 장을 얻어내는 걸 구경이나 하란 말예요!"

잉글우드의 엄청나게 넓은 공원 같은 터에 탑처럼 솟아 있는 큰 저택의 주인은, 자신의 키만큼이나 넓은 몸집에 혈색 좋은 뺨을 가진, 머리가 살짝 벗겨지기는 했지만 젊은이처럼 보이는 배가 납작한 중년의 사내라는 사실이 입증되었다. 그래서 퀸은 첫눈에 그가 둥근 돌 위에 얹혀 있는 카토바(북미 지역) 포도 같다고 생각했다.

그들은 헤라클레스 같은 덩치로 보나 역삼각형의 체격으로 보나 구릿빛 살색으로 보나 당연히 미식축구 선수로밖에는 생각할 수 없는, 다시 말해서 윙 씨의 장래 사윗감이자 트로이 팀의 새해 희망인 청년과 엄청나게 넓은 잔디밭 한가운데 엉덩이를 대고 앉아 열띤 논쟁을 벌이고 있는 백만장자와 마주쳤다.

그들은 11명의 캐롤라이나 팀 선수들 가운데 쿼터백(미식축구에서 공격시 팀의 사령탑 역할을 하는 선수)을 맡고 있는 사악한 오스터무어를 무찌를 가장 확실한 방법에 관한 복잡한 논쟁의 증거로 주문(크로켓 경기에서 그 속에 공을 쳐 넣어 빠져 나가게 해 둔 활모양의 작은 문)과 나무 메(크로켓 경기에서 공을 치는 나무 방망이) 그리고 나무 공을 만지작거리고 있었다.

근처 잔디밭에는 빨간 머리에 예쁜 코를 지닌 아가씨 하나가 다리를 꼬고 앉아 있었다. 부드러운 푸른 눈은, 마음 속으로 생각하던 청년이 정식으로 자기에게 굴복했을 때에야 비로소 보이게 되는 처녀의 숨김없는 존경심을 담은 채 청년의 구릿빛 얼굴에 고정되어 있었다. 이 아가씨가 바로 저 위대한 사내의 딸이며 로디 크로켓 군의 약혼녀 조안 윙임에 틀림없다고 퀸은 어렵잖게 결론지을 수 있었다.

윙 씨는 낯선 퀸의 얼굴을 보고 크로켓에게 쉬잇 하며 경계의 표시를 했고, 잠깐 동안 퀸은 마치 적진에 잠입하다 붙잡힌 스파이처럼 불편함을 느꼈다. 그러나 패리스가 재빨리 그가 트로이 팀의 이익에 헌신적인 사람이라는 사실을 입증해 주었다. 이윽고 잠깐 동안 크리스마스 인사와 소개가 있었고, 그런 과정에서 퀸은 첫눈에 두 사람이 이 저택의 영원한 식객에 해당하는 잡종족에 속한다는 사실을 알게 되었다. 한 사람은 유난히 튀어나온 광대뼈에 턱수염을 기르고 러시아식 예절을 갖추는, 대공(大公, 구 제정 러시아의 황손을 부를 때 쓰는 존칭)이라는 칭호가 붙은 신사 오스트로프였다. 또 한 사람은 신비한 검은 눈에 가냘픈 몸매 그리고 거무스레한 피부를 지닌, 조금 놀랍게도 메피스토(괴테의 파우스트에 나오는 악마의 이름) 부인이라는 이름으로 불리는 회초리처럼 비쩍 마른 여자였다.

이 두 사람은 패리스와 퀸에게 고개만 까딱해 보였다. 그들은 그들을 초대한 퍼시 스콰이어스 윙 씨의 입술에서 떨어지는 한 마디 한 마디를 그들이 숭배하는 성자의 발치에 무릎꿇고 앉은 수도자들처럼 경건한 자세로 귀담아 듣고 있었다.

퀸은 숭고한 트로이 인의 불그스레한 얼굴빛이 습관적인 야외 나들이나 높은 혈압 때문일 거라고 마음속으로 생각했다. 방금 알아낸 그의 결론은 두 가지 점에서 정확했다. 왜냐하면 팝 윙은 자신을 아이작 월튼이나 골프 선수, 님로드(창세기에 나오는 대수렵가), 등산가, 폴로 경기 선수, 그리고 요트 경기 선수라는 것을 굳이 역설하지 않고 그대로 드러내 보였기 때문이다. 그리고 그는 어린 소년처럼 잠시도 가만히 있지 못하는 늘 들떠 있는 사람이었다. 퀸은 그 영원한 동문이 자신을 끌고 놀랍게도 소위 '자신의 전시실'이라는 곳으로 데려갔을 때, 그를 어린 소년에 비유한 자신의 유추가 훨씬 더 잘 맞아떨어진다는 것을 알 수 있었다. 퀸의 경외감은 그대로 입증되었다. 왜냐하면 '개비'(수다쟁이) 헌츠우드라고 자신을 다소 신비하게 소개한, 빼빼 마르고 음울해 보이는 무뚝뚝한 말투의 나이 든 신사가 관리하는 둥근 천장의 넓은 방에서, 천국을 꿈꾸는 어린 소년의 마음 밖에서 변함없이 존재해 온 이질적이고도 놀라운 허섭스레기들의 집합체를 구경하고 있는 자신을 발견했기 때문이다.

우표수집 책, 미국 대학 깃발들, 벽에 걸린 야생 동물들의 머리박제, 산더미처럼 쌓아 둔 성냥갑, 엽궐련들, 박제 물고기들, 세계 대전에서 사용된 여러 나라의 헬멧…… 없는 것이 없었다. 팝 윙은 그 값나가지 않는 보물들을 보여 주며 미소를 띠었고, 한쪽 소장품에서 다른 쪽 소장품으로 바삐 옮겨 다니며 엘러리 퀸이 잃어버린 젊음에 대해 한숨짓게 할 정도로 천진난만하게 그것들을 어루만졌다.

"이런 식으로 내버려 두기에는 너무…… 뭐랄까…… 값비싼 물건들이 아닐까요, 윙 씨?" 퀸이 점잖게 물었다.

"천만에요, 아닙니다. 이 물건들은 저보다 개비가 더 안전에 신경을 쓰고 있는 걸요!" 위대한 사내는 고함을 질렀다. "여보게, 개비?"

"네, 주인님." 개비가 대답했다. 그는 엘러리를 보고 의심스러운 듯 얼굴을 찌푸렸다.

"개비가 이 물건들을 지키기 위해 도난 경보기까지 설치했는걸요. 보이지는 않지만, 여기는 지하 감옥만큼이나 안전하지요."

"그보다 더 안전합니다."

개비가 퀸을 무서운 얼굴로 노려보며 말했다.

"제가 미친 사람 같습니까, 퀸?"

"아니오, 아닙니다." 그러나 퀸은 사실 '그래요, 그렇습니다' 하고 대답하고 싶었다.

"제가 미쳤다고 생각하는 사람들이 많지요." 팝 윙은 껄껄 웃으며 말을 이었다. "그렇게 생각들 하라지요. 나는 1904년부터 1924년까지 그냥 빈둥대며 지내 왔어요. 그런데 갑자기 무슨 생각인가 떠오른 겁니다. 그게 뭔지 아십니까?"

퀸의 명성 높은 추리력도 그 문제만은 감당할 수가 없었다.

"엄청난 돈을 벌어 젊은 나이에 은퇴해서 세상 사람들을 깜짝 놀라게 해 주자는 생각이었지요. 그런데 전 해냈습니다! 마흔두 살에 은퇴해서, 제가 애송이였을 적에 돈이나 시간이 없어서 하지 못했던 일들을 하기 시작한 거지요. 물건을 수집하는 일. 그게 제 젊음을 지켜 주지요! 이리 와요, 퀸, 내가 가장 아끼는 수집품을 보여 주겠소."

팝 윙은 퀸을 잡아끌고 가더니 자랑스런 얼굴로 어떤 커다란 유리관 하나를 가리켰다.

주인의 자랑스런 목소리로, 퀸은 유럽 왕의 왕관보다 더한 것을 보게 되려니 생각했다. 그러나 막상 그가 본 것은 긁히고 줄이 간 흠투성이 미식축구 공 몇 개였다. 공들은 하나하나가 흑단 받침대 위에 정성스레 놓여 있었고, 저마다 금박으로 된 글귀가 새겨져 있었다. 그의 눈에 들어온 공 하나에는 이렇게 적혀 있었다. '로즈 볼, 1930.

USC 47——피츠(^{피츠버그}_{대학}) 14'. 나머지 공들에도 비슷한 글귀가 새겨져 있었다.

"난 이 공들을 백만 달러에도 내놓지 않을 겁니다." 위대한 사내는 단정하듯 덧붙였다. "이 유리관에 들어 있는 공들은 지난 15년 동안 쌓아 온 트로이 인들의 승리를 나타내는 거니까요!"

"정말 놀랍군요!"

퀸이 감탄을 했다.

"그렇습니다. 남캘리포니아 팀 선수들은 경기에서 이길 때마다 이 늙은 팝 윙에게 경기에서 사용한 공을 선물하지요. 선생, 얼마나 멋진 수집품입니까!"

백만장자는 예쁘지도 않은 타원형의 물체를 경건하게 쳐다보았다.

"선수들이 USC에서 활약하던 당신 모습을 생각하는 모양이군요."

"글쎄요, 제가 모교를 위해 조금 봉사를 했지요." 팝 윙이 겸손하게 말했다. "특히 미식축구 쪽으로 말입니다. 윙 체육 장학금은 당신도 아실 겁니다. 대표 선수들을 위한 윙 기숙사를 비롯해 여러 가지가 있지요. 저는 몇 해 동안 개인적으로 여러 사립 고등학교를 돌아다니며 선수들을 물색해 왔고, 덕분에 유능하고 훌륭한 재목들을 제법 많이 발굴해 냈지요. 잠시도 집에 붙어 있는 날이 없다니까요. 이건 제 짐작이지만,"

그는 흐뭇하니 숨을 내쉬며 말을 이었다.

"모교에서 제가 요청하는 것은 대개 가질 수 있지요!"

"경기 입장권까지요?" 퀸이 기회를 놓치지 않고 재빨리 말했다. "그런 것까지 구할 능력이 된다면 정말 대단하다고 봐야겠군요. 저는 이번 경기 입장권을 구하려고 며칠 전부터 애를 썼는데 아직도 구하지 못했답니다."

위대한 사내가 퀸을 살폈다. "선생은 어느 대학 출신이지요?"

"하버드 대학입니다." 퀸이 겸연쩍게 대답했다. "하지만 제가 트로이 팀을 열렬히 성원하는 것은 아무도 못 말릴 겁니다. 제길! 로디 크로켓이 그 건방진 스파르타 팀의 코를 납작하게 만드는 걸 꼭 보고 싶었는데."

"그래요? 그렇다면 이번 일요일 로즈 볼 경기에 패리스 양과 같이 제 손님 자격으로 오시면 어떻겠소?" 팝 윙의 말이었다.

이미 패리스를 한 방 먹였다는, 다시 말해서 빙빙 돌 정도로 만들었다는 쾌감을 맛보며 퀸은 과장스레 무슨 말인가 하려 했다.

"너무 예상 밖이라……."

"더 얘기하지 않아도 됩니다." 윙 씨는 퀸을 끌어안았다. "어차피 금방 가시진 않을 테니까, 조금 비밀스런 얘기를 해야겠군요."

"비밀?" 퀸이 궁금한 얼굴을 했다.

백만장자가 속삭였다.

"이번 일요일에 트로이 팀이 승리하면 로디와 조안은 그 자리에서 결혼식을 올릴 겁니다."

"축하합니다. 아주 멋진 신랑감을 골랐군요."

"멋진 게 아니라 최고지요. 아시다시피 그 아이는 나름대로 노력은 했지만 무일푼이오. 하지만 1월에 졸업을 할 거고…… 제길! 그 아이는 지금까지 우리 모교에서 활약한 선수 가운데 가장 훌륭한 풀백이란 말이오. 우리는 그 아이에게 뭔가 일거리를 주선해 줄 거요. 그래요 선생, 로디의 마지막 경기가……."

위대한 사내는 한숨을 내쉬더니 금방 밝은 얼굴을 하고 말을 이었다.

"어쨌든 나는 사랑스런 내 딸 조안이 올바르게 살아가면서 트로이 팀을 위한 또 한 명의 명선수를 키울 수 있게 하기 위해 십만 달러짜리 선물을 준비했소!"

"어, 얼마짜리 선물이라고요?" 퀸이 힘없는 목소리로 물었다.

그러나 위대한 사내는 알 수 없는 표정을 지었다.

"자, 우리 나가서 그 멍청한 오스터무어 녀석을 안주 삼아 술이나 한 잔 합시다!"

새해 첫날은 따뜻하니 햇볕이 내리쬐는 날이었다. 폴라 패리스를 차에 태우고 웡의 저택——일행은 그곳에서 패서디나 경기장으로 가게 되어 있었는데——으로 수행해 갈 준비를 끝냈을 때, 퀸은 이상한 기분이 들었다. 축구 경기를 보러 갈 때면 그는 버릇처럼 예스러운 동부 지역의 의상——두툼한 스웨터에 스카프 그리고 코트를 껴입었었다. 그런데 지금 차 안의 그는 스포츠 재킷을 입고 있는 것이다!

"캘리포니아여, 그대 이름은 구습타파이니라!"

퀸은 이렇게 중얼대며 벌써부터 들떠 있는 할리우드 거리를 지나 패리스의 집으로 차를 몰았다.

"맙소사," 패리스가 말했다. "그런 식으로는 팝 웡 일행에 낄 수가 없어요."

"그런 식이라니?"

"트로이 팀 색상이 빠졌잖아요. 적어도 우리가 안전하게 경기장에 들어가기 전까지는 그 양반의 비위를 맞춰야 한다고요, 여기요!"

패리스는 여성용 손수건 두 장을 꺼내 솜씨 있게 몇 번 꼬더니 그에게 가슴 주머니에 꽂을 진홍과 금색 손수건으로 만들어 주었다.

"그러고 보니 당신은 멋진 갈색으로 차려 입었군요," 퀸이 감탄도 하지 않고 말했다. 왜냐하면 패리스의 얼굴에는 제법 얼굴이 팔린 많은 할리우드 여성들에 대한 은근한 시기가 담겨 있었고, 퀸의 덜 세련된 눈으로 보기에 정장과 티롤 농민들의 여성복을 절충해 놓은 듯한 의상에는 진홍색과 금색이 파격적으로 연출되어 있었기 때문이다.

푸른 빛이 도는 검은 머리 위에는 의기양양하게도 깃털 모자를 살짝 기울여서 쓰고 있었다. 밝은 눈을 한쪽 가릴 정도로 모양을 내면서.

패리스가 그에게 키스하며 말했다.

"이따 조안을 보면 알아요. 오늘 무슨 옷을 입어야 좋을지 몰라서 지난 주 내내 제게 전화를 했지 뭐예요. 젊은 아가씨가 축구 경기와 결혼식에 똑같이 어울리는 옷을 입으라는 부탁을 받는다는 게 날마다 있는 일은 아니니까요."

퀸이 잉글우드 방향으로 차를 몰고 가자 패리스가 생각에 잠긴 얼굴로 덧붙였다.

"그 흉측한 인간이 어떤 옷을 입고 나올지 궁금하군요. 아마 일곱 겹으로 된 면사포에 터번을 둘렀을 거예요."

"누구 말이오?"

"메피스토 부인 말예요. 그 여자 진짜 이름은 수지 루카다모예요. 시애틀에서 예언자로 자리 잡기 위해 얼마 전까지 하던 시시껄렁한 마술과 독심술, 그리고 보드빌(노래, 춤, 곡예를 섞은 쇼 연기) 같은 짓을 그만둔 여자 죠. '우리는 분명히 미지의 사물을 꿰뚫어볼 수 있습니다' 하고 말하는 사람들 몰라요? 팝 윙과 그 여자는 지난 11월 시애틀에서 USC 대 워싱턴 대학의 경기를 보다가 알게 됐어요. 아마 그 여자는 비싼 돈을 물지 않고도 할리우드의 넓은 축구장에서 펼쳐지는 경기를 볼 수 있을 거라는 속셈에 그에게서 크리스마스 휴가 초청장을 받아냈을 거라고요."

"그 여자에 대해 많이 알고 있는 것 같군요."

패리스가 빙그레 웃었다.

"조안 윙에게 조금 들었죠. 조안은 그 늙은 여자가 전혀 마음에 들지 않는다고 했어요. 그리고 나머지는 제가 알아낸 거고. 어쨌든 당신도 알잖아요. 제가 인간 소식통이란 것 말예요."

"그럼, 오스트로프 대공은 도대체 어떤 사람이오?"

"그 사람은 왜요?"

퀸이 무뚝뚝하게 대답했다.

"왜냐하면 난 그 대공이라는 사람이 싫으니까. 팝 윙이니 그의 어린아이 같은 유치한 수집품들이야 좋다 치더라도 말이오."

"조안이 그러는데, 팝도 바보 같은 당신이 좋다고 그랬대요! 당신이 진짜 살아 있는 탐정이라는 사실이 그 양반의 어린아이 같은 성격에 감명을 준 거겠죠. 당신의 그 연방 수사국 배지를 그 양반에게 한 번 보여 주지 그래요?"

퀸의 눈에서 불똥이 튀었다. 그런데 패리스는 몽롱한 눈빛을 하며 말을 이었다.

"아마 그랬다간 팝이 하루 온종일 당신을 데리고 다닐 거예요."

"그건 또 무슨 소리요?" 퀸이 날카롭게 물었다.

"그가 당신한테 조안을 위해 놀랄 만한 선물을 준비했다고 말했다면서요? 그렇다면 이미 로스앤젤레스의 모든 사람들에게 다 말한 거나 마찬가지죠. 하지만 그 선물 내용이 뭔지는 당신의 수수한 이 연락책 말고는 아무도 모를걸요?"

"한 사람 더, 로디는 아마 알거요. 그 양반은 그냥 십만 달러짜리 선물이라고만 내게 말했는데 도대체 뭐요?"

"그 선물은" 패리스가 낮은 소리로 말했다. "완벽하게 구성된 스타 사파이어 세트라는 거죠."

퀸은 말이 없었다.

잠시 뒤 퀸이 말했다.

"당신은 오스트로프가?"

"대공은 수지 루카다모 메피스토 부인보다 더 심한 가짜예요. 그의 진짜 이름은 루이 배터슨이고, 브롱크스 출신이죠. 다들 그 사실을 알고 있는데 팝 윙만 모르고 있어요."

패리스는 한숨을 내쉬며 말을 이었다.

"하지만 당신도 알다시피 할리우드는 서로가 공생하는 곳이에요. 언젠가 당신도 그런 나쁜 사람들을 필요로 할지 모르죠. 그리고 배터슨은 상류사회 식객이에요. 한때는 구린내 나는 짓을 몇 번 하기도 했죠. 이렇게 좋은 날 그 끔찍한 냄새로 우리 코나 자극하지 않기를 바라야죠."

"오늘 경기는 아무래도 제대로 볼 수 없을 것 같군."

퀸이 중얼거렸다.

윙의 저택에 비하면 베들럼 정신 병원은 수도원이었다.

실내 장식가들, 음식 준비하는 사람들, 조리사들, 그리고 시중꾼들로 집안이 시끌벅적했다. 퀸은 그제서야 문득 오늘이 조안 윙과 로디 크로켓의 결혼식 날이라는 사실을 떠올렸다.

두 사람은 매우 훌륭하게 가꿔 놓은 정원——퀸은 패리스에게 퐁텐블로(파리 남동쪽의 숲과 왕궁으로 유명한 도시)보다 단연코 뛰어나다고 장담했다——에서 그 일행을 찾을 수 있었고, 윙 양은 옷을 어떻게 입을까 하는 문제를 분명히 해결한 것 같았다. 왜냐하면 퀸은 윙 양이 입은 옷을 보고 뭐라 표현할 말을 찾지 못했던 것이다. 비록 로디 크로켓 군은 그 말을 찾았지만 말이다.

패리스는 기술적으로 감탄하는 척했고, 윙 양은 조금 창백한 얼굴을 하고 있는 자신의 미식축구 영웅에게 매달렸다. 잠시 뒤 트로이의 자존심은 껑충껑충 전쟁터 쪽으로 뛰어가 자신의 로드스터 승용차에 올라타고 그들이 보내는 응원에 답하듯 손을 흔들어 안녕을 고했다.

팝 윙이 로드스터를 따라 현관까지 이어진 차도로 달려 내려가며 고함을 질렀다.

"무슨 일이 있어도 오스터무어를 막아야 해, 로디!"

그리고 로디는 기다랗게 먼지뿐인 영광만 남기고 사라졌다. 진짜 트로이 인은 고개를 절레절레 흔들며 그들에게 돌아왔다.

"반드시 이겨야 해!"

제복 차림의 하인들이 카나페 (얇은 빵에 캐비아, 치즈 등을 바른 전채 요리)와 칵테일을 잔뜩 들고 나타났다. 당당한 코사크 인처럼 기다란 러시아풍의 코트를 허리에 두른 대공은 아슬아슬한 손재주로 사람들을 즐겁게 했고——그의 길고 유연한 손은 정말 빨랐다——일곱 겹 면사포는 쓰지 않았지만 예상대로 터번을 쓰고 나타난 메피스토 부인은 황홀할 정도로 기분이 좋아서 '트로이 팀의 영광스런 우승'을 볼 수 있을 것이라고 중얼거렸다. 그 동안 조안 윙은 내내 몽롱한 미소를 띤 채 자신의 칵테일 잔을 들여다보며 앉아 있었고, 팝 윙은 평생 동안 이렇게 신나고 자신 있었던 적은 없었다며 실내를 오르락내리락했다.

이윽고 그들——팝, 조안, 대공, 부인, 개비, 패리스, 그리고 퀸——은 윙의 7인승 대형 리무진에 올라타고 운명의 경기가 기다리고 있는 패서디나 경기장으로 출발했다.

갑자기 팝이 입을 열었다.

"조안, 이 애비가 너를 위해 깜짝 놀랄 선물을 준비했다."

그러자 조안이 숨을 약간 가쁘게 쉬면서 마땅히 그래야 된다는 듯 놀란 표정을 지었다. 팝은 자신의 윗옷 오른쪽 주머니에서 기다랗고 납작한 가죽 상자 하나를 꺼내 열더니 껄껄 웃으며 말했다.

"원래는 저녁때나 되어서 보여 주려 했다만, 로디가 경기장으로 떠나기 전에 네가 너무 아름답다며 상으로 미리 주면 어떻겠느냐고 말하더구나. 자, 이 애비가 네게 주는 선물이다. 마음에 드니?"

조안은 입을 쩍 벌렸다.

"들다마다요!"

그리고 '오!' '아!' 하는 감탄사가 뒤따랐고, 그들은 검은 벨벳 위에서 당당하게 번쩍이고 있는 열한 개의 완벽하게 조화된 축구 팀의 화려한 사파이어를 볼 수 있었다.

"오, 아빠!"

조안이 앓는 소리를 내며 양팔로 팝을 껴안고 그의 어깨에 기대 흐느껴 울었다. 팝은 흐뭇하니 만족한 표정으로 숨을 한 번 내쉬고 보석 상자를 닫더니 처음 그 주머니에 다시 집어넣었다.

"공식 개봉은 오늘 밤이다. 너는 이걸로 목걸이를 만들지, 팔찌나 아니면 다른 무얼 만들지나 결정해 두렴."

그리고 팝은 자신의 어깨에 기대 흐느끼고 있는 조안의 머리를 쓰다듬어 주었다.

퀸은 실제로는 배터슨인 오스트로프 대공과 루카다모인 메피스토 부인을 지켜보며, 탐욕스런 표정을 저렇게 빨리 감출 수 있는 그들이 정말 교활한 인간들이라고 생각했다.

팝은 손님들에 둘러싸인 채 곧장 트로이 팀의 탈의실로 걸어가며 마치 자신이 로즈 볼과 그것에 연관된 많은 영혼들을 소유하기라도 한 듯 옆에 있는 관계자들과 경찰, 그리고 후배 운동 선수들에게 손을 흔들었다.

문에 서 있던 청년 하나가 '안녕하세요, 팝' 하고 정중하게 인사를 하더니 바깥의 자신보다 운이 없는 사람들의 부러운 눈길을 받으며 그들을 맞아들였다.

"대단하지 않아요?"

패리스가 눈을 별처럼 초롱초롱 빛내며 낮은 소리로 말했다.

그러나 퀸이 뭐라 대답하기도 전에 '여러분, 팝이 왔습니다!' 하는 고함소리가 들렸다. 그러자 코치가 그들 쪽으로 다가왔고, 도스킨 바지를 졸라매고 있던 로디 크로켓이 그 멋진 팔을 내밀며 옆으로 와서더니 한쪽 눈을 찡긋하며 말했다.

"됐어요, 팝. 말씀하시죠."

팝은 몹시 창백한 얼굴로 코트를 벗어 마사지 탁자 쪽으로 던져놓았다. 그러자 선수들이 그를 중심으로 원을 그리며 모여들었고, 갑자기 침묵이 일었다. 퀸은 자신이 집채만한 태클^(미식축구에서 공격팀의 라인맨 가운데 하나)과 그를 내려다보며 으르렁대는 거대한 괴물 같은 가드^(미식축구에서 공격 팀의 라인맨 가운데 하나) 사이에 끼어 옴짝달싹도 못하고 있다는 것을 알았다.

"이봐요 당신, 꼼지락대지 좀 말아요. 지금 팝이 연설을 하려고 하잖아요!"

거대한 괴물의 말이었다.

마침내 팝이 아주 낮은 목소리로 말했다.

"제군들, 들어라. 내가 이 탈의실에서 마지막으로 연설을 한 것은 1933년도였다. 그 날 역시 1월 1일이었고, 우리 USC가 로즈 볼에서 피츠버그 대학과 싸운 날이다. 그 날 우리는 놈들을 33대 0으로 물리쳤다."

누군가 '예!' 하고 고함을 질렀지만 팝이 손을 들어 제지했다.

"나는 1월 1일 연설을 그 전에도 세 번 한 적이 있다. 한 번은 우리가 튜레인 팀을 21대 12로 물리쳤던 32년이었고, 또 한 번은 팬덜스 팀을 47대 4로 물리쳤던 1930년이었다. 그리고 처음 이곳에 섰던 것은 펜실베이니아 팀을 14대 3으로 이겼던 23년이었다. 그리고 그 해는 로즈 볼 역사상 처음으로 우리가 태평양 연안 경기연맹을 대표해서 전통 행사를 가졌던 해이기도 하다. 이제 제군들은 몇 분 뒤 캘리포니아 인구의 절반에 해당하는 사람들 앞으로 뛰어나갈 것이고, 그때 제군들은 이 한 가지 사실을 반드시 명심해 주기 바란다."

탈의실은 더없이 조용해졌다.

"우리 트로이 팀이 로즈 볼 경기에 네 번 출전했으며, 그 네 번의 출전에서 모두 우승했다는 사실을 말이다."

그리고 그는 선수들의 의연한 얼굴들을 내려다보며 우뚝 서 있었다. 잠시 뒤 그는 깊은 숨을 내쉬며 아래로 내려왔다.

긴장이 풀어졌다. 선수들이 그의 등을 두드려댔다. 로디 크로켓은 조안을 잡아 로커 뒤로 끌어당겼다. 퀸은 트로이 팀 센터(미식축구에서 공격 팀의 라인맨 가운데 하나)의 팔꿈치에 밀려 모자를 눈 아래까지 내려뜨린 채 벽에 붙은 나비처럼 문에서 옴짝달싹 못하는 신세가 되었다. 코치가 팝을 보고 빙그레 웃었고, 팝 역시 같은 미소로 답했다. 그러나 그는 떨고 있었다.

코치가 말했다.

"자, 모두 준비됐나? 팝 괜찮아?"

팝 윙은 빙그레 웃으며 자기 주위의 선수들을 떨쳐 냈고, 로디가 그의 코트를 입혀 주었다. 잠시 뒤 퀸은 완전히 녹초가 된 몸으로 50야드 라인 바로 위쪽에 있는 팝의 자리에 앉아 있는 자신을 발견할 수 있었다.

잠시 뒤 양 팀 선수들이 눈부신 잔디밭을 가로질러 경기장 안으로 들어오자 수천 명의 관중들이 고함을 질러댔다. 그때 팝 윙이 가느다란 비명 소리를 냈다.

조안이 그의 팔을 잡으며 재빨리 물었다.

"왜 그러세요? 어디 편찮으세요, 아빠?"

팝 윙이 한 손을 주머니에 넣은 채 쉰 목소리로 말했다.

"그게 없어졌어."

킥오프(미식축구에서 시합 시작을 나타내는 말)! 22명의 선수들이 정신없이 뒤엉키며 넘어지더니 하나로 뭉쳐졌고, 관중석에서 우레와 같은 함성이 터져 나왔다. USC 응원석에서는 깃발들이 미친 듯이 나부꼈고…… 그리고 푸른 하늘을 찢을 듯한 신음 소리가 있었고, 치명적이고도 절망적인 침묵이 있었다.

왜냐하면 공을 잡은 트로이 팀의 세이프티맨(^{미식축구에서 수비팀}_{의 최후방 수비수})이 앞으로 달리다 미끄러져 공을 놓쳤고, 그 공 위로 캐롤라이나 팀의 라이트 엔드(^{미식축구에서 공격 팀의 라인맨}_{가운데 하나로 우측을 맡은 선수})가 덮친 것이다. 트로이 팀 9야드 라인에서 스파르타 팀이 기뻐 펄쩍펄쩍 뛰고 있었다. 캐롤라이나 팀 공, 터치다운(^{미식축구에서 공을 가진 사람이 골라인}_{을 넘거나 득점 지역으로 들어가는 일})을 위한 네 번의 공격에서 첫 번째 공격.

그때 팝 윙의 탄식 소리를 듣지 못한 개비가 고함을 질러대며 자리에서 벌떡 일어섰다.

"하지만 어림없어! 오, 맙소사…… 힘내라, USC! 거기서 막아야 해!"

팝 윙이 마치 갑자기 살아난 3000년 묵은 미라라도 본 사람처럼 깜짝 놀라며 개비 헌츠우드를 쳐다보았다. 그리고는 이렇게 중얼거렸다. "없어졌어. 누군가 내 주머니를 털었어."

"뭐라고요?" 개비가 낮은 소리로 말했다. 그리고 그는 자기 주인을 공포에 질린 눈으로 쳐다보며 다시 자리에 앉았다.

"하지만 말도 안 돼." 대공이 소리쳤다.

"확실합니까, 윙 씨?" 퀸이 조용히 물었다.

팝은 자신도 모르게 경기를 분석하며 눈을 경기장 쪽으로 돌리고 있었다. 그러나 그의 눈에는 고통이 담겨 있었다. "그래요, 확실해요. 관중들 가운데 누가 내 주머니를……."

"아닙니다." 퀸이 말했다.

"엘러리, 무슨 소리예요?" 패리스가 소리쳤다.

"우리가 윙 씨를 완전히 에워싸고 있었어요. 집에서 차를 타고 나올 때부터 트로이 팀 탈의실로 들어갈 때까지, 그리고 탈의실을 나와 이 자리에 앉을 때까지. 그러니까 아닌 거지요. 유감이지만 팝 윙 씨의 주머니를 턴 사람은 우리 가운데 있습니다."

메피스토 부인이 날카롭게 말했다.

"어떻게 그런 소리를! 혹시 탈의실에서 크로켓 군이 윙 씨의 옷을 입혀 줬다는 걸 잊고 있는 건 아니겠지요?"

"당신!" 팝이 몸을 일으키며 으르렁댔다.

조안이 한 손으로 아버지의 팔을 잡더니 웃으면서 그에게 다가앉았다.

"저 여자 말은 신경 쓰지 말아요, 아빠."

캐롤라이나 팀이 중앙선을 넘어 2야드(180미터 가량)를 전진했다. 팝은 한 손을 이마에 대고 햇빛을 가리며 반대편 라인을 쳐다보았다.

"퀸 씨, 이건 모욕입니다." 대공이 싸늘한 목소리로 말했다. "나는 우리 모두의 몸을 저, 뭐냐…… 수색해 줄 것을 요구합니다."

팝이 짜증스레 한 손을 내저었다. "잊어버려요. 난 축구 경기를 보러 왔으니까."

그러나 그는 더 이상 어린아이 같지 않았다.

"대공이 아주 훌륭한 제안을 하셨습니다." 퀸이 중얼거렸다. "숙녀분들께서는 서로를 수색해 주시면 되겠고, 신사분들도 같은 방식으로 해 주십시오. 우리 다 같이 여길 나가서 화장실로 가면 어떨까요?"

"놈들을 막아야 해." 엘러리의 말은 듣지도 못했는지 팝이 중얼거렸다. 캐롤라이나 팀이 오프 태클 플레이(공격 팀이 수비 팀의 태클과 엔드 사이로 돌파하는 공격)로 2야드(450미터 가량)를 더 전진했다. 두 번째 공격에서 5야드를 남겨 두고 있었다. 자기 팀 라인맨(미식축구에서 공격을 맡는 전위 선수 7명) 가운데 하나의 등을 두드리는 로디 크로켓의 모습이 보였다.

두 팀이 부닥쳤고 몸싸움이 있었다. 그러나 득점은 없었다.

"로디가 뚫고 나가는 것 봤어?"

팝이 중얼거렸다.

조안이 몸을 일으키더니, 꽤나 성급하게 메피스토 부인과 패리스에게 앞장서라는 몸짓을 했다. 팝은 꼼짝도 않았다. 퀸이 남자들에게 조안과 같은 몸짓을 해 보였고, 대공과 개비가 일어섰다. 그리고 그들 모두는 재빨리 사라졌다.

그런데도 팝은 여전히 움직이지 않았다. 오스터무어가 엔드 존^{(미식축구에서 골라인과} 쪽으로 총알처럼 재빠른 패스를 했고, 캐롤라이나 팀의 엔드가 그 공을 잡았다. 현재 스코어는 캐롤라이나 팀 6점, USC 0점. 전광판의 커다란 시계는 첫 번째 쿼터의 경기 시간이 겨우 1분밖에 남지 않았음을 알리고 있었다.

"킥을 막아!"

로디가 스파르타 팀을 뚫고 나가 킥을 막았다. 캐롤라이나 팀 선수들은 히죽대며 다시 자기 진영으로 돌아갔다.

"후유——."

팝은 한숨을 내쉬며 옆의 빈 자리로 눈을 돌렸다. 그리고는 조용히 앉아 기다렸다.

첫 번째 쿼터는 순조롭게 진행되었다. 트로이 팀은 자기 진영을 벗어나지 못했다. 그들의 패스는 불완전했고, 스파르타 팀의 전열은 철통 같았다.

"저희들 다시 왔어요." 패리스가 말했다. 위대한 사내가 천천히 고개를 들었다. "하지만 못 찾았어요."

이어 퀸이 두 사내를 데리고 돌아왔다. 퀸은 아무 말도 하지 않고 머리만 내저었다. 그러자 오스트로프 대공이 경멸스럽다는 듯 당당한 얼굴로 그를 쳐다보았다. 메피스토 부인은 터번이 얹힌 머리를 사납게 흔들어댔다. 조안은 몹시 창백한 얼굴로 로디가 있는 경기장 쪽으로 눈을 돌리고 있었다. 조안의 눈에 맺힌 눈물이 패리스의 눈에 들어왔다.

갑자기 퀸이 말했다.

"잠깐 실례하겠습니다."

그리고 그는 잰걸음으로 다시 자리를 떠났다.

첫 번째 쿼터는 6대 0이라는 스코어로 USC가 불리한 가운데 끝이 났고, 트로이 팀은 자로 잰 듯한 정확성을 가지고 날아와 골포스트를 위협하는 오스터무어의 초인적인 슛에 압도당하고 있었다. 그의 치명적이라 할 만큼 정확한 슛은 감당할 재간이 없었던 것이다.

퀸이 돌아오더니 약간 땀에 젖은 이마를 닦으며 유쾌하게 말했다.

"그런데 대공, 그게 이제야 생각났지 뭡니까. 예전에——그때 저는 당신 이름이 배터슨이며 브롱크스 출신이라고 알고 있는데—— 보석 강도 사건에 연루되지 않았나요?"

"보석 강도!" 조안이 입을 쩍 벌리더니 무슨 이유에선지 조금은 안심이 된다는 듯한 표정을 했다. 팝의 두 눈이 갑자기 흔들리고 있는 대공의 턱수염에 싸늘하게 고정되었다.

"그래요," 퀸이 말을 이었다. "장물아비가 당신을 끌어들이려 했던 게 기억나는군요, 대공. 그 장물아비는 당신이 장물 중개자였다고 말했고, 배심원들은 그 증언을 믿지 않았지요. 그래서 당신은 풀려났고 말입니다. 그때 법정에서 당신이 꽤나 웃겨대서 다들 배꼽을 잡고 웃었던 기억이 나는군요."

"말도 안 되는 소리요," 대공이 억양 없는 목소리로 덤덤하게 말했다. 그의 이빨이 잡목 숲같이 무성한 수염 속에서 늑대처럼 빛났다.

"이 허풍선이 도둑놈!" 팝 윙이 자리에서 반 정도 몸을 일으키며 말했다.

"아직은 아닙니다, 웡 씨." 퀸이 나섰다.

"내 생전 이런 모욕을 당하기는……."

이번에는 메피스토 부인이 나섰다.

"당신은" 퀸이 살짝 허리를 굽히며 다시 말했다. "잠자코 있는 게 현명할 겁니다, 루카다모 여사."

패리스가 그를 쿡쿡 찌르며 날카로운 무언의 눈길을 보냈다. 그러나 그는 고개를 저었다. 흥분해 있었던 것이다.

두 번째 쿼터가 끝날 시간이 가까워질 때까지 아무도 말하는 사람이 없었다. 로디 크로켓이 상대 팀을 뚫고 44야드를 전진했고, 캐롤라이나 팀 26야드 라인에서 다음 공격을 위한 스크럼이 형성되고 있었다.

그러자 팝 웡이 벌떡 일어서서 신나게 응원을 했고, 개비 헌츠우드까지 찢어질 듯한 쉰 목소리로 고함을 질러댔다.

"잘한다, 트로이!"

팝이 엷은 미소를 띠며 말했다.

"그래야지, 개비. 자네가 축구 경기에 이렇게 열광하는 건 생전 처음 보는 일이군."

세 번에 걸친 공격으로 트로이 팀이 11야드를 더 전진했다. 캐롤라이나 팀 15야드 라인에서 다시 첫 번째 공격! 전반전이 거의 끝나가고 있었다. 팝은 보석 도난은 잊어버린 듯 목이 터져라 고함을 질러댔다. 오스터무어가 트로이 팀의 공격을 두 번이나 저지시키자 팝 웡이 앓는 소리를 냈다. 전반전 끝을 알리는 호각 소리가 나기 전 딱한 번의 공격 기회를 남겨 두고 캐롤라이나 팀 22야드 라인에서 트로이 팀의 쿼터백이 킥 플레이를 하기 위한 공격 대형을 지시했고, 로디 크로켓이 곧바로 공을 걷어찼다. 공은 정확하게 스파르타 팀 골바로 위로 날아갔다.

호각이 울었다. 캐롤라이나 팀 6점, USC 3점.

팝은 얼굴의 땀을 닦으며 다시 자리에 앉았다.

"좀더 분투해야 돼. 저 오스터무어 자식! 로디는 대체 뭘 하는 거야?"

거의 경기를 보지 않고 있던 엘러리가 휴식 시간에 중얼거렸다.

"그런데 부인, 저는 부인께서 예언을 하는 데 특이한 재능을 가지고 있다고 들었습니다. 도대체 평범한 방법으로는 잃어버린 보석을 찾을 수가 없을 것 같은데, 부인의 그 초자연적인 방법을 써 보면 어떨까요?"

메피스토 부인이 그를 노려보았다.

"지금은 농담을 할 때가 아녜요!"

퀸은 빙그레 웃었다.

"진정한 재능이라면 특별한 조건이 필요 없을 텐데요."

"분위기가 좋지 않아서……."

"자, 자, 부인! 당신을 초대한 사람이 잃어버린 십만 달러짜리 물건을 되찾을 기회를 모른 체할 수는 없는 것 아닙니까?"

갑자기 팝이 날카로운 호기심을 보이며 메피스토 부인을 살폈다.

메피스토 부인은 그 긴 손가락을 자신의 관자놀이에 갖다 대고 눈을 감았다. 잠시 뒤 부인이 중얼거렸다.

"보여요. 기다란 보석 상자가 보여요. 그래요, 상자는 닫혀 있어요. 그런데 캄캄해요, 아주 캄캄해. 보석은, 그래요, 캄캄한 곳에 있어요."

메피스토 부인은 한숨을 쉬며 손을 내리더니 눈을 떴다.

"죄송해요, 더 이상 보이지가 않는군요."

그러자 퀸이 아무렇지도 않게 말했다.

"캄캄한 곳에 있는 게 맞아요. 제 주머니에 있으니까요."

놀랍게도 그는 자기 주머니에서 위대한 사내의 보석 상자를 꺼냈다.

퀸은 재빨리 상자를 열었다.

"하지만……, "

그가 애석하다는 투로 덧붙였다.

"비어 있습니다. 트로이 팀 탈의실 한쪽 구석에서 찾았지요. "

조안은 조그만 축구 마스코트를 으스러져라 움켜쥐며 뒤로 물러나 앉았다. 백만장자는 경기장 안을 돌고 있는 고적대를 멍하니 쳐다보았다.

퀸이 말했다.

"보시다시피 도둑은 사파이어를 어딘가 감추고 그 상자를 탈의실에 버렸습니다. 그런데 우리는 모두 그곳에 있었습니다. 문제는 도둑이 보석을 어디에 감추었느냐는 거지요. "

대공이 입을 열었다.

"죄송하지만 제 생각에는 웡 씨의 차 안에서 도난이 이루어진 것 같군요. 웡 씨가 그 보석 상자를 가지고 차에 탄 다음에 말입니다. 그렇다면 아마 보석은 차 안에 숨겨져 있겠지요. "

퀸이 말했다.

"차는 제가 이미 수색해 보았습니다. "

패리스가 소리쳤다.

"그렇다면 트로이 팀 탈의실이죠! "

"아니오, 그곳 역시 제가 수색해 보았습니다. 바닥에서 천장까지. 로커, 캐비닛, 옷, 전부 다요. 하지만 사파이어는 없었습니다. "

"도둑이 여기 이 자리까지 오는 동안 보석을 길에다 흘릴 정도로 멍청하지는 않을 거예요. "

패리스가 생각 깊은 얼굴로 덧붙였다.

"그렇다면 공범이 있었을지도……. "

퀸이 짜증스레 말했다.

"공범이 있었다고 생각한다면, 그 범죄는 미리 계획되어야 합니다. 그러기 위해서는 저지를 범죄를 미리 알고 있어야 하지요. 그러나 오늘 윙 씨가 그 사파이어를 가지고 나온다는 사실은 본인 자신을 빼고는 그 누구도 몰랐을 것입니다. 맞습니까, 윙 씨? "

팝이 대답했다.

"그래요, 로디만 빼고 아무도 몰랐어요. "

조안이 화가 나서 소리쳤다.

"잠깐만요! 전 아빠가 무슨 생각을 하고 있는지 알아요. 아빠는 로디가 이 일과 관련이 있다고 생각하는 거예요. 난 알아요. 그래요, 아빠까지 그럴 줄은…… 아빠! 하지만 그게 얼마나 바보 같은 생각인지 알아요? 가만히 있어도 자기 것이 될 물건을 로디가 왜 훔치겠어요? 저는 아빠가 로디를 도둑으로 생각한다는 걸 용납할 수 없어요! "

팝이 기운 없는 목소리로 말했다.

"나는 그렇게 생각하지 않았다. "

퀸이 말했다.

"그렇다면 우리는 범행이 계획적이지 않으며 어떤 공범도 있을 수 없다는 사실을 인정해야 합니다. 그러나 어쨌든 사파이어는 이 상자 안에 없습니다. 이미 제 눈으로 확인했으니까요. "

조안이 소리쳤다.

"하지만 그건 말도 안 돼요! 비록 아름답긴 하지만, 저는 그 보석 잃어버린 것에 대해서는 관심 없어요. 아빠에게 그 정도 여유는 있잖아요. 그렇게 더럽고 치사한 짓을 하다니! 너무 교활해서 지저분하게 느껴져요. "

퀸이 느릿느릿 입을 열었다.

"범죄를 저지르는 사람이란 그 목적을 달성하기 위해서는 그다지 깨끗할 수는 없답니다. 문제는 그게 아니라 도둑이 그 보석을 어디엔가 감추었다는 것입니다. 그 장소는 이번 범행에서 절대적으로 중요하지요. 왜냐하면 그 단순함과 접근 가능성이 이번 범행의 성공 여부를 좌우하고 있으니까요. 그렇기 때문에 도둑은 그 보석들을 쉽사리 남의 눈에 띄지 않는 곳, 우연히라도 발견될 가능성이 없는 곳, 그러면서도 자신이 편할 때 다시 안전하게 가져갈 수 있는 곳에 감춘 것이 분명합니다."

패리스가 흥분된 목소리로 말했다.

"하지만 보석은 차 안에도, 탈의실에도, 우리 가운데 어느 누구에게도, 여기 이 자리에도 없어요. 그리고 공범도 없으니 그건 불가능해요!"

퀸이 중얼거렸다.

"아니오, 불가능하지 않습니다. 범행은 있었습니다. 그러나 어떻게? 어떻게 그랬을까요?"

트로이 팀이 경기를 하러 나왔다. 그들은 전력을 다했고, 서서히 스파르타 팀의 골라인 쪽으로 나아갔다. 그러나 21야드 라인에서 공격이 지연되었다. 8야드를 남겨 둔 세 번째 공격에서 온 경기장을 누비던 패씸한 오스터무어가 트로이 팀 앞으로 가는 공을 가로채 뒤쪽 51야드 라인까지 달려가 버렸고, 그 바람에 USC는 공격권을 뺏긴 채 다시 좌절하게 된 것이다.

네 번째 쿼터는 점수에 변동 없이 시작되었다. 관중들에게 만연한 분명한 느낌, 그것은 그들이 로즈 볼 사상 처음으로 트로이 팀의 패배를 보고 있다는 느낌이었다. 트로이 팀은 부상과 극도의 피로로 사기가 떨어져 있었다. 그리고 풀이 죽어 지쳐 있는 듯했다.

팝이 중얼거렸다.

"저 친구는 언제 제대로 뛰려는 거야? 빨리 솜씨를 보이라구!"

그의 목소리가 고함으로 변했다.

"로디! 지금이야!"

갑자기 트로이 팀이 마지막 힘을 다해 전진을 시작했다. 캐롤라이나 팀 진영으로 내려왔지만 저항은 완강했다. 양 팀 모두 킥으로 승부를 결정지으려 했지만, 오스터무어와 로디가 워낙 대등한 경기를 펼쳤기 때문에 어느 팀도 득점할 수가 없었다.

그때 트로이 팀이 기회를 잡기 시작했다. 롱 패스──성공. 한 번 더!

"로디가 득점할 모양이야!"

팝 윙은 사파이어를 도난당한 일은 잊어버린 채 목이 쉬어라 고함을 질러댔다. 개비도 찢어지는 목소리로 응원을 했다. 조안은 껑충껑충 뛰었다. 대공과 메피스토 부인은 점잖게 관심을 기울였다. 패리스까지 피가 끓어오르는 듯한 흥분을 느끼고 있었다.

그러나 퀸은 잔뜩 얼굴을 찡그린 채 자기 자리에 앉아, 마치 사고하는 것이 자신의 새로운 기능이기라도 한 듯 생각을 거듭했다.

트로이 팀은 자꾸만 캐롤라이나 팀 골라인 쪽으로 다가갔다. 스파르타 팀은 미친 듯이 싸웠지만 뒤로 밀렸고, 공격권을 뺏지 못했다.

캐롤라이나 팀 19야드 라인에서 트로이 팀의 첫 번째 공격. 시간이 얼마 남지 않았다!

"로디, 킥을 해! 킥을 하란 말이야!" 팝이 고함을 질렀다.

스파르타 팀은 트로이 팀의 첫 번째 공격을 막아냈다. 두 번째 공격에서는 1야드를 밀렸다. 세 번째 공격. 커다란 전광판 시계 바늘이 무자비하게 종료 시간 표시점을 향해 움직였다. 스파르타 팀의 좌측

태클이 USC의 공격 대형을 뚫고 나갔고, 그 바람에 트로이 팀은 다시 6야드 뒤로 밀렸다. 캐롤라이나 팀 24야드 라인에서 트로이 팀의 네 번째 공격, 시간이 거의 없었다.

팝이 말했다.

"이번에 득점 지역까지 전진하지 못하면 경기는 끝난 거야. 캐롤라이나 팀이 공격권을 가져갈 테고, 그때는……."

그는 고함을 질렀다.

"로디! 킥 플레이를 하란 말야!"

그때 마치 로디가 그 필사적인 목소리를 듣기라도 한 것처럼, 공은 뒤로 빠지면서 트로이 팀 쿼터백이 잽싸게 그 공을 낚아채 로디가 찰 수 있게 아래로 내려놓았다. 로디는 그 공을 찰 것처럼 쏜살같이 달려왔다. 그러나 공 바로 앞에서 그는 쿼터백이 올려 주는 공을 받아 들고 캐롤라이나 팀 골라인을 향해 달려갔다.

팝이 고함을 질렀다.

"먹혔어! 놈들은 우리가 동점을 얻기 위해 공을 차는 줄 알았어. 그게 먹혔던 거야! 해냈어, 로디!"

USC 선수들은 넓게 퍼져 악마처럼 상대 선수들을 밀어냈다. 캐롤라이나 팀은 완전히 기습 공격을 당한 것이다. 로디는 어리둥절해 있는 스파르타 팀 선수들을 뚫고 골라인을 넘었고, 그때 경기 종료를 알리는 호각 소리가 났다.

"이겼어! 우리가 이겼어!"

개비가 인디언처럼 전승의 춤을 추며 깔깔대고 웃었다.

"야호!"

팝은 소리를 지르며 조안에게 키스하고, 패리스에게 키스하고, 메피스토 부인에게는 키스를 하려다가 말았다.

퀸이 고개를 들었다. 이마에 있던 주름살은 깨끗이 사라지고 없었다. 그는 편안하니 기분이 좋아 보였다.

"누가 이겼어요?" 퀸이 부드럽게 물었다.

그러나 대답하는 사람이 아무도 없었다. 로디가 아우성을 쳐대는 극성 관중들을 빠져 나와 50야드 쪽으로 달려왔다. 그는 관중석으로 뛰어올라 와, 트로이 팀 응원단에 둘러싸여 있는 팝 윙의 손에 뭔가를 넘겨주었다.

"받으세요, 팝." 로디는 숨을 헐떡이며 말을 이었다. "영광의 공입니다. 이제 아버님의 수집품이 하나 더 생긴 셈이죠. 그리고 내 사랑, 조안!"

"오, 로디!"

"수고했네." 팝은 자기 감정에 못 이겨 무슨 말인가 하려 했다. 그러나 그는 말을 멈추고 그 지저분한 공을 가슴에 꼭 껴안았다.

로디가 빙그레 웃으며 조안에게 키스를 하더니 큰소리로 말했다.

"설마 내가 오늘 밤 당신과 결혼한다는 걸 잊고 있는 건 아니겠지?"

그리고 그는 환호하는 관중들을 이끌고 트로이 팀 탈의실로 달려갔다.

"에헴!" 퀸이 기침을 하며 말을 이었다. "윙 씨, 이제 당신의 작은 문제를 해결할 준비가 된 것 같군요."

"뭐라고요? 아!"

팝이 흙투성이 공을 애정 어린 눈으로 쳐다보며 말했다.

그의 어깨가 축 처졌다. 그가 지친 목소리로 말했다.

"내 생각에는 경찰에 신고를 하는 게…….."

"저는 그럴 필요가 없다고 생각합니다." 퀸이 그의 말을 잘랐다. "적어도 아직까지는. 제가 옛날 얘기를 하나 인용할까요? 고대의 트로이 시가 그리스 군에게 포위됐을 때 너무도 잘 버텼다는 얘기 말입니다. 그리스 군은 몹시 영리했기 때문에 계략을 쓰지 않는 한 트로이 시로 들어갈 수 없다는 것을 알았습니다. 그래서 그리스 군 가운데 누군가가 아주 특별한 계략에 근거한 기발한 생각 하나를 해냈습니다. 그런데 그 계략의 핵심은 그리스 군이 직접 할 수 없는 일을 트로이 군 스스로 하게 만드는 것이었습니다. 그리스 군의 그 계략이 성공적이었다는 것은 여러분도 아실 겁니다. 호기심을 이겨내지 못한 트로이 군은 그리스 군이 배를 타고 떠났다는 사실만 생각하고 자기들 손으로 목마를 성 안으로 끌어들였는데, 보라! 그날 밤 트로이의 모든 병사들이 잠들었을 때, 목마 속에 숨어 있던 그리스 군이 기어 나왔지요. 그 뒷이야기는 여러분도 잘 아실 겁니다. 그리스 군이 아주 영리했던 거지요. 그 축구공 좀 주시겠습니까, 웡 씨?"

팝이 멍하니 말했다.

"뭐라고요?"

퀸은 웃으면서 그에게 공을 받아 들더니 바람구멍의 꼭지를 열고 바람을 뺀 다음 가죽 끈을 끌렀다. 그리고는 팝의 모아 쥔 두 손 위에 대고 바람 빠진 공을 털었다. 그러자 그 안에서 열한 개의 사파이어가 와락 쏟아졌다.

사람들이 할 말을 잃고 팝 웡의 떨리는 손 위에 있는 보석들을 바라보자 퀸이 나지막이 말했다.

"아시겠지만, 도둑은 경기가 시작되기 전 트로이 팀 탈의실에서 팝이 사랑하는 후배들에게 열변을 토하고 있을 때 그의 코트 주머니에서 보석 상자를 훔쳐 갔습니다. 코트는 마사지 탁자 위에 있었고, 그 안은 사람들로 가득했습니다. 그렇기 때문에 도둑이 슬쩍 탁자로 다가가 팝의 코트에서 보석 상자를 꺼내 사파이어를 빼낸 다음, 탁자 위의 바람이 빠진 채 엎혀 있는 로즈 볼 경기에 사용될 축구공 쪽으로 슬그머니 접근해 가는 것을 눈치챈 사람은 아무도 없었지요. 그는 은밀하게 공의 가죽 끈을 풀고, 사파이어를 가죽과 고무로 된 바람 주머니 사이에 집어넣고 가죽 끈을 다시 묶은 다음, 공을 처음 그 자리에 분명히 갖다 둔 것입니다.

생각해 보십시오! 우리가 경기를 보고 있던 그 시간 내내 열한 개의 사파이어는 이 공 속에 들어 있었습니다. 선수들이 한 시간 동안 이 타원형 물체를 차고, 던지고, 들고 뛰고, 서로 뺏고, 올라타고, 껴안고, 움켜쥐고, 질질 끌고, 흙을 묻혔던 거지요. 어마어마한 액수의 돈을 그 안에 넣은 채 말입니다!"

폴라가 입을 쩍 벌리며 말했다.

"하지만 보석이 그 공 안에 숨겨져 있다는 사실을 당신은 어떻게 알았지요? 그렇다면 누가 도둑이죠, 멋쟁이 양반?"

퀸은 점잖게 담뱃불을 붙였다.

"아시다시피 도둑이 보석을 숨길 만한 장소는 다 수색했기 때문에 저는 혼자 생각해 보았지요. '우리 가운데 하나가 도둑이며 그 물건을 숨긴 장소는 경기가 끝난 다음 접근하기 쉬운 곳이라야 한다.' 그러자 옛날 얘기 하나와 어떤 사실이 떠오르더군요. 제가 여러분에게 말씀드린 그 옛날 얘기와, 트로이 팀이 승리를 하게 되면 경기가 끝난 직후 그 경기에서 사용한 공을 퍼시 스콰이어스 윙 씨에게 선물한다는 사실을 말입니다."

팝이 당황한 얼굴로 말했다.

"하지만 그런 생각은?"

퀸이 미소를 지었다.

"물론 당신은 당신 보석을 훔치지 않았습니다. 그렇다면 여러분도 아시다시피 경기에 이긴 공이 당신에게 바쳐진다는 사실을 떠올리면, 도둑은 당신과 똑같은 이점을 얻을 수 있는 누군가가 되어야 합니다. 보석을 훔치는 방법이 두 가지가 있다는 사실을 알고 있는 누군가가 말입니다. 즉, 자신이 보석에 접근하느냐, 아니면 보석을 자신에게로 오게 만드느냐 하는 것이지요.

그래서 저는 도둑이 그 사람이라는 것을 알았지요. 지금까지 보여준 과묵한 성격과는 달리 이번 경기에서 트로이 팀의 승리를 가장 떠들썩하게 간절히 바란 사람, 트로이 팀이 경기에 이기면 경기에 사용된 공이 즉각 팝 왕에게 선물로 바쳐진다는 사실을 알고 트로이 팀에 도박을 건 사람, 팝 왕에게 주어진 공이 모든 사람을 젖혀 두고 왕과 그 자신만 가지게 된다는 사실을 알고 있는 사람, 즉, 팝의 놀랍고도 다양한 보물을 관리하는 사람, 그러면 누구의 눈에도 띄지 않고 보석을 다시 안전하게 가져갈 수 있겠지요. 저 늙은이를 잡아요, 개비 헌츠우드 대공을!"

엘러리 퀸의 걸작 잔치

반 다인과 엘러리 퀸이라는 미국 추리문단의 쌍벽이 앞다투어 국내에 소개되었을 무렵, 애호가들 사이에서는 이 두 사람의 우열이 종종 회자되었다. 장편에서는 반 다인의 평가가 더 좋은 편이었지만 당시 퀸의 작품이라고 해봐야 반, 아니 삼분의 일도 채 소개되지 않았던 터이므로 그의 진가가 제대로 알려졌던 것은 아니다.

퀸의 단편집은 겨우 4권에 지나지 않는다. 전쟁 전부터도 조금씩 소개되기는 했지만 부분적으로 번역된 것이 대부분이어서, 완역이면서 수록작품 전부를 모은 이 작품집이야말로 퀸 단편의 진면목을 제대로 엿볼 수 있다고 하겠다. 이 《신의 등불(The New Adventures of Ellery Queen)》은 두 번째 단편집으로 1940년에 간행되었다.

이 책에 실린 〈신의 등불〉은 그 즈음 미국에서 절찬리에 백만 부 넘게 팔려나갈 정도로 독자의 반응이 열광적이던 우수작이다. 비단 이 작품뿐 아니라 문단에서도 퀸의 중·단편 가운데 수작들로만 엄선되어있다는 당당한 평가를 받는 걸작집이기도 하다.

〈신의 등불〉이라는 제목은 작품 속 탐정인 퀸이 진상을 밝히고 그 추리과정을 설명하는 내용인데, '진실을 구하는 자들로서는' 그 단서가 마치 '어둠을 비추는 신의 등불'과도 같았다는 이야기이다.

　〈보물찾기〉에서는 없어진 진주목걸이를 숨길 장소를 추정하던 퀸이 보물찾기놀이를 제안하여 참가자들을 시험해보는데, 행동으로 그들의 마음을 읽고 범인을 찾아낸다는 탐정의 트릭이 흥미롭다.

　〈용조각 굄돌의 비밀〉은 일본인 노신사를 둘러싼 이야기이다. 한 간호사가 머리를 강하게 얻어맞고 혹이 생기게 된 사연을 말하는 자세하고 기묘한 이야기의 도입부는 도일이래 거의 정석처럼 여겨지게 된 서술법으로 교묘한 범행계획이 밝혀질 때까지 엉뚱한 단서로 독자들을 유인하는 속임수가 없다.

　〈암흑 집의 모험〉에 이르면 칠흑같이 어두운 유원지의 '도깨비 집'이 무대가 되므로 그 속에서 벌어진 살인도 기이하고 해결방법도 조금 색다르다.

　〈피 흘리는 초상화〉는, 아내가 부정을 저지르면 선조의 초상화에서 피가 나온다고 전해지는 집에서 퀸이 하루를 보내게 되는데, 마침 그 초상화가 진짜로 피를 흘리게 되고 퀸이 사건의 진상을 밝히게 된다는 이야기이다. 비록 전설과 관련된 내용이지만 추리는 지극히 단순 명쾌하다.

　〈인간이 개를 물면〉 이하 네 편은 시리즈 형식으로 퀸의 상대역인 패리스 양이 등장한다. 그녀는 일명 '할리우드에 군림하는 가십의 여왕'이다. 패리스가 처음 병적인 인간기피현상을 보이며 고통을 받고 있을 때 퀸을 처음 만나게 되는데, 퀸이 그녀의 병을 고치면서 연인사이로 발전하게 된다.

　이 책에서는 야구, 경마, 권투, 풋볼이라는 운동을 배경으로 살인사건이 벌어지는 단편들이 이어지고 있다. 열광하는 관중 틈에서 손에 땀을 쥐게 하는 열띤 경기를 관전하면서 시합에 얽힌 사건이 발생하고 해결하는 과정은 독자들의 흥미를 유발하기에는 조금도 부족함이 없다.

이 걸작집 가운데 〈인간이 개를 물면〉은 히치콕이 엮어낸 걸작 추리소설집에도 들어있는데, 딱히 이 작품뿐 아니라 여기 수록된 모든 작품에는 기발한 소품을 적절하게 사용하는 퀸다운 면모를 충분히 만끽할 수 있다. 특히 〈트로이의 목마〉에서 도둑맞은 물품을 숨기는 기발한 방법은, 목적도 그렇거니와 의외의 범인을 설정한 것으로도 뛰어난 수작이다.

[수록작품 원제]
The Lamp of God
The Adventure of The Treasure Hunt
The Adventure of The Hollow Dragon
The Adventure of The House of Darkness
The Adventure of The Bleeding Portrait
Man Bites Dog
Mind Over Matter
Trojan Horse